Inger G. Madsen
Die Beichte

Inger Gammelgaard Madsen arbeitete lange Zeit als Grafikdesignerin in verschiedenen Werbeagenturen. 2008 debütierte sie mit ihrem Kriminalroman *Dukkebarnet*, der bei Osburg unter dem Titel »Der Schrei der Kröte« erschienen ist. Sowohl der erste als auch der zweite Band ihrer Krimireihe um den Ermittler Roland Benito wurden von Kritik und Publikum begeistert aufgenommen. 2010 gründete Madsen ihren eigenen Verlag *Farfalla* und seit 2014 konzentriert sie sich ganz auf das Schreiben. Die *Roland Benito*-Reihe umfasst inzwischen neun Bände. Inger Madsen lebt in Aarhus.

Inger G. Madsen

Die Beichte

Kriminalroman

Aus dem Dänischen von
Kirsten Krause

Osburg Verlag

Titel der dänischen Originalausgabe:
Under skriftesegl

Erste Auflage 2016

www.osburgverlag.de

Lektorat: Clemens Brunn, Hirschberg
Umschlaggestaltung: Judith Hilgenstöhler, Hamburg
Druck und Bindung: CPI books GmbH, Leck
Printed in Germany
ISBN 978-3-95510-119-0

Großmutter gewidmet

1

Er hatte keine Angst vor dem Sterben. Nur der Gedanke an die Art, wie er wohl sterben würde, erschreckte ihn manchmal. Es gab so viele Arten zu sterben. Einige waren mit großem Schmerz und langem Leiden verbunden, andere spürte man gar nicht. Das menschliche Leben ist zerbrechlich, dachte er, wir sind nicht mehr als ein Klumpen aus Blut, Knochen und Muskeln, verpackt in eine dünne Schicht zarter Haut, die kaum das Sonnenlicht verträgt. Andererseits, so hatte er gehört, war es wiederum gar nicht so leicht, dem Ganzen ein Ende zu setzen. Sowohl das Herz als auch das Hirn, diese wichtigen Lebensfunktionen, mussten aufhören zu arbeiten. Dann würde auch die allerwichtigste aussetzen: das Atmen. Nicht alle Selbstmordkandidaten hatten Glück, wenn sie sich das Leben nehmen wollten. Sie schnitten nicht tief genug, um die Pulsader im Handgelenk oder am Hals zu treffen, sie brachen sich nur ein paar Rippen, wenn sie sich von einem Hochhaus stürzten, sie nahmen nicht genug Schlaftabletten, oder irgendein ›Retter‹ bewahrte sie im letzten Augenblick vor dem Tod. Warum war es wohl *ihm* gelungen? Seinem Vater? Ein Strick um den Hals und ein Sprung aus großer Höhe. Auf diese Weise hatte er direkt zur Sache kommen, das Übel an der Wurzel packen können. Ein Mann sein.

Er konzentrierte sich für einen Augenblick nur auf das Atmen. Er hatte das Empfinden, ganz sicher sterben zu müssen, würde er in der Dunkelheit in einem kleinen Raum eingeschlossen werden – allein aufgrund des Gefühls, nicht atmen zu können. Keine Luft holen zu können. Wieso kamen ihm gerade jetzt diese Gedanken? Vielleicht weil er gerade wieder jene Atemprobleme hatte, die bei ihm Panik auslösten.

Er öffnete die Augen und sah hinauf in einen sternenklaren Himmel weit über sich. Er starrte in die blinkenden Sterne vor dem tiefschwarzen Hintergrund eines dunklen Universums, das niemals endet. Und hier hatte nun er geendet. Wie war er hergekommen? Es roch nach Eisen, Erde, Diesel – und Kotze. Die Feuchtigkeit drang ihm durch die Hose, aber er spürte es nicht mehr. Er lag auf dem Rücken in seinem eigenen Erbrochenen, das ihm an Wangen und Hals klebte, aber er hatte keine Kraft, es wegzuwischen. Er fror nicht, obwohl die Nacht immer noch kalt war. Er hatte eine Jacke an. Der Geschmack von Blut füllte seinen Mund. Ab und zu hörte er schwache Geräusche von Autoreifen auf trockenem Asphalt irgendwo weit über sich, sonst war es still. Konnte er auch das Meer hören oder war das Einbildung? Weil er das Meer so sehr liebte?

Sein Atem ging langsam und mühsam, die Muskeln waren bleischwer, sodass es unmöglich war, sich zu bewegen. Der Kopf schmerzte wie bei einem Migräneanfall und die Übelkeit drückte im Hals. Er erinnerte sich nicht, warum er sich hier hingelegt hatte, wie er überhaupt hier heruntergekommen war. War er gefallen? Vielleicht. Auf dem Heimweg von der Stadt. Da war er gewesen. Jetzt wusste er es wieder. Schwache Erinnerungsblitze tauchten auf, wenn er die Augen schloss. Sie hatten sich irgendwo in einer Bar getroffen, wo er noch nie zuvor gewesen war. In die Stadt zu gehen, sich volllaufen zu lassen und sich zu amüsieren lag ihm überhaupt nicht. Das hatte ihm einfach noch nie zugesagt. Das hatten die anderen auch nur zu gut gewusst, vielleicht hatten sie ihn deswegen mitgeschleift: »Jetzt ist es fast zwei Jahre her, dass wir aus der Schule raus sind, wir *müssen* uns also mal wieder treffen«, waren sie sich einig gewesen. Sie hatten sich alle bei Facebook gefunden, nur ihn nicht, weil er kein Internet hatte, noch nicht einmal einen Computer. Aber mit Bertram war er trotzdem in Kontakt geblieben, da sie in der gleichen Nachbarschaft wohnten und es sich kaum vermeiden ließ, dass sie einander hin und wieder über den Weg liefen. Also hatte Bertram dafür gesorgt, dass auch er eine Einladung bekommen hatte. Warum, wusste er nicht. Auch nicht, warum er Ja gesagt hatte. Unterhaltsam war er selten und war es auch nie gewesen. Langweilig wurde er genannt. Still und langweilig. *Kein Selbstvertrauen* hatte die Einschätzung des Psychologen gelautet, aber der wusste auch nicht alles: Es war nicht sein eigener Wunsch gewesen, bei dem lächelnden, überpositiven bärtigen Herrn aufzukreuzen, und so hatte er nichts verraten, auch wenn der Mann sicher nur hatte helfen wollen. Nein, Trine hatte ihn dazu überredet. Sie brauchte eine Diagnose für sein sonderbares, abnormes Verhalten, damit es leichter zu handhaben war – für sie. Ihm selbst war es egal. Er war, wie er war. Das war sie ja auch. War sie seine Freundin? Er wusste nicht, ab wann der Begriff angebracht war.

Er erinnerte sich nicht deutlich an den Verlauf des Abends. Verschwommene Bilder flatterten vorbei, ohne einen festen Anhaltspunkt, mit dessen Hilfe er sich ein konkretes Bild machen, sich Klarheit hätte verschaffen können. Laute, lärmende Musik. Münder, die sich stumm zu Rufen bewegten – ein Versuch, den Krach zu übertönen und ein Gespräch zu führen. Lachende Gesichter. Höhnische Blicke. Ja, das waren seine Klassenkameraden, wie er sie in Erinnerung hatte. Sie mixten ihm Drinks. Er trank sie – aus Pflichtgefühl. Vielleicht hatte er sich zu irgendeinem Zeitpunkt amüsiert. Er erinnerte sich, laut gelacht zu haben. Sich tatsächlich eine Weile glücklich gefühlt zu haben. Schwebend. Berauscht. Der Rausch war jetzt weg, abgelöst von Mutlosigkeit und einer lähmenden Trägheit. Er gab ihr nach und sank wieder in eine Dunkelheit ohne Gedanken.

Der Lärm drang durch und ließ ihn die Augen aufreißen.

Das Geräusch war direkt über ihm. Brüllende Motoren, Klopfen und Schnarren von Eisen gegen Eisen. Es war, wie mitten auf einem Schlachtfeld zwischen Panzern und Artillerie aufzuwachen. Der Dieselgeruch stach ihm brennend in die Nase. Es war jetzt hell und die Sterne waren einem leuchtend blauen Maihimmel gewichen. Sein Blick wanderte Richtung Lärmquelle, er blinzelte in dem grellen Licht und versuchte sich aufzurichten, doch die Muskeln waren immer noch schwer und gehorchten nicht. Er rief etwas, aber die Stimme war schwach und heiser und ging im

Lärm unter. Und der Schatten, der nun plötzlich das Licht und den Himmel verdunkelte, lähmte ihm die Stimmbänder für einen Augenblick. Das große Maul hing über ihm wie die Kiefer eines Dinosauriers. Erdklumpen rieselten zwischen dessen Zähnen heraus wie Geifer und trafen ihn hart im Gesicht. Es wartete. Es war, als starre das Ungetüm ihn an. Als ob es ihn sehen könnte und zögerte. Er rief erneut, lauter, brüllte fast und kämpfte sich endlich in Sitzstellung. Dann entschied es sich und öffnete das Maul, die Erde fiel schwer über ihn und füllte die Grube. Staub stieg auf und ließ den Baggerführer einen hohlen Morgenhusten bellen. Schläfrig drehte er den Greifer des Baggers weg, sodass er einen neuen großen Mundvoll Erde aufnehmen konnte.

2

Der süßliche, moschusartige Duft von Sandelholz verstärkte den Druck in seinem Brustkorb. Das Herz wurde ihm schwer und rutschte ihm in die Hose, oder es schien in seiner Brust zu wachsen – die Empfindung war ungefähr die gleiche. Die Gefühle strömten aus ihm heraus wie der Rauch aus den Rauchfässern der Ministranten. Die Stimme des Priesters klang monoton, und seine Worte drangen nicht richtig durch, er stand mit dem Rücken zur Gemeinde. Das Gabelkreuz hinten auf seinem Messgewand erinnerte ihn an den Schnitt, den der Rechtsmediziner Henry Leander immer in die Brust der Toten ritzte. *Die Toten.* Er atmete schwer und richtete den Blick auf die Kerzen, die Christus und das göttliche Leben symbolisierten. Sie flackerten fast nicht in der stillstehenden Luft. Es hatte geradezu etwas Hypnotisierendes, in die Flammen zu starren, bis sie zusammenflossen und einem Feuer glichen. Der brennende Dornbusch, in dem sich Gott offenbart hat, als er sich Moses zeigte. Das Feuer war sowohl ein Symbol für die Reinigung des Menschen durch Gott als auch für sein Verdammungsurteil über ihn.

Roland Benito fühlte sich eher verdammt als erlöst. Automatisch stand er auf und setzte sich wieder, wenn die Gemeinde es tat, die Routine aus der Kindheit war immer noch tief in ihm verwurzelt. Nach dem Tod seiner Mutter hatte er den Kirchgang zunehmend vernachlässigt und sich gefragt, ob er zuvor wohl nur ihretwegen in die Kirche gegangen war. Damit sie sich einen Teil der Normalität des Lebens, vor dem sie geflüchtet war, hatte bewahren können. Es war nun einige Jahre her, dass sie gestorben und er ihrem Sarg zurück nach Neapel gefolgt war, um sie neben ihrem Mann, dem märtyrerhaften Helden Carabiniere Adriano Benito, begraben zu lassen. Im Tod konnte ihnen nun niemand mehr etwas zuleide tun. Nicht einmal die Camorra. Oder war er vielleicht auch deshalb nicht mehr in die Kirche gegangen, weil er aufgegeben hatte zu glauben, dass es einen Gott gab, der den verwundbaren Menschen vor all dem vielen Bösen auf der Welt beschützen konnte? Konnte *er selbst* es denn? Die Menschen beschützen? Er versuchte es jedenfalls. Mord war sein Alltag, auch wenn er ihm nie etwas Alltägliches, Normales geworden war. Aber warum hatte ihn dann gerade noch so ein sinnloser Mord nun wieder ins Haus Gottes getrieben? Der Tod traf am härtesten, wenn er die jungen Leben nahm. Und wenn er in der eigenen Familie zuschlug. Gott vergibt alles, der Priester hatte es gerade gesagt. Aber der Mensch? Und war Vergebung denn alles? Er hatte versucht, Irene mit zur Messe zu nehmen, sie aber hatte Ausflüchte gemacht, sie sei keine Katholikin, hatte sie betont. War er denn einer? Er wusste, dass auch sie unter Schuldgefühlen litt, auch wenn sie es nicht gesagt hatte. Es war schwer, ihren Blick wie früher festzuhalten und ihr in die Augen zu sehen. Das war schon so, seit sie Anfang Februar von der Beerdigung in Neapel zurückgekommen waren. Drei lange Monate, in denen er spürte, dass sie immer weiter auseinanderglitten, ohne dass er genau wusste, weshalb – weil sie nicht darüber sprachen. Überhaupt kaum miteinander sprachen.

Ich glaube an den Heiligen Geist,
die heilige katholische Kirche,

Gemeinschaft der Heiligen,
Vergebung der Sünden,
Auferstehung der Toten,
und das ewige Leben. Amen.

Der Priester beendete das Glaubensbekenntnis. Der Geruch der Kirche, die Kerzen und die Musik versetzten ihn für einen kurzen Augenblick zurück nach Neapel in die Chiesa Santa Maria della Mercede in der Via Chiaia, nicht weit von der Seitenstraße, in der sich Tante Giovannas kleiner Antiquitätenladen befand. Sie hatte gewollt, dass ihr Sohn ihn eines Tages übernehmen werde, obwohl Antiquitäten nicht gerade Salvatores Leidenschaft gewesen waren. Aber er hätte in den hervorragend gelegenen und vielfältig geeigneten Räumlichkeiten auch ein anderes Geschäft eröffnen können, wenn nicht … Sie waren daran vorbeigegangen, als sie den Sarg hoch erhoben durch die schmalen Gassen getragen hatten, und der Duft von den Ständen der Straßenhändler mit Obst und Fisch und von Espresso und Croissants aus den Bars hatte sich mit dem Gestank des Abfalls aus den überfüllten Mülltonnen mit den halbgeöffnet drum herum liegenden Plastiktüten vermischt. Neapels Wahrzeichen. Wieder mit der Camorra als dem über allem herrschenden Tyrannen.

Das Gewicht von Salvatore – nur fünfzehn Jahre alt –, wie es seine Muskeln gelähmt hatte. Das kühle Holz des Sarges schwer auf den Schultern. Scharen von Alten am Weg, die leise jammerten, und Olivias dunkle Augen, wie sie ihn anklagend angeschaut hatten, wenn sie zufällig Augenkontakt bekamen, was sie beide zu vermeiden versuchten. Er war derlei Anklagen von seiner Tochter und ihrem italienischen Lebensgefährten gewohnt, der sie, Rolands zahlreicher Proteste ungeachtet, überredet hatte, nach Rom zu ziehen, obwohl sie erst neunzehn gewesen war. Sie war mehr Italienerin als Rikke, die ihrer dänischen Mutter ähnelte. Olivia war wie er. Sie sahen und hörten nicht viel voneinander, weil Giuseppe ungefähr genauso viel für Roland übrig hatte wie Roland für ihn. Glücklicherweise hatte das Liebespaar noch nicht geheiratet, also gab es noch Hoffnung, dass Olivia auf andere Gedanken kommen und heim nach Dänemark ziehen würde, obwohl diese Hoffnung mit den Jahren und der mangelnden Möglichkeit, auf Olivia Einfluss zu nehmen, schwand. Rikke hatte in der Kirche seine Hand genommen und sie während der ganzen Messe in der ihren behalten. Es half, dass wenigstens eine seiner Töchter ihn nicht als Sündenbock sah. Marianna war so lange von ihren Großeltern väterlicherseits in Dänemark gehütet worden. Ein siebenjähriges Mädchen sollte man nicht mit nach Neapel schleppen, damit es der Beerdigung eines Familienmitgliedes beiwohnt, das es kaum gekannt hat. Das hatte er seinem einzigen Enkelkind nicht zumuten wollen, und der Rest der Familie gab ihm Recht, obwohl Marianna selbst lautstark protestiert hatte. Das Requiem in der Kirche war wirklich schön gewesen, voller Hoffnung und Trost in der Trauer. Die Seele lebt weiter, und statt über den Tod des Körpers zu trauern, wurde Salvatores Leben und Auferstehung gefeiert. Der Tod ist nicht das Ende des Lebens, sondern ein Anfang – *aus der Erde sollst du wiederauferstehen.* Die Heiligen werden an ihrem Todestag, nicht an ihrem Geburtstag gefeiert.

Das Handy regte sich in seiner Hosentasche. Er hatte es auf lautlos und Vibrationsalarm gestellt. Als er es diskret herausnahm, um einen Blick auf das Display zu werfen, rutschte der Rosenkranz hinterher und fiel auf den Boden. Die Frau mit dem farbenprächtigen Schal neben ihm auf der Bank bückte sich, hob ihn auf und reichte ihn Roland mit einem vertraulichen Lächeln. Das Lächeln, mit dem er antwortete, wurde plötzlich steif und künstlich. Den Rosenkranz hatte er von Giovanna bekommen. Sie hatte ihn ihm zum Abschied in die Hand gedrückt. Er hatte einst seinem Vater gehört, und dass sie ihm das Erbstück ausgerechnet jetzt gegeben hatte, wirkte fast symbolisch.

Der Anruf kam vom Revier. Es war das erste Mal, dass er während der Arbeitszeit zur Messe gegangen war, aber er hatte sich nahezu unwiderstehlich dazu hingezogen gefühlt. Der neue Fall wühlte die Erinnerungen an Salvatore wieder auf, an die lange Suche, bis er gefunden worden war, die Unruhe, die Angst, die Trauer, die Wut. In Neapel, einer Stadt von etwa einer Million Einwohnern und ohne irgendeine Form von Moralkodex unter Kriminellen, war es leicht, spurlos zu verschwinden. Aber wie konnte das einem jungen Mann nach einer durchfeierten Nacht in einer vergleichsweise kleinen, friedlichen Stadt wie Aarhus passieren?

Draußen vor der Kirche stürzten das gleißende Sonnenlicht und das geschäftige Einkaufsleben in der Ryesgade auf ihn ein. Dazu wimmelte es von Leuten, die zum Bahnhof eilten, um den nächsten Zug oder an der Haltestelle am Bahnhofsvorplatz ihren Bus zu erreichen. Es war, als sei er plötzlich hinaus in eine völlig andere Welt getreten. Er setzte die Sonnenbrille auf und musste für einen kurzen Augenblick unwillkürlich an Horatio Caine aus der US-Krimiserie CSI Miami denken, aber gleich waren die Gedanken zurück bei den aktuellen Erfordernissen. Während er sich auf den Rückweg machte, wählte er die Nummer des Präsidiums.

»Wo bist du gewesen?« Die Stimme des Beamten Mikkel Jensen klang eher besorgt als vorwurfsvoll.

»Gibt's was Neues?«

»Ja, ich wurde von einer Journalistin von TV 2 Ostjütland angerufen, sie wollte nur mitteilen, dass die Freunde unseres Vermissten heute Abend im Lokalfernsehen zu sehen sind – mit einem Appell an die Öffentlichkeit, nach ihrem Freund zu suchen. Sie meinte, dass wir vielleicht vorher erst einmal selbst mit ihnen reden sollten.«

»Sehr freundlich von dieser Journalistin. Aber hat es nicht geheißen, dass er gar keine Freunde hat?«

»Also, die bezeichnen sich jedenfalls als seine Freunde. Sie sitzen im Cross Café an der Ecke beim Magasin. Ich bin schon unterwegs.«

Roland änderte sofort die Richtung und steuerte die Strøget an, die Fußgängerzone. »Ich auch. Wir treffen uns dort.«

3

»Ist Papa jetzt wirklich ein frommer Mann geworden?«

Rikke saß auf dem Küchentisch und behielt Marianna durchs Fenster im Blick. Die Kleine schaukelte an dem alten, rostigen und schiefen Schaukelgerüst, das Roland für seine Töchter aufgestellt hatte, als sie klein gewesen waren. Er hatte sich geweigert, es abzubauen, weil ja sicher einmal Enkel kommen würden. Gott sei Dank hatte er Recht behalten. Angolo lief bellend der Schaukel nach, vor und zurück, und ließ das Mädchen laut auflachen.

»Ach, fromm … Aber wenn er meint, dass es ihm hilft, wieder in die Kirche zu gehen, schadet das ja niemandem.« Irene warf die geschnittenen Champignons in den Salat. Rikke schnappte sich eine Pilzscheibe, stopfte sie sich in den Mund und kaute.

»Ich kann mich erinnern, dass er oft zusammen mit Oma hingegangen ist. Glaubst du, er macht das jetzt wegen Salvatore plötzlich wieder?«

»Dein Vater fühlt sich sehr schuldig wegen dem, was passiert ist.«

»Schuldig! Wie das? Er kann ja nicht daran schuld sein, dass die Mafia in Neapel …«

»Nein, aber Giovanna hatte ihm doch die Verantwortung für Salvatore übertragen. Es war eigentlich seine Pflicht, ihn aus der Kriminalität zu holen und ihn zu überreden, nicht für die Mafia zu arbeiten, auch wenn ihm das eine Menge Geld bringen würde. Es hätte ihn das Leben gekostet, wenn er weiterhin die giftigen Chemikalien zu ihren Mülldeponien gefahren hätte.« Sie geriet ins Stocken und Rikke führte ihren Gedanken zu Ende.

»Aber er ist trotzdem brutal gestorben.« Sie sprang vom Tisch herunter. Sie konnte Marianna nicht mehr draußen im Garten entdecken. Rikke öffnete das Fenster, lehnte sich heraus und sah sich um, bis sie sie wieder gefunden hatte. Auch die Kinder von Polizisten werden vom Leben ihrer Eltern geprägt, schließlich wachsen sie hautnah daran auf – hautnah an Mord, Entführungen, Unfällen.

»Eine so große Verantwortung kann man doch auch nicht einfach auf die Schultern eines anderen abwälzen. Papa hat mir nicht erzählt, wo sie Salvatore gefunden haben. Und ich will ihn nicht noch mehr quälen, indem ich ihn frage. Weißt du das, Mama?" Rikke schloss das Fenster, sie hatte Tränen in den Augen. Auch wenn sie die Familie in Italien nicht oft sahen, berührte der Mord an Salvatore sie tief. »Du willst vielleicht auch nicht darüber reden?«, hakte sie nach, als Irene nicht sofort antwortete.

»Er wurde in einem Auto bei einem Verschrottungsunternehmen etwas außerhalb von Neapel gefunden. So stark mit einer Maschinenpistole durchsiebt, dass er fast unkenntlich war.« Irene konzentrierte sich beharrlich darauf, eine Zwiebel in Scheiben zu schneiden, es brannte in den Augen, die Tränen liefen, und sie trocknete sich die Wangen mit dem Handrücken ab. »Der Plan war sicher, dass das Auto zerstört und zu einem kleinen Metallwürfel zusammengepresst werden sollte, sodass er nie gefunden worden wäre.«

»Wer hat ihn entdeckt?«

»Ein aufmerksamer Kunde hat Blut aus der Autotür laufen gesehen und die Polizei informiert ...«

»Ist dieses Verschrottungsunternehmen denn auch in den Fängen der Mafia?«

»Wer in Neapel wäre das nicht?« Zum ersten Mal seit Beginn ihres Gesprächs sah Irene ihrer Tochter in die Augen, aber sie sah dort keine Zustimmung, nur einen Hauch von Vorwurf.

»Nein, Mama, so kann man das aber nicht sagen. Es gibt eine Menge ehrliche Neapolitaner, die die Mafia am liebsten ausgerottet sehen würden. Aber dieser Verschrottungsunternehmer gehört also zu ihr?«

»Das wird bestimmt untersucht, weil der Gedanke nicht so fernliegt, wenn sie ausgerechnet seinen Schrottplatz benutzten.« Sie reichte Rikke die Schüssel mit dem Salat und bat sie, den Tisch zu decken.

»Erwartet Papa denn auch immer das Schlimmste von seinen Landsleuten?«, fragte Rikke, nachdem sie beide eine Weile geschwiegen hatten. »Manchmal glaube ich, er hält alle Italiener für korrupt. Schau doch, wie das mit Giuseppe ist – seinem eigenen Schwiegersohn –, und der ist sogar Anwalt.«

»Ja, Strafverteidiger. Du weißt, was Papa von denen hält. Und Olivia und Giuseppe sind ja nicht verheiratet, also gleich ›Schwiegersohn‹, ich weiß nicht recht ...«

»Trotzdem. Auch wenn Olivia das nicht zeigt, glaube ich, dass sie es leid ist, dass Papa so stur ist.«

»Du weißt, er war sehr dagegen, dass Olivia nach Rom zieht. Das war ich zwar auch, sie war noch so jung. Aber ich glaube, es geht ihm eher darum, dass ihm Giuseppe seine Tochter weggenommen hat.«

»Giuseppe hat Papa Olivia doch nicht weggenommen«, protestierte Rikke. »Wenn er seinen Starrsinn einfach unterdrücken würde und ein bisschen Vertrauen zu ihm hätte, dann würde er auch wieder ein gutes Verhältnis zu ihr bekommen. Sie war doch mal sein Ein und Alles. Ich bin manchmal wirklich eifersüchtig gewesen, aber jetzt spricht er nicht mehr über sie – als hätte *er sie* abgeschrieben.«

»Das hat er selbstverständlich nicht, aber er hofft, dass sie es sich anders überlegt und nach Hause zurückzieht. Das größte Problem ist wohl, dass die beiden sich einfach zu ähnlich sind. Sie sind beide gleich stur.«

»Kannst du Giuseppe auch nicht leiden?« Rikke lehnte sich gegen den Küchentisch und sah ihr direkt in die Augen.

»Wir hatten ja noch keine Möglichkeit, ihn richtig kennenzulernen«, wich Irene aus und wischte den Küchentisch trocken.

Rikke nahm sich eine Tomate. »Genau, und das ist eure eigene Schuld und ... ihr müsst ihn einfach akzeptieren«, sagte sie zwischen zwei Bissen.

»Natürlich.«

»Ich mein's ernst, Mama. Olivia hat mir nach der Beerdigung etwas erzählt.«

Irene schaute Rikke prüfend an. Olivia strafte sowohl sie als auch Rolando, indem sie *ihnen* kein Vertrauen schenkte und sich nur ihrer Schwester mitteilte. Das schmerzte sie, aber Rolando wollte nicht nachgeben und Giuseppe mit mehr Nachsicht betrachten, auch nicht, wenn das bedeutete, dass er auf diese Weise ihre Tochter von sich stieß. Er konnte einfach nicht glauben, dass sie ihren Freund statt ihrer Familie wählen würde. Irene indes war sich da nicht so sicher. Sie selbst hatte schließlich das Gleiche getan, als sie sich in den gutaussehenden Polizisten Rolando Benito verliebte, obwohl ihre Eltern sehr gegen ihre Beziehung mit einem »Dunkelhäutigen« gewesen waren. Rolando weigerte sich, sich daran zurückzuerinnern.

»Willst du es mir weitersagen?« Sie zitterte innerlich, sodass man es ihrer Stimme anhören konnte. Sie konnte in Rikkes Augen lesen, dass es etwas Wichtiges war, und sobald sich dieser Ausdruck einmal gezeigt hatte, würde sie selbst das größte Geheimnis nicht mehr für sich behalten können.

»Olivia will nicht, dass ich es erzähle.«

»Nein, das kann ich mir denken, aber jetzt hast du schon damit angefangen, und du willst es doch selbst gerne.« Die Zwiebeln zischten und spritzen, als sie sie in das heiße Olivenöl im Topf schüttete.

»Sie bekommen ein Kind.«

»Wann?«, fragte sie überrascht und war froh, dass Roland ihren Tonfall nicht hören konnte, der die Frage eher erwartungsvoll als betroffen klingen ließ.

Sie zuckte zusammen, als ihr Handy klingelte. Sie trocknete die Hände am Geschirrtuch ab und ging ran, ihre Hand zitterte leicht; sie hoffte, dass es Rikke nicht bemerkte. »Hallo! … Hallo! … Wer ist da?« Sie wartete angespannt und legte wieder auf.

»Das war aber ein kurzes Gespräch. Wer war das, Mama?«, wollte Rikke wissen und verteilte Messer und Gabeln neben den Tellern auf dem Tisch.

Sie räusperte sich, ihre Stimme klang trotzdem heiser. »Da hat sich wohl jemand verwählt.«

»Schon wieder? Das ist das dritte Mal! Ist es nicht ein bisschen komisch, dass …«

»Das ist nichts von Belang, Rikke. Olivias Neuigkeit hingegen schon. In welchem Monat ist sie?«

»Es kommt im November, hat sie gemeint. Giuseppe will vorher heiraten, also können wir wohl demnächst eine große italienische Familienhochzeit erwarten. Ich freu mich!«

Irene überlegte, wie sie Rolando diese Neuigkeit beibringen sollte, und sah auf die Uhr; er würde wohl bald nach Hause kommen. Sie setzte Wasser für die Nudeln auf. Mensch, dass sie wieder Großeltern werden sollten!

»Oma, Oma! Guck mal, was ich gefunden habe!« Marianna kam in die Küche gerannt, Angolo direkt auf den Fersen; sie versteckte etwas zwischen den gekrümmten Fingern und hatte in ihrem Eifer vergessen, die Schuhe auszuziehen. Rikke führte sie mit einem harten und bestimmten Griff am Arm wieder hinaus. Irene setzte so lange ein entschuldigendes Lächeln auf. Marianna fehlte ein Schneidezahn; sie hatte ihn an einem Wochenende verloren, als sie bei ihnen zu Besuch gewesen war. Irene hatte dafür gesorgt, dass die Zahnfee ihre Pflicht erfüllt hatte. Sie starrte hinaus in den Garten. Ihre Hände zitterten immer noch und sie atmete tief durch, um sich zu entspannen. Die Nummer war anonym gewesen, und sicher war es nur jemand, der sich immer wieder verwählte, aber es lag etwas Beängstigendes und Bedrohliches in dem Schweigen und dem leisen Atmen am anderen Ende.

»Guck, das ist eine Raupe, vielleicht wird sie mal zu einem hübschen Schmetterling.«

Marianna stand wieder neben ihr, auf ihren Socken mit dem Marienkäfermuster, die dunklen Augen glänzten vor Stolz darüber, das kleine schwarze Wesen mit den weißen Punkten und den kurzen Borsten gefangen zu haben, das in ihrer offenen Hand krabbelte. Die Schnauze des Schäferhunds näherte sich schnüffelnd ihrer Handfläche und veranlasste Marianna dazu, ihre Hand so hoch zu heben, wie sie konnte, aber Angolo war dabei, ein großer Hund zu werden, und Marianna hatte die kurze Statur ihres Opas geerbt. Irene scheuchte den Hund energisch weg, ging vor dem Enkelkind in die Hocke und studierte interessiert die Raupe. Sie war auf dem Land aufgewachsen und war als Kind selbst von Schmetterlingen und Nachtfaltern fasziniert gewesen.

»Ich glaube, die hier wird mal ein Tagpfauenauge. Das sind die rostroten Schmetterlinge, die Muster auf den Flügeln haben, die wie die Augen auf den Schwanzfedern von Pfauen aussehen. Du hast schon welche gesehen, im Sommer sind immer ganz viele davon im Schmetterlingsflieder.«

Marianna nickte ernst, sodass der Pferdeschwanz auf ihrem Kopf tanzte. »Darf ich die behalten?«

»Nein, ich finde, du solltest sie wieder raus in den Garten setzen, sonst kann sie ja kein Schmetterling werden, nicht wahr?«

Das Handy klingelte erneut, sie schnappte nach Luft, stand schnell auf und schaltete es aus. Sie wusste, dass *er* es wieder war. Aus einem unerklärlichen Grund war sie sich sicher, dass es ein Mann war. Vielleicht lag es am Atmen. Marianna lief mit der Raupe in den Garten, Angolo begrüßte sie mit verspieltem Tanz. Rikke schaute ihnen nach und lächelte, dann wurde sie ernst.

»Hat sich schon wieder jemand verwählt? Mama, willst du mir nicht erzählen, was da vor sich geht? Wer ruft die ganze Zeit an? Ich habe oft an den Mord an der Sozialarbeiterin in Holstebro Anfang des Jahres gedacht. Deine Arbeit ist fast so gefährlich wie diejenige Papas, und …«

»Quatsch!« Irene drehte ihr den Rücken zu und kümmerte sich um die Töpfe, sodass sie Rikke nicht in die Augen sehen musste.

»Hast du Papa davon erzählt? Ich kann doch sehen, dass da etwas nicht stimmt.«

Sie wandte sich ihrer Tochter zu und schaute sie mit gespielter Zuversicht an. »Du musst dir keine Sorgen machen, Rikke, und das soll Papa auch nicht, er hat genug anderes um die Ohren. Das ist nur jemand, der sich verwählt hat. Basta! Hat Olivia gesagt, für wann sie die Hochzeit geplant haben?« Der Kummer über die schweigende Abstrafung, die sie da durch ihre jüngste Tochter erfuhr, ließ die Angst ein bisschen in den Hintergrund treten; es gab größere Sorgen als anonyme Anrufe. Olivia sollte derart wichtige Ereignisse in ihrem Leben ihrer Mutter und ihrem Vater anvertrauen und sie nicht mehr oder weniger unfreiwillig über ihre Schwester vermitteln.

Sie beschloss, morgen in Italien anzurufen. Wenn nur hoffentlich nicht Giuseppe ranging und wieder auflegte, sobald er ihre Stimme hörte.

4

Schnell hatte Roland den Tisch mit Tobias Abrahamsens Freunden entdeckt. Jeder hatte ein Glas frischgezapftes Bier vor sich stehen. Die Journalistin von TV 2 Ostjütland und Mikkel Jensen gaben ihm Winkzeichen, als er über die Brücke an der Immervad ging. Die Uhr an der Fassade des Kaufhauses Magasin zeigte fünf vor sechs. Essenszeit. Irene, Rikke und Marianna warteten jetzt zu Hause in der Villa in Højbjerg. Er öffnete die Jacke, der Schlips wehte ihm nach hinten über die Schulter. Es war einer dieser ersten Tage mit Vorgeschmack auf den Frühling, die nach einem rekordlangen und harten Winter nun höchst willkommen waren. Die Cafébesitzer fingen an, Hoffnung auf eine einträgliche Freiluftsaison zu schöpfen. Doch bisher hatten sich nur wenige Gäste an die Tische draußen gesetzt. Einzelne hatten vorsichtig die Jacke ausgezogen, aber sie hing griffbereit über der Stuhllehne. Noch vor wenigen Wochen waren die Fliesen eisglatt gewesen und es hatte hohe Schneewehen gegeben. Die Mitarbeiter der Stadt hatten Schwierigkeiten damit gehabt, die alten wegzuräumen, bevor sich neue auftürmten. Noch konnte man sich kaum vorstellen, dass Sonne und Wärme nun bald wieder die Vorherrschaft übernehmen würden.

Auf dem Tisch lagen DIN-A4-Handzettel mit dem Bild des Vermissten. Roland war bereits in der Strøget auf einige davon gestoßen, aufgehängt an Laternenpfählen und an Mauern. »Wo ist Tobias?«, stand dort über einem Privatfoto eines blonden, blassen jungen Mannes mit einem Zucken um den Mund; ein scheues Lächeln, das nicht herauswollte. Tobias sah nicht wie ein Achtzehnjähriger aus, sondern älter. Seine Mutter war vor drei Jahren gestorben und sein Vater hatte vor einem Jahr Selbstmord begangen. Das hatte den Sohn sehr mitgenommen, und eine so große Trauer konnte selbst die ganz Jungen altern lassen. Nach dem Tod des Vaters war die Großmutter sein Vormund geworden. Aber er war kein ganz gewöhnlicher Jugendlicher; es gab keinen Computer mit E-Mail-Verkehr, kein Handy und damit auch keine Anrufe oder SMS, die verfolgt werden könnten. Tobias hatte kein Interesse an so etwas; er machte eine Zimmererlehre, genauso wie einst sein Vater. Ging seiner Arbeit nach und schien alles in allem ein tüchtiger, anständiger junger Mann zu sein. Roland wunderte sich, dass es solche Jugendlichen heutzutage überhaupt noch gab, wo sie doch tagtäglich von Werbung und Reality-TV beeinflusst wurden. Er warf einen schnellen Blick auf Mikkel Jensen und die Journalistin und setzte sich auf einen freien Stuhl. Ein Mädchen verrückte den ihren ein bisschen, sodass mehr Platz war.

»Haben Sie ihn gefunden?«, fragte sie und schaute Roland mit leeren Augen an. »Ich bin Tobias' Freundin, Trine.«

»Leider nicht, wir verfolgen selbstverständlich die Spuren, die wir haben, aber vielleicht könnt ihr uns helfen. Wann habt ihr ihn zuletzt gesehen?«

»Samstag Nacht vor dem Fatter Eskild, wir hatten gefeiert und er wollte zur Park Allee und den Nachtbus nach Hause nehmen.« Der Kahlrasierte, der diese Antwort gegeben hatte, nahm einen Schluck von seinem Bier. Fast könnte er ein bisschen an Mikkel Jensen erinnern, aber bei seiner Gesichtsform wirkte die mangelnde Haarpracht längst nicht so charmant wie bei Mikkel.

»Und du bist?«

»Ich heiße Bertram. Tobias und ich sind fast Nachbarn.«

»Hast du auch einen Nachnamen?«

»Dinesen. Bertram Dinesen.«

»Wie spät ist es gewesen, als sich Tobias von euch verabschiedet hat?«

»Öh ...« Bertram schaute ratlos zu den anderen, und alle redeten durcheinander, bis sie sich einig wurden, dass es wohl ungefähr halb eins gewesen war.

»War er betrunken?«, fragte Roland weiter. Die Großmutter hatte behauptet, dass ihr Enkel nie Alkohol trank, aber auf derartige Aussagen aus der nahen Familie war oft nicht allzu viel zu geben. Ihr war offenbar auch nicht klar gewesen, dass er Freunde hatte, mit denen er Party machte. Sein Arbeitgeber hatte ihn als vermisst gemeldet, als er nicht zur Arbeit gekommen war und er nur Tobias' verwirrten Vormund zu Hause angetroffen hatte.

»Ja, er war nicht ganz sicher auf den Beinen«, antwortete Trine und starrte verloren ins Glas. Obwohl sie in der warmen Sonne saß, zog sie ihre Daunenjacke fester um sich. Ihre Wimperntusche war verschmiert und die Nase rot. Sie schniefte.

»Wieso bist du auch nicht beim ihm geblieben?« Ein blondes Mädchen in Trines Alter warf ihr einen wütenden Blick zu.

»Darüber haben wir doch geredet, Miriam, also lass es jetzt gut sein!« Bertram sah die beiden Mädchen verärgert an, als sei das ein Punkt, den sie schon reichlich durchdiskutiert hatten.

»Welche Verbindung habt ihr jeweils zu Tobias Abrahamsen?« Mikkel Jensen stand auf, die Hände in der Tasche; der beengte Platz an dem runden Tisch war ihm offensichtlich zu unbequem geworden. Die Journalistin stand mit dem Rücken zu ihnen, den Blick auf das Wasser der Aarhus Å gerichtet, als würde sie im Fluss nach einer Leiche suchen, und sog an ihrer Zigarette.

»Ja, also ich bin ja seine Freundin«, antwortete Trine als Erste. Das wurde nicht mit Stolz gesagt. Eher, als ob *sie* diejenige sei, die ihnen leidtun müsste, so wirkte es auf Roland. Keiner von ihnen schien besonders betroffen über das Verschwinden ihres Freundes, aber es stand ja auch keineswegs fest, dass er nicht bald wieder zurückkommen könnte. Das war bei Vermissten in diesem Alter schließlich öfters mal der Fall. Er hatte vielleicht einfach nur ein anderes Mädchen getroffen und war mit ihr nach Hause gegangen – genau den gleichen Gedanken hatte auch Roland bei Salvatore zunächst gehabt, als er nicht nach Hause gekommen war. Die Hubschraubersuche und die Hundestreife hatten nichts gefunden, was ihnen irgendeine Erklärung für Tobias' Verschwinden hätte geben können. Brachten die Informationen der Freunde keine verwertbaren Neuigkeiten, kamen sie nicht weiter. Dann würden sie den Fall erst einmal zurückstellen und auf das Beste hoffen müssen – oder das Schlimmste befürchten. Rolands Blick wanderte ebenfalls zum Fluss. Das Wasser der Å strömte still und geheimnisvoll wie ein stummer Zeuge. Tobias könnte leicht hineingefallen und aufs offene Meer hinausgetrieben worden sein; dann könnten sie jetzt nur darauf warten, dass die Leiche irgendwann auftauchte. Falls sie es je tat. Bald mussten die Taucher raus, aber sie fanden selten etwas.

»Und ich bin, wie gesagt, fast ein Nachbar von Tobias, wohne gerade mal ein paar Häuser entfernt«, machte Bertram weiter.

»Aber wir sind alles alte Klassenkameraden. Wir haben verabredet, uns letzten Samstag zu treffen und ein bisschen zu feiern, weil es jetzt zwei Jahre her ist, dass wir mit der Volksschule fertig sind«, erläuterte ein Rothaariger mit schulterlanger Mähne näher. Wären da nicht die roten Bartstoppeln gewesen und die Tatsache, dass er sich als Aksel Møller Lund vorstellte, hätte er fast wie ein Mädchen gewirkt.

Miriam zupfte an einem Fleck auf ihrem Jackenärmel und nickte.

»Ihr habt ihn also mitten in der Nacht einfach allein und betrunken fortgehen lassen?« Mikkels Stimme war nicht ohne Empörung. Man vergisst schnell, wie es gewesen ist, als man selbst jung war.

»Ja, das *wollte* er so«, erwiderte Bertram.

»Und wir waren ja echt nicht weniger betrunken!«, fügte Aksel tonlos hinzu.

»Wir wollten weiter durch die Stadt ziehen, es war ja noch nicht sehr spät, aber Tobias wollte lieber heim, er ist nie auf Partys gewesen, also …« Trines Stimme war heiser, sie räusperte sich und nahm einen Schluck von ihrem Bier.

»Ich verstehe nicht, wie er einfach so verschwinden kann, er muss doch irgendwo sein«, murmelte Miriam. Sie schaute auch zum Fluss hinüber, aber mit einem leeren und gleichgültigen Ausdruck in den Augen.

»Wir haben heute alle extra die weiterführende Schule sausen lassen, damit wir suchen können. Jetzt haben wir die hier in der ganzen Innenstadt aufgehängt, damit uns die Leute helfen, ihn zu finden.« Bertram hielt einen der DIN-A4-Handzettel mit Tobias' Foto vor Roland in die Höhe. »Außerdem hoffen wir, dass die Sendung heute Abend die Leute zum Helfen motiviert und …«

»Ja, und ich habe einen Suchaufruf bei Facebook gestartet«, unterbrach ihn Trine, »es sind schon fast zweitausend mit dabei.«

Die Journalistin trat an den Tisch und drückte die Zigarette im Aschenbecher aus. »Jetzt kommt das Kamerateam, wir müssen uns also fertigmachen. Wollen Sie dabei teilnehmen?«, fragte sie, den Blick auf Roland gerichtet.

Er nickte. »Wir haben ja nicht wirklich viele Informationen, aber es ist wichtig, dass wir eine präzise Suchmeldung rausgeben und all die Dinge vermitteln, die wir bisher wissen, daher … klar, selbstverständlich.«

Mikkel Jensen schaute ihn verwundert an. Die Presse war keine Instanz, mit der Roland normalerweise freiwillig zusammenarbeitete. Am liebsten hatte er das immer Vizepolizeidirektor Kurt Olsen überlassen. Aber nun hatte er erfahren, wie es ist, als Angehöriger zurückzubleiben und nicht zu wissen, was aus einem Familienmitglied geworden ist. Die nagende Furcht. Die schwindende Hoffnung. Es war so wichtig, dass die Leute sich an der

Suche beteiligten, ihren Teil beitrugen, und es bestand ja vielleicht noch Hoffnung für Tobias Abrahamsen.

5

»Putzen?!«

Es hatte nicht so überrascht klingen sollen, wie es herauskam. Kamilla goss den Kaffee in die Thermoskanne. Es war lange her, dass sie Anne gesehen hatte. Eigentlich hatten sie sich nur einmal getroffen, seit Kamilla ihre Arbeit als Pressefotografin in der Redaktion des Tageblatts gekündigt hatte, um als Werbefotografin im Studio Pierre zu arbeiten – im Übrigen ein Glück für sie, da die Zeitungsredaktion einige Monate später ohnehin hatte schließen müssen, sodass alle, die dort gearbeitet hatten, plötzlich ohne Arbeit dastanden. Auch Anne hatte ihre Stelle als Journalistin und Kriminalreporterin verloren.

»Vielleicht im Polizeipräsidium?«, neckte Kamilla.

»Nein, bist du verrückt! Man braucht eine Genehmigung, um dort zu putzen. Die würde ich nie bekommen. Eine Journalistin, die in die Arbeit der Polizei hineingeschnüffelt und ihre Beamten mehr als einmal regelrecht auf die Palme gebracht hat! Dem würde Benito bestimmt einen Riegel vorschieben.«

»Ja, aber, putzen, bist das denn *du*, Anne?«

»Ich verstehe, dass du verwundert bist. Ich wollte eigentlich weiterstudieren, aber jetzt brauche ich einfach eine Pause – nach alldem mit meiner Mutter und so. Warum ist eine Reinigungskraft nicht genauso hoch angesehen wie ein Bankdirektor? Sie arbeiten beide. Wer von beiden mehr schuftet, kann man ja diskutieren. Wer im Verhältnis zu seinem Gehalt mehr leistet, ist jedenfalls offensichtlich. Von Adomas habe ich gelernt, dass eine Arbeit nicht unbedingt gut bezahlt oder besonders angesehen sein muss, Hauptsache, man kommt mit dem verdienten Geld aus, dann ist jede Arbeit gut genug. Er hatte eine Stelle als Zeitungsausträger und konnte damit mehr verdienen als mit einer qualifizierten Ausbildung zu Hause in Litauen.«

»Adomas? Dein litauischer Cousin – äh, Freund?« Kamilla schenkte Kaffee in Annes Tasse und traute sich nicht richtig, ihr in die Augen zu sehen. Es fiel ihr schwer, ihren Widerwillen dagegen zu verbergen, dass Anne mit ihrem Cousin liiert war. Aber es war das erste Mal gewesen, dass sie sie mit einem verliebten Schimmer in den Augen gesehen hatte.

»Hast du mal wieder was von ihm gehört?«, fragte sie stattdessen.

Anne rührte sich abwesend Zucker in den Kaffee. »Nein. Ich hab wirklich Angst, dass ihm etwas Schreckliches passiert ist. Es war einfach merkwürdig, wie er verschwunden ist.«

»Was ist denn passiert?«

Anne lehnte sich auf dem Sofa zurück und sah durch die Terrassentür hinaus in den Garten. Der Garten war nicht so schön wie sonst im Mai. Der harte Frost im Winter hatte das meiste erfrieren lassen. Der Rasen hatte gelbe Flecken und in einige der kleinen Büsche würde wohl nie wieder Leben kommen.

»Es war Ende Januar. Adomas' Handy hat an dem Abend mehrfach geklingelt und er hat Litauisch gesprochen. Ich dachte, es wäre seine … unsere Familie. Aber mit jedem Gespräch wurde er unruhiger, und plötzlich hat er seine Tasche gepackt und gesagt, er müsse verreisen. Ich habe ihm oben vom Fenster aus hinterhergeschaut und beobachtet, wie er sich in ein Auto gesetzt hat, das schnell wegfuhr. Als ich gerade vom Fenster weggehen wollte, habe ich ein anderes Auto vom Bürgersteig herunterfahren und ihm folgen sehen. Im Licht der Straßenlaterne konnte ich erkennen, dass es ein litauisches Nummernschild hatte. Ich hab versucht, ihn auf dem Handy zu erreichen, aber es hieß immer, dass es keine Verbindung gäbe. Entweder hatte er es ausgeschaltet, oder er hatte kein Netz, oder …«

»Hast du das der Polizei gemeldet?«

»Nein, die haben doch keine Zeit, sich um so was zu kümmern. Vielleicht ist es ja auch gar nicht so, wie ich befürchte.«

»War da nicht auch was von wegen, dass er in die Sache mit dem brutalen Raubüberfall in Trige letzten Winter verwickelt war?«

»Nein, damit hatte er nichts zu tun!« Anne funkelte sie wütend an. »Er kannte bloß ein paar von denen, die das Ding gedreht haben«, fuhr sie etwas weniger heftig fort. »Der Prozess beginnt jetzt sicher bald. Er hat sogar der Polizei dabei geholfen, einige osteuropäische Zigarettenschmuggler hochgehen zu lassen, sodass sie später auch die Hintermänner erwischt haben.«

»Ich habe den Artikel in der Zeitung gelesen. *Er* hat ihnen also die Informationen gegeben. Das war ja nicht ganz ungefährlich.«

»In der Tat, das hab ich ihm auch gesagt. Aber es hat nichts gebracht; als hätte er nicht geglaubt, dass ihm tatsächlich etwas passieren könne."

»Und du hast wirklich nicht die Polizei um Hilfe gebeten?«

»Bist du wahnsinnig?! Wenn die wüssten, dass ich was mit Adomas zu tun habe, was glaubst du, wie Benito wohl reagieren würde? Er wurde doch damals verhört und die halten ihn ohne Zweifel für kriminell.«

»Dann haben sie ihn also wohl nicht gehen lassen?«

»Er hat ihnen doch geholfen. Ein Tauschhandel. Die kleinen Fische kommen davon, damit sie sich an großen ranmachen können. Solche Absprachen treffen sie bei der Polizei tatsächlich, genauso wie in der Politik.«

»Das hat bestimmt nichts zu bedeuten, Anne. Sicher gibt es eine harmlose Erklärung für Adomas' Verhalten. Wenn ihm etwas passiert wäre, hättest du garantiert was von der Familie in Litauen gehört.« Sie holte Milch aus dem Kühlschrank; der Kaffee war sehr stark, genau wie Anne ihn mochte.

»Wenn ich Litauisch könnte, hätte ich sie auch längst kontaktiert. Die sprechen leider keine andere Sprache.«

»Wie wär's damit, einen Dolmetscher zu organisieren und einen Familienbesuch zu machen?«

»Einen Dolmetscher beauftragen und mit nach Litauen nehmen? Ich bin arbeitslos, Kamilla!«

»Stimmt. Aber jetzt hast du doch eine Arbeit. Wann fängst du an?«

»Morgen.«

»Schon! Das wird etwas ganz anderes, als du es gewohnt bist. Mehr die harte körperliche Arbeit – aber vielleicht brauchst du das ja jetzt gerade.«

Anne nickte.

Tarzan huschte plötzlich durch die Katzenklappe in der Waschküche herein und warf geräuschvoll Annes Stiefel um. Vor Schreck hätte sie beinahe die Tasse fallen lassen. Der übergewichtige Kater huschte weiter in die Küche, zur Futterschüssel, als sei nichts passiert. Er hatte ein Talent dafür, den Unschuldigen zu spielen, wenn er etwas angestellt hatte.

»Gott, wie Tarzan gewachsen ist«, rief Anne und fing an zu lachen.

»Ja, ich glaube, er hat verschiedene Adressen, wo er frisst. Manchmal ist er mehrere Tage lang weg, kommt zurück und riecht nach fremdem Parfüm.«

»Typisch Mann, die sind echt immer untreu.« Anne klang bitter und ihr Lächeln verschwand.

»Glaubst du, Adomas hat eine andere?«

»Wer weiß? Ich weiß ja nichts über ihn. Vielleicht war er in Litauen verheiratet …«

»Weiß deine Mutter das nicht? Sie war doch diejenige, die euch miteinander bekanntgemacht hat?«

»Ich habe meiner Mutter nicht erzählt, dass ich Adomas *so* kenne, daher traue ich mich nicht, zu viel zu fragen. Sie glaubt auch, dass er einfach zurück nach Litauen gefahren ist.«

Tarzan hüpfte aufs Sofa, Anne streichelte ihm über das schwarze Fell, und er stimmte ein gemütliches Schnurren an. Die Katze legte sich in ihrer Lieblingsecke auf einem Kissen zurecht und begann zu dösen.

»Zu Hause ist es doch am schönsten.« Anne lächelte. »Wenn die Männer nur auch so denken würden.«

»Wie läuft es mit deiner Mutter?«

Anne hörte auf, die Katze zu streicheln, und wischte sich die Hände an den Oberschenkeln ihrer Jeans ab, um die Katzenhaare loszuwerden. »Das war für mich schon ein Schock – sowohl, dass sie nach dreizehn Jahren, in denen ich nicht ein Wort von ihr gehört habe, plötzlich bei mir aufgetaucht ist, als auch herauszufinden, dass sie eine obdachlose Alkoholikerin ist. Hätte ich das gewusst, hätte ich sie natürlich nicht auf die Straße gesetzt. Aber ihr geht es den Umständen entsprechend gut. Sie wohnt bei mir, während sie auf eine Wohnung wartet.«

Kamilla fragte nicht weiter, sie wusste, dass Anne genauso wenig über ihre Mutter sprechen wollte wie sie selbst über die ihre. Auch wenn Kamillas Mutter jetzt tot war, spukte sie weiterhin durch ihre Gedanken und ihr Leben, eigentlich noch mehr als zu Lebzeiten.

»Vermisst du *deine* Mutter?« Anne schien ihre Gedanken zu lesen.

»Nicht besonders. Wir hatten ja auch keinen Kontakt, daher …«

»Trotzdem, es muss doch komisch sein, keinen von seinen Eltern mehr zu haben. Nach der Beerdigung bist du so still geworden, deswegen habe ich gedacht …«

Kamilla stellte die Tasse ab. Plötzlich hatte sie Lust, Anne alles zu erzählen. So vertraut mit ihr zu sein, wie sie es früher einmal gewesen waren.

»Das lag nicht daran, dass ich meine Mutter betrauert habe. Natürlich tut es mir leid, dass sie gestorben ist, versteh mich nicht falsch. Aber was mich völlig aus der Bahn geworfen hat, war ein Gespräch mit ihrer Schwester, meiner unbekannten Tante, die zur Beerdigung von Agger an der Nordsee herübergefahren war.«

»Die Schwester deiner Mutter. Und die hast du wirklich nicht gekannt?«

»Nein, meine Mutter hat nie etwas über die Familie an der Westküste erzählt. Sie ist ja als junge Frau von zu Hause abgehauen, weil sie nicht mit dieser strengen, von der Inneren Mission geprägten Erziehung leben konnte – das habe ich zumindest gedacht.«

»Und es war gar nicht so?«

Kamilla zog die Beine an und nahm ein Sofakissen in den Arm. Sie zerknautschte es. Plötzlich hatte sie keine Lust mehr, darüber zu reden, aber jetzt hatte sie schon einmal damit angefangen und Annes neugierige Journalistenaugen fixierten sie auffordernd.

»Tante Astrid hat mir erzählt, dass es sich ganz anders verhalten hat. Meine Oma und mein Opa haben sie vielmehr aus dem Haus rausgeworfen. Meine Mutter war ein wenig *rebellisch*, wie meine Tante es ausgedrückt hat.«

»Ja, *das* geht ja echt nicht!«

In Annes Augen lag ein spöttischer Schimmer, und in Kamilla regten sich erneut Zweifel, ob sie weiterreden sollte.

»Eines Abends ist meine Mutter zusammen mit einem Mann auf dem Boot meines Opas rausgesegelt. Der kleine Bruder meiner Mutter war mit dabei, er war sieben.« Sie merkte, dass sie zu schnell redete, und atmete tief ein. »Meine Mutter war unaufmerksam und passte nicht auf ihren Bruder auf. Der Mann war ihr Geliebter, und während die beiden … zusammen waren, ist der Junge über die Reling gefallen und ertrunken.«

»Er ist ertrunken, während sie gebum…«

»Die Nordsee hat ihn verschlungen, er wurde nie gefunden.«

»Verdammt, Kamilla. Deshalb haben sie sie also rausgeworfen!«

»Nee, eigentlich nicht. Unfälle durch Ertrinken sind in einem Fischerdorf an der Nordsee normal. Darauf ist man vorbereitet. Aber meine Mutter wurde schwanger, sie war sehr jung, und er war ein ganzes Stück älter …« Ihr fehlten die Worte und sie schaute Anne an. Hoffte, dass sie den Zusammenhang selbst erriet. Und das tat sie auch – fast.

»Aber sie haben doch geheiratet. Ist dein Vater deiner Mutter gefolgt, als sie abgereist ist?«

»Ja, aber das ist eine ganz andere Geschichte. Der, von dem ich immer geglaubt habe, dass er mein Vater ist, war es gar nicht.«

»Also hast du einen biologischen Vater, den du nun finden willst.«

Kamilla kannte Annes Gesichtsausdruck, wenn sie eine gute Story witterte. »Ich *habe* ihn gefunden.«

»Kamilla, das ist doch fantastisch!« Anne sah sie an und merkte, dass Kamilla nicht zurücklächelte. Der begeisterte Ausdruck verschwand. »Oder nicht? Wer ist es?«

»Er heißt Mogens Arnskov Aagaard und ist Fischer in Bønnerup Strand. Er ist verheiratet und hat einen Sohn, Mathias, der ungefähr in Rasmus' Alter ist. Sie sind sich so ähnlich.« Das Lächeln kam spontan, verschwand aber schnell wieder.

»Du hast ihn – und deinen Halbbruder – also getroffen. Meine Güte! Ich bin also nicht die Einzige, die eine neue Familie gefunden hat. Aber was ist schiefgegangen?«

»Am Anfang lief es gut, bis mein Vater herausgefunden hat, wer ich bin. Er will mich nicht sehen und es soll nicht herauskommen, dass ich seine Tochter bin. Seine Frau darf das nicht wissen.«

»Warum nicht? Steht es um ihre Ehe so schlecht, dass eine alte Affäre sie zerstören würde?«

»Keine Ahnung.«

Anne kraulte die Katze hinter den Ohren. Auf ihrer Stirn erschien eine Falte – wie immer, wenn sie über ein Problem nachdachte und nach Lösungen suchte.

»Irgendwas muss damals passiert sein. Etwas, von dem er nicht will, dass es herauskommt«, sagte sie schließlich.

»Was meinst du damit, Anne?«

»Was sollte es sonst sein? Irgendetwas ist passiert, was er um jeden Preis verbergen will. Du musst rausfinden, was es ist!«

Kamilla warf das Kissen zur Seite und ging in die Küche, um neuen Kaffee zu kochen. Sie kannte niemanden, der das schwarze Gebräu so in sich hineinschüttete wie Anne. Von hier aus konnte sie das Foto von Rasmus sehen, das im Wohnzimmer im Regal stand. Die Sonne traf das Glas und ließ seine Augen im Licht glänzen, wie sie es bei einem glücklichen zehnjährigen Jungen tun. Es war ein Unfall gewesen. Einfach nur ein tragischer Unfall.

Verkehrsunfälle passieren jeden Tag. Danny war schuldlos. So war das. Alle sagten, dass es so war.

»Ich mein's ernst, Kamilla.« Anne kam resolut in die Küche getreten und stellte sich hinter sie. Kamilla löffelte Kaffeepulver in den Filter.

»Es muss etwas wirklich Ernstes sein, wenn er seine eigene Tochter verleugnen will, nur um es zu verbergen. Bist du nicht auch neugierig, was da passiert ist?«

Kamilla warf den Kaffeelöffel zurück in die Dose, schaltete die Kaffeemaschine an und drehte sich dann zu Anne um.

»Willst du mir helfen, es herauszufinden?«, fragte sie.

6

Roland sah dem Auto von der Treppe aus nach. Marianna saß wie eine kleine Prinzessin auf dem Rücksitz und winkte wie Königin Margrethe. Lächelnd winkte er zurück. Er hatte es immerhin noch rechtzeitig nach Hause geschafft, damit sie alle zusammen hatten essen können – das aber nur, weil sie auf ihn gewartet hatten. Das Auto verschwand aus dem Villenweg. Er blieb noch einen Augenblick stehen und sog die Luft ein. Genoss den Duft des Frühlings in der Nase und den Anblick von Irenes Blumenbeeten, die sich nach der harten Prüfung des Winters nun zurück ins Leben kämpften. Irene hatte sich darangemacht, in der Küche aufzuräumen. Er konnte sie durchs Küchenfenster sehen. Trotz ihrer vierundfünfzig Jahre – sie war etwas jünger als er – waren es nicht die Falten, die in ihrem herzförmigen Gesicht dominierten. Obwohl sie immer mit ihrem Gewicht kämpfte, fand er eigentlich nicht, dass sie auch nur ein Gramm abnehmen müsste. Frauen sollten runde Formen haben. In ihren Haaren fand sich keine graue Strähne, dafür sorgte der Friseur. Heute hatte sie sich das Haar locker auf dem Kopf festgesteckt, sodass Hals und Nacken zu sehen waren.

Er stand auf der Treppe, während ihn die frische Luft ein wenig frösteln ließ, und genoss den Anblick. Freute sich darüber, dass diese Frau die seine war, und das schon so lange, dass sie die Jahre nicht länger zählten. Hübsch war sie, wie immer, trotz des etwas unnahbaren Ausdrucks, der in letzter Zeit über ihrem Gesicht lag. Während des Essens hatte sie nicht viel geredet. Marianna hatte wie gewöhnlich lustig geplaudert, und er hatte mit Rikke ein bisschen über Alltagsdinge und Politik diskutiert. Sie waren sich selten einig, da sie beide unterschiedlichen Flügeln angehörten, aber sie bekamen sich auch nie wirklich in die Haare; so viel bedeutete die Politik ihnen beiden auch wieder nicht. Irenes Schweigen bedrückte ihn. Er wusste nicht, wie er ihr helfen sollte. Hätten sie Salvatore bloß hierbleiben lassen und ihn nicht nach Hause auf die Straßen Neapels und in die Gewalt der Camorra geschickt. Verdammt! Ergrimmt fuhr er sich durch das dichte dunkle Haar. Sein Friseur hielt sich immer mit dem Kürzen zurück; er meinte, die grauen Haare an den Schläfen würden ihn nur maskuliner machen. Irene sagte das Gleiche. Er ging zu ihr hinein und stellte Teller und Gläser in die Spülmaschine.

»Warum hast du dein Handy ausgeschaltet? Ich habe versucht dich anzurufen, weil ich spät dran war.«

Irene zuckte zusammen. »Gott, ich hab vergessen, es wieder anzumachen. Ich hab es ausgemacht, damit ich nicht gestört werde, wenn Rikke und Marianne schon mal hier sind. Schließlich kommen sie nicht alle Tage, und da …« Sie drehte ihm den Rücken zu und stellte etwas in den Kühlschrank.

»Als ob dein Handy sonst ständig bimmeln würde«, murmelte er.

»Entschuldigung, Rolando.«

»Ach, egal, so wichtig war es jetzt auch wieder nicht …«

Die Spülmaschine war voll. Ihr leises Brummen und Plätschern waren die einzigen Geräusche, die man in der Stille hörte. Der orangefarbene Knopf leuchtete im Halbdunkel der Küche. Roland schielte zu Irene hinüber, sie versuchte, sich aufs Lesen zu konzentrieren, aber er sah deutlich, dass es nicht klappte. Erneut ertappte er sich dabei, wie er sie beobachtete. Einer kritischen Prüfung unterzog. Als sei sie ein Verbrecher, der in wichtigen Ermittlungen eine entscheidende Information verheimlicht. Angolo war nach dem Besuch des fordernden Enkelkindes müde und lag ausgestreckt auf seiner Decke, zufrieden, dass das normale, ruhige Dasein zurückgekehrt war. Sein Brustkorb hob und senkte sich ruhig im Schlaf.

»Du zeigst dich doch sonst nicht so bereitwillig im Fernsehen. Was sagt Kurt Olsen dazu?«, meinte Irene, nachdem sie seinen Auftritt in den Spätnachrichten gesehen hatten. Sie griff wieder nach ihrem Buch, das auf dem Tisch lag, ein Lesezeichen ungefähr in der Mitte.

»Die Frage ist eher, was sagt er dazu, dass ich mich in diesen Fall einmische, wo er doch all diese Erinnerungen in mir weckt. Du weißt schon, an die Sache mit …«

»Salvatore«, beendete Irene den Satz, ohne von ihrem Buch aufzusehen.

Es hätte ein ganz gewöhnlicher, gemütlicher Abend werden können, aber wieder lag die Last des Ungesagten über allem. Vielleicht war ja er derjenige, der das Wort ergreifen sollte, wohin auch immer das führen mochte. Er räusperte sich. »Ich habe heute mit Giovanna gesprochen.«

Irene schaute von ihrem Buch auf. Abwartend.

»Sie wirft uns nichts vor, Irene. Sie versteht sehr gut, dass wir Salvatore nicht mehr bei uns wohnen lassen konnten. Er war mehrere Monate hier. Wäre sein Leben verschont geblieben, wenn er noch den Rest des Jahres hier gewesen wäre? Die Mafia vergisst nie.«

»Das weiß ich, Rolando. Aber trotzdem kommt einem dieser Gedanke: Wenn er nun doch – schließlich bin ja ich es gewesen, die nicht …«

»So etwas darfst du nicht denken. Es war nicht unsere Schuld.« Vielleicht versuchte er eher sich selbst als Irene zu überzeugen. Ihr Blick war wieder auf das Buch gerichtet. Sie ließ ihn links liegen, und das tat weh, aber er wusste auch, dass er versuchen musste, sich zu beherrschen, wenn er zu ihr durchdringen wollte. »Was liest du da?«

Sie drehte das Buch um und warf einen Blick auf die Titelseite, als wisse sie es selbst nicht genau. »Das ist ein Buch über Sozialpolitik«, antwortete sie.

»Also Arbeit«, stellte er mit einem Lächeln fest.

Sie nickte.

»Irene, hör mal. Ich mache dir auch keine Vorwürfe, wir beide ...«

»Wer sagt denn, dass ich glaube, du würdest mir Vorwürfe machen? Oder dass Giovanna das tun würde?« Ihre Stimme war hart. So hatte er sie nicht mehr gehört, seit er versucht hatte, die Villa, ihr Elternhaus, hinter ihrem Rücken zu verkaufen. Angolo hob den Kopf.

»Wir müssen über das hier reden. Seit der Beerdigung bist du so schweigsam. Was ist los?«

Irene schloss das Buch. Ihr eingelegter Daumen verhinderte, dass es zuklappte und sie die Seite neu würde suchen müssen. Das Lesezeichen lag auf dem Tisch. »Das ist für uns alle ein schreckliches Erlebnis gewesen. Salvatore war viel zu jung, um zu sterben. Und dann noch auf diese Weise! So überflüssig. Natürlich hat uns das verändert.«

»Soll das heißen, dass wir nun den Rest unserer Tage so verbringen sollen?«

»Wie meinst du das?«

»Du sagst nichts. Du weichst meinem Blick aus. Ich merke doch, dass irgendetwas nicht stimmt.«

»Ach, der Polizist wieder.« Es war ein höhnischer Ton, der ihn traf.

»Ja, natürlich bemerke ich so etwas. Das ist ein Teil meiner Arbeit: Verhaltensweisen zu analysieren – und es sollte auch ein Bestandteil deiner Tätigkeit sein.«

»Was weißt *du* schon über meine Arbeit?«

War es das, was nicht stimmte? Interessierte er sich nicht genug für das, was sie machte? Vielleicht war das richtig, oft ging es nur um seine Fälle, aber doch auch nur, weil sie fragte und interessiert wirkte.

»Ja, dann erzähl mir davon, Irene. Du erzählst ja nie etwas über deine Arbeit.«

»Ich finde, wir sollten lieber über unsere Familie reden.«

»Ach Mensch, es geht wieder um Olivia. Natürlich, warum habe ich nicht gleich daran gedacht. Aber es ist sie, die nichts von ihrem Vater wissen will, nicht umgekehrt, also rede lieber mit ihr darüber.«

»Das werde ich auch. Ich rufe sie morgen an.«

»Du kannst ihr ausrichten, wenn sie diesem Schuft einen Korb gibt und heimkommt, vergeb ich ihr, dass sie abgehauen ist.«

»Sie ist doch nicht abgehauen, Rolando. Und Giuseppe ist kein Schuft, er ist ein respektabler und gut ausgebildeter junger Mann.«

»Du nennst einen Strafverteidiger respektabel und gut ausgebildet?! Die lassen Verbrecher frei, nachdem die Polizei eine Riesenarbeit damit gehabt hat, sie einzusperren. Du erinnerst dich doch, dass die diesen ›Geschäftsmann‹ in Rom freigesprochen haben, nicht? Er war ein Mafioso, daran bestand kein Zweifel. Es würde mich nicht wundern, wenn Giuseppe sich bestechen lässt; wie kann er sich die teure Wohnung und das Auto sonst auch leisten!«

»Rolando, reg dich ab. Angolo wird schon ganz unruhig. Jeder hat das Recht, Anschuldigungen zu bestreiten. So soll das in einer demokratischen Gesellschaft auch sein. Du hast doch keinerlei Beweise für deine Behauptungen. Kein Wunder, dass Olivia unglücklich ist, wenn du so etwas über ihren Lebensgefährten sagst.«

»Lebensgefährten!« Er schnaubte. Er bräuchte jetzt eine Zigarette. Das Päckchen mit den Nikotinkaugummis steckte in der Jackentasche draußen im Flur. »Wir hätten sie damals nicht den Kurs machen lassen sollen, dann hätte sie ihn nie kennengelernt.«

»Das hat ihr aber eine ausgezeichnete Stelle bei der dänischen Botschaft verschafft. Ihr geht es doch gut in Rom. Du solltest stolz auf deine Tochter sein.«

»Ich bin stolz, an dem Tag, an dem sie diesen Schwindler durchschaut und ihn verlässt.«

»Das wird ganz sicher nicht passieren, Rolando.« Sie legte das Buch weg, seufzte laut und schaute ihn an, als würde er ihr leidtun. »Hast du Lust auf einen Schluck Kaffee und einen Cognac?«

»Ja, das wäre schön.« So kannte er sie. Er holte zwei Tassen und stellte sie auf den Couchtisch, während sie Kaffee kochte. Er nahm auch die Flasche und die Cognacgläser aus dem Barschrank und schlüpfte hinaus zu den Nicotinell-Kaugummis in seiner Jackentasche. Als wüsste er, dass er bald etwas für seine Nerven brauchen würde.

Irene schenkte ein. Der Duft des Kaffees und des Cognacs wirkte beruhigend. Ach ja, wenn es nur das war, was Irene umtrieb. Natürlich war sie bei der Beerdigung an sein angespanntes Verhältnis zu Olivia erinnert worden, aber in diesem Punkt würde er nun mal nie nachgeben. Er wusste, er hatte Recht, was Giuseppe anging. Er konnte jederzeit einen Wolf im Schafspelz erkennen.

»Was meinst du mit *Das wird nicht passieren*? Kannst du Olivia nicht zur Vernunft bringen, wenn du sie morgen anrufst? Und richte Grüße aus – also, nur an *sie*.«

Irene schwenkte ihren Cognac nachdenklich im Glas. »Wenn ich morgen anrufe, Rolando, dann um zu gratulieren. Rikke hat mir heute Nachmittag eine gute Neuigkeit erzählt ...«

Roland versteifte sich und stellte das Glas zurück auf den Tisch. Er befürchtete, sonst den teuren Cognac zu verschütten, wenn sie fortfuhr. Es sei denn, die gute Nachricht wäre, dass Giuseppe aus dem Leben seiner Tochter verschwunden war – aber irgendetwas in Irenes Blick sagte ihm, dass es etwas anderes war. Sie sah ihn an mit Augen, die vor etwas glänzten, das aussah wie – Stolz.

»Rolando. Wir werden wieder Großeltern.«

Er wurde heiser. »Rikke und Tim, stimmt's?«

»Nein, Olivia und Giuseppe.«

7

Die Enten schnatterten frühjahrsübermütig im See. Im Winter war er komplett zugefroren gewesen, sodass sie sich im Entenhaus zusammengedrängt hatten, um sich gegenseitig warm zu halten. Es sah aus wie ein kleiner Holzpavillon, mit Pastellfarbe bemalt, die durch den Frost Risse bekommen hatte. Sie hatten das Häuschen für die Enten aus Holz gebaut, das sie vom ortsansässigen Schreiner geschenkt bekommen hatten.

Der Klostergarten hatte sich in den letzten Monaten gewaltig verändert, war kahl und tot gewesen. Nun hatten sich endlich wieder kleine, zarte Blätter entfaltet, und zusammen mit der Sonne verliehen sie der Umgebung einen weichen, hellgrünen Schimmer. Zuvor, in einem Winter, der ewig zu dauern schien, hatte das Ganze so hoffnungslos ausgesehen. Auch die Vögel wurden vom erwachenden neuen Leben beeinflusst und sangen laut oben in den Baumkronen.

Sie hatte die Gewohnheit, sich nach den Laudes einen ruhigen Ort zu suchen, an dem sie den Bibeltext des jeweiligen Tages durchgehen und sich dabei in eine meditationsähnliche Stimmung versetzen konnte. Sie hatte gerade noch genug Zeit, bevor sie sich im Refektorium zum Frühstück einstellen musste. Jetzt, da der Frühling Einzug hielt, war hierfür der Garten ihre bevorzugte Stelle. Hier, vor dem großen geschnitzten Holzkreuz. Der Gärtner hatte bereits wieder damit zu kämpfen, es von Schlingpflanzen und Unkraut freizuhalten.

Sie hatte nicht lange gesessen, als der Frieden gestört wurde. Jemand folgte ihr wie ein Schatten. Die junge Frau war längst hinter ihre Gewohnheit gekommen, vor dem Holzkreuz im Garten zu meditieren. Das Morgenlicht blendete ein bisschen und so kniff sie die Augen zusammen, als sie nun die Postulantin in ihrem schwarzen Rock, dem weißen Hemd und dem kleinen schwarzen Schleier vor sich sah. Diesen Schleier sollte die Postulantin mindestens ein halbes Jahr lang tragen – bis sie herausgefunden hatte, ob sie denn wirklich willens war, ihr Leben Gott zu weihen. Bis dahin war sie noch kein Mitglied des Konvents und konnte es sich anders überlegen und das Kloster verlassen, wann immer sie wollte.

Sie selbst war mit der weißen Tracht der Novizinnen bekleidet, die Unschuld und Reinheit symbolisierte. Sie trug sie schon seit zwei Jahren; davor war auch sie lange Zeit eine Postulantin gewesen. Der Tag ihrer endgültigen Vermählung mit Gott und dem Kloster näherte sich nun. Zugleich wuchsen Unsicherheit und Zweifel – aber war das vor einer Hochzeit nicht immer so? Das sagte jedenfalls Mutter Helene. Alle Jünger Jesu hätten irgendwann einmal gezweifelt, meinte sie, aber der Teufel dürfe nicht gewinnen; er sei es nämlich, der versuche, ihr Zweifel an ihrer Berufung einzuflüstern, doch sie solle ihrem Heiligennamen gerecht werden und stark bleiben. Aber die Postulantin stellte immer so viele Fragen, die zu beantworten ihr schwerfiel und die ihren eigenen Frieden störten. Schwester Laura war ein hübsches junges Mädchen, gerade zwanzig geworden. Zu hübsch, um in ein Kloster eingeschlossen zu werden, hatte sie gedacht, als sie sie das erste Mal gesehen hatte, und sich sogleich für ihren Gedanken geschämt. Gott urteilt nicht nach dem Aussehen, alle sollen ihm dienen, die Schönen wie die Hässlichen. Sie selbst war Mittelmaß, so ihre Einschätzung, wenn sie sich, selten genug, im Spiegel ansah. Doch hätte sie nie einen Mann finden können, so still und zurückgezogen, wie sie war. Das lag bei ihr in der Familie. Schon deshalb war Gott ihre Rettung. Auch er war fern und schwer zu erreichen; nur Gebete, siebenmal am Tag, ewige Treue und ein Leben im Zölibat brachten sie ihm näher. Sie hatte diese Stufe der Nähe noch nicht ganz erreicht, aber sie wusste, das würde kommen, sobald sie ihre endgültigen Gelübde ablegte.

»Störe ich, Schwester Margaretha?«

»Wir müssen gleich frühstücken, deshalb ...«

Schwester Laura setzte sich neben sie ins Gras und sah sie mit ihren hellblauen Engelsaugen an. »Bin ich denn wirklich berufen, Schwester? Kannst du mich nicht irgendwie davon überzeugen? Einmal habe ich das fest in mir gespürt, aber jetzt ist es so, als ob es dabei wäre zu ... Ich weiß nicht so recht ...«

»Du solltest mit unserer Äbtissin reden, du weißt genau, dass sie es ist, die uns unterweist und uns Gottes Wort verkündet.«

»Ich habe mit Mutter Helene gesprochen, aber das hilft nicht. Ich glaube nicht, dass es der Teufel ist, der ... Es ist eher ... ich vermisse meinen Freund ... und meine Familie. Wie kannst du nur auf deine verzichten?«

Schwester Margaretha zupfte vorsichtig einen Grashalm ab und drehte ihn zwischen den Fingern. Ein Marienkäfer saß darauf. Der erste, den sie dieses Jahr sah. Ein wunderbares Frühlingszeichen.

»Du darfst deine Familie ja doch gerne besuchen – aber deinen Freund? Er versucht wohl, dich unter Druck zu setzen? Ihr habt doch wohl nicht ...?«

»Nein, nein!« Schwester Laura schüttelte heftig den Kopf. »Er hat es versucht, aber ich habe ihm gesagt, dass ich bis zur Ehe warten will. Davon war er natürlich nicht besonders begeistert. Er will nicht, dass ich ins Kloster gehe. Er sagt, das sei lächerlich. Mutter Helene meint, es wäre am besten, wenn ich ihn nicht sehe – und auch meine Familie nicht.«

Margaretha nickte und schob die Brille an ihren Platz auf dem Nasenrücken hinauf. Sie war selbst im katholischen Glauben erzogen worden, mit dem Auftrag, ihre Unschuld bis zur Ehe zu bewahren oder eben den Zölibat zu wählen; nun rang Schwester Laura mit dem Entschluss, so wie sie selbst es einst getan hatte. »Ist deine Familie auch dagegen, dass du Gott dienen willst?«, fragte sie die Jüngere.

»Ich bin ihr einziges Kind und ich glaube, sie wollen beide gerne mal Großeltern werden.«

»Also gibt es ja einen guten Grund dafür, dass Mutter Helene davon abrät, dass du heimfährst, wenn sie dort versuchen, dich dazu zu überreden, Gott und dem Kloster den Rücken zu kehren.« Margaretha stand auf und bürstete das Gras von der Rückseite ihres Kleides. »Komm, gehen wir frühstücken. Pater Josef kommt heute Nachmittag, daher sollten wir vor dem Mittagsgebet mit der Arbeit fertig sein.«

Sie gingen über einen der vielen Kieswege im Garten zurück. Das Kloster lag im Schein der Sonne, um die sich der Morgendunst wie ein goldener Heiligenschein gelegt hatte. Die verwitterten orangebraunen Steinmauern und der Turm mit dem giftgrünen kegelförmigen Dach sahen aus, als verbärgen sie eine Menge Geheimnisse, die niemals verraten werden würden. Der Turm und der Ostflügel stammten aus dem 12. Jahrhundert. Dieser Teil des Klosters war abgeschlossen, weil es zu teuer war, ihn zu beheizen, wenn sie ihn ohnehin nicht benutzten, außerdem war er baufällig geworden, und es fehlt das Geld, um ihn zu renovieren. Auch die Kirche stammte aus dem 12. Jahrhundert, war zusammen mit dem Ostflügel erbaut worden; dahinter lag eine kleine Kapelle. Der Rest des Gebäudes mit den Zimmern der Schwestern oben und dem Refektorium im Erdgeschoss war im 16. Jahrhundert erbaut, aber seither mehrmals renoviert worden. Dahinter lag der Küchengarten, für den Margaretha die Verantwortung trug. Mit dem Frühling und der Wärme kam auch das Unkraut. Der Einsatz von Dünger oder Spritzmittel war nicht erlaubt. Die Hühner und die Kaninchen bekamen auch nur natürliches Futter, damit sie selbst reines und unverdorbenes Fleisch essen konnten, wie Mutter Helene es ausdrückte.

Schwester Laura stolperte hinter ihr her. Sie war es gewohnt, moderne Jeans zu tragen, nicht lange Röcke. Es gab eine Menge, woran sie sich würde gewöhnen müssen. Margaretha war sich nicht so sicher, ob das Mädchen wirklich zum Dienste des Herrn berufen worden war.

»Du vermisst *deine* Familie also nicht?«

»Es ist sehr lange her, dass wir das letzte Mal Kontakt hatten. Aber ich vermisse niemanden. Ich habe genug in Gott. Seine Liebe ist größer als die, die meine Familie mir damals gegeben hat.« Die Worte taten trotzdem weh, als sie ausgesprochen wurden. Es war kein einziger Brief mehr von zu Hause gekommen, seit ihre Mutter sie förmlich angefleht hatte, wieder heimzukommen, und sie daraufhin Mutter Helene gebeten hatte, an ihrer statt den Brief zu beantworten, da Margaretha unsicher gewesen war, wie sie das Ganze angehen sollte. Damals war sie noch Postulantin gewesen und man hätte sie viel leichter als heute dazu bringen können zu zweifeln.

»Okay, und man gewöhnt sich also einfach daran, im Zölibat zu leben?«

»Es geht ja nicht nur darum. Wer das Ordensgelübde ablegt, erklärt sich einverstanden, ohne persönliches Eigentum in Armut, nach unseren Ordensregeln und gemäß der klösterlichen Leitung in Gehorsam sowie eben auch unverheiratet in Keuschheit zu leben, also im Zölibat – genau wie unsere Priester.«

Schwester Laura ging schweigend neben ihr her. »Hast du Pater Josef schon einmal getroffen?«

»Ganz oft. Begegnest du ihm heute denn zum ersten Mal?«

Schwester Laura nickte.

»Ich bin mir sicher, du wirst ihn mögen. Er ist ein gemütlicher alter Herr und war ursprünglich Mönch in Polen.« Sie bemerkte Schwester Lauras Unruhe und fügte lächelnd hinzu: »Aber keine Sorge, er spricht gut Dänisch, er wohnt seit vielen, vielen Jahren hier.« Die gemeinsamen lateinischen Gebete waren für das nicht allzu sprachkundige Mädchen schon Verständnishürde genug.

»Als Mutter Helene ihn überredet hat, sich unserem Kloster anzuschließen, ist er hier, nicht weit weg, aufs Land gezogen, daher kommt er oft und hilft Mutter Helene beim Unterrichten und hält Messen in der Kirche.«

Im Refektorium lärmte es von klirrenden Gläsern, Porzellan und Besteck. Es war eine Art Sturm vor der Ruhe, weil alle Mahlzeiten in absoluter Stille vonstattengingen. Vielen der Neuen fiel es zunächst schwer, sich an das Schweigen zu halten, aber ein ernster Blick und ein lautloses *Sch!* von Mutter Helenes Lippen wirkten Wunder und sorgten dafür, dass allen das Schweigen bald zur Routine wurde. Margaretha selbst hatte allerdings keine Schwierigkeiten gehabt, sich daran zu gewöhnen. Bei ihr zu Hause war nie besonders viel gesprochen worden, schon gar nicht während der Mahlzeiten.

8

Die Tür zu Rolands Büro schloss sich hinter dem Besucher. Der Lehrer, Sigurd Due, hatte ihn früh am Morgen kontaktiert. Er habe ohnehin in der Stadt zu tun und wolle gerne ein Gespräch mit ihm führen.

Roland musterte den Mann, den er nicht für einen Lehrer gehalten hätte, wenn er seinen Beruf hätte erraten sollen. Er war gut frisiert, frisch rasiert und roch nach einem teuren Aftershave.

»Ich muss hier heute Vormittag zu einer Konferenz«, antwortete Sigurd Due auf Rolands forschenden Blick und stopfte die Seidenkrawatte hinter das Revers seiner Anzugjacke. »Die neue Rundum-Bildungsinitiative der Regierung gibt Anlass zu einer Menge Besprechungen.«

Roland nickte verständnisvoll. So war das nun mal, wenn sich die Regierung einmischte. Nach der Polizeireform hatte es bis jetzt gebraucht, dass die Polizei wieder einigermaßen normal funktionierte. Nun stand der Volksschule das Gleiche bevor.

»Ja, ich habe in einer Radiodiskussion etwas über viele ausgefallene Stunden und die Forderung nach zusätzlichen Vertretungslehrern gehört.«

»Genau. Die Regierung hat den Kommunen auferlegt, dass immer eine Mindeststundenzahl eingehalten werden soll. Die Besprechung findet im Rathaus statt. Ich bin der Sprecher unserer Lehrergruppe, daher …« Er räusperte sich nervös. Armer Mann.

»Kaffee?«

»Ja, bitte. Ein Tässchen nehme ich gerne.«

Roland stellte einen weißen Plastikbecher vor den Lehrer hin und schenkte ein. »Wenn ich das richtig verstehe, sind Sie in der Volksschule Tobias Abrahamsens Klassenlehrer gewesen.«

»Ach ja, schreckliche Sache. Wie können Leute einfach so verschwinden, bei all der Polizei auf der Straße?«

Der Vorwurf stand ihm ins Gesicht geschrieben. Viel Polizei auf der Straße war nur eine politische Illusion, genauso wie die, dass die dänischen Volksschüler die besten der Welt werden sollten.

»Tobias kann unmöglich betrunken gewesen sein. Er hat nie Alkohol angerührt. Unterm Strich war er der Klassenbeste. Streber, würde man wohl sagen. Seine Klassenkameraden, meine ich.«

Roland lehnte sich im Stuhl zurück und prüfte den Gesichtsausdruck des Lehrers, während der aus dem Becher trank, aber der Mann verzog keine Miene. Der Kaffee im Lehrerzimmer der Schule war offensichtlich auch nicht besser. Allerdings verbrannte er sich die Finger an dem heißen Plastikbecher.

»Jetzt ist es ja zwei Jahre her, dass Tobias die Volksschule verlassen hat. Wie können Sie wissen, dass er sich seither nicht verändert hat?«

»Das hat er nicht! Bestimmt nicht. Ich war derjenige, der ihm den Ausbildungsplatz als Zimmerer bei meinem Schwager Poul verschafft hat. Er hat immer nur lobende Worte für Tobias übriggehabt. Er ist pünktlich, erledigt seine Arbeit, ist nachts nicht unterwegs, um zu saufen, und kommt also nie morgens mit einem Kater in den Betrieb, er packt immer mit an, wenn es nötig ist, und …«

»Ja, wir haben mit dem Arbeitgeber gesprochen. Ihrem Schwager. Er hat schließlich den Jungen als vermisst gemeldet. War Tobias in der Klasse ebenso beliebt? Streber sind ja in der Regel nicht die Beliebtesten.«

»Er war ziemlich unauffällig, wurde von den anderen eher ignoriert und hat sich hauptsächlich um sich selbst gekümmert.

Freunde hatte er bestimmt nicht viele. Er war fleißig, wollte aber nach Abschluss der Volksschule nicht auf die weiterführende Schule gehen. Er wollte lieber etwas mit seinen Händen machen. Sein Vater ist ja auch Zimmerer gewesen, aber das wissen Sie bestimmt.«

Roland nickte und zwang ebenfalls einen Mundvoll Teerkaffee in sich hinein.

»Als er sich dann … äh … das Leben nahm, veränderte das Tobias merklich. Er fing an, sein Verhalten zu ändern. Normalerweise hatte er zusammen mit den anderen in der Werkstatt zu Mittag gegessen, aber dann begann er, in der Pause zu verschwinden. Niemand wusste, was er machte, aber er wirkte sehr angespannt, wenn er zurückkam.«

»Davon wussten wir nichts.«

»Ja, das habe ich mir schon gedacht. Poul hält eine Menge von dem Jungen, er will sicher kein schlechtes Licht auf ihn werfen.«

»Und Sie glauben, das hat etwas zu bedeuten?«

»Man sollte zumindest darüber nachdenken. Damals, bei der Sache mit seinem Vater, ist er auch verschwunden und niemand hat gewusst, wo er war. Aber bei Poul ist er in der Regel höchstens eine Stunde weg gewesen, daher hat Poul das nur ihm selbst gegenüber angesprochen und es gegen all die Male abgewogen, wo Tobias bereitwillig Überstunden gemacht hat. Es ist ja auch eine turbulente Zeit für ihn gewesen, und dann seine Großmutter als der einzige Vormund – es ist nicht gut für einen jungen Mann, mit einer alten Frau zusammenzuwohnen.«

In Süditalien wohnte oft die ganze Familie zusammen, darin sah Roland nichts Ungesundes. Im Gegenteil.

»Das heißt, Sie glauben also, sein Verschwinden hat etwas mit dem Tod seines Vaters zu tun?«

»Das weiß ich natürlich nicht, aber da er angefangen hat zu verschwinden, nachdem er ihn gefunden hat, ist das wohl ziemlich wahrscheinlich.«

»Hat Tobias seinen Vater gefunden – erhängt?«

»Nicht direkt, aber nach dem Tod seiner Mutter hat er allein mit seinem Vater zusammengewohnt, deswegen war er der Einzige, der die Nachricht entgegennehmen konnte, als die Polizei geklingelt hat. Er ist, so schnell er konnte, auf seinem Moped zur Kirche gefahren. Er musste seinen Vater identifizieren. Sicher kein schöner Anblick. Nach dem, was erzählt wird, war der Kopf wohl fast vom Körper abgetrennt und …«

»Zur Kirche?«

»Ja, die Sankt-Lukas-Kirche. Da hat er sich erhängt. Vom Kirchturm aus.«

Roland fiel es schwer, den Kaffee herunterzuschlucken. »Das hat Tobias' Großmutter gar nicht erwähnt, als wir gestern mit ihr gesprochen haben.«

»Es ist schon immer eine ziemlich verschlossene Familie gewesen. Auch als die Mutter noch gelebt hat, sind sie nicht zu den Elternabenden in der Schule gekommen, weder bei Tobias noch bei seiner Schwester. Deshalb hat auch niemand in der Schule sie sonderlich gut gekannt.«

»Schwester?«

»Ja, das hat die Großmutter wohl auch nicht erzählt. Natürlich. Das Mädchen ist ebenfalls verschwunden. Ja, sogar schon bevor sie mit der Schule fertig war. Na, aber all das hier hätte ich Ihnen ja genauso gut auch am Telefon erzählen können. Aber ich habe etwas mit, von dem ich glaube, dass Sie einen Blick drauf werfen sollten. Tobias war, wie gesagt, ein fleißiger Schüler, seine Aufsätze waren für sein Alter verblüffend gut.«

Er griff nach seiner Tasche, die er auf den Boden gestellt hatte. Die wiederum war eine richtige Volksschullehrertasche mit der richtigen Lederfarbe, dem dazugehörigen Abnutzungsgrad und sichtbaren Einkerbungen von einem Fahrradgepäckträger. Er zog einen Stapel Aufsatzhefte heraus und legte sie vor Roland hin.

»Tobias wollte die Hefte nie zurückhaben, er meinte, ich könne sie wegwerfen. Hier sind Geschichten über mehrere Jahre hinweg aus verschiedenen Klassenstufen.«

Sigurd Due schaute auf die Uhr und stand auf. Ein wenig verwirrt folgte Roland seinem Beispiel.

»Wie sollen uns Tobias' Aufsätze dabei helfen, ihn zu finden?«

»Vielleicht können sie das auch nicht, aber immerhin erzählen sie etwas über einen Jungen, über den niemand viel weiß. Ist es nicht leichter, eine Person zu finden, wenn man sie kennt? Ich weiß nicht, wie ich manche der Geschichten deuten soll, vielleicht sind sie reine Fantasie – vielleicht aber auch etwas, was Sie gebrauchen können.«

»Sie wissen also nicht, was mit der Schwester passiert ist?«

»Nein, sie war ebenfalls keine von denen, die besonders beachtet wurden. Gerüchten zufolge ist sie weggezogen. Manche verschwinden eben einfach. Aber mit Tobias wird das nicht passiert sein, er ist ein guter Junge. Jetzt muss ich aber gehen.« Er schaute wieder auf die Uhr, als habe er beim ersten Mal nicht richtig hingesehen.

»Wie heißt die Schwester?«

»Wenn ich mich recht erinnere, Mona.«

Roland öffnete seinem Gast die Tür. Als Sigurd Due hastig den Flur hinuntereilte, drehte er sich plötzlich noch einmal um wie ein zweiter Columbo und zeigte mit dem Finger auf ihn. »Übrigens, ich habe im Fernsehen gesehen, dass Tobias letzten Samstag mit einigen seiner alten Klassenkameraden unterwegs war. Diese Jungs sollten Sie auch ein wenig im Auge behalten. Bertram Dinesen und Aksel Møller Lund waren die größten Unruhestifter der Schule – von der gröberen Sorte.« Dann war er weg, auf dem Weg zu seinem eigenen Dilemma im Rathaus.

Roland schloss die Tür wieder und öffnete das Fenster. Die Morgenluft war noch kalt und roch nach Meer, die Möwen segelten wie geübte Windsurfer am Himmel. Der Lehrer hatte einige hässliche Bilder in seinen Kopf gesetzt. Als hätte es davon nicht schon genug gegeben. Erst gestern Abend war wieder eins dazugekommen: Olivia mit Brautschleier und schwangerem Bauch. Er ließ sich schwer auf den Stuhl fallen und lehnte sich so weit zurück, wie es die Rückenlehne zuließ. Bei einem billigen Bürostuhl war das nicht besonders weit. Er blickte zur Decke. Sich von einem Kirchturm aus zu erhängen. Er erinnerte sich vage an den Fall, der wegen des unzweifelhaften Selbstmordes nicht in seiner Abteilung gelandet war. Aber die bizarre Methode hatte in allen Abteilungen und nicht zuletzt in der Presse für Gesprächsstoff gesorgt – so lange, bis ein neuer und größeres Aufsehen erregender Fall aufgetaucht war. Leider geschah das meist viel zu schnell.

Er richtete den Stuhl auf und starrte auf die Hefte. Aufsätze? Geschichten, erzählt von einem verschwundenen Jungen. Er öffnete das erste Heft an einer zufälligen Stelle. Der Text war mit blauem Kugelschreiber geschrieben, ordentlich und leserlich. Eine Seltenheit in unserer Computerzeit. Er legte das Heft zur Seite und zog das Telefon zu sich. Der zuständige Beamte war glücklicherweise gerade vom Morgenkaffee aus der Kantine zurückgekehrt. Roland bat ihn, den alten Selbstmordfall herauszusuchen und mit den entsprechenden Unterlagen zu ihm hochzukommen, dann rief er Mikkel Jensen an und beorderte ihn, sich für ein neues Gespräch mit Tobias' Vormund bereitzumachen; es gab da zu viel, was sie ihnen verschwiegen hatte.

»Er war erst neunundvierzig.« Mikkel Jensen saß angeschnallt auf dem Beifahrersitz und las den Bericht über Victor Abrahamsens Selbstmord. »Der Sankt-Lukas-Kirchturm ist verdammt noch mal fünfunddreißig Meter hoch. Pfui Teufel, sich von da mit einem Strick um den Hals herunterzustürzen!«

»Warum sich das Leben von einer Kirche aus nehmen, steckt da eine Botschaft dahinter?«

»War wohl praktisch, ist in der Nähe vom Friedhof«, antwortete Mikkel mit einer Prise Zynismus.

Roland warf ihm den warnenden Blick zu, den Mikkel nur allzu gut kannte. »Aber wie, verdammt, ist er auf diesen Turm gekommen, und das mit einem Seil? Ist der nicht abgesperrt? Zugeschlossen?«

Mikkel blätterte in den wenigen Unterlagen. Über einen offensichtlichen Selbstmord wurde in der Regel nicht viel geschrieben.

»Darüber steht hier nichts. Jedenfalls es ist ihm gelungen hineinkommen, egal ob es eine verschlossene Tür oder sonst eine Absperrung gegeben hat, die er überwinden musste. Und es klingt so, als hätte er genau gewusst, was er tat. Der Knoten war genau unter dem Kinn platziert. Er wog achtzig Kilo, und aus dieser Höhe ... die Obduktion hat einen Bruch im Schädelboden am ersten Halswirbel ergeben, der Tod ist augenblicklich eingetreten.«

»Woher wusste er das wohl mit dem Knoten unter dem Kinn?«

»Bestimmt aus dem Internet. Heutzutage kann man da alles nachlesen: wie man Bomben baut, einen Einbruch begeht, sich das Leben nimmt. Manche begehen sogar Selbstmord vor der Webcam, damit alle zusehen können, und es gibt Clips auf YouTube oder sonst wo, wo man sich an den Bildern von Leuten *ergötzen* kann, die sich ernsthaft verletzen und daran sterben. Na ja, wohl nicht schlimmer als die Nachrichten, in denen Kameraleute den Soldaten förmlich am Arsch kleben und ihnen hörig in den Krieg folgen.«

Roland antwortete nicht. Die Informationsgesellschaft konnte man nicht stoppen und man sollte es wohl auch gar nicht versuchen, aber der gegenwärtige Eifer, sich ständig über alles und jedes auf dem Laufenden zu halten, grenzte oft einfach an Geschmacklosigkeit.

»Was war eigentlich der Beweis dafür, dass Victor Abrahamsen wirklich Selbstmord begangen hat?«

»Ein Brief an den Sohn.«

Mikkel legte die Papiere ins Handschuhfach und schnallte sich ab – sie hatten die gesuchte Adresse im Jens Baggesens Vej erreicht.

Dorthea Abrahamsen öffnete nicht sofort, aber dann hörten sie Geräusche hinter der Tür, die nun leise einen Spaltbreit geöffnet wurde. Roland kannte die eher kleingewachsene Frau dahinter von ihrem ersten kurzen Gespräch am Tag zuvor, auch wenn es da nichts besonders Bemerkenswertes zu erinnern gab. Er schätzte sie auf Ende sechzig. Das Haar war grau und kurz geschnitten, die Haut blass, runzelig und leblos. Sie wiederum schien ihn nicht zu erkennen, und er musste seine Dienstmarke zeigen und den Beamten neben ihm zweimal vorstellen, bis sie sie hereinließ. Auf dem Weg zum Wohnzimmer passierten sie die offene Tür zu einem Schlafzimmer, in dem ein ungemachtes Bett stand. Roland bemerkte aus dem Augenwinkel, dass ein Kreuz über dem Bett hing. Im katholischen Neapel war das ein gewöhnlicher Anblick, aber hier in Dänemark sah er das nicht allzu häufig. Überhaupt bekam er selten Einblick in dänische Schlafzimmer, außer natürlich, wenn es sich um einen Tatort handelte.

»Möchten Sie vielleicht einen Kaffee?«

»Nein danke, wir bleiben nicht lange. Wir haben nur ein paar Fragen, hauptsächlich den Tod Ihres Sohnes betreffend.«

»Victor?«

»Ja. Dürfen wir Platz nehmen?«

»Ja, ja. Natürlich.« Sie ging in die Küche hinüber und kam dann gleich wieder zurück ins Wohnzimmer, wo sie sich in einen Sessel setzte. »Möchten Sie vielleicht einen Kaffee?«

»Nein danke. Aber wenn Sie selbst einen möchten, dann …« Roland warf Mikkel, der sich verwundert am Hals kratzte, einen raschen Blick zu.

»Nein, nein, vielen Dank. Worüber wollten Sie noch mit mir sprechen?«

»Vor einem Jahr ist Ihr Sohn gestorben. Können Sie uns erzählen, was passiert ist?«

»Victor. Ja, ach, der kommt sicher gleich. Der bringt gerade den Müll raus.«

»Ja, aber Frau Abrahamsen. Ihr Sohn ist doch tot. Wie kann er da …«

»Wir haben gehört, dass Tobias als Erster bei der Kirche war, er hat ihn …«, unterbrach Mikkel.

»Tobias, ja. Vielleicht war es Tobias, der mit der Mülltüte rausgegangen ist.« Dorthea Abrahamsen runzelte die Stirn und dachte angestrengt nach.

»Tobias ist verschwunden, wir haben doch gestern darüber gesprochen.« Roland erinnerte sich, dass sie geweint hatte. Ein merkwürdiges Weinen, das sofort wieder aufgehört hatte, als sein Telefon klingelte. Fast wie ein Kind, das sich gestoßen hat und das, als nun etwas anderes passiert, plötzlich merkt, dass es gar nicht wehtut.

Dorthea Abrahamsen erhob sich und trat hinüber in die Küche. »Möchten Sie einen Kaffee?« Sie holte eine Thermoskanne aus dem Schrank und versuchte, sie unter die Kaffeemaschine zu stellen. Die eigentliche Kaffeekanne stand halbvoll in der Spüle. Roland stand auf und nahm ihr die Kanne aus der Hand. Ihre Augen flackerten, als sie ihn anschaute. Der Abwasch war nicht gemacht worden. Der Boden klebte von etwas Verschüttetem, das nicht aufgewischt worden war. Irgendetwas war in einem Topf auf dem Herd angebrannt. Zwei Abfalltüten standen auf dem Boden, eine in der Nähe der Tür und eine direkt an der offenen Küchenschranktür. Die Frau hatte offensichtlich Gedächtnisprobleme. War sie dement? Hatte sie nicht schon gestern ein wenig seltsam auf ihn gewirkt? Warum hatte sie sich nicht darüber gewundert, dass ihr Enkel nicht nach Hause gekommen war? Das Bett in seinem Zimmer war unberührt gewesen. Gestern hatte Roland das dem Schock über sein Verschwinden zugeschrieben. In so einer Situation geraten schließlich die meisten aus dem Gleichgewicht. Vielleicht sorgte Tobias auch einfach ganz allein für sich und sie hatte in seinem Zimmer nichts zu suchen. Es konnte vielerlei Gründe geben. Aber trotzdem, hier stimmte etwas ganz und gar nicht. Alzheimer vielleicht. Jedenfalls sollte sie in diesem Zustand nicht allein sein. Er bedeutete Mikkel, ihm die Jacke der alten Frau zu geben, die im Eingangsbereich hing. Mikkel rollte mit den Augen, als er sie Roland reichte, was ihm erneut einen warnenden Blick seines Kollegen einbrachte. Er legte die Jacke um Dorthea Abrahamsens schmale Schultern und führte sie, einen Arm um ihren Rücken gelegt, die Treppe hinunter.

»Also, Sie möchten keinen Kaffee? Victor kommt bestimmt bald zurück und …«

»Ich glaube, es ist am besten, wenn wir den Kaffee bei uns trinken.«

Mikkel öffnete die Autotür und Roland half der kleinen Frau auf den Rücksitz.

9

War *er* es womöglich? Schaute er sie nicht so merkwürdig an? Und hatte er das nicht auch die anderen Male gemacht, als er vor ihr auf dem Stuhl gesessen hatte? Ging sein Atem nicht ein bisschen schwer und keuchend, so wie der, den sie immer am Telefon hörte? Wirkte er nicht auch ein wenig … Oder waren das genau die Vorurteile, die sie sonst nicht haben wollte? Die sie absolut nicht haben *durfte*? Aber waren solche Ängste nicht oft auch berechtigt? Wenn sie an die Fälle zurückdachte, in denen Sozialarbeiter überfallen worden waren, war der Täter nicht oft genug jemand mit einer anderen ethnischen Herkunft gewesen?

Irene lächelte so selbstsicher und entgegenkommend, wie sie konnte, und reichte ihm die Papiere. »Sie können sie draußen im Vorzimmer unterschreiben und sie dort abgeben, dann kümmere ich mich um den Rest.« Ihre Hände berührten sich, als er die Papiere entgegennahm, sie fürchtete, dass er sie festhalten, ein Messer ziehen würde. Seine Haut war fast schwarz, die Handflächen hell. Er kam aus Simbabwe. Aber dann strahlten blendend weiße Zähne in dem dunklen Gesicht auf, auch die Augen lächelten.

»Mache ich. Danke, Frau Benito. Bis nächste Woche.«

Irene atmete langsam aus, während sie ihm mit den Augen hinaus vor die Tür folgte. Ihr Herz klopfte in wildem Galopp. Nein, natürlich war es nicht Solomon Kahari; seine Familie war vor Mugabes Regime geflohen, und nun half sie Solomon dabei, sich auf dem Arbeitsmarkt zurechtzufinden. Das war keine leichte Aufgabe, obwohl er ausgezeichnet Dänisch sprach, gute

Qualifikationen hatte und gewillt war, jede Arbeit anzunehmen. Sie goss Wasser in ein Glas, nahm einen Mundvoll und ließ das feuchte Nass die Mundhöhle abkühlen, bevor sie schluckte. Und sich schämte. Die Arbeitgeber hatten genau dieselben Vorurteile, die ihr selbst gerade eben zu schaffen gemacht hatten. Vorurteile, gegen die sie in der Gesellschaft doch so hart ankämpfte, die sie abzubauen versuchte. Niemand sollte aufgrund seiner Hautfarbe oder Herkunft diskriminiert und vorverurteilt werden. »Irene, reiß dich zusammen«, flüsterte sie sich zu.

Durch die halboffene Tür sah sie den nächsten Klienten ungeduldig auf der Couchecke aus kobaltblauem Stoff sitzen. Sie war nun nicht mehr so modern, wie sie es damals gewesen war, als sie sie eingerichtet hatten. Den Wartebereich hatten sie in Gemeinschaftsarbeit so gemütlich wie möglich gestaltet – mit Blumen auf dem Tisch und einem Automaten mit Kaffee, Tee und Wasser für die Wartenden. Es war nicht immer leicht abzuschätzen, wie lange jedes Gespräch dauern würde. Einige waren schnell abgefertigt, während andere unaufhörlich irgendwelche Sachverhalte diskutierten, die ohnehin nicht zu ändern waren. Birthe ging draußen auf dem Flur vorbei und grüßte den Wartenden, er erwiderte den Gruß reserviert. Sie waren drei Sozialarbeiterinnen, die nebeneinanderliegende Büros und untereinander einen guten Zusammenhalt hatten, trotzdem hatte sie weder Birthe noch Sonja von dem Telefonterror erzählt, dem sie ausgesetzt war. Birthe war auch schon einmal von einem Klienten belästigt worden; er war über eine regierungsamtliche Kürzung seines Arbeitslosengeldes ungehalten gewesen und handgreiflich geworden, sodass sie die Polizei hatten rufen müssen. Irene wälzte Nacht für Nacht ihre Fälle im Kopf, war inzwischen aber zu dem Schluss gekommen, dass sich eigentlich niemand von ihr ungerecht behandelt fühlen konnte. Oder umgekehrt eben alle: Es war nie schön, im Leben von anderen abhängig zu sein, die einen berieten. Aber Beratung war auch das Einzige, was sie machte, sie *bestimmte* nicht. Das taten diese Leute selbst – in den meisten Fällen. Vielleicht trug auch die Tatsache, dass sie mit einem Kriminalkommissar verheiratet war, dazu bei, dass sie den Vorfall für sich behielt. Würde sie die anderen einweihen, würden sie sich bestimmt darüber wundern, warum Rolando in der Sache nichts unternahm. Der aber hatte genug Probleme.

Sie drehte den Stuhl zum Fenster und schaute hinaus ins Licht des Vormittags. Der Rathauspark war gut besucht. Leute mit Hunden und Kinderwagen gingen dort unten spazieren. Rolando hatte die Neuigkeit von Olivias Schwangerschaft und bevorstehender Hochzeit glücklicherweise recht ruhig aufgenommen. Doch seine Augen waren kohlschwarz geworden, daher wusste sie, dass der Zorn in ihm schwelte. Aber er *musste* das einfach als ein freudiges Ereignis sehen – nach jenem Schrecklichen, das der Familie zugestoßen war. Vielleicht war es Salvatores Seele, die nun in dem kleinen neuen Menschen wiedergeboren wurde. Glaubten die Katholiken eigentlich an so etwas? Sie drehte den Stuhl zurück zum Schreibtisch, suchte die entsprechenden Papiere heraus und bereitete sich darauf vor, den nächsten Klienten zu empfangen; einen Drogensüchtigen, der zum Entzug wollte – zum zweiten Mal. Sie fühlte sich jetzt ruhiger, schloss aber die Tür nicht, als er sich setzte. Birthes Tür direkt gegenüber war ebenfalls angelehnt.

»Kommst du auch mit zu mir herüber zum Mittagessen?« Sonja Dam Andersen steckte ihren ergrauten Kopf zur Tür herein.

»Wir essen heute bei *dir*?«

»Ja, ich habe etwas, was wir feiern sollten, deswegen habe ich eine Kleinigkeit bestellt.«

Sonja war ihre Vorgesetzte, wenn man das so nennen konnte. Jedenfalls hatte sie die Verantwortung für das gesamte Büro, führte sich aber nicht wie eine Chefin auf. Sie war ganz bodenständig und jovial, sodass Irene eigentlich nie an den Hierarchieunterschied zwischen ihnen dachte – nur in Momenten wie jetzt, wenn sie in Sonjas Büro trat. Es war das größte im Haus, mit einem Konferenztisch in der einen Hälfte. Deswegen wurde das Büro auch für größere Meetings benutzt, an denen Sonja in der Regel teilnahm.

An den Wänden hingen moderne Gemälde und ein weicher Teppich lag auf dem Boden. Irene und Birthe mussten sich dagegen mit Parkettboden begnügen, auf dem die hohen Absätze laut klackten. Das Essen war gekommen und duftete vom Konferenztisch. Praktisch und unzeremoniös wurde es auf Papptellern und mit Plastikbechern für die Getränke serviert. Typisch Sonja.

Es gab eine Fischplatte, dazu frischgebackenes Brot und Remouladensoße; etwas anderes als das typische Kantinenessen. Sonja verkündete ihnen mit freudiger Erregung in der Stimme, dass sie feierten, weil sie nun zum ersten Mal Oma werden sollte. Irene hätte fast nachgeschoben, dass sie wiederum bald zum zweiten Mal Oma werden würde, wollte aber Sonja, die vor Stolz strahlte, diesen Augenblick nicht nehmen. Daher begnügte sie sich damit, mit Mineralwasser im Plastikbecher anzustoßen und sie zu beglückwünschen. Das Telefon klingelte. Sonja ließ es nach einem Blick auf ihre Armbanduhr läuten. »Alle haben das Recht auf eine Mittagspause«, meinte sie, und im selben Augenblick begann die Rathausuhr mit ihren zwölf Schlägen. Alle drei lachten.

»Ich soll euch übrigens von Birgit aus dem Büro in Aalborg grüßen«, sagte Sonja. »Ich habe sie gerade angerufen und ihr die gute Neuigkeit mitgeteilt, sie kennt meinen Sohn ja auch. Bei der Gelegenheit hat sie mir erzählt, dass sie gestalkt wurde. Was sagt ihr dazu? Ist das nicht unheimlich?«

»Gestalkt? Wie die Promis?«, fragte Birthe und legte den Brotkanten weg, den sie sich gerade hatte in den Mund stecken wollen.

»Ja, ein Mann verfolgt sie. Er hat sie nicht direkt kontaktiert, aber er versucht auch nicht, sich unsichtbar zu machen.«

»Wenn sie ihn gesehen hat, hat sie es denn nicht der Polizei gemeldet?«

»Doch, Birthe, natürlich, aber was kann die Polizei schon machen, wenn er ihr nichts getan hat?«

»Nein, dann noch nicht. Ich erinnere mich gut an einen, der mich mal bedroht hat. Mit dem hat die Polizei sich aber zumindest mal unterhalten.«

»Es kann doch nicht sein, dass erst etwas passieren muss, bevor jemand eingreift«, bemerkte Irene mit schwacher Stimme. Ihr schlug das Herz bis zum Hals.

»Ich gebe zu, dass mich Birgits Nachricht beunruhigt hat. Bestimmt ist es ein Klient, der entweder auf sie wütend oder heillos in sie vernarrt ist. Sie ist ja nicht gerade hässlich. Aber das Ganze ist eine traurige Entwicklung. Wir machen doch bloß unsere Arbeit.« Sonja reichte Irene das Schälchen mit den Garnelen. »Die Gesamtzahl der Drohungen soll laut der Untersuchung des Dänischen Sozialarbeitervereins von 2007 nicht gestiegen sein, trotzdem ist jeder fünfte Sachbearbeiter Gewalt und Drohungen ausgesetzt.« Sie signalisierte Birthe, ihr die Butter zu reichen. »Und inzwischen hat es sich ja herausgestellt, dass so etwas mit Mord enden kann. Zuletzt im Januar drüben in Holstebro. Hier hatte der Klient das Ganze offenbar geplant und auf dem Parkplatz auf sein Opfer gewartet – mit einem Messer. Und könnt ihr euch an den Zwischenfall im Rathaus von Frederiksberg erinnern? Und an all die anderen Fälle im Laufe der letzten Jahre? Niemand kann sich mehr in Sicherheit wiegen.«

»Sonja, hör auf. Das ist nicht lustig. So etwas solltest du deinem zukünftigen Enkelkind aber nicht erzählen. Guck, selbst Irene ist blass geworden.«

Sonja lachte mit ihrem klingelnden Lachen, das Irene sonst immer ansteckte. »Sie muss von ihrem Mann doch noch viel schlimmere Dinge gewohnt sein.«

»Wie geht es Rolando eigentlich? Das mit der Beerdigung in Italien ist doch sicher hart für ihn gewesen«, meinte Birthe, die offensichtlich noch lange nicht mit dem Essen fertig war. Sie schaufelte eine große Portion Fischpastete aus der Schüssel und nahm sich noch ein Stück Brot.

Irene hätte gerne auch noch mehr gegessen, aber sie konnte nicht. In der Tasche steckte ihr Handy – ausgeschaltet. »Ganz gut«, log sie.

Während des restlichen Essens erzählte Sonja überschwänglich von den Erwartungen, die sie damit verband, Oma zu werden. Wie es wohl erst werden würde, wenn das Kind auf der Welt war? Dann würde in der Pause wohl nur noch über Kinder geredet werden. Birthe hatte eine einjährige Tochter, aber auch Irene konnte ja reichlich Gesprächsstoff beisteuern. Olivia sollte im November entbinden. Sie freute sich darauf, heute Abend mit ihr zu sprechen, ob Olivia es nun wollte oder nicht.

Die Telefone begannen wieder zu läuten – genauso wie die Rathausuhr, deren Schläge nun verkündeten, dass die Mittagspause vorbei war. Irenes letzter Klient kam in einer halben Stunde, danach stand für den Rest des Tages nur noch Papierkram an. Sie lösten die Tafel auf und bedankten sich für das gute Mittagessen. Sonja erinnerte die beiden noch an ihr erstes gemeinsames Zumba-Training am Freitagabend. Diesen neuen Fitnesstrend mussten sie natürlich unbedingt einmal ausprobieren.

Während Irenes Abwesenheit waren einige Mails gekommen. Die erste war zehn nach zwölf eingegangen. Ihr Blut gefror zu Eis, als sie sie las: *Wieso gehst du nicht an dein Handy, Bitch!!!???*

10

Nach seinem Auftritt im Fernsehen am vorhergehenden Abend hatte Roland bereits mit dem Besuch eines verärgerten Vizepolizeidirektors mit zorngeschwellter Brust gerechnet.

»Was zum Teufel geht hier vor, Roland? Wieso ermittelst du im Fall eines jungen Mannes, der einfach bloß über Nacht nicht heimgekommen ist? Ist das nicht etwas zu früh? Meines Wissens wurde seine Leiche schließlich noch nicht gefunden, oder?« Kurt Olsen sah aus, als würde er den letzten Satz sofort wieder bereuen. Vielleicht erinnerte er sich daran, dass Salvatore noch nicht allzu lange unter der Erde lag. »Findest du nicht, wir sollten erst einmal eine Leiche haben, bevor sich die Abteilung Mord in den Fall einmischt?«

Roland sah keinen anderen Ausweg, als einen Fehler einzuräumen, aber zugleich auch auf seine Bedenken aufmerksam zu machen. »Darüber habe ich nicht nachgedacht, doch an dieser Sache ist etwas faul. Überhaupt an der ganzen Familie. Wir haben die Großmutter noch mal verhört, den Vormund des Jungen, sie spricht von einer Strafe Gottes für etwas, was ihr Sohn in der Vergangenheit getan hat. Warum hat er Selbstmord begangen? Und dazu ausgerechnet einen Kirchturm gewählt?«

Kurt Olsen setzte sich müde auf Rolands Schreibtischkante. »Sie hat Alzheimer, Roland.«

»Trotzdem, dieser Selbstmord wurde nicht gründlich genug untersucht.«

»Da gab es nichts zu untersuchen. Deshalb! Der Mann hat sich das Leben genommen. Seine Tochter war verschwunden, die Frau tot, sein Leben seither sicher ein einziges Elend. Ich glaube sogar, ich hätte das Gleiche gemacht, wenn Eve das Zeitliche gesegnet hätte. Und du garantiert auch, wenn es Irene gewesen wäre.«

»Sprich nicht über so was!« Roland schenkte sich ein Glas Mineralwasser aus einer Halbliterflasche Pellegrino ein, die er aus Italien mitgebracht hatte. Es sollte den Geschmack des schlechten Kaffees aus seinem Mund vertreiben.

»Nein, nein, ich versteh schon; aber wenn sich der Kriminalkommissar im Fernsehen vor aller Öffentlichkeit als Leiter der Ermittlungen hinstellt, denken nun mal alle gleich, es ginge um Mord.«

»Ich habe nie behauptet, die Ermittlungen zu leiten. Ich habe lediglich an die Leute appelliert, sich mit Informationen an uns zu wenden. Und glaubst du wirklich, die Leute in ihren Wohnzimmern wissen, wer ich bin, und legen es so aus, dass es sich um einen Mordfall handelt?«

»Nicht die Durchschnittsbürger, nein. Dafür bist du sicher zu selten im Fernsehen, du willst ja am liebsten gar nicht dort auftreten – normalerweise. Aber die Presse legt es natürlich so aus. Ich werde von Journalisten regelrecht bombardiert. Sind nach deiner – Einlage – schon irgendwelche Rückmeldungen eingetroffen?«

»Ein paar, aber keine von Bedeutung. Eine Frau will ihn gegen Mitternacht in der Innenstadt in der Straße für die Busse gesehen haben, eine andere behauptet, er habe zur gleichen Zeit mit ihr zusammen im Nachtbus nach Viby gesessen. Wieder andere haben ihn im Zug nach Skanderborg gesehen. Das Übliche.«

Kurt Olsen stand auf. »Diese Informationen leitest du dem zuständigen Beamten weiter, und dann widmest du dich wieder deinem eigenen Kram. Okay?«

Roland nickte. Wie waren wohl die Ermittlungen der italienischen Polizei nach Salvatores Verschwinden abgelaufen? Hätten sie ihn etwas früher gefunden, wäre er nicht ermordet worden.

Sobald Kurt Olsen gegangen war, zog Roland die Aufsatzhefte aus der Schublade. Es *war* etwas faul an dem Ganzen. Und was könnte an Tobias Abrahamsens Aufsätzen denn für die Polizei interessant sein, wie es sein Lehrer offensichtlich meinte? Hatte sein Verschwinden wirklich etwas mit dem Selbstmord seines Vaters zu tun? Roland schenkte sich noch ein Glas Wasser ein und fing an zu lesen.

11

Anne entdeckte ihn, als sie mit einer Tüte in der Hand aus dem Haupteingang des Magasin kam. Nun, da der erste Arbeitstag in der neuen Tätigkeit überstanden war, hatte sie sich einen neuen Pullover verdient, wie sie fand. Es war lange her, dass sie es sich hatte leisten können, Klamotten zu kaufen. Er stand auf der Brücke an der Immervad-Straße, zusammen mit einem Kameramann, der gerade damit beschäftigt war, den Blick über den Fluss einzufangen. Sie blieb ein wenig stehen und sah zu ihm hinüber – hauptsächlich, um sicherzugehen, dass er es tatsächlich war. Aber die roten Haare und die Sommersprossen waren unverkennbar. Er hatte sie noch nicht bemerkt.

»Hi, Nicolaj!«, rief sie. Sie fand selbst, dass es ein wenig allzu begeistert klang. Wie konnte sie nur so wild darauf sein, ihren ehemaligen Journalistenschüler zu treffen? Damals, während ihrer Arbeit an dem Moorleichenfall für das Tageblatt, als Chefredakteur Thygesen sie zu Nicolajs Mentorin bestimmt hatte, weil der sich für Stoffe aus dem kriminalistischen Bereich interessierte, hatte sie ihn oft genug weit weg gewünscht. Obendrein hatte er ihr einmal eine schallende Ohrfeige verpasst. Ihr stiegen Tränen in die Augen, als sie nun auf ihn zuging und sich eingestehen musste, wie sehr sie diese Zeit doch vermisste.

»Anne!« Er klang eher überrascht als begeistert, aber seine Augen schienen förmlich zu lächeln, als er sie umarmte. »Was machst du denn hier?« Er sah die Tüte. »Ah, du gehst shoppen.«

»Ausnahmsweise mal.« Sie sah zu dem Kameramann hinüber. Auf seiner Kamera prangte das Logo von TV 2. Nicolaj stellte ihn vor.

»Das ist Tue. Wir filmen für TV 2.«

»Hör auf! Du bist jetzt beim Fernsehen?«

»Nicht ganz. Ich arbeite jetzt freiberuflich und mache als freier Mitarbeiter auch manchmal was fürs Fernsehen. Und du?«

»Ach, ich mach so dies und das«, antwortete sie und sträubte sich innerlich zuzugeben, dass sie *nur* putzte. Es war ein harter Tag gewesen und sie spürte die ungewohnte Arbeit bereits schmerzhaft im Rücken.

»Hast du Lust auf eine Tasse Kaffee – wie in den alten Zeiten? Wir können im Magasin Café einen Cappuccino trinken, den magst du doch so gerne.«

»Ah, du erinnerst dich. Aber hast du denn Zeit? Seid ihr nicht gerade am Filmen?«

»Tue kann den Rest auch alleine filmen. Wir drehen einen Beitrag über Tobias Abrahamsens geheimnisvolles Verschwinden im Aarhuser Nachtleben und sind gerade dabei, sein Tun und Treiben zu rekonstruieren. Hast *du* Zeit?«

»Jep, das kannst du glauben.«

»*Geiiil!*«

Dieses Wort, das sie einst zur Weißglut gebracht hatte, war nun Musik in ihren Ohren.

Sie setzten sich an einen Tisch am Fenster. Nicolaj besorgte Kaffee. »Der geht auf mich«, sagte er, als er die Tassen auf den Tisch stellte. Anne protestierte nicht.

»Wer, sagst du, ist verschwunden?«

Nicolaj staunte. »Hast du noch nicht davon gehört?! Gerade du, die so etwas immer vor allen anderen weiß.«

»Ich gebe zu, ich bin momentan nicht besonders gut auf dem Laufenden, es hatte so viel … Wann ist es denn passiert?«

»Tobias ist in der Nacht von Samstag auf Sonntag verschwunden, nachdem er zuvor mit einigen seiner alten Klassenkameraden in der Stadt gefeiert hat. Er war betrunken. Sein Arbeitgeber hat ihn Montag Mittag als vermisst gemeldet, nachdem er nicht bei der Arbeit erschienen war. Er ist Zimmererlehrling.«

Nicolaj genehmigte sich einen Schluck aus der großen Tasse und Milchschaum legte sich über seine Oberlippe. »Roland Benito ist an der Sache dran.« Er blinzelte ihr zu.

»Die sehen das also schon als einen Mordfall.«

»Nach dem, was ich gerüchteweise gehört habe, hat sich der Kriminalkommissar unnötigerweise aus persönlichen Gründen eingemischt.«

»Kennt er denn den Vermissten, oder … Ach, du meinst die Geschichte mit dem Mafiamord in seiner Familie …«

»Genau, so wird gemunkelt.«

»Dann haben sie in Roland Benitos Abteilung wohl zu wenig zu tun«, murmelte sie in ihre Tasse. Sie probierte den Cappuccino. Die jungen, durchtrainierten Baristas des Cafés standen an der Bar und versuchten cool auszusehen, während sie mit den jungen Besucherinnen flirteten.

»Aber ich weiß nicht, ob das stimmt«, fuhr Nicolaj fort. »Vielleicht ist auch etwas aufgetaucht, was auf Mord hinweist.«

»Und du bist jedenfalls dabei, Tobias' Tun und Treiben nachzuverfolgen?« Sie hoffte, dass er die Bitterkeit in ihrer Stimme nicht bemerkte.

»Das ist momentan mein Auftrag, ja. Du kannst dir die Sendung später bei TV 2 ansehen.«

Anne nickte.

»Dass das Tageblatt zumachen musste, war echt scheiße. Es war ein richtiger Schock für mich, als Thygesen das gesagt hat. Hast du gehört, was er jetzt macht?«

Sie zuckte mit den Schultern. »Er ist bestimmt tot. Wie kann er ohne seine Zeitung überleben?«

»Hatte er überhaupt ein Leben?«

Die gleiche Frage hatte sie sich auch schon oft gestellt. Sie lächelte, aber eigentlich war das traurig.

»Kamilla ist die Vernünftigste von uns gewesen, sie hat das sinkende Schiff rechtzeitig verlassen. Hast du sie mal wieder gesehen? Garantiert, nicht? – *Best friends forever*«, fügte er mit verstellter Mädchenstimme hinzu.

»Eigentlich treffen wir uns nicht besonders oft. Ich habe sie erst gestern mal wieder besucht, aber ansonsten habe ich nur einmal mit ihr telefoniert, seit sie bei der Zeitung aufgehört hat. Aber sie ist im Moment irgendwie nicht ganz sie selbst.«

»Glaubst du nicht, dass sie über ihre Arbeit als Werbefotografin froh ist?«

»Doch, aber das ist es nicht.«

»Hast du eigentlich nie herausgefunden, was bei der Beerdigung ihrer Mutter passiert ist?«

»Das geht mich ja nichts an«, wich Anne aus. Sie legte immer Wert darauf, ihre Quellen zu schützen, und für einen Kriminalreporter könnte Kamillas mysteriöser Vater leicht eine spannende neue Aufgabe werden.

»Natürlich geht das die neugierige, allwissende Journalistin Anne Larsen etwas an.« Er klopfte ihr aufmunternd auf die Schulter. Im hellen Licht, das durch das Fenster fiel, zeichneten sich auf seiner winterblassen Haut die Sommersprossen deutlich ab. Verschmitztes Vergnügen lag in diesen grünen Augen. Sie ließen ihn immer erscheinen, als amüsiere er sich, auch wenn der Rest des Gesichts ernst blieb. Mal abgesehen von dem Tag, an dem er ihr die Ohrfeige verpasst hatte. Da hatten sie vor Wut geleuchtet. Aber diese Backpfeife hatte sie damals wohl auch verdient gehabt.

»Ich bin keine Journalistin mehr, Nicolaj.« Sie stellte sich der Wahrheit. »Ich bin bis jetzt arbeitslos gewesen. Gerade heute habe ich eine neue Stelle angetreten. Eine ganz neue Tätigkeit. Als Reinigungskraft bei einer privaten Firma.«

»Putzfrau! Das kann nicht dein Ernst sein, Anne! Mit deinen Fähigkeiten! Du könntest ohne weiteres selbst eine … Schau doch mich an.«

»Ich habe den Glauben an die Branche verloren. Du nicht?«

»Doch, am Anfang ist es mir genauso gegangen. Aber wenn es in der Zeitungsbranche keine Arbeit als Journalist mehr gibt, müssen wir uns eben selbst um neue Arbeit kümmern. Du solltest nicht putzen, so aktiv und engagiert, wie du bist. Denk mal dran, wie viele Verbrechen du mit aufgeklärt hast. Vermisst du das nicht?«

»Gott, und wie! Aber was hilft das, wenn es keine Stelle für mich gibt?« Sie rührte den Milchschaum in der Tasse um, irritiert darüber, dass sie nicht denselben Mut hatte wie er. Er war nur ein junger Kerl ohne besonders viel Erfahrung: Wie alt mochte er jetzt sein – zwanzig, einundzwanzig? Sie müsste jetzt eigentlich diejenige sein, die bei TV 2 arbeitete und das Tun und Treiben des Vermissten nachverfolgte.

»Was weißt du sonst noch über diesen Tobias Abrahamsen?«

»Keiner weiß besonders viel über ihn. Stiller Typ, der seine eigenen Wege geht. Ein paar Klassenkameraden haben ihn letzten Samstag offenbar gegen seine Gewohnheit in die Stadt gelockt und betrunken gemacht. Er ist nicht wieder zu Hause eingetroffen und seither wie vom Erdboden verschluckt.«

»Seine Familie?«

»Seine Mutter ist vor drei Jahren gestorben, sein Vater hat vor einem Jahr Selbstmord begangen. Seither hat er bei seiner Oma gewohnt, die sein einziger Vormund ist.«

»Und warum hat sein Vater Selbstmord begangen?«

»Keine Ahnung. Glaubst du, das ist wichtig?«

»Alles ist wichtig, wenn man eine verschwundene Person finden will.«

»Ich hatte jetzt nicht gerade vor, auch die Vergangenheit der Familie unter die Lupe zu nehmen. Die wirklich interessanten Spuren sind diejenigen, die uns verraten, wo er Samstag Nacht hingegangen ist.«

»Natürlich. Aber wenn ich du wäre, würde ich trotzdem ein bisschen auf die Familie schauen. Das macht die Polizei bestimmt auch.«

»Ja, aber wir sollen doch nicht die Arbeit der Polizei erledigen, nicht wahr, Anne?« Er schaute sie mit einem Blick an, dass sie fast wieder eine Ohrfeige erwartete und sich nicht traute zu erwidern, dass sie da anderer Ansicht sei.

»Wo in der Stadt sind sie denn gewesen?«

»Im Fatter Eskild.«

»Ich wette, er ist in den Fluss gefallen.«

Nicolaj schaute hinaus auf den Lauf der Aarhus Å. »Das ist es, was für gewöhnlich passiert. Angesichts all der Cafés, Kneipen und besoffenen Menschen wundert es mich fast, dass da nicht noch öfters jemand ein unfreiwilliges Bad nimmt oder gar ertrinkt – bei der schlechten Absperrung.«

»Tja, je weniger Vorbeugung, desto besser ist es oft. So wissen die Leute wenigstens, dass man leicht hineinfallen kann, und passen auf. Es sind ja auch nicht unbedingt die, die direkt an einer vielbefahrenen Überlandstraße wohnen, die überfahren werden, stimmt's?«

Er deutete mit dem Finger auf sie, als habe sie den Nagel auf den Kopf getroffen. »Genau! Aber darf ich jetzt was von deiner neuen Arbeit hören? Was hast du heute gemacht? Wie viele Kloschüsseln hast du geschafft?« Wieder funkelte Vergnügen in seinen Augen.

»Du solltest dich nicht über Reinigungskräfte lustig machen, Nicolaj. Das ist wirklich harte Arbeit. Im Vergleich zu so vielen anderen machen wir uns für unseren erbärmlichen Lohn echt verdient.«

»Ich weiß. Meine Mutter ist auch putzen gegangen. Sie hat sich regelrecht zu Tode geschuftet. Deshalb finde ich ja auch, dass du dir eine andere Arbeit suchen solltest.«

Tue, der Kameramann, stand plötzlich vor dem Fenster und klopfte. Er zeigte auf seine Uhr und gab Nicolaj hektische Zeichen, dass sie weitermussten. Nicolaj leerte seine Tasse und erhob sich.

»War schön, dich wiederzusehen, Anne, ich muss jetzt los. Wir sehen uns ein andermal.« Er umarmte sie noch einmal, sie atmete den Duft seines Deos ein und erinnerte sich an die gemeinsamen Fahrten in Kamillas Geländewagen. Sie hatte das Gefühl, als würde ihr das Herz zu einer kleinen Rosine zusammenschrumpfen.

Er warf eine schicke Visitenkarte auf den Tisch. »Melde dich, wenn du Lust hast.«

Sie blieb sitzen und sah den beiden neidisch nach, als sie plaudernd Richtung Busstraße gingen.

12

Der Regen hatte mitten am Nachmittag begonnen. Jetzt war es halb sechs und das Wasser spritzte aus den Pfützen an ihren Strümpfen hoch, als sie über den Parkplatz lief. Dort standen nur noch wenige Autos. Ihres und zwei andere. Sie hatte länger bleiben müssen und gab der verlängerten Mittagspause die Schuld. Die Regentropfen wurden schwerer und dichter. Der Regenschirm lag im Auto. Wo auch sonst. Sie suchte in ihrer Handtasche nach dem Autoschlüssel, der sich immer versteckte. Rolando machte gerne irgendwelche lustigen Bemerkungen über Damenhandtaschen, aber ihr selbst fiel gerade keine ein. Sie versuchte, die Tasche möglichst wenig zu öffnen. Ihre Kleider war bereits durchnässt und das Haar klebte ihr platt am Kopf, es fing die Regentropfen auf und ließ sie ihr das Gesicht herunterrinnen, sodass sie die Augen zusammenkneifen musste, um kein Wasser hineinzubekommen.

Der Parkplatz kam ihr plötzlich sehr einsam vor. Der prasselnde Regen und das Rauschen des Windes, der ebenfalls stärker geworden war, waren die einzigen Geräusche. Die Sache in Holstebro. Jene Frau war auf dem Parkplatz vor dem Jobcenter ermordet worden. Mit einem Messer. Endlich trafen ihre Finger den kalten Stahl des Schlüssels, sie zog ihn mit zitternden Fingern aus der Handtasche, er glitt ihr aus der Hand und klatschte in eine Pfütze, sie bückte sich und zog ihn wieder heraus, trocknet ihn an ihrer Jacke ab, schloss auf. Saß da nicht jemand in dem Auto, das dort vorne nahe der Ausfahrt parkte? Hinter den nassen Scheiben konnte man die Silhouette gerade noch so erahnen. Sie riss die Wagentür auf, stieg schnell ein, knallte sie zu und schloss ab. Beobachtete das Auto an der Ausfahrt. Es war ein alter schwarzer Volvo, so wie der, den der Rechtsmediziner Henry Leander fuhr, der aber konnte es nicht sein. Sie versuchte das Nummernschild zu erkennen, das gelang ihr aber nicht; der Regen verschleierte die Sicht. Die Scheibenwischer sollten jetzt angehen. Das Auto sollte anspringen! Der erste Seufzer des Motors übertrug sich auf ihre Nackenhaare. Rolando sprach immer von Ameisen, die in seinem Nacken krabbelten, wenn er angespannt war – fühlten die sich so an? Sie versuchte es erneut. Noch ein Seufzer, dann sprang der Motor kurz an und erstarb sofort wieder.

»Verdammt!«

Das Handy war immer noch aus. Es lag ganz oben in der Tasche auf dem Beifahrersitz und wirkte eher wie eine Bedrohung als ein Mittel zur Rettung. Sie starrte es lange an, bis sie es vorsichtig anschaltete, als könne Vorsicht verhindern, was auch immer jetzt passieren würde. Mit Pieptönen ging eine SMS nach der anderen ein, sie wollte schreien. Die Umgebung des Autos war ein einziges graues Durcheinander aus verschwommenen Umrissen. Das Wasser trommelte aufs Dach und lief in Strömen über die Frontscheibe.

Sie fühlte sich wie eine panische Maus, gefangen in einer Dose, auf die gemeine Jungs mit Trommelstöcken schlugen. Aber diente diese Dose hier ihrem Schutz oder war vielleicht das Gegenteil der Fall? Draußen bewegte sich etwas – oder war das bloß das Wasser, das die Scheibe hinunterströmte? Gehirn und Finger wollten nicht zusammenarbeiten; es war reine Routine, dass sie Rolandos Nummer wählte. Er ging nicht ran, sie ließ es klingeln. Versuchte es wieder. Ließ es klingeln. Ihr Hals war wie zugeschnürt und ein Schluchzer nach dem anderen entrang sich ihrer Kehle. Saß in dem Auto da vorne immer noch jemand? Sie wünschte es sich – und wünschte es sich auch wieder nicht. Vielleicht könnte dieser Mensch helfen, ihren Motor in Gang zu bringen? Sie nahm den Regenschirm vom Rücksitz, legte die Hand auf den Türgriff und wollte schon öffnen, überlegte es sich aber anders. Sie holte tief Luft und versuchte sich zusammenzureißen. Erwachsen zu sein. Die Nummer des Rettungsdienstleisters Falck war glücklicherweise in der Kontaktliste des Handys gespeichert. Die Stimme der Frau, die den Anruf entgegennahm, erschien ihr wie vom Himmel gesandt – ein freundlicherer Himmel als der dort draußen. Sie versprach, den Pannendienst zu schicken, aber es könne eine ganze Weile dauern, weil der unerwartete Wolkenbruch für eine Menge Notfälle gesorgt habe. Irene erklärte außer Atem, dass es sehr dringend sei, sie müsse so schnell wie möglich nach Hause. »Das sagen alle«, lachte die Frau und wünschte ihr einen guten Abend. Sie sah es nun deutlich durch den Regen. Jemand war auf dem Weg zu ihr. Einer, der aus dem schwarzen Volvo gestiegen war. Ein dunkler Schatten, der immer mehr die Form eines Menschen annahm, je näher er kam.

Der Puls hämmerte ihr im Hals, dann drehte sie fieberhaft den Autoschlüssel, versuchte es wieder und wieder. Erst der Seufzer, dann ein schleifendes Geräusch … Aber dann kam der Motor. Trotz des Risikos, ihn abzuwürgen, trat sie sofort aufs Gaspedal, das Auto machte einen Satz nach vorn, der dunkle Schatten schaffte es gerade noch wegzuspringen; oder hatte sie ihn gar erwischt?

Viel zu schnell fuhr sie zur Parkplatzausfahrt, endlich bekam sie die Scheibenwischer an und konnte sich orientieren. Jemand hupte aggressiv, als sie auf die Straße abbog, ohne sich zuerst zu vergewissern, ob frei war. Draußen zwischen den anderen Autofahrern wurde ihr Atem ruhiger und sie traute sich, in den Rückspiegel zu sehen. Glücklicherweise war nicht viel Verkehr, die meisten blieben bei dem Unwetter zu Hause, sonst wäre ihr gewagtes Manöver wohl nicht ohne Blechschaden ausgegangen.

Schon ließ der Regen wieder nach, und als sie den Oddervej erreichte, war er vorbei, es klatschten lediglich schwere Tropfen von den frischen Blättern im Marselisborg-Wald. Sie war wieder ruhig. Wollte lachen. Prustete los. Wenn Rolando wüsste, wie dumm sich seine Polizistenfrau doch anstellte. Trotzdem japste sie erschrocken nach Luft, als das Handy auf dem Beifahrersitz neben ihr zu hopsen, zu tanzen, zu brummen anfing. Es war Rolando. Die Befreiung, die sie beim Klang seiner Stimme verspürte, verbannte endgültig alle Schrecken aus ihrem Körper. Vor Erleichterung hätte sie beinahe geweint.

»Du hast angerufen. Entschuldigung, aber ich hab es jetzt erst gesehen, ich bin noch nicht dazu gekommen, dich …«

»Das ist völlig okay, Rolando. Ich wollte nur anrufen, um zu sagen, dass ich ein bisschen später komme, aber jetzt bin ich gleich zu Hause.«

»Dann bin ich ja einmal vor dir zu Hause. Ich brutzele uns schon mal was zu essen. Soll ich einen Wein aufmachen?«

»Ja, tu das unbedingt, Schatz.«

Ein tiefer Seufzer rückte alles wieder gerade. Die Normalität war wiedergewonnen, einmal abgesehen von der Tatsache, dass Rolando heute ausnahmsweise vor ihr zu Hause war. Sie brachte den Mut auf, die SMS-Nachrichten zu überfliegen, während das Auto fast von selbst den Weg nach Hause fand. In allen stand das Gleiche. *Wieso gehst du nicht ran, Bitch?!!!*

Reflexartig schaute sie in den Rückspiegel und sah die Lichter dicht hinter sich. Es war der schwarze Volvo vom Parkplatz, aber nun konnte sie glücklicherweise den Giebel der Villa und den Wipfel der Blutbuche sehen. Sie beschleunigte, bis kurz bevor sie in die Einfahrt bog, fuhr eilig in die Garage und machte den Motor aus. Rolando schaute aus dem Küchenfenster. Gott sei Dank, er war zu Hause. Der schwarze Volvo glitt langsam auf der Straße vorbei und verschwand.

13

Es war exakt 00:00 Uhr, als sie von einem Geräusch geweckt wurde. In dem alten Kloster gab es viele Geräusche, aber an die meisten davon war sie gewöhnt. Als sie sich im Bett aufrichtete und lauschte, wusste sie nicht genau, was sie geweckt hatte, doch es schien ihr ein lauter, unmenschlicher Schrei gewesen zu sein. Sie legte sich auf das Kissen zurück und starrte hinaus in die Dunkelheit. Vielleicht ein Traum? Einer jener Träume, in denen es einem so vorkommt, als sei man wach. Nur das Trommeln des Regens gegen die Scheibe war zu hören. Aber war das nicht ein Klopfen an der Tür? Rasch setzte sie sich wieder auf und knipste das Licht an. Wieder klopfte es vorsichtig und kurz darauf steckte die Postulantin ihren Kopf herein. Als sie sah, dass sie Licht anhatte, lief sie zum Bett und machte Anstalten, sich unter der Decke zu verkriechen.

»Was ist denn los, Schwester Laura?«

»Hast du das denn nicht gehört? Der Schrei!«, japste das Mädchen mit kugelrunden Augen.

»Ich weiß nicht, irgendwas hat mich geweckt. Ich habe gedacht, es sei nur ein Traum …«

»Das war ein Schrei. Alle Schwestern haben ihn gehört, sie sind bei Schwester Anna versammelt.«

»Mutter Helene auch?«

»Nein, sie hat ihn wohl nicht gehört – da drüben.«

Mutter Helenes Zimmer war das älteste und lag dort, wo der Ostflügel begann. Dort wohnten auch zwei der ältesten Nonnen, die meistens für sich waren und sich nicht viel unter die Jungen mischten. Man sah sie im Sommer im Park herumspazieren; ein Vorbild dafür, wie man wird, wenn man Gott ein Leben lang treu gedient hat. Aufrecht und majestätisch schritten sie in ihren Nonnentrachten einher, und ihre Gesichter strahlten so viel Ruhe und Lebensweisheit aus, dass Margaretha überzeugt war, selbst nie so weit zu kommen.

»Das kann kein Schrei gewesen sein. Das war bestimmt nur der Wind.«

»Aber das Unwetter ist doch vorbei.« Lauras Stimme klang zittrig, als friere sie.

»Nicht ganz. Es ist draußen immer noch windig. Geh jetzt einfach wieder ins Bett.«

»Darf ich nicht hierbleiben? Die anderen machen mir nur noch mehr Angst. Sie reden über Gespenster im alten Flügel und Schwester Anne-Marie sagt, dass dort ein alter Mönch wiedergeht und dass einige ihn gesehen haben. Das eine Auge fehlt ihm und …«

»Schwester Anne-Marie hat eine lebhafte Fantasie, natürlich spukt es dort nicht.« Sie hob die Decke an und Schwester Laura kroch zitternd darunter. Ihre Haut war kalt und Margaretha nahm sie instinktiv in den Arm, um sie zu wärmen. Es dauerte nicht lange, bis sich das Geräusch von Schwester Lauras ruhigem leisem Schnarchen mit dem Prasseln der Regentropfen an der Scheibe vermischte. Aber sie hatte Recht. Das große Unwetter war vorbei, es konnte nicht der Wind gewesen sein.

Schwester Lauras Kälte wanderte in Margarethas Körper. Sie konnte eine Gefahr in der Dunkelheit spüren. Eine andere Präsenz. Etwas Erschreckendes und Lähmendes. War das Gottes Zorn darüber, dass sie einen anderen Menschen in ihrem Bett liegen ließ, jetzt, wo sie ihm doch bald geweiht werden sollte? Aber seine Liebe war doch nicht fleischlich. Sie roch Schwester Lauras Haar und spürte ihre rechte Brust an ihrem Arm. Oder war es wegen der verbotenen Wärme und des pochenden Gefühls, das sich plötzlich in ihrem Schoß ausbreitete?

Sie versuchte, ihre Gedanken auf den vergangenen und den kommenden Tag zu lenken. Es passierte immer eine Menge, wenn Pater Josef zu Besuch war. Er umarmte die jungen Mädchen in seiner Güte, und es war wohl in Ordnung, dass er das tat. Mutter Helene sah lächelnd zu, und sie war doch sonst immer voller Ermahnungen schon bei den kleinsten Anzeichen unschicklichen Verhaltens. Wie konnte Pater Josef nur so leben? Wie konnten das alle Priester? Männer haben ein Verlangen, sie hatte das so oft gehört, ehe sie ins Kloster gekommen war. Einen Trieb, den sie nicht steuern konnten. Es musste Gottes Kraft sein, die verhinderte, dass auch Priester diesen Trieb hatten. Damit sie nicht darunter leiden mussten. Gott gab sie ihnen, diese Kraft, als Belohnung für ihre Gelübde, für ihre ewige Treue zu ihm. Sie musste wohl einfach nur fest genug glauben, dann würde er endlich auch sie auf die gleiche Weise belohnen.

Schwester Laura drehte sich mit einem kleinen Seufzer im Bett. Sie spürte ihren warmen Atem an ihrem Hals, der Atem war ruhig und rhythmisch. Ohne die Postulantin zu wecken, streckte sie ihren Arm zum Nachttisch aus und tastete im Dunkeln, bis sie den Rosenkranz gefunden hatte. Sie umklammerte ihn so fest, dass sich das Kreuz in ihre Handfläche bohrte und ihr einen neuen, anderen Schmerz zufügte.

Alle Schwestern sahen müde aus, als sie sich zum ersten Stundengebet, der Matutin, in der Kirche versammelten. Wüsste man es nicht besser, hätte man glauben können, sie hätten die ganze Nacht durchgefeiert. Kaum eine von ihnen hatte ein Auge zugemacht. Es gab auch keine Probleme mit dem Schweigen beim Frühstück. Die meisten waren in ihre eigenen düsteren Gedanken versunken und einige wirkten sogar verängstigt. Mutter Helene griff es beim Novizinnenunterricht auf.

»Eine Schwester hat mir erzählt, dass in eurem Flügel heute Nacht ein Schrei gehört wurde. Ich wollte euch bisher nichts davon sagen, aus Sorge, euch zu verängstigen.«

Niemand sprach ein Wort. Es war fast, als striche ein kalter Luftzug durch den Raum. Ein bisschen wie der, den Margaretha heute Nacht gefühlt hatte.

»Ich habe diese Schreie ebenfalls gehört und auch mich haben sie erschreckt, bis ich begriffen habe, dass es sie gar nicht gibt – nur in uns selbst.«

»Ja, aber da *war* ein Schrei. Wir haben ihn alle gehört«, protestierte Schwester Bodil.

Mutter Helene sah sie scharf an. »Schwester Clara nicht und Schwester Lucia auch nicht.«

Zur Bestätigung der Worte der Äbtissin schüttelten die beiden Schwestern den Kopf.

»Schwester Clara und Schwester Lucia haben ihre Gebete gesprochen. Gott war mit ihnen und hat sie vorm Teufel beschützt. Denn das ist *er* gewesen. Habt ihr nicht seine Gegenwart gespürt? Er kann neben deinem Bett stehen und machen, dass es dich friert und du dich wie gelähmt fühlst, sodass du keine Luft mehr bekommst.«

Margarethas Hals schnürte sich zusammen. Alle Schwestern nickten und blickten eingeschüchtert auf den Tisch herab, selbst Schwester Clara und Schwester Lucia.

»Wie oft ist das jetzt schon passiert?«, fragte Mutter Helene.

»Ein paar Nächte lang.« Schwester Bodils Stimme war leise.

»Und ihr habt gespürt, dass der Teufel wollte, dass ihr Dinge tut, von denen ihr wisst, dass sie verkehrt sind? So, als würde er die Kontrolle über euren Körper übernehmen und euch gegen Gott aufbringen wollen?«

Sie nickten. Margaretha rang ihre Hände unter dem Tisch und dachte an Lauras Brust an ihrem Arm, an ihren warmen Atem. War es Gott gewesen, der sie neben sie gelegt hatte, um sie auf die Probe zu stellen – oder der Teufel, um sie in Versuchung zu führen? War Schwester Laura vielleicht gar mit ihm im Bunde?

»Ich habe mit Pater Josef über die Sache gesprochen, er hat zugesagt, mit einem Priester zu reden, den er im Vatikan kennt.

Pater Josef kommt wieder, sobald er weiß, was wir tun sollen, um das Böse aus unserem Kloster zu vertreiben. Bis dahin sollt ihr den Rosenkranz beten, so viel und so oft ihr könnt. Wir müssen nur im festen Glauben zusammenhalten, dann wird das Böse uns schon nicht versuchen können.«

Margaretha folgte dem Rest des Unterrichts mit höchster Aufmerksamkeit. Es war an der Zeit, Gott zu zeigen, dass sie *ihm* treu war.

14

Anne schloss auf und warf die Schlüssel auf den Küchentisch.

»Bist du das, Liebes?«, ertönte die heisere Zigarettenstimme aus dem Wohnzimmer. Das hatte ihr gerade noch gefehlt. Sie wünschte, es wäre Adomas' Stimme und gleich würde er noch hinzufügen, er habe Mittagessen gemacht und sie solle sich einfach an den Tisch setzen. Doch so etwas käme Rose Teresa Larsen nie in den Sinn.

»Wer sonst, Mama?«, gab sie zurück und suchte im Kühlschrank nach Schwarzbrot. Als sie zur Arbeit gegangen war, hatte dort noch eine halbe Packung gelegen, jetzt war sie weg. Sie nahm eine Flasche Cola heraus und knallte die Tür zu.

»Hätte ja Adomas sein können, der wieder zu Besuch kommt.«

Hellhörig geworden stellte sich Anne in die Türöffnung zum Wohnzimmer. »Hast du mit ihm gesprochen? Ist er hier gewesen?«

Mit einem überraschten Blick schaute ihre Mutter aus ihrer liegenden Position auf dem Sofa über den Rand eines Klatschblattes zu ihr auf. »Du klingst aber ganz schön wissbegierig.« Sie richtete sich auf und legte die Illustrierte auf den Couchtisch, der von benutzten Tassen und Gläsern, einem übervollen Aschenbecher, zerknüllten Zigarettenschachteln und einem Feuerzeug überquoll: die notwendigsten Dinge, um den Tag zu überstehen. Zum Glück keine Bierflaschen mehr. Anne hoffte, dass sie bald eine Wohnung für sie fanden; so konnte es nicht weitergehen.

»Du hast also nicht mit ihm gesprochen?« Sie nahm einen großen Schluck aus der Colaflasche, um ihre Enttäuschung zu verbergen.

»Ich habe gedacht, du interessierst dich nicht für deinen Cousin. Und überhaupt für deine Familie.«

»*Du* wohnst doch hier.« Sie ließ sich in einen Sessel fallen, legte den Kopf an die Rückenlehne und streckte ihre bestrumpften Füße auf dem Couchtisch aus. »Mann, bin ich platt.«

Ihre Mutter klopfte eine neue Zigarette aus der Schachtel. »Glaub ich. Du bist ja auch in aller Herrgottsfrühe aufgestanden.«

»Ja, wir müssen schon morgens um vier da sein, aber dafür bin ich zur Abwechslung mal schon mittags wieder hier.«

»Ja, und müde wie ein Altersheim, sodass du nichts mehr auf die Reihe kriegst. Wo bleibt da der Spaß?«

Anne richtete sich auf. Der Rauch stach ihr in der Nase, als ihre Mutter sich die Zigarette ansteckte und einen so tiefen Zug nahm, als sei es ihr letzter für immer. »Spaß? Wer sagt, dass es immer lustig ist zu arbeiten? Aber irgendwer muss das ja tun und Steuern zahlen, damit Geld in die Staatskasse fließt, um Leute wie dich zu versorgen, die bloß auf dem Sofa rumhängen, Zigaretten rauchen und Klatschblätter lesen.« Sie bereute ihren Ausbruch sofort, wollte sich aber auch nicht für die Wahrheit entschuldigen.

»Na, na, Schätzchen. Ich habe meinen Anteil zur Staatskasse beigetragen.«

»Wann und wie, wenn ich fragen darf?«

»Warum interessierst du dich so für deinen Cousin?« Die blassen Augen ihrer Mutter trafen sie wie die Augen eines Hundes, der den Befehl »Platz« erhalten hat und jetzt versucht seinen Besitzer zu bezirzen, um wieder aufspringen zu dürfen. Anne seufzte und nahm sich nun auch eine Zigarette aus der Prince-Schachtel mit der riesigen Aufschrift *Rauchen kann tödlich sein*. Menschen können auch tödlich sein. Rose hätte sehr leicht solchen tödlichen Menschen zum Opfer fallen können. Es war nicht lange her, dass

Anne nah dran gewesen war, ihre Mutter zu verlieren. Sie zündete die Zigarette an.

»Ich hab doch gar nichts gegen Adomas. Er hat ja eine Weile hier gewohnt, sodass ich ihn ein bisschen besser kennengelernt habe.«

»Jaaa, das hast du wohl.« Ihre Mutter nickte und in ihrem Tonfall lag eine Andeutung davon, dass sie alles wusste. Zu ihrem Ärger spürte Anne, dass ihre Wangen heiß wurden.

»Denkst du eigentlich nie mehr an Esben? Er war doch ein netter Junge.«

»Esben! Wieso in aller Welt erwähnst du ihn plötzlich? Ich hätte nicht gedacht, dass du dich überhaupt an ihn erinnerst.«

»Deine Jugendliebe. Doch, natürlich erinnere ich mich an Esben. Wie lange seid ihr denn zusammen gewesen? Das waren doch mehrere Jahre.«

»Nur zwei. Und ich war ja noch ziemlich jung damals. Glaubst du nicht auch, mein böser Stiefvater hat ihn für immer weit, weit von mir weggejagt, indem er ihn so übel zugerichtet hat, dass sie ihn im Krankenhaus wieder zusammenflicken mussten?«

Ihre Mutter seufzte, während sie geräuschvoll den Rauch ausstieß. Sie folgte mit verträumten Augen der Richtung Decke steigenden Wolke und überhörte Annes Bemerkung. »Ach ja, die erste Liebe vergisst man nie«, meinte sie wehmütig.

»War das bei dir nicht Papa?«

»Ja, das war Jonas.«

»Wie war es, mit einem Litauer verheiratet zu sein?«

Rose musterte sie aufmerksam. »Wieso willst du das wissen?«

»Neugier.« Anne stand auf und ging in die Küche. Die Cola hatte das Hungergefühl in ihrem Magen nur verstärkt. Sie fand ein bisschen Weißbrot sowie Aufschnitt und kochte Tee. Rose ging regelmäßig zu den AA-Treffen, wie ihre Sachbearbeiterin es ihr empfohlen hatte, und hatte ihren Lebenswandel entsprechend umgestellt, sodass die Küche glücklicherweise nicht von Bierkästen und leeren Flaschen überquoll wie das letzte Mal, als sie hier gewohnt hatte. Anne war im Grunde froh, dass sie Torstens damaligen Übergriff auf Esben nicht weiter kommentierte. Hatte Esben überlebt? Sie hatte ihn danach nicht mehr sehen dürfen. Seine Eltern hatten es verhindert, und danach waren sie sicherlich umgezogen – oder war sie selbst zuerst geflüchtet? Das musste in der Zeit gewesen sein, bevor Torsten wegen Mordes an einem Dealer in Kopenhagen-Nørrebro verhaftet worden war.

»Litauen ist schöner, als die meisten denken«, meinte Rose, als Anne den Tisch gedeckt und sie Platz genommen hatten. »In Wilna sind die alten Häuser an der Hauptstraße so schön, dass man sich in die Renaissance zurückversetzt fühlt, und es gibt so viele Störche.«

Anne lächelte. Es war selten, dass ihre Mutter geradezu poetisch wurde. »Weißt du, ob Adomas in irgendetwas Kriminelles verwickelt war? Seine Freunde sind es schließlich gewesen.«

»Nicht Adomas. Das glaube ich nicht«, erwiderte ihre Mutter bestimmt. »Warum? Glaubst *du* das?«

»Nee, es ist nur merkwürdig, dass wir nichts mehr von ihm hören. Hast du mit seiner Familie in Litauen gesprochen?«

»Nein, ganz bestimmt nicht! Nachdem damals dein Vater bei dem Autounfall ums Leben gekommen ist, schienen sie irgendwie nichts mehr von mir wissen zu wollen. Sie haben sogar behauptet, du wärst gar nicht seine Tochter. Würden sie dich heute sehen, hätten sie sicher keine Zweifel. Das war, als es darum ging, sein Erbe aufzuteilen. Er hatte als Fahrer, der zwischen Litauen und Dänemark pendelte, ziemlich viel verdient und seit langem darauf gespart, für uns ein Haus in Dänemark zu kaufen.« Tränen stiegen ihr in die Augen. »Ich habe nichts bekommen, und nur die Jungs haben weiterhin den Kontakt gehalten.«

»Mama, du musst ganz schön einsam gewesen sein«, rutsche es Anne heraus.

»Nein, Quatsch. Ich hatte ja dich, und dann habe ich Torsten getroffen. Er hat sich um mich – um uns – gekümmert.«

»Er war doch nur ein weiteres Unglück. All diese Dreckskinder aus seinen früheren Ehen, mit denen er dich belastet hat, und dann sein ...«

»Sprich nicht so über deine Geschwister – und deinen Vater.«

»*Stief*vater, und diese Bälger sind nie meine Geschwister gewesen. Haben sie sich etwa noch mal bei dir blicken lassen? Sie müssen ja mittlerweile auch erwachsen sein.«

Das Schweigen ihrer Mutter war Antwort genug. Sie saßen lange da, ohne etwas zu sagen.

»Wann soll ich dich zu dem Treffen fahren?«, fragte Anne endlich und freute sich schon darauf, allein zu sein.

Ihre Mutter kaute auf einem Stück Weißbrot mit Salami und schaute auf die Uhr. »In einer halben Stunde, dann kann ich noch zu Ende essen.«

Anne ließ den Abwasch stehen, als sie vom Gemeindezentrum am St.-Markus-Kirchplatz zurückkam, wo die Treffen der Anonymen Alkoholiker stattfanden. Obwohl sie immer noch todmüde war, fuhr sie den Laptop hoch und zündete sich eine Zigarette an. Kamillas Vater. Was war der wohl für einer? Sie gab seinen Namen im Google-Suchfeld ein. Der erste Treffer war das Foto einer Fußballmannschaft von 1965. Sein Name stand unter dem Bild. Von links: Mogens Arnskov Aagaard. Dann noch ein paar andere Namen. Sie studierte es näher. Es war ein schlecht gescanntes Schwarz-Weiß-Foto, daher war es nicht ganz scharf. So in etwa hatte Kamillas Vater also ausgesehen mit – ja, wie alt war er da wohl gewesen, neunzehn, zwanzig? Er hatte Fußball gespielt, aber nicht auf hohem Niveau, sicher nur aus Spaß am Sport oder der Kameradschaft wegen. Aber in dem dazugehörigen Artikel waren keine Einzelheiten über die verschiedenen Spieler vermerkt, und es war der Einzige, den sie finden konnte.

Anne griff nach der Zigarette und nahm einen Zug. Diese Suche brachte nicht besonders viel. Nach kurzem Grübeln legte sie die Zigarette in den Aschenbecher, loggte sich bei Facebook ein und suchte da nach ihm. Doch er war nicht bei Facebook. Einer der wenigen Dänen, die bei diesem weltumspannenden Netzwerk noch nicht mitzogen. Was war mit seiner Frau? Alice hieß sie, hatte Kamilla gesagt. Alice Arnskov Aagaard. Sie war auch nicht bei Facebook. Dann probierte Anne ihren Namen bei Google, das klappte ein bisschen besser; es gab zahlreiche Treffer, weil sie sozial sehr engagiert war. Es gab auch einen Artikel, den ein paar ihrer Freundinnen anlässlich ihres fünfzigsten Geburtstags verfasst hatten. Ihr Mädchenname war Alice Van Marwijk, ihre Familie war holländischer Herkunft. Sie war die Tochter eines Kaufmanns und besaß eine Modeboutique in Bønnerup Strand, der Einzelhandel lag ihr im Blut. Sie hatte auch eine Zwillingsschwester, Ditte. In dem Artikel wurde sie als »Alices andere Hälfte, die an dem großen Tag fehlen« würde, bezeichnet. Warum war sie beim fünfzigsten Geburtstag ihrer Schwester nicht dabei? Anne zündete sich eine neue Zigarette an und ließ sie zwischen den Lippen hängen, während sie den Namen der Schwester ins Suchfeld eintippte. Es gab mehrere Treffer, aber keine der Frauen war Alices Schwester. Nach einer halbstündigen Suche war sie schon kurz davor aufzugeben, aber dann tauchte ihr Name plötzlich in einem Familienstammbaum auf. Ditte Van Marwijk war 1972 bei einem Unfall ums Leben gekommen.

Anne lehnte sich auf dem Stuhl zurück und streckte sich. Aber das erklärte immer noch nicht, warum Kamillas Vater nichts von seiner Tochter wissen wollte. Was war da passiert? Als sie bemerkte, wie spät es war, wurde sie hektisch. Sie sollte jetzt lieber ihre Mutter abholen gehen. Sie drückte auch die letzte Zigarette im Aschenbecher aus. Mit einem lauten Seufzer, die Jacke über die Schulter gelegt, lief sie hinunter zum Wagen.

15

Er kam bereits am späten Nachmittag mit dem Flugzeug aus Rom und traf kurz vor der Vesper im Kloster ein. Vom Kräutergarten aus konnten sie ihn schon von weitem sehen, als er vor dem Klostertor aus dem Taxi stieg.

»Wer ist das?«, fragte Schwester Laura und strich sich mit einer schmutzigen Hand den blauen Arbeitsschleier aus dem Gesicht. Es war ein warmer Tag, aber eine leichte Brise ließ ihnen die Schleier um die Ohren wehen.

Schwester Margaretha sah nur kurz zu dem Neuankömmling hinüber und konzentrierte sich dann wieder aufs Jäten. Schwester Laura fiel es auch bei der Arbeit reichlich schwer zu schweigen. Doch sollte die Arbeitszeit in Schweigsamkeit verbracht werden, damit auch sie für stille Gespräche mit Gott genutzt werden konnte. Wenn sie alleine arbeitete, konnte sie seine Gegenwart spüren, aber Lauras Gerede störte. Daher versuchte sie der Postulantin möglichst aus dem Weg zu gehen. Auch sah sie sie immer wieder mit diesem Blick an, der ihr nicht gefiel, der irgendwie allzu tief in ihre Intimsphäre einzudringen schien. Auf eine Weise, die sie beunruhigte. Margaretha überlegte, ob sie nicht mit Mutter Helene darüber sprechen sollte. Ja, das war wohl das Beste. Sie richtete sich auf und sah die Äbtissin auf der Klostertreppe lächelnd den kleinen alten Mann in Empfang nehmen. Er hatte einen krumm gebeugten Gang, war schwarz gekleidet und kahlköpfig. Vielleicht sollte sie das Gespräch mit Mutter Helene möglichst bald suchen, damit diese die Sache ihrem Gast gegenüber erwähnen konnte, dann könnte er die Angelegenheit professionell beurteilen.

»Das ist Pater Francesco.«

»Ein neuer Lehrer?«

»Nein, Pater Francesco ist einer der besten Exorzisten des Vatikans.«

»Was? Ein …?«

»Ein Exorzist. Teufelsaustreiber.«

Laura schnürte sich sichtlich der Hals zu. Sie blickte Schwester Margaretha ängstlich an und fragte mit beklommener Stimme: »Ist denn unter uns jemand von Dämonen besessen?«

»Pater Josef hat Mutter Helene geraten, Pater Francesco die Verhältnisse im Kloster untersuchen zu lassen, weil so viele von uns von einer bösen Erscheinung beeinflusst werden.«

»Also das Gebäude! Das *Kloster* ist besessen!« Schwester Lauras Augen wurden so kugelrund wie in der Nacht, als sie in Schwester Margarethas Zimmer gekommen war. Eine Nacht, an die sie besser nicht zu denken versuchte.

»Genau das ist es, was Pater Francesco als Erstes herausfinden soll.«

»Und wenn es wirklich besessen ist, kann er die Dämonen dann austreiben?«

»Er ist einer der Besten«, antwortete Margaretha und wunderte sich über Schwester Lauras offenkundige Furcht vor dem Priester. Er war doch hier, um zu helfen. »Sehen wir jetzt zu, dass wir hier fertig werden.«

Schwester Laura rührte sich nicht, sie starrte wie hypnotisiert auf den Turm im Ostflügel. Ihre Pupillen waren trotz des hellen Lichts geweitet. »Weißt du, was da drin ist?«

Schwester Margaretha stützte sich auf ihre Jäthacke und sah zum Turm hinauf. Die Sonne schillerte auf dem von Grünspan überzogenen Dach. Die Fenster ähnelten dunklen leeren Augenhöhlen ohne ein Lebenszeichen. »Nichts ist da drin. Wieso fragst du?«

»Warum dürfen wir diesen Teil des Klosters denn nicht betreten? Bist du schon einmal dort drinnen gewesen.« In ihrer Stimme lag unverhohlene Neugier.

»Nein, das Gebäude ist sehr alt. Die Treppen könnten einstürzen und wegen des modrigen alten Schimmels die ist Luft ziemlich ungesund.«

Schwester Laura wandte ihr den Blick zu. Er war so starr, dass es wirkte, als würde sie trotz ihrer offenen Augen nichts sehen. »Jetzt, wo ich so darüber nachdenke, glaube ich, dass der Schrei von dort gekommen ist.«

»Vom Turm?«

Die Augen des Mädchens füllten sich wieder mit Leben, voller Angst starrten sie Margaretha an. »Das weiß ich nicht, aber auf jeden Fall aus diesem Teil des Gebäudes. Wenn man nur wüsste ...«

»Das kann nicht sein, Schwester Laura, dieser Teil steht leer, und außerdem hätten Mutter Helene und die älteren Schwestern den Schrei dann auch gehört. Da war kein Schrei. Nur in uns selbst. Das war der Teufel, der uns Angst machen wollte.«

Schwester Laura nahm wieder ihr Jätgerät zur Hand und fing langsam an, zwischen den Schnittlauchbüscheln zu hacken, während sie wortlos den Kopf schüttelte, als versuche sie sich davon zu überzeugen, dass sie sich irrte.

Das Ave Regina Coelorum verstummte. Die hellen Frauenstimmen verklangen in der Dunkelheit der Kirche. Was folgte, war eine göttliche Stille, wie man sie nur in einer Kirche findet. Das abendliche Stundengebet, die Komplet, war das Gebet, das sie am meisten genoss, gerade weil es mit einem an die Gottesmutter gerichteten Gesang, einer marianischen Antiphon, abschloss, und außerdem war die Komplet das letzte Gebet des Tages. Sie hatte alle vier marianischen Hymnen auf Latein auswendig gelernt und der Klang der Worte im hohen Kirchenraum war unvergleichlich. Die große Statue der heiligen Jungfrau Maria war von einer Wachskerze erleuchtet, deren flackerndes Licht ihrem milden Gesicht einen geradezu lebendigen Ausdruck verlieh; fast fühlte Schwester Margaretha die heilige Jungfrau in Fleisch und Blut vor sich stehen. Sie war nicht nur die Mutter des Jesuskindes, sondern ihrer aller Mutter. Hier gab es keine Dämonen.

Pater Francesco saß ganz hinten in der Kirche mit gefalteten Händen und geschlossenen Augen. Schwester Margaretha hatte gesehen, wie er mit einem Kreuz in der einen Hand den Flur zwischen den Zimmern der Schwestern mit Weihwasser besprengt hatte. Später hatte sie sich dann mit Mutter Helene getroffen. Sie hatte ruhig auf all ihre Fragen geantwortet und nicht so betroffen über den Vorfall gewirkt, wie sie erwartet hätte. Alle könnten beruhigt auf Pater Francesco vertrauen, so hatte sie versichert, er folge Jesu Beispiel und treibe das Böse aus. Vor einigen Jahren habe er Stigmata bekommen, die ihm, so Mutter Helene, eine ganz einzigartige Verbindung zu Gott verliehen hatten. Mehrere Wochen lang hatte er blutende Nagellöcher in Händen und Füßen gehabt, Spuren der Dornenkrone auf dem Kopf und ein Wunde in der Seite, wie Christus nach dem Lanzenstich. Kein Arzt habe diese Wunden zu erklären vermocht. Pater Francesco sei Mitglied der Internationalen Vereinigung der Exorzisten, die 1990 vom bedeutendsten Exorzisten Italiens, Pater Gabriele Amorth, gegründet worden sei, hatte Mutter Helene erklärt – ohne dabei ihren Stolz darüber verbergen zu können, diesen Mann zu kennen, der selbst den Vergleich mit dem heiligen Franz von Assisi nicht zu scheuen brauche.

Als Schwester Margaretha dann hatte wissen wollen, was Pater Francesco denn genau tue, um das Böse aus dem Kloster zu vertreiben, hatte Mutter Helene einen Moment gezögert. »Er ist am liebsten ganz allein, wenn er sich den Dämonen entgegenstellt, aber er hat mir erzählt, dass dabei, neben Weihwasser und natürlich dem Kreuz, ein besonderer liturgischer Ritus Verwendung findet, mit einem Gebet an den Erzengel Michael, der ja in der Offenbarung des Johannes an der Spitze der Schlacht gegen den Bösen steht.«

»Er meint also, dass es hier wirklich etwas Böses gibt, das ausgetrieben werden muss?« Ihre Stimme hatte bei diesen Worten unbeherrscht gezittert.

»Wie ich bereits gesagt habe, ja. Die Schreie, die wir gehört haben, sind Satans Werk.« Mutter Helene berührte das Kreuz, das um ihre Brust hing, als wolle sie um Vergebung dafür bitten, diesen Namen des Leibhaftigen in den Mund genommen zu haben.

Nach der Komplet begann das große Silentium, und es wurde still im Kloster. Niemand durfte während dieser Zeit sprechen. Es sei denn, es handelte sich um einen Notfall. Sich an diesen Teil von Abend und Nacht zu gewöhnen, der bis zum ersten Morgengebet dauerte, war für Margaretha, als sie vor einigen Jahren ins Kloster gekommen war, am schwersten gewesen, aber nun genoss sie die Stille – ein angenehmer Abschluss des Tages. Eines Tages, dessen Rhythmus und Verlauf ganz unter dem benediktinischen Motto »Ora et labora« – Bete und arbeite – stand, wie es auch auf dem unter Glas gerahmten bestickten Schild zu lesen war, das an der Tür zum Flügel der Schwestern hing. Diese Art der Tagesgestaltung war zum Muster ihres Lebens geworden. Gott würde ihren Einsatz ohne Zweifel belohnen; aber warum ließ er es nur zu, dass der Satan in ihr stilles und friedliches Leben eindrang, wo sie ihm alle doch so treu ergeben waren? Es musste jemand unter ihnen sein, der das Böse anzog. Vielleicht nur eine einzige Person. Wenn sie so zurückdachte – hatte nicht alles erst angefangen, seit Schwester Laura ins Kloster gekommen war?

16

Roland legte das Aufsatzheft weg. Die Geschichte, die er soeben gelesen hatte, hatte Tobias geschrieben, als er dreizehn Jahre alt gewesen war. Sie umfasste ganze zehn Seiten und handelte von einem Ungeheuer, einem Jungen und einer Kirche, in die der Junge nicht gehen durfte, weil darin das Ungeheuer lauerte. Der Klassenlehrer hatte Recht, die Fantasieaufsätze des Jungen *hatten* etwas Besonderes. Die Sprache war für sein Alter recht ausgereift. Die Geschichte wirkte durchaus tiefsinnig. Das Ungeheuer war mehr wie eine geheimnisvolle psychische Macht beschrieben denn als ein tatsächliches körperliches Wesen, und das machte das Ganze nur noch unheimlicher. War das bloß etwas, was sich Tobias ausgedacht hatte, reine Erfindung, oder steckte in der Tat etwas Tieferes hinter der Geschichte? Das typisch katholische Kreuz, das Roland über dem Bett der Großmutter gesehen hatte, wies deutlich darauf hin, dass Tobias in einem frommen Zuhause aufgewachsen war. Vielleicht war auch nur die Großmutter gläubig, er wusste ja nichts über Tobias' Eltern – und wo sollte er dieses Wissen nun noch herbekommen? Sie waren beide tot, die Großmutter hatte Alzheimer, und die Schwester war vor einigen Jahren ebenfalls verschwunden und vermutlich unmöglich aufzuspüren. Aber sie wäre die einzige denkbare Informationsquelle.

Tobias selbst war auch noch nicht gefunden worden. Wie Roland über Umwege erfahren hatte, waren Taucher im Einsatz gewesen, hatten aber nichts entdeckt. Wo war Tobias Abrahamsen? Seine Freunde hatten ihre Suche ausgeweitet, ebenfalls ohne Resultat; wenn nicht bald etwas Entscheidendes geschah, war die Spur erkaltet, und sie müssten aufgeben. *Sie* … Er vergaß die ganze Zeit, dass er sich aus der Sache heraushalten sollte. Der Fall, um den er sich stattdessen kümmern sollte, war heute Morgen auf seinem Tisch gelandet. Waffenfund in einem Rockerschuppen in Risskov. Handgranaten und Maschinenpistolen. Er war gerade dabei, das Material durchzugehen, als die Beamtin Isabella Munch in sein Büro trat.

»Wir haben die vier Mitglieder der Straßengang AK 81 erwischt, die in einem gestohlenen Auto entkommen sind. Von der rivalisierenden Bande von Migranten fehlt jede Spur, aber es besteht kein Zweifel, dass es zu einer Auseinandersetzung gekommen wäre, wenn wir nicht zu Stelle gewesen wären. Man muss sich nur all die Waffen ansehen, die sie bei sich getragen haben.«

Roland studierte das Foto eines Hells-Angels-Rockers mit Stiernacken, das Club-Logo weithin sichtbar auf seinen kahlen Schädel tätowiert. Wäre doch nur die Mafia in Neapel auch so leicht zu erkennen. Aber deren Mitglieder verschwanden unsichtbar in der Menge fein gekleideter Geschäftsleute, Politiker und – Strafverteidiger.

»Sind sie verhaftet worden?«

»Drei der vier sollen dem Untersuchungsrichter vorgeführt werden, aber einen mussten wir gehen lassen. Es lag nicht genug gegen ihn vor.« Sie setzte sich und sah ihn an, während er den Bericht las und die Fotos betrachtete.

»Schwere Waffen, das kann man wohl sagen.«

»Die Magazine waren voll, schussbereit also, da ist klar, was sie im Schilde führten.« Sie machte eine kleine Pause. »Was ist denn das da? Arbeitest du in deiner Freizeit neuerdings als Lehrer?« Isabella zeigte auf die Aufsatzhefte, die er nicht rechtzeitig hatte in die Schublade zurücklegen können.

»Das sind Tobias Abrahamsens Aufsätze aus der Volksschule. Ich habe sie vor kurzem von seinem Klassenlehrer bekommen.«

»Und wozu brauchst du die?«

»Bisher noch zu gar nichts. Aber ich kann nicht aufhören, in den Heften zu lesen. Der Junge wurde ja noch nicht gefunden.«

»Nein, aber wie sollen dir seine Aufsatzhefte da helfen?«

Roland zuckte die Schultern, er hatte sich ja selbst schon die gleiche Frage gestellt. »Vielleicht hat er da einen speziellen Ort, den er aufsucht, wenn es nicht so läuft, wie es soll ...«

»Haben wir nicht alle so etwas? Ich bin immer zu meiner Oma gefahren«, unterbrach Isabella mit einem kleinen nostalgischen Lächeln.

»Ich würde jetzt auch am liebsten untertauchen.«

Isabella lachte. Sie meinte wohl, er mache Witze.

»Aber bei seiner Oma ist er jedenfalls nicht. Wenn überhaupt, ist er eher vor ihr geflüchtet. Stell dir mal vor, zusammen mit jemandem zu wohnen, der so eine schlimme Krankheit hat!«

»Warum hat er wohl nichts unternommen? Dafür gesorgt, dass sie in Behandlung kommt?« Isabella schlug das eine lange Jeansbein über das andere.

»Alzheimer kommt schleichend. Wenn sie schon länger vergesslich war oder sich seltsam benommen hat, hat er es vielleicht gar nicht richtig bemerkt, wie sehr sich ihr Zustand verschlechtert hat. In seinen Aufsätzen hat er keine kranke Großmutter erwähnt. Nicht in denen jedenfalls, die ich bisher gelesen habe.«

»Was schreibt er denn so?«

»Etwas über einen Jungen, der wegen eines Ungeheuers daran gehindert wird, in die Kirche zu gehen. Jemand warnt ihn davor, dass sich dort drinnen das Böse befindet.«

»Glaubst du, dieser Junge ist Tobias selbst?«

»Gut möglich.«

»Wer ist dann das Ungeheuer, und wer hindert ihn daran hineinzugehen?«

»Keine Ahnung. Vieles ist wohl reine Fantasie. In dem Alter haben es Jungs ja mit Drachen und Ungeheuern.«

»Was, wenn es sein Vater ist?«

»Tobias' Vater? Aber der hat sich doch erhängt! Den Aufsatz hat er geschrieben, vier Jahre bevor das passiert ist.«

»Logisch, wenn er schon tot gewesen wäre, hätte er ihn ja auch nicht an irgendetwas hindern können«, entgegnete Isabella spöttisch.

»Aber was soll das bringen, seinen Sohn daran zu hindern, in die Kirche zu gehen? Die Großmutter väterlicherseits ist katholisch, das war der Vater sicher auch.«

»Hm. Sein Vater hat sich von einem Kirchturm aus erhängt, weist das nicht auf etwas Religiöses hin?«

»Zweifellos muss da eine Botschaft dahintergesteckt haben, aber laut Kurt sollen wir uns den Fall nicht mehr vornehmen, der sei abgeschlossen.« Roland rieb sich abwesend die Stirn.

»Wieso hast du die Hefte dann behalten?«

»Ich habe angeboten, sie abzugeben, aber Frandsen war der Meinung, sie seien nicht relevant.«

»Sind sie vielleicht auch nicht. Aber vielleicht findest du ja doch noch seinen geheimen Ort.« Isabella stand auf, blieb kurz stehen und fasste ihn ins Auge. »Da ist noch eine andere Sache, die ich dir gerne persönlich mitteilen würde …«

Ihr Tonfall zwang Roland, zu ihr aufzusehen.

»Wir ziehen am Wochenende in das Landhaus ein. Es ist jetzt fertig geworden.«

Er versuchte das Pochen in seiner Schläfe zu dämpfen, aber das konnte er nicht. Es war *sein* Landhaus in Skåde, worüber sie sprach. Er war unheimlich nah dran gewesen, es heute selbst zu besitzen – wenn die beiden es ihm nicht direkt vor der Nase weggekauft hätten.

»Und es macht dir nichts aus, da zu wohnen, wo ein Arzt bestialisch auf dem Hof ermordet wurde?«

Isabella schüttelte nur den Kopf. Ihr fast unsichtbares Lächeln irritierte ihn.

»Auch nicht, dass der Mörder noch irgendwo auf freiem Fuß ist?«

»Roland, du solltest es einfach vor allen anderen erfahren. Du weißt, warum.« Sie gab seiner schlaffen Hand auf dem Tisch einen Klaps und wandte sich lächelnd zur Tür.

»Und wie willst du Kurt Olsen beibringen, dass du mit Mikkel zusammenziehst? Du weißt, was er von Liebespaaren und Ehepartnern am Arbeitsplatz hält.«

»Ich sag's ihm natürlich, und wenn Kurt das nicht akzeptieren kann, tja, dann muss ich mir wohl eine andere Stelle suchen.«

Sie kehrte ihm den Rücken zu und verließ den Raum. Roland stieß ein Zischen aus und lehnte sich auf dem Stuhl zurück. Doppelter Verlust. Das Landhaus *und* Isabella. Wenn sie ginge, wäre die Abteilung nicht mehr dieselbe. Dann lieber noch Mikkel Jensen. Er starrte wieder auf das Foto des Hells-Angels-Rockers mit fast der gleichen Frisur wie Mikkel – wenn man das denn eine Frisur nennen konnte. Dann seufzte er. Er konnte keinen von beiden entbehren, weder sie noch ihn, also bestand seine Aufgabe jetzt wohl eher darin, auch den Vizepolizeidirektor von ihrer Unentbehrlichkeit zu überzeugen.

Als ob allein der Gedanke ihn herbeigerufen hätte, stand Kurt Olsen plötzlich in der Tür. Sein Gesicht hochrot. Roland befürchtete einen Augenblick, er hätte ihr Gespräch mitbekommen, aber als er endlich etwas sagte, war es etwas ganz anderes.

»Wenn du dich nach einem Mord sehnst – nachdem du Tobias Abrahamsen ja so schnell beerdigt haben willst –, kannst du den jetzt haben. Die vom Krankenhaus haben wegen eines verdächtigen Todesfalls angerufen. Sie ist an Händen und Füßen gefesselt gewesen, vermutet der Oberarzt. Todesursache noch nicht bekannt, dazu müssen wir die Obduktion abwarten. Noch heute Vormittag wird sie in die Rechtsmedizin gebracht.«

»Ist die Tote identifiziert worden?«

»Noch nicht, wir wissen nur, dass es sich um ein junges Mädchen handelt – in Nonnentracht.«

17

»Wer hat sie gebracht?«, fragte Roland den Vizepolizeidirektor, als sie zusammen auf die Eingangstür zur Rechtsmedizin zuschritten.

»Jemand aus dem Kloster der heiligen Jungfrau hat einen Krankenwagen gerufen. Dann ist sie den Rettungssanitätern übergeben worden. Es eilte, daher wurden sicher nicht viele Fragen gestellt. Sie ist im Krankenwagen gestorben, wenn sie zu dem Zeitpunkt nicht ohnehin bereits tot war.«

»Immer noch kein Name?«

»Einer der Sanitäter meinte, sie hätten sie Schwester Laura genannt.«

»Wenn sie Nonne ist, wird das wohl kaum ihr Geburtsname sein. Nach der Einkleidung sollen die Ordensfrauen einen neuen Namen bekommen, sodass die alte Identität weg ist und sie sich in ihrer neuen ganz Gott widmen können. Es soll ein Heiligenname sein.«

»Ist *Laura* das denn?«

Roland brauchte nicht mehr zu antworten, da er nun die Tür zum Obduktionsraum öffnete.

Rechtsmediziner Henry Leander stand am Stahltisch bereit, auf dem die junge Frau in ihrer Nonnentracht lag. Er war gerade dabei, die Bekleidung und den Zustand der Leiche zu beschreiben, und sprach in ein Diktiergerät. Jedes kleine Detail hielt er fest, jeden winzigen Fussel auf der Tracht, in ihrem Haar oder auf ihrer Haut. Währenddessen knipste ein Kriminaltechniker mit einer Nikon-Kamera Fotos.

»Die Bekleidung hat dunkle, ölige Flecken. Besonders am Rücken.« Leander zeigte dem Kriminaltechniker, wo er fotografieren sollte.

»Gibt es vielleicht ein sexuelles Motiv? Die Nonnentracht. Es gibt so viele, die auf so was stehen – die Krankenschwester, die Stewardess, das Zimmermädchen …«

Roland und Leander warfen jeweils einen Seitenblick zu Kurt Olsen hinüber. Er bekam es mit und räusperte sich. »Das weiß doch jeder.«

»Die Tracht sieht aber echt aus«, äußerte Leander.

»Aber es ist diejenige einer Postulantin – nicht die der Nonnen.« Roland konnte den Blick nicht von der jungen Frau abwenden. Unwillkürlich kramte er in seiner Hosentasche nach dem Rosenkranz.

»Postulantin?« Kurt sah ihn verständnislos an.

»Bevor die Mädchen richtige Nonnen werden, sind sie erst einmal Postulantinnen, danach Novizinnen. Man wird nicht einfach so von einem Tag auf den anderen die Braut des Herrn.«

»Ach ja, über solche Sachen weißt du ja alles, Roland«, bemerkte Kurt Olsen und warf ihm den gleichen Blick zu wie alle, die wussten, dass er ein regelmäßiger Kirchgänger war. Es lag etwas wie Mitleid darin, und er vermutete, das lag daran, dass viele sich zusammengereimt hatten, Salvatores Tod habe ihn zu einem frommen Mann gemacht. Oder er versuche zumindest, fortan einer zu sein. Als würde er Gott etwas schulden.

Leander hatte begonnen, das Mädchen langsam und vorsichtig auszuziehen, während seine Augen jedes einzelne Kleidungsstück genau untersuchten. Das Blitzlicht leuchtete auf. *Eine bizarre Szenerie*, schoss es Roland durch den Kopf. Ein älterer Herr mit weißem Fahrradlenkerschnurrbart, der wie ein Graf wirkte und behutsam eine Nonne entkleidete. Aber der Blick des Rechtsmediziners war vorläufig ohne Interesse für den Frauenkörper; es war zunächst wichtig, dass keine Spur auf der Kleidung übersehen wurde. Der junge Kriminaltechniker an seiner Seite schien das Groteske der Situation durchaus wahrzunehmen, traute sich aber wegen des Ernstes der Sache nicht, es sich anmerken zu lassen, und nur der funkelnde Schimmer in seinen Augen verriet ihn.

Kurt Olsen hingegen ließ der Gedanke an die leichten Mädchen in erregenden Sexkostümen auch in dieser unpassenden Situation nicht los. »Falls sie eine echte Nonne ist, dann ist das da wohl jetzt echt was Neues für sie.«

Keiner antwortete.

»Seid ihr denn nicht neugierig, ob sie unter dem Rock Strapsen trägt?«, versuchte er es erneut.

Henry Leander war bereits bis dorthin vorgedrungen und, nein, das tat sie nicht: nur ganz gewöhnliche, praktische Baumwollunterwäsche. Als der Körper entblößt dalag, legte sich bleierne Stille über den Raum, selbst das Funkeln in den Augen des Kriminaltechnikers erstarb.

Leander hob ihre Arme an. »Deutliche Zeichen von Misshandlung. Seil-, vielleicht präziser Fesselspuren, an beiden Handgelenken«, sprach er ins Diktiergerät, als sei es ein zuhörendes Lebewesen – und außer ihm das einzige im Raum. Er studierte ihre Beine. »Auch die Knöchel zeigen Verletzungen durch Fesseln. Nach der Position und dem Ausmaß der Schädigung zu urteilen, deutet alles darauf hin, dass das Opfer aufgehängt war.«

Kurt Olsens Blick ruhte auf ihren Brüsten. Groß und wohlgeformt auch ohne Silikon. Körper- und Schambehaarung waren ebenfalls, wie Gott die Frau schuf, hier war nirgendwo ein Ladyshaver zum Einsatz gekommen. Sie war eine echte Blondine. »Liegt vielleicht ein sexuelles Motiv vor?« Er ließ nicht locker.

Henry Leander untersuchte ihren Unterleib und nahm einige Proben. »Es gibt keine Anzeichen von Gewalt. Keine vaginalen Verletzungen und kein Sperma. Die junge Frau ist übrigens Jungfrau.«

»Wie alt ist sie?«, fragte Roland.

Kurt Olsen zwang sich, seinen Blick von dem Frauenkörper abzuwenden, und richtete ihn stattdessen widerwillig auf Roland. »Ich habe Isabella zum Kloster geschickt. Dachte, das wäre wohl am besten, nachdem …« Er blickte wieder auf den nackten Körper auf dem Stahltisch. »Die müssen doch verdammt noch mal wissen, wer sie ist.«

»Sie ist Anfang zwanzig, würde ich tippen.« Henry Leander fuhr fort, die Augen des Mädchens zu untersuchen. »Zeichen von Irritation, es ist eine große Menge Tränenflüssigkeit abgesondert worden.«

Der Kriminaltechniker machte Bilder von den fast unsichtbaren weißen Flecken um die Augen und auf den Wangen; sie sahen nur wie eine schwache Pigmentstörung aus. Salz. Getrocknete Tränen.

Roland schluckte ein paarmal. Ein bitterer Geschmack hatte sich in seinem Mund festgesetzt. Fesseln hatten sich tief ins Fleisch des Mädchens geschnitten. Sie hatte versucht sich freizukämpfen. Sie hatte geweint.

Henry Leander entfernte mit einem Wattestäbchen etwas von ihrer Stirn und legte es in eine Tüte.

»Klebrige Flüssigkeit auf der Stirn des Opfers. Sieht aus wie ein gezeichnetes Kreuz. Ich schicke es zur Analyse«, stellte er fest.

»Kannst du sagen, wann sie gestorben ist und was die Ursache war?«, wollte Roland über Henry Leanders gebeugten Nacken hinweg wissen. »Man stirbt ja nicht unbedingt davon – an irgendetwas aufgehängt zu werden.«

»Meiner ersten Schätzung nach ist sie nach Mitternacht gestorben, in den frühen Morgenstunden vielleicht, aber, wie gesagt, ich kann noch keine Todesursache angeben.«

Während er noch redete, begann er den Y-Schnitt zu setzen. Eine Handlung, der beiwohnen zu müssen, Roland seid jeher mit einem tiefen Unbehagen erfüllte. So auch heute. Ein scharfes Messer so durch tote Haut und totes Fleisch gleiten zu sehen war ein sehr eigentümliches Erlebnis. Es fehlte etwas. Das Blut. Das Leben. Jedes Organ, das der Rechtsmediziner dem Körper entnahm, wog und untersuchte er genau. Nichts Ungewöhnliches. Die junge Frau war gesund und munter gewesen. Hätte leben müssen. Aber als Leander zu den Lungen kam, konnte Roland seinem Gesicht ablesen, dass er auf etwas Interessantes gestoßen war. Er hob seine buschigen weißen Augenbrauen und sah die Anwesenden über den Brillenrand hinweg an. »Da ist ein entzündungsähnlicher

Zustand in den Schleimhäuten der Bronchien.« Er beugte sich wieder über den Körper. Roland drehte sich ein bisschen zur Seite, damit er nicht alles mitansehen musste.

»Die Muskeln um die Atemwege haben sich zusammengezogen, die Schleimhaut hat zähen Schleim gebildet. Unsere Nonne litt anscheinend an Asthma, und irgendetwas hat einen heftigen Anfall ausgelöst. Sie ist erstickt.«

Erstickt durch einen Asthmaanfall. An Fesseln aufhängt. Was war nur mit der jungen Frau geschehen – und dann noch in einem Kloster? Unter den Auserwählten Gottes.

»Es gibt bei uns circa fünfzig Todesfälle aufgrund von Asthma pro Jahr. Dieses Leiden ist sehr weit verbreitet«, fuhr Henry Leander fort, während er eifrig in all dem herumwühlte, was Roland nicht sehen wollte. »Was den Asthmaanfall ausgelöst hat, ist schwer festzustellen, aber ich nehme jetzt noch Proben aus der Lunge und der Schleimhaut und hoffe, dass sie uns Antworten liefern können.« Er war nun bereit, den zerlegten Körper wieder zusammenzuflicken.

Die Vorstellung war beendet. Und ein Leben dahin. Jetzt war es ihre Aufgabe herauszufinden, was in der Nacht im Kloster der heiligen Jungfrau passiert war.

18

Isabella Munch war bisher erst einmal in einem Kloster gewesen – während eines Sommerurlaubs in Italien. Sie hatte sich damals nicht wohlgefühlt. Nicht wegen der Umgebung und der Tatsache, dass das Wort »Kloster« ursprünglich von einem Wortstamm kommt, der so viel wie *einschließen* bedeutet, und auch nicht weil die Klosterfrauen in ihrer religiösen Gemeinschaft isoliert von der Umwelt lebten, sondern weil sie sich bei alledem irgendwie wie ein wenig mitfühlender Zoobesucher vorkam, der sich eine seltsame Tierart anschaut. Sie war dem Strom der Touristen an der Seite eines schwedischen Führers gefolgt, der sie mit seinem einstudierten Wissen über das Klosterleben zuschüttete und dabei mit ein paar älteren deutschen Touristen konkurrierte, die meinten, alles besser zu wissen. Isabellas Grund für den Ausflug ins Kloster war ihr Interesse gewesen, einmal zu erleben, wie ein italienisches Kloster funktioniert, aber schnell hatte sich ihr das Gefühl aufgedrängt, dass die Nonnen ihren Besuch überhaupt nicht wünschten. Die meisten hatten sich hinter verschlossenen Türen versteckt gehalten und die wenigen, mit denen einige der Touristen Kontakt aufzunehmen versuchten, während sie sie gleichzeitig im Blitzlicht ihrer Kameras und Handys badeten, hatten demütig, den Blick zu Boden gesenkt, geantwortet, dass sie mit niemandem sprechen dürften.

Sie versuchte die Erinnerung abzuschütteln, als sie die Treppenstufen vor der großen schweren Eichentür hinaufstieg, die nun von der Äbtissin persönlich geöffnet wurde. Die Nonne stellte sich als Mutter Helene vor und wies Isabella in einen sparsam möblierten Raum mit einem Kreuz und einem Bild von Jesus und Maria als einzigem Wandschmuck.

»Gleich kommt eine Tasse Tee. Sie trinken doch Tee?«

Mutter Helene war eine Frau in den mittleren Jahren, die hinter ihrem Schleier versteckt kaum mehr von ihrem Gesicht zeigte als eine muslimische Frau mit Kopftuch; aber das, was Isabella sehen konnte, zeigte, dass die Äbtissin auch ohne jegliches Make-up eine hübsche Dame war.

Isabella nickte bloß. Sie hatte zuvor noch nie mit einer frommen Ordensfrau gesprochen und verspürte ein wenig Furcht, die sie selbst nicht verstand. Furcht wovor? Etwas Verkehrtes zu sagen? Zu fluchen? Gott zu beleidigen? Oder war es der Grund ihres Hierseins, was sie einschüchterte? Roland hatte sie nach der Obduktion auf ihrem Handy angerufen; die tote Schwester war misshandelt worden, wahrscheinlich ermordet. Sie hatte den Auftrag, sich die Stelle anzusehen, wo das Mädchen tot aufgefunden worden war, und so viele Details wie nur irgend möglich in Erfahrung zu bringen. Eine junge Frau in ganz weißer Tracht trat mit dem Tee in den Raum und schenkte ihnen ein. Isabella nahm die heiße Tasse nickend entgegen.

»Danke, Schwester Margaretha«, sagte Mutter Helene und lächelte der Weißgekleideten zu wie einer Tochter. Stolz sah sie zu Isabella herüber. »Schwester Margaretha ist Novizin und wird bald ihre Gelübde ablegen, sie wird eine gute Nonne«, wisperte sie vertraulich, als die Novizin auf dem Weg nach draußen war.

Isabella räusperte sich verlegen. »Hochwürdige Frau Äbtissin, wie Sie wissen, ist der Grund meines Besuches der Tod Ihrer … ähm, Schwester«, fing sie an. Man hatte gegenüber einer Frau, die Gott so nahe stand, dass er durch sie zur Menschheit sprechen konnte, sicherlich sehr ehrfürchtig zu sein.

»Sagen Sie ruhig einfach Mutter Helene zu mir. Ja, es ist traurig, dass Schwester Laura uns so plötzlich verlassen musste. Sie dürfen selbstverständlich alle Fragen stellen, die nötig sind, ich werde sie, so gut ich kann, beantworten.«

»Ist Laura ihr richtiger Name – der Geburtsname, meine ich?«

»Ja.«

»Hatte sie auch einen Nachnamen?«

»Friis.«

»Wie alt war Laura Friis?«

»Soweit ich mich erinnere, wurde sie Anfang 1991 geboren, aber wenn Sie es genau wissen wollen, muss ich in ihre Unterlagen im Büro sehen.«

»Nein, das ist schon okay«, antwortete Isabella, die fürchtete, die Äbtissin werde nicht mehr zurückkommen, wenn sie sie einmal gehen ließ. Auch Roland hatte ein Alter Anfang zwanzig erwähnt, und jetzt, wo sie ihren vollen Namen kannte, konnte das leicht geklärt werden.

»Ist gestern Abend etwas Besonderes passiert?« Isabella nippte an ihrem Tee, der fast geschmacklos war. Vielleicht war hier jeglicher Genuss verboten.

»Ja, allerdings. Wir hatten Besuch von Pater Francesco aus dem Vatikan, das kommt selten vor.«

»Gab es einen bestimmten Anlass für seinen Besuch? Hatte es etwas mit Laura – Schwester Laura – zu tun?«

»Nein, das kann man nicht sagen.« Mutter Helene schaute sie ruhig an und mit so viel Güte in den Augen, dass Isabella jeden Eid schwören würde, dass sie nicht für jemandes Tod verantwortlich sein könnte. »Wir hatten in letzter Zeit ein paar Probleme, bei denen er uns behilflich sein konnte.«

»Ist er noch hier, dieser Pater …?«

»Pater Francesco. Francesco Rossi. Nein, er ist zurück nach Rom gereist. Seine Aufgabe war erfüllt.«

»Darf ich fragen, welcher Art diese Aufgabe war?« Sie hatte keine Lust auf den Tee, trank ihn aber dennoch. Ihre Hand zitterte. Sie fror, in dem Raum war es nicht sehr warm. Nonnen leben in Sparsamkeit ohne Luxus, das wusste sie, aber war behagliche Wärme denn ein Luxus?

»Das war eine Privatangelegenheit. Das Kloster – und insbesondere der Vatikan – hält es nicht für nötig, die Öffentlichkeit darüber zu informieren.«

Ihre Achtung gebietende Stimme ließ Isabella nicht weiterfragen, das wäre Roland sicher nicht recht – oder vielleicht doch? Der Vatikan, der Papst höchstpersönlich! Ob Roland aus Respekt vor dem Heiligen Stuhl jetzt nicht ebenfalls die Sache auf sich beruhen lassen hätte? Sie war sich nicht sicher.

»Wann ist Laura Friis ins Kloster gekommen?«

»Sie war seit ungefähr vier Monaten als Postulantin hier. Das ist eine Art Probezeit für junge Frauen, um sich einen Eindruck zu verschaffen, ob sie wirklich das Leben führen können, dessen es bedarf, um Gott in Treue zu dienen. Nach mindestens einem halben Jahr oder länger sollen sie sich dann entscheiden, aber während dieser Zeit können sie es sich anders überlegen und das Kloster jederzeit verlassen, wenn sie wollen oder wenn der Orden es beschließt.«

»Und lief es gut mit ihr?«

Um den Mund der Äbtissin erschien ein unbestimmter Zug. Verärgerung oder ein leises Lächeln? Es war schwer auszumachen.

»Wie den meisten jungen Mädchen ist es ihr nicht leichtgefallen, sich auf die Stille und den Gehorsam einzustellen, den der heilige Benedikt in seinen Klosterregeln einfordert, und ich habe deshalb viele lange Gespräche mit ihr geführt, aber sie hatte begonnen, sich einzuleben.« Die Äbtissin nickte, wie um sich selbst zu überzeugen, und nippte an ihrem Tee.

»Gibt es jemanden, mit dem sie besonders verbunden war, mit dem ich sprechen könnte?«

»Wir sind hier niemandem Bestimmtes verbunden, keinem Menschen jedenfalls – wir sind alle Schwestern in einer großen Gemeinschaft, die mit der Kirche und mit Gott verbunden ist.« Sie lächelte belehrend, gleichwohl hörte Isabella die Irritation in ihrer Stimme, auch wenn sie weder in ihren Augen noch in ihrem Auftreten zu sehen war.

»Ich wollte mich erkundigen, ob es vielleicht möglich ist, die Stelle zu sehen, wo Schwester Laura gefunden wurde. Von wem denn eigentlich?«

»Eine der alten Schwestern hat sie entdeckt und Alarm geschlagen. Aber dieser Ort ist leider nicht für die Öffentlichkeit zugänglich.«

»Wir müssen den Tatort sehen, um die Umstände zu untersuchen. Falls Sie der Polizei den Zugang verwehren, müssen wir bei einem Richter einen Durchsuchungsbefehl anfordern. Die Obduktion hat gezeigt, dass Laura Friis an Fesseln aufgehängt war. Was ist hier vor sich gegangen?«

Mutter Helene erhob sich, jetzt konnte man den Zorn sowohl in ihren dunklen Augen sehen als auch an der Art, wie sie ihren Rücken straffte.

»Den Tatort! Das klingt ja, als ginge es hier um ein Verbrechen! Das ist eine sehr schwere Beschuldigung. Ich muss mit dem Bischof reden.«

Isabella stand ebenfalls auf, sie war größer als die Äbtissin, aber fühlte sich ihr gegenüber dennoch sehr klein. Sie stand einer Macht gegenüber, die von Gott selbst gegeben worden war, was könnte sie schon dagegen ausrichten?

Mutter Helene begleitete sie hinaus und hielt sich fortan an das Schweigegebot des heiligen Benedikt. Isabella folgte ihr gehorsam und bekam nur ein kurzes Nicken als Antwort, als sie die Äbtissin darauf aufmerksam machte, dass sie mit einem Durchsuchungsbefehl zurückkehren würde. Mit einem dumpfen Geräusch fiel die schwere Tür hinter ihr zu. Sie versuchte sich vorzustellen, was eine Frau, die sich entschieden hatte, den Rest ihres Lebens hinter diesen Mauern zu verbringen, wohl bei diesem Geräusch fühlte.

Die Sonne schien und es roch nach frischgemähtem Gras. Irgendwie hatte die Umgebung draußen vor dem Klostergebäude in der Tat etwas von Gottes Segen. Isabella blieb auf der Treppe stehen und genoss den Anblick. Der Klostergarten war sehr gepflegt und üppig, ungefähr so, wie sie sich den Garten Eden vorstellte. Ob hier wohl der Lebensbaum stehen könnte, der ewiges Leben schenken sollte, hätten die Menschen nicht vom Baum der Erkenntnis gegessen? An ein bisschen von alledem erinnerte sie sich noch vom Religionsunterricht in der Schule her. Ob Schwester Laura wohl genau das getan hatte – vom Baum der Erkenntnis gegessen und eine Vorschrift gebrochen? Hatte sie bestraft werden sollen? Könnte so etwas in einem Kloster geschehen? Wer wusste schon, was in dieser geschlossenen Welt hinter den Mauern vor sich ging!

Nun, da sie sich schon einmal innerhalb der Ummauerung mit Eisengitter befand, welche die Grenze des Klosterbereichs markierte, wollte sie es sich nicht entgehen lassen, den Garten zu genießen. Vor ihr lag ein kleiner See mit bunten Enten. Die Sonne spielte in den glänzenden Farben ihrer Federn. Sie hockte sich am Ufer hin und die Enten kamen sofort auf sie zugeschwommen, ganz als seien sie es gewohnt, gefüttert zu werden. Sie lächelte, obwohl es nicht viel zu lächeln gab. Roland Benito würde über ihre Leistung sicher ungehalten sein. Bisher hatte sie noch nicht sehr oft die Erlaubnis erhalten, ein Verhör ganz auf eigene Faust durchzuführen, und sie hatte hier nicht das Geringste in Erfahrung gebracht. Jedenfalls nichts, was ihnen helfen konnte aufzuklären, wo, wie und warum eine Schwester, die anscheinend gerade dabei gewesen war, sich im Kloster einzuleben, so grausam hatte sterben müssen. Sie meinte, ein Geräusch zu hören, drehte den Kopf in die entsprechende Richtung und entdeckte zwischen den Bäumen die Spitze eines Holzkreuzes.

Von dort drang ein Schluchzen zu ihr herüber. Sie stand auf und ging vorsichtig über den Kiesweg. Da saß das Mädchen in der weißen Tracht, das vorhin den Tee gebracht hatte. Sie saß im Gras, mit angezogenen Beinen gegen einen Baumstamm gelehnt, und weinte, die Hände krampfartig unter dem Kinn gefaltet. Die Augen waren fest geschlossen; sie hatte Isabella offenbar nicht kommen hören. Erwartete hier sicher niemanden. Sie schaute plötzlich auf und auf einmal war da ein Ausdruck in dem geschwollenen, verweinten Gesicht, als habe sie doch jemanden erwartet. Erst leuchtete es vor Schreck, dann vor Erleichterung, und dann war da wieder die Trauer.

»Entschuldigung, wenn ich Sie erschreckt habe. Schwester Margaretha, richtig?« Isabella streckte die Hand zum Gruß aus, aber der Gruß wurde nicht erwidert. Schwester Margaretha faltete ihre Hände nur noch fester.

»Sie sind von der Polizei, stimmt's?«

»Ja. Ich würde gerne hören, was mit Schwester Laura passiert ist. Können Sie mir etwas dazu sagen?«

Schwester Margaretha sah zum Kreuz auf, schloss die Augen und schüttelte den Kopf. Isabella setzte sich neben sie ins Gras.

»Was können Sie mir über Laura erzählen?«

»Nichts! Nichts!«

»Lernt man sich hier nicht gut kennen, wenn man alles gemeinsam macht?«

Schwester Margaretha schüttelte den Kopf erneut.

»Hat sich Laura in letzter Zeit anders als gewöhnlich verhalten, können Sie mir nicht ein bisschen erzählen, wie …«

Schwester Margaretha stand ruckartig auf, schob die Brille an ihren Platz und sah sie mit leuchtender Angst in den Augen an.

Sie öffnete die Lippen, als wolle sie etwas sagen. Dann lief sie mit wehendem Schleier zum Kloster zurück.

19

Das letzte Mal, als Kamilla hier gewesen war, hatte sie wegen der hoch mit Schnee bedeckten Hecke fast nicht in den Garten schauen können. Mathias hatte sich im Pulverschnee mit dem Bau eines Schneemanns beschäftigt und sich dabei ganz gut geschlagen. Als sie ihn gesehen hatte, ihren unbekannten Halbbruder, der Rasmus so ähnlich war, dass es wehtat, hatte ihr Herz vor Freude ganz gewaltig gehämmert. Auch jetzt schlug es ihr bis zum Hals, aber aus einem ganz anderen Grund. Oder besser zwei Gründen: Einerseits war da der Frust darüber, die Familie verloren zu haben, die sie doch gerade erst gefunden hatte, und anderseits das schlechte Gewissen, dennoch hier zu parken und das Haus wie irgend so eine Privatdetektivin zu beobachten. Sie war wegen einer Fotosession in der Nähe gewesen, Strandfotos für eine Touristenbroschüre, und da hatte sie es einfach nicht lassen können, in Bønnerup Strand vorbeizufahren. Nicht in der Absicht, ihren Vater und seine Familie aufzusuchen – nicht, wo er es ihr doch verboten hatte. Nur ein kleiner Blick auf Mathias wäre schon genug. Aber es war niemand im Garten, und sie merkte schnell, dass die ganze Aktion keine gute Idee gewesen war. Die Frage, warum ihr Vater sie nicht kennen wollte, quälte sie nur noch mehr und wurde zu einem unerträglichen Brennen im Bauch. Sie hatte ein Stück vom Haus weg geparkt, damit man ihren Wagen nicht sehen konnte, aber sie konnte auch nicht sehen, ob das Auto der Arnskovs in der Garage stand. Aber dann kam auf einmal Mogens Arnskovs Frau Alice in den Garten und schüttelte einen Teppich aus. Ihr Mädchenname war Alice Van Marwijk und sie hatte eine Zwillingsschwester gehabt, die gestorben war. Anne hatte ihr am Telefon von ihrer Entdeckung erzählt. Kamilla wusste nicht so recht, was sie mit dieser Information anfangen sollte, aber Anne war beharrlich und hatte angekündigt, tiefer bohren zu wollen. Sie vermisste das Journalistendasein, das war offensichtlich.

Lady Gaga sang im Radio, zum dritten Mal, seit sie hier angehalten hatte. Sie schaltete es aus und wollte gerade losfahren, als plötzlich an ihr Seitenfenster geklopft wurde und sie direkt in Mathias' Augen sah. Er stand zusammen mit einem Freund auf dem Bürgersteig und hielt einen Fußball im Arm. Wie das lebendig gewordene Foto von Rasmus in ihrem Regal. Sie lächelte unsicher, fühlte sich auf frischer Tat ertappt und drückte widerwillig auf den Knopf, sodass die Scheibe mit einem sachten Zischen hinunterglitt.

»Hallo, Kamilla, was machst du hier?«, fragte er und klang so fröhlich, dass ihr Tränen in die Augen stiegen.

»Ich war gerade in der Gegend, daher …«

»Besuchst du Papa und Mama?«

»Nein, ich muss jetzt auch schon wieder los. Ich hab hier fotografiert.« Zum Beweis klopfte sie auf die Kameratasche auf dem Beifahrersitz.

»Dann willst du gar nicht mit reinkommen?« Er klang enttäuscht.

»Nein danke, Mathias. Ich muss heim. Dir geht's so weit gut?«

»Ja. Okay. Warum hast du uns so lange nicht besucht?«

»Ich hab viel zu tun gehabt, Mathias.« Sie schaute hinüber zum Haus, Alice war wieder hineingegangen. Jetzt sah sie das Auto ihres Vaters in die Einfahrt fahren. Sie drehte den Schlüssel und der Motor begann wohlig zu schnurren. Doch sie fühlte sich alles andere als gut dabei, Mathias verlassen zu müssen.

»Das hat voll Spaß gemacht, als ich mit dir bei der Arbeit war, können wir das nicht bald mal wieder machen, Kamilla?«

Sie orientierte sich im Rückspiegel, um nicht in seine bittenden Augen schauen zu müssen, und hatte große Lust, ihm zu erzählen, dass sie seine Halbschwester war und dass in Wirklichkeit ihr Vater derjenige war, der ihr verbot, sie zu kontaktieren. Aber *sie* war die Schuldige, *sie* sollte jetzt nicht hier sein. Wusste bloß nicht, wieso. Sie war kurz davor, ihm zu sagen, dass er bitte nicht erwähnen sollte, dass sie hier gewesen war, aber man sollte von einem Zehnjährigen nicht zu viel verlangen.

»Ich hoffe auch, dass sich bald noch mal die Möglichkeit ergibt. Mach's gut, Mathias.« Sie versuchte zu lächeln, beeilte sich, die Scheibe wieder hochzudrehen und fuhr los. Sie hörte nicht, was er ihr nachrief.

Erst als sie sich auf der Autobahn befand, konnte sie wieder normal atmen. Sie hatte keine Ahnung, was sie sich davon erwartet hatte, zu dieser Adresse zu fahren. Sie sollte sich fernhalten, wie ihr Vater gebeten hatte. Nein, *befohlen.* Aber sie vermisste Mathias, er gab ihr das zurück, was ihr in ihrem Leben fehlte: Rasmus. Natürlich nicht einen Sohn, aber einen Bruder. Was war es wohl, was womöglich das Leben ihres Vaters ruinieren könnte, sobald sie seiner Frau und Mathias erzählte, dass auch sie zu ihrer Familie gehörte? Sie konnte sich bisher nicht den geringsten Reim darauf machen, aber tief im Inneren hoffte sie, dass Anne den Grund herausfinden würde. Auch wenn sie sich nicht sicher war, ob sie ihn dann wirklich würde wissen wollen.

20

»Sie sind kurz davor, die Ermittlungen einzustellen«, erklärte Kurt Olsen und lockerte seinen Schlips. Er kam gerade von einer Leitungsbesprechung mit wichtigen Regionalpolitikern; diese Besprechungen ließen ihn immer etwas mitgenommen aussehen. »Der Fall wurde vom Revierleiter an einen Sachbearbeiter in der Vermisstenabteilung abgegeben. Ich hab mir gedacht, dass du das bestimmt wissen willst.«

»Schon? Sein Verschwinden ist gerade mal eine Woche her!«

»Ja, aber sie kommen nicht weiter. Wenn der Junge kein Handy hatte, das man orten kann, keine Kreditkarte benutzt hat, wenn Vater und Mutter tot, die Schwester verschwunden und die Oma senil ist und unten am Hafen nur ein Schal gefunden wurde, wie sollen sie dann weiterkommen? Man kann wohl bloß abwarten, bis vielleicht irgendwann eine Leiche im Fluss oder im Meer auftaucht.«

»Was ist das für ein Schal?«

»Die Hunde haben ihn aufgespürt und gewaltig gebellt, als sie ihn gefunden haben.«

»Wurde bestätigt, dass es seiner ist?«

»Keiner der Klassenkameraden erinnert sich, dass er einen Schal anhatte, und wie du dir sicher vorstellen kannst, kann uns auch die Großmutter keine verlässliche Auskunft geben, ob es wirklich seiner ist.«

Roland klopfte in Gedanken versunken rhythmisch mit dem Kugelschreiber gegen die Tischkante. »Der Hafen, sagst du. Es gab einige Zeugen, die gemeint haben, Tobias Samstag Nacht dort gesehen zu haben. Er war nicht allein. Hat man diese Spur verfolgt?«

»Davon gehe ich aus, die Hunde waren ja dort.«

»Haben die Klassenkameraden etwas dazu zu sagen gehabt? Es können ja nur sie gewesen sein, mit denen er zusammen gesehen wurde.«

»Ich weiß es nicht, Roland. Wir haben auch ernstere Dinge zu tun. Hat Isabella bei ihrem Besuch im Kloster etwas herausgefunden?«

»Sie ist noch nicht zurück.«

»Wenn sie nur zum Teufel nicht beschließt dortzubleiben. Man weiß ja nie, auf was für Ideen diese Singlefrauen kommen.« Kurt Olsen lächelte leise, als sehe er vor seinem geistigen Auge gerade Isabella in einer Nonnentracht – oder vielleicht auch in Strapsen.

Roland spürte die Erleichterung. Das erste positive Gefühl an diesem Tag. Isabella und Mikkel hatten ihre Beziehung anscheinend noch nicht dem Chef enthüllt, sodass ihm noch ein bisschen mehr Zeit blieb, um sich eine überzeugende Ansprache auszudenken, die unmissverständlich deutlich machte, dass er keinen von beiden entbehren konnte.

»Sie kommt bestimmt bald. Es dauert ja auch seine Zeit, hin- und zurückzufahren.« Roland schielte auf die Uhr und es schien zu helfen: Plötzlich klopfte es an der Tür und Isabella trat ein – und war kurz davor, rückwärts wieder hinauszugehen, als sie den Vizepolizeidirektor vor sich sah.

»Komm ruhig rein, Isabella«, sagte Kurt Olsen und zog einen Stuhl für sie zurecht. »Wir sind gespannt zu hören, wie es innerhalb der Klostermauern gewesen ist; ich hoffe, du hast etwas von dort mitgebracht.« Er blinzelte ihr aufmunternd zu. Sie warf Roland einen nervösen Blick zu. »Ich habe aus der Äbtissin nicht viel herausbekommen. Sie hat sich auch geweigert, mir die Stelle zu zeigen, wo sie das Mädchen gefunden haben. Unsere Tote heißt übrigens Laura Friis.«

Kurt Olsen nickte zufrieden. »Ein Name ist wichtig, Isabella. Jetzt können wir weiterkommen.« Er zeigte auf Roland. »Du machst dich auf die Suche nach ihren Eltern.« Er sah wieder zu Isabella hin. »Die katholische Kirche ist eine geschlossene Welt, daher hätte es mich sehr gewundert, wenn du dort jemanden gefunden hättest, der dir all deren dunkle Geheimnisse verrät.« Gleich darauf warf er einen entschuldigenden Seitenblick Richtung Roland, als habe er eines seiner Familienmitglieder beleidigt.

»Mutter Helene drohte damit, sich an den Bischof zu wenden.«

»Der Bischof! Was zum Teufel hat der denn mit dem Ganzen zu tun?«, schnaubte Kurt und zog seinen Schlips mit einem einzigen verärgerten Ruck ganz aus, legte ihn sorgfältig zusammen und stopfte ihn in die Hosentasche.

»Die katholische Kirche ist eine Weltkirche. Etwas, was in den Kirchen und Klöstern von Dänemark passiert, geht den Bischof – ja sogar den Papst in Rom – in höchstem Maße etwas an«, erklärte Roland und verspürte einen kleinen Hauch von Genugtuung.

»Gestern Abend hat das Kloster Besuch von einem Priester aus dem Vatikan bekommen. Er ist heute Morgen nach Rom zurückgekehrt, aber ich durfte trotzdem nicht erfahren, was er hier gemacht hat.« Isabella sah aus, als entspanne sie sich nun ein bisschen, und lehnte sich mit einem resignierten Seufzer im Stuhl zurück. »Ich bin nicht gerade besonders nützlich gewesen. Tut mir leid.«

»Wie heißt dieser Priester? Hast du *das* erfahren?«

»Ja, die Äbtissin hat ihn Pater Francesco genannt – Francesco Rossi oder so ähnlich.«

Roland ließ den Namen auf sich wirken. Während sein Hirn die Information bearbeitete, stellten sich plötzlich die Ameisen ein und kribbelten im Nacken. »Bist du ganz sicher, dass er so hieß?«

»Ja schon, kennst du ihn?«

»Francesco Rossi … Ich habe den Namen schon mal gehört, aber es ist ja eine Weile her, dass ich mich in den katholischen Kreisen bewegt habe, daher erinnere ich mich womöglich auch falsch.« Er drehte den Stuhl zum Computer, bewegte die Maus, um ihn aus dem Schlafmodus zu wecken, und tippte den Namen ins Google-Suchfeld.

»Zum Teufel«, stieß er kurz darauf unbedacht hervor.

»Na, ganz so fromm bist du ja doch nicht geworden«, bemerkte Kurt mit einem süffisanten Grinsen.

»Wer ist er, Roland?« Isabella beugte sich über den Tisch, um einen Blick auf den Bildschirm werfen zu können.

»Einer der Exorzisten des Vatikans«, erwiderte Roland mit Nachdruck.

»Exorzisten?«, echote Kurt Olsen. »Teufelsaustreiber? Geisterbeschwörer?! Ist das nicht mittelalterlicher Aberglaube? Gibt's die Burschen heutzutage wirklich noch?«

»Der Vatikan bildet Exorzisten aus. Der Exorzismus ist in der katholischen Kirche seit zweitausend Jahren eine übliche Praxis.« Roland ließ die Maus los und den Computer weiterschlummern.

»Ich glaube, dass die armen Menschen, die im Mittelalter eine Teufelsaustreibung über sich ergehen lassen mussten, in Wirklichkeit gar nicht besessen waren«, sinnierte Kurt Olsen. »Mit denen stimmte irgendetwas anderes nicht. Psychisch Kranke beispielsweise. Schizophrene. Whatever!«

»Ein Exorzismus sollte auf jeden Fall in Zusammenarbeit mit einem Arzt durchgeführt werden«, dozierte Roland. Ihm fiel auf, dass es klang, als würde er diese Praxis befürworten. Tatsächlich jedoch war das ein Bestandteil des katholischen Glaubens, von dem ihn die Kirche nicht zu überzeugen vermocht hatte. Natürlich gab es Teufel, er hatte selbst welche getroffen, aber sie waren allesamt Teufel in Menschengestalt gewesen, und auch sie waren selten durch und durch böse. Den Teufel gab es in vielen Schattierungen. »Man jagt ein Monster und fängt einen Menschen«, wie der Chef der Mordabteilung des mobilen Einsatzteams einmal so treffend bemerkt hatte. Ein Satz, den sicher auch Exorzisten zu beherzigen hatten.

»Du willst doch nicht etwa sagen, dass du das befürwortest, oder, Roland?« Kurt Olsens Blick strahlte sowohl Befremden als auch Empörung aus.

»Natürlich nicht. Aber viele Katholiken tun das schon.« Er schaute zu Isabella hinüber, die sich mit italienischer Sprache und Kultur beschäftigte und von der er sich daher mehr Verständnis erhoffte. »Es wurde also nichts von Teufelsbesessenheit erwähnt? Könnte Laura Friis vielleicht besessen gewesen sein?«

Isabella schüttelte den Kopf. »Nein, davon ist nicht die Rede gewesen. Ich bin auch auf eine Nonne in einer ganz weißen Tracht gestoßen …«

»Eine Novizin«, unterbrach Roland.

»Ja, so wurde sie bezeichnet. Sie saß mit gefalteten Händen im Klostergarten vor einem Kreuz und weinte, sie wollte mir aber ebenfalls nichts erzählen. Allerdings sah sie verängstigt aus, fast als ob sie … ja, als ob sie dem Teufel persönlich begegnet wäre.«

»Glaubst du, du bekommst die Möglichkeit, noch mal mit ihr zu sprechen? Irgendjemand im Kloster muss ja etwas wissen.«

»Wir kommen da nicht mehr rein, bis wir einen Durchsuchungsbefehl haben, und den brauchen wir, wenn wir die Stelle sehen wollen, wo sie gefunden wurde. Was wohl ein Richter dazu sagen wird?«

»Kommt drauf an. Wenn er ein Katholik ist, der andere Katholiken deckt …«, meinte Kurt Olsen mit einem weiteren Seitenblick in Richtung Roland, und dieses Mal war es kein entschuldigender Blick. »Aber das finde ich raus.« Er wandte sich zur Tür, hielt aber inne, als sein Handy sich meldete. Es vibrierte in seiner Hosentasche und erinnerte irgendwie an ein dort gefangenes zappelndes Lebewesen. Er zog es heraus, schaute auf das Display und drückte es sich ans Ohr. Während er lauschte, glitt sein Blick von Isabella hinüber zu Rolands Pinnwand und dann weiter zu Rolands neugierigen Augen. Er beendete das Gespräch, nickte und steckte das Handy zurück in die Tasche.

»Ihr bekommt einen neuen Fall, Roland. Auf dem Schal vom Hafen ist Blut gefunden worden. Zwei verschiedene Blutgruppen. Der Kriminaltechniker hat Tobias' DNA aus den Haaren in seinem Kamm bei ihm Zuhause ermittelt; die eine ist eindeutig sein Blut. Sie sind dabei, im System danach zu suchen, ob wir jemanden haben, der zu der anderen passt. Vielleicht ein Gewalttäter. Der Fall ist nun an die Abteilung für Kapitalverbrechen weitergegeben – also an uns.«

»Ja, aber …«, rief Roland, aber Kurt Olsen war bereits aus der Tür und hatte nur den schwachen Duft von Pfeifentabak und Hugo-Boss-Aftershave hinterlassen, der ihn immer umgab.

21

»Ich weiß. Es gibt immer einen, der mehr liebt. Aber warum, verdammt, bin das immer ich?«

»Jetzt hör schon auf, Anne. Dass Adomas eine andere hat, ist doch reine Spekulation.«

Anne war bisher noch nie im Café Mimi gewesen. Kamilla hatte vorgeschlagen, dass sie sich dort für ein spätes Mittagessen treffen könnten, weil es nicht weit weg vom Studio Pierre in der Nørregade war.

»Vielleicht, aber warum meldet er sich dann nicht bei mir? Jetzt ist es schon drei Monate her, dass er ohne Erklärung verschwunden ist. Ich habe angerufen und eine SMS nach der anderen geschickt, aber es gibt immer noch keine Verbindung zu seinem Handy«, antwortete sie und nahm einen großen Bissen von ihrem riesigen Sandwich.

»Es gibt bestimmt eine Erklärung. Und ist er denn auch wirklich gut für dich gewesen, Anne? Dein Cousin – und kriminell.«

Sie zuckte mit den Schultern und kaute, wischte sich ein bisschen Dressing vom Kinn und kaute weiter. Versuchte die Wut darüber zu verbergen, Kamilla so über ihren Freund reden zu hören. Auch wenn Kamilla vielleicht ein klein bisschen Recht hatte. Adomas war es offenbar nicht wert, aber jetzt im Moment fand sie gerade, dass … »Wir wollten zusammenziehen, er hatte hier in Dänemark eine feste Arbeit. Und *er* war nicht kriminell. Ich versteh einfach nicht, was passiert sein kann, und das macht mich wahnsinnig.«

Kamilla stocherte in ihren Nudeln, der Duft von Pesto und Dill wehte zu Anne herüber.

»Bist du denn gar nicht hungrig?«

»Nee. Ich muss die ganze Zeit an Mathias und meinen Vater denken.«

»Sag ich doch. Es gibt immer einen, der mehr liebt. Sieht nicht gerade so aus, als würde dein Vater dich genauso sehr lieben wie du ihn.« Jetzt waren sie quitt. Aber sie war dennoch berührt, als sie Kamilla nun in die Augen sah; sie waren tränenverschleiert.

»Wir finden schon noch raus, was passiert ist, Kamilla. Sobald er seiner Frau nicht länger etwas zu verheimlichen hat, gibt es bestimmt kein Hindernis mehr, dass ihr eine Familie werdet.«

»Falls es ihn dann nicht unverzeihlich wütend macht, dass er enttarnt wurde. Was auch immer es ist. Vielleicht ist es etwas so Ernstes, dass ich dann womöglich gar nicht damit leben kann, was mein Vater getan hat.«

»Nee, das ist ja überhaupt nicht sicher; außerdem wünscht man sich einfach einen Vater – oder Stiefvater … Na ja, kommt drauf an.« Anne schnaubte, wie um ihre eigenen Erinnerungen zu verjagen, und nahm einen Schluck von ihrer Cola. Sie wischte sich den Mund mit der Serviette ab. »Lass mich dir lieber erzählen, dass ich mich mit der Frau deines Vaters verabredet habe. Wir treffen uns morgen.«

»Du hast was? Alice? Wieso mit ihr?« Kamilla hatte lustlos über ihrem Essen gehangen, jetzt richtete sie sich plötzlich auf und wirkte sehr lebendig.

»Ich bin einfach bloß neugierig, was mit ihrer Zwillingsschwester passiert ist. Zwillinge sind so spannend, so voller Rätsel. Es ist ja auch nicht sicher, ob es überhaupt dein Vater ist, der etwas zu verbergen hat. Vielleicht ist ja vielmehr sie es.«

Kamilla nahm einen Bissen. »Und was in aller Welt sollte das sein?«

»Das versuche ich morgen herauszufinden.« Sie schaute Kamilla an, die nun wieder Appetit bekommen zu haben schien und einen Löffel Nudeln nach dem anderen in sich hineinschob. »Das macht dir doch wohl nichts aus, oder?«

Kamilla lächelte vorsichtig. »Nein, solange du mich aus der Sache raushältst. Was hast du Alice gesagt, wer du bist?«

»Ich habe nur gesagt, dass ich Journalistin bin und einen Artikel über Zwillinge schreibe, die einander verloren haben. Die meisten Zwillinge haben eine starke Verbindung zueinander – was passiert, wenn einer von beiden stirbt?«

»Und das hat sie dir abgekauft?«

»Ja klar. Sie hat eigentlich richtig nett gewirkt.«

»Ist sie ja auch. Ich kenne sie natürlich nur von der Hochzeit bei ihren Freunden her, bei der ich im Winter Fotografin gewesen bin, sowie von damals, als sie mich besucht haben. Aber mit ihr ist bestimmt alles in Ordnung. Deshalb glaube ich auch nicht, dass sie diejenige ist, die hier Geheimnisse hat.«

»Wir werden sehen.« Anne lächelte und spürte, dass eine aufgeregte Spannung von ihr Besitz ergriffen hatte. Das war der Zustand, den sie vermisst hatte. Der Drang, all die schmutzigen

Details zu erfahren. Der Drang, mit dem die meisten echten Journalisten geboren werden. Sie öffnete den Rucksack, der auf dem Stuhl neben ihr stand, weil ihr Handy darin klingelte. Sie sah die Nummer auf dem Display und ihr Lächeln wurde noch breiter. »Das ist Nicolaj. Soll ich ihn von dir grüßen?«

»Nicolaj? *Unser* Nicolaj?«

Anne hatte keine Zeit zu einer Antwort; sie hatte es allzu eilig, den Anruf entgegenzunehmen. Das Lächeln füllte nun ihr ganzes Gesicht. »Hi, Nicolaj! Ich soll dich von Kamilla grüßen. Sitze gerade mit ihr im Mimis beim Mittagessen.« Sie schaute zu Kamilla hinüber, während sie das sagte, und Kamilla nickte eifrig, als sie sich davon überzeugt hatte, dass es tatsächlich *der* Nicolaj war. Alle in der Redaktion hatten den sommersprossigen, rothaarigen und frechen Journalistenschüler gemocht, für den Anne die Verantwortung übertragen bekommen hatte.

»Mach ich.« Sie signalisierte Kamilla *Gruß zurück*.

»Und, what's up, Nicolaj?«

»Hast du den Beitrag auf TV 2 gesehen?«

»Sorry, hab ich vergessen. Meine Mutter ist zu Besuch, und sie … Nein, das ist echt keine Entschuldigung. Ist er gut geworden?«

Sie hörte die Enttäuschung in seiner Stimme. »Das ist wirklich schade. Der Beitrag ist echt spannend geworden. Er hat der Polizei neue Informationen geliefert, sodass der Tobias-Fall jetzt als ein Verbrechen eingestuft und entsprechend untersucht wird.«

Anne konnte nicht ruhig auf dem Stuhl sitzen bleiben, sie sprang auf, wanderte auf und ab und endete schließlich draußen auf der Straße, bis der Verkehrslärm sie zwang, wieder reinzugehen. Kamilla verfolgte sie mit verwunderten Blicken.

»Warum glauben die inzwischen, dass es ein Verbrechen ist?«, fragte Anne in ihr Handy. »Gibt es neue Spuren?«

»Die haben, soviel ich gehört habe, seinen Schal unten am Hafen gefunden. Darauf sollen Blutspuren von zwei Personen gewesen sein. Die eine stammt von Tobias, die andere – tja, wer weiß …?«

»Der Hafen – aber der ist doch momentan nichts als eine einzige große Baustelle. Was hat er da mitten in der Nacht gemacht?«

»Das herauszufinden ist jetzt Roland Benitos Aufgabe«, antwortete Nicolaj mit einem neckenden Lachen.

Sie spürte den Stich, genauso wie in dem Moment, als ihr Nicolaj von seinem Auftrag für TV 2 erzählt hatte. Benito war an der Sache dran. Wie sie ihre alte Arbeit doch vermisste, die sie nun gegen Besen und Eimer ausgetauscht hatte. »Bist du in die Sache involviert?«

»Das bestimme ich ja selbst.«

Ohne Zweifel hatte er diese Formulierung ganz bewusst gewählt, um Salz in ihre Wunde zu streuen.

»Denk aber daran, dich an dein eigenes Motto zu halten – dass sich Kriminalreporter nicht in die Arbeit der Polizei einmischen sollen, wie du ja immer betonst.«

»Du bist doch nur neidisch, Anne.« Jetzt amüsierte er sich wirklich, das konnte sie an seiner Stimme hören, und der alte Drang, ihm eine zu scheuern, sich für damals zu revanchieren, kribbelte in ihrer Hand. »Ich fand einfach, dass du davon wissen solltest. Man weiß ja nie, ob der Kriminalkommissar nicht vielleicht plötzlich deine Hilfe braucht – mal wieder.« Er legte auf und sie blieb mit dem Echo seiner Worte im Ohr zurück.

»Was macht Nicolaj jetzt?«, wollte Kamilla wissen, als Anne sich wieder an den Tisch gesetzt hatte.

»Meinen Job. Verdammt!« Es lag ein Knurren in ihrer Stimme, aber auch wenn sie auf Nicolaj wütend sein mochte, war sie auf sich selbst doch am meisten wütend.

»Arbeitet er jetzt zusammen mit der Polizei an der Sache mit dem verschwundenen … Wie hieß er noch gleich?« In Kamillas Augen lag Mitleid, dadurch fühlte sich Anne nur noch unwohler.

»Tobias Abrahamsen. Das ist jetzt Roland Benitos Fall, daher …« Sie starrte auf eine Stelle im Nichts zwischen ihr und Kamilla.

»Haben sie den Jungen denn gefunden – tot?«

Anne konzentrierte sich wieder auf die Gegenwart. »Nein, noch nicht. Aber es gibt eine neue Spur, die möglicherweise auf ein Verbrechen hinweist.«

Kamilla zog ihre Jacke an. »Ich kann sehen, wie es dir in den Fingern juckt, nachzuforschen und Benito zu belästigen. Glaubst du nicht, dass du dich falsch entschieden hast, als du stattdessen bei dem Reinigungsunternehmen angefangen hast?«

Damit hatte sie exakt den Punkt getroffen, der Anne so wütend auf sich selbst machte.

Kamilla stand auf und zog ihr Portemonnaie hervor, um ihren Anteil des Essens zu bezahlen. »Ich muss zurück, sonst fängt Pierre an, sich zu wundern.«

»Alles klar, Kamilla. Danke, dass du mit mir Mittagessen warst – und dir mein ganzes Geschwafel angehört hast.«

»Immer wieder gerne, Anne. Ich bin gespannt, was du morgen bei Alice herauskriegst. Und danke.« Kamilla umarmte sie kurz und ging. Anne blieb noch ein bisschen am Tisch sitzen, nachdem sie bezahlt hatte. Sie zerknüllte Nicolajs Visitenkarte in der Jackentasche.

22

Roland zog die Handbremse vor dem Haus, in dem Laura Friis' Eltern wohnten. Er war über eine halbe Stunde gefahren und den Anweisungen des Navis erst auf die Autobahn, dann durch ein Gewirr von allen möglichen kleinen Feldwegen gefolgt. Der Flughafen Aarhus in Tirstrup war nicht weit entfernt und die Flugzeuge flogen tief und lärmend über ihn hinweg. Das Haus war alt und in einem seltsamen Rotton gestrichen, der nicht rosa war, auch nicht kirschrot, aber irgendetwas dazwischen. Damit bildete es einen merkwürdigen Kontrast zu den gelben Rapsfeldern ringsum. Die Türen und Fenster waren grau wie das Eternitdach. Eine grüne Mülltonne auf Rädern stand in der Einfahrt – beinahe wäre er beim Einbiegen in sie hineingefahren. Ein alter blauer Fiat parkte vorne am Haus. Das ließ darauf schließen, dass sie zu Hause waren.

Er klingelte, und während er wartete, genoss er den Duft der ländlichen Natur. Versuchte sein Unbehagen zu verdrängen und nicht daran zu denken, was er bald anderen Menschen zumuten musste: eines der schlimmsten Dinge, die Menschen passieren können. Die Frau, die ihm öffnete, war ganz sicher Lauras Mutter, er hatte überhaupt keinen Zweifel. Obwohl er das Mädchen nur tot gesehen hatte, stach ihm die Ähnlichkeit ins Auge. Die gleichen blonden Haare, das runde Gesicht und die vollen Lippen – junge Frauen bezahlten heutzutage viel Geld für solche Lippen und ließen sie sich mit Botox aufspritzen. Sie lächelte entgegenkommend und abwartend. Er zeigte seine Dienstmarke. Die Reaktion, die sie stets hervorrief, kam umgehend. Erst Verwunderung, dann Schreck. Wem war etwas passiert?

»Darf ich reinkommen? Es geht um Ihre Tochter.«

Jytte Friis schien erschreckt vor ihm zurückweichen zu wollen. Die Hände vor dem Mund und die Augen schon voller Tränen, obwohl er doch noch nicht mehr gesagt hatte.

»Meine Tochter ist im Kloster«, stammelte sie, als könne es sie vor dem bewahren, was sie nun zu hören bekommen würde.

»Können wir uns setzen?«

Jytte Friis war rückwärts zu einem schwarzen Ledersofa gegangen und ließ sich darauf fallen.

»Ist Ihr Mann zu Hause?«

Sie schüttelte den Kopf.

»Können Sie ihn erreichen?«

»Er … er kommt bald. Er ist mit dem Fahrrad zum Supermarkt gefahren wegen … Zigaretten«, stotterte sie. Die Unterlippe zitterte, und er wusste, was ihr gerade durch den Kopf ging.

»Wir warten, bis er kommt, wenn es nicht so lange dauert.«

»Nein! Nein, ich … ich will es jetzt wissen. Was ist mit Laura passiert?«

Er hatte immer das Gefühl, dass sie es bereits in seinem Gesicht lesen konnten, bevor er es sagte, aber erst wenn die Worte ausgesprochen waren, kam die Reaktion. Jytte Friis krümmte sich zusammen, als hätte sie gewaltige Bauchkrämpfe, und schluchzte, erst leise, dann unbeherrschter. Er nahm ihre Hand, die eiskalt war. Genauso kalt und tot wie die ihrer Tochter in der Rechtsmedizin.

»Wir sind dabei zu ermitteln, was passiert ist. Leider kann ich noch nicht mehr sagen, als dass es ein Asthmaanfall war.«

Sie hob den Kopf und schaute ihn an. Der Kummer verzerrte ihr Gesicht, es war vom Weinen nass, gerötet und geschwollen. Sie brachte kein Wort heraus, und als nun die Tür aufging, schaute sie hinüber, als käme ein Retter herein, um ihr zu sagen, dass alles nicht wahr sei.

Bjarne Friis schaute die beiden überrascht an, er blieb mit einer Schachtel Zigaretten in der Hand und einer Flasche Wein unterm Arm in der Türöffnung stehen. Roland erhob sich, gab ihm die Hand und stellte sich vor. Er wiederholte, was er gerade gesagt hatte. Der Mann reagierte etwas zurückhaltender; er setzte sich zu seiner Frau und legte den Arm um sie. Nur seine Augen zeigten, dass er verstand, was Roland gerade gesagt hatte. Der Mann hatte der starke Part zu sein. Der Beschützer. Der Fels, bei dem die Frau Trost finden sollte. Jedenfalls so lange, bis er alleine war. Roland glaubte, dass Bjarne Friis genau so dachte.

»Laura hatte Asthma, seit sie ganz klein war«, sagte Bjarne Friis heiser und drückte immer wieder die Schulter seiner Frau, während er zugleich böse zu der auf dem Tisch abgelegten Zigarettenschachtel hinüberschielte, als habe man ihm etwas vorgeworfen. »Aber sie hat immer ihren Inhalator dabei, also, wie …?« Er starrte Roland verständnislos an, und die Frage, warum sie ihn denn nicht benutzt hatte, lag ihm sichtlich auf den Lippen. Roland wusste, dass die Presse bisher noch keine Informationen über die Angelegenheit hatte – eine der guten Seiten der katholischen Verschwiegenheit sowie der Tatsache, dass Anne Larsen keine Journalistin mehr war. Daher unterließ er es zu berichten, warum ihre

Tochter ihren Inhalator nicht hatte benutzen können. Solange sie selbst nicht mehr wussten …

»Wie gesagt, wir untersuchen die Umstände.«

Laura war ihr einziges Kind, das zeigten auch die Fotos auf einem Schränkchen. Da waren nur die Tochter und das Hochzeitsbild ihrer Eltern. Jetzt bekam er bestätigt, dass Laura tatsächlich eine sehr schöne junge Frau gewesen war.

»Warum hat Laura Nonne werden wollen?«

Jytte Friis sah aus der Umarmung ihres Mannes auf, ihre Stimme zitterte. »Sie ist ganz plötzlich auf die Idee gekommen … warum, wissen wir nicht. Wir sind bloß gewöhnliche gläubige Katholiken … Aber sie war so impulsiv, sie …«

Bjarne Friis zog sie wieder an sich. Sein Kinn zitterte. »Laura hatte angefangen, sich sehr für Gott zu interessieren. Eine ihrer Freundinnen kannte das Kloster der heiligen Jungfrau, und eines Tages meinte Laura, sie wolle es besuchen. Wir sind mitgegangen und dachten, dass es sie bestimmt auf andere Gedanken bringen würde, das alles mit eigenen Augen zu sehen, aber sie ist mit einer Frau ins Gespräch gekommen, der Äbtissin des Klosters. Nach diesem Gespräch konnten wir nichts mehr …« Seine Stimme überschlug sich, und sein Gesicht verwandelte sich in eine starre Grimasse, die sichtlich dazu diente, seine Gefühle irgendwie im Zaum zu halten. »Unsere Hoffnung ist es dann gewesen, dass sie ihre Meinung schnell wieder ändern würde. Sie hatte ja ihren Freund, mit dem sie sich auf einmal nicht mehr treffen konnte. Jytte hat gemeint, sie könne sie vielleicht überreden heimzukommen, wenn …«

Wieder hob Jytte Friis das Gesicht von der Brust ihres Mannes. Seine helle Jacke war nass von ihren Tränen und voller Mascaraflecken.

»Ich glaube, sie hatte inzwischen angefangen, es zu bereuen. Sie hat häufiger zu Hause angerufen … und als ich das letzte Mal mit ihr gesprochen habe, hat sie so etwas gesagt. Sie hat gemeint … dass in dem Kloster etwas Merkwürdiges geschehen würde, etwas,

was nicht …« Sie dachte lange nach, als müsse sie im Gedächtnis kramen, um sich an den Wortlaut zu erinnern.

»Davon hast du ja gar nichts erzählt«, bemerkte Bjarne Friis gekränkt.

»Hat sie gesagt, was das war?«, fragte Roland.

»Sie hat nur gesagt, dass sie versuchen würde, es herauszufinden. Ich habe sie angefleht, das sein zu lassen und heimzukommen. Hätte ich doch …« Sie weinte wieder.

Roland blieb noch ein bisschen bei ihnen sitzen, aber er wusste auch, dass sie jetzt allein sein mussten. Er stand auf, Bjarne Friis ebenfalls. Sein Gesicht war vor zurückgehaltenem Kummer verkrampft. Von der schweren Last, ein Mann sein zu müssen. Sobald ihre Stütze verschwunden war, sackte Jytte auf dem Sofa zusammen, krümmte sich und nahm eine Art Embryonalstellung ein.

»Wir hören bestimmt Genaueres, wenn …?« Draußen auf der Straße fuhr ein Lkw vorbei und übertönte Bjarne Friis' letzte Wörter. Sie standen auf der Treppe zum Hof.

»Selbstverständlich. Ich komme wieder, sobald wir mehr wissen.«

Die ersten Tränen schimmerten in den Augen des Mannes. »Jetzt bin ich gerade im Supermarkt gewesen und habe eine Flasche Rotwein gekauft. Heute ist unser Hochzeitstag.« Dann ließ er seinen Tränen freien Lauf.

Roland suchte nach tröstenden Worten, aber es gelang ihm nicht, welche zu finden, ehe die Tür zufiel. Auch der Duft des blühenden Rapsfeldes half nun nicht mehr, seine Stimmung zu heben. Er zog seine Jacke fester um sich und ging langsam zu seinem Auto zurück.

23

Wie so viele andere Fitnesskonzepte auch, war Zumba aus den USA herübergeschwappt. Erfunden worden war es allerdings in den Neunzigern in Südamerika, von dem Kolumbianer Alberto Beto

Perez, der als Choreograf und Trainer für allerlei Berühmtheiten und Popsternchen arbeitete. Ihre eigene Trainerin mit dem alles andere als lateinamerikanischen Namen Lone Hansen hatte ihnen zuerst die Geschichte hinter der populären neuen Bewegungsform erzählt, bevor sie dann angefangen hatten – bevor der Schweiß aus den Poren tropfte, bevor der Puls in den Adern pochte, bevor das Atmen spür- und hörbar wurde.

Irene kam aus der Dusche, die lateinamerikanischen Rhythmen tanzten ihr immer noch in den Ohren. Sie war so laute Musik nicht mehr gewohnt, nicht, seit die Mädchen von zu Hause ausgezogen waren. Aber nun strömte Wohlbehagen durch ihren Körper und das kräftig zirkulierende Blut hatte ihr rote Wangen verliehen. Es war hart und anstrengend, aber schön, sich zu bewegen, und wunderbar, nun zu spüren, dass sie etwas für ihren Körper – und ihr Gewissen – getan hatte. Allein die Spaziergänge mit Angolo reichten schließlich nicht aus, wenn man mindestens sechs Kilo abnehmen wollte. Sie wusste, dass Rolando ihre ewigen Experimente mit diversen Schlankheitskuren und Diäten leid war. Mittlerweile war ihr sehr bewusst geworden, dass es nicht nur darum ging, was man aß, sondern auch darum, was man verbrannte.

Sonja und Birthe hatten ebenso rote Wangen wie sie. Die anderen Teilnehmer hatten bereits geduscht und waren nach Hause gefahren. Sie, Sonja und Birthe hatten zunächst noch ein paar Fragen zum Zumba-Tanz gehabt, die ihnen Lone Hansen bereitwillig beantwortet hatte, bevor dann auch sie zu den Duschen gegangen waren. Sonja frottierte splitternackt ihr graues Haar, während sie sich lebhaft mit Birthe über einige Tanzschritte austauschte, die sie sich einfach nicht merken konnte. Irene hörte mit, während sie ihre Unterhose überstreifte. Keine von ihnen war mehr jung, der Körper sah nicht mehr aus wie früher, aber es war ihr nicht unangenehm, zusammen mit den Kolleginnen nackt zu sein, trotz ihrer runden Formen, von denen sie hoffte, dass sie jetzt bald verschwinden würden.

Sonja und Birthe waren beide schlank. Sonja fast spindeldürr, aber das machte sie nicht unbedingt hübscher. Die Brüste hingen, jetzt, wo sie nicht von einem BH gestützt wurden, schlaff und länglich herab. Die Schlüsselbeine stachen hervor wie Kleiderbügel, sodass sie entfernt an ein krankes Vogeljunges erinnerte. Ihre eigenen fülligen Brüste waren vielleicht hauptsächlich fett, überlegte Irene, als sie nun den BH anzog, aber das Fett war immerhin an den richtigen Stellen verteilt: den weiblichen. Birthe wiederum hatte immer noch ein paar Dellen im Bauch, die sie seit der Geburt ihrer Tochter nicht losgeworden war; das war ihre Motivation gewesen, mit auf den Zumba-Zug aufzuspringen. Irene setzte sich auf die Bank und zog sich die Strümpfe an.

»Habt ihr noch was vor? Wir könnten ja irgendwo was trinken gehen. Wir sind schließlich nicht besonders oft zusammen weg und das Ganze soll ja nicht in Arbeit ausarten«, schlug Sonja vor. »Haben wir uns das jetzt nicht verdient? Wir könnten auch in eine Konditorei gehen«, fügte sie grinsend hinzu.

»Ich muss heim. Leif arbeitet, daher bin ich der Babysitter für unseren kleinen Frechdachs.« Birthe war bereits angezogen und nahm ihre Jacke vom Haken.

»Was ist mit dir, Irene?«

»Ich muss auch heim, zu Rolando. Musst du nicht nach Hause zu Svend?«

»Er spielt heute Abend mit seinen Kumpels Karten. Aber wir können das ja auch nächsten Freitag machen.«

Sie winkten sich zum Abschied und vor dem Tanzstudio ging jede ihrer Wege. Es war noch nicht ganz dunkel und der Gesang der Amseln hallte auf der Straße wider. Irene hatte ein kleines Stück entfernt auf dem Bürgersteig in einer Seitenstraße geparkt. Sonja hupte und winkte noch einmal, als sie an ihr vorbeifuhr. Irene winkte zurück. Als die roten Rücklichter von Sonjas Opel verschwunden waren, bemerkte Irene, dass ringsum kein Mensch mehr zu sehen war. Die Nebenstraße war eng und finster, und es roch scharf nach Urin. Warum hatte sie auch ausgerechnet hier geparkt? Andererseits war es eben fast unmöglich, in der Innenstadt abends einen Parkplatz zu finden. Sie hoffte, sie hatte keinen

Strafzettel bekommen. Ihre Absätze klackten unnatürlich laut auf dem Bürgersteig, es hallte von den Mauern wider, sodass es klang, als ginge jemand hinter ihr. Sie traute sich nicht, sich umzudrehen und sich zu vergewissern. Ihre Schritte wurden immer schneller. Ihre Beine fühlten sich nach dem Training wie Pudding an, aber die Angst gab ihr Kraft. Glücklicherweise war kein Zettel unter dem Scheibenwischer; jetzt hoffte sie nur, dass das alte Auto schnell anspringen würde. Aber immerhin regnete es heute Abend nicht. Und von dem schwarzen Volvo war weit und breit nichts zu sehen. Ihr Hyundai Getz schnurrte wie eine zufriedene Katze, als sie den Schlüssel umdrehte, und sie atmete erleichtert auf, als sie den Gang einlegte und losfuhr. Das Wohlbehagen kehrte zurück.

Es würde bestimmt schön werden, jeden Freitag mit den Kolleginnen zu trainieren. Gut gemacht, altes Mädchen, lobte sie sich und blickte zum Rückspiegel hinauf. Ihre Wangen waren noch gerötet. Die Sporttasche stand offen auf dem Beifahrersitz. Das Handy lag darin. Traute sie sich, es anzuschalten? Aber musste sie denn wirklich nachschauen, ob Rolando angerufen hatte? Oder Olivia? Eigentlich nicht. Sie lächelte. Zum Glück war *sie* ans Telefon gegangen, als Irene angerufen hatte. Irene teilte die Rundum-Abneigung ihres Mannes gegen den zukünftigen Schwiegersohn nicht, aber er konnte in der Tat ein wenig arrogant wirken, und den Streit mit Rolando seinerzeit vergaß er offenbar ebenfalls nicht. Der war ja auch richtig heftig gewesen. Wie es wohl fast schon vorprogrammiert ist, wenn italienisches Temperament auf italienisches Temperament trifft, aber trotzdem. Doch das war jetzt schon so lange her. Olivia hatte glücklich und zufrieden geklungen. Sich darauf gefreut, Mutter und Signora Agarico zu werden. Sie hatten vereinbart, dass Irene öfter zu ihnen kommen und sie in Rom besuchen sollte, damit sie ihr neues Enkelkind von Anfang an gut kennenlernte. Flugtickets sind so billig geworden, wenn Papa nicht mit will, soll er halt zu Hause bleiben, hatte Olivia gesagt. Dann hatten sie gelacht und alles war wie früher gewesen.

Sie schaute erneut in den Rückspiegel, als sie nun auf den Villenweg in Højbjerg einbog. Jetzt war es ganz dunkel geworden. Hinter ihr war ein Auto, die Scheinwerfer blendeten sie einen kurzen Augenblick, dann fuhr sie in die Garage und stieg aus. Rolandos Auto stand nicht unter der Blutbuche. Die Villa war dunkel. Er war noch nicht nach Hause gekommen. Angolo begrüßte sie an der Tür. Glücklich und erwartungsvoll hechelnd, mit aus dem Hals hängender Zunge. So ähnlich hatte sie selbst vorhin ausgesehen, als Lone Hansen mit ihrer ersten Zumba-Stunde fertig war. Jetzt, wo sie die Jacke noch anhatte, konnte sie genauso gut gleich die Abendrunde mit ihm drehen; ordentlich dafür aufgewärmt war sie schließlich auch. Sie nahm die Leine vom Kleiderhaken und klickte sie ihm ans Halsband. Angolo zog sogleich sie aus der Tür, nicht umgekehrt. Sie und Rolando hatten eine feste Route durch das Viertel, die auch Angolo längst kannte. Er trabte in all seiner Schönheit und Majestät neben ihr her und sie fühlte sich sicher. Sein Fell schimmerte cognacfarben auf, jedes Mal wenn sie eine Straßenlaterne passierten. Wenn Angolo an ihrer Seite war, konnte ihr niemand etwas anhaben. Das Handy hatte sie in der Tasche liegenlassen, die zu Hause im Flur auf dem Boden stand.

Die Route folgte einem Pfad am Waldrand entlang und schlug dann einen Bogen zurück zu den kleinen Wegen zwischen den Villen. Auf der ganzen Strecke gab es Straßenlaternen und Irene begann den Spaziergang zu genießen. Niemand konnte behaupten, dass sie heute keine Bewegung gehabt hätte, und sie konnte spüren, dass die körperliche Aktivität ihr guttat. Sie gelobte sich, nun damit anzufangen, möglichst jeden Tag einen langen Spaziergang zu machen und eine aktive Oma zu sein – bald schon von zwei Enkelkindern. Sie wollte in Form sein, um den kleinen Hüpfern nachzulaufen, sie einzufangen und sie in der Luft herumzuschwingen, bis sie vor Lachen brüllten. Marianna wurde langsam schwer, daher sollte sie lieber auch ihre Armmuskeln trainieren. Sie lächelte im Dunkeln; vielleicht sollte sie auch im Fitnesscenter anfangen. Heute Abend war sie jedenfalls zu allem Möglichen motiviert; aber wie würde es wohl morgen aussehen, wenn nach den heutigen Qualen die Muskeln schmerzten? Und sie wusste, dass sie das tun würden.

Bei ihrer Rückkehr war Roland noch immer nicht zu Hause. Sie hatte die Außenlampe angelassen und war jetzt froh darüber. Als sie sich auf der Treppe umdrehte und in die Einfahrt schaute, erinnerte sie sich an den Anblick des schwarzen Volvos, der an jenem Abend, als es so geregnet und gestürmt hatte, langsam draußen vorbeigefahren war. *Ich weiß, wo du wohnst,* hatte der Unbekannte signalisiert. Angolo stürmte in die Küche und wartete neben seinem Napf auf Futter. Irene nahm das Handy aus der Tasche und schaltete es an. Sie zuckte zusammen, als mit dem wohlbekannten Geräusch eine SMS einging. Ein Geräusch, das sie zu fürchten begonnen hatte. Die SMS war von Rolando, der schrieb, dass sich etwas Neues in dem Fall ergeben habe, sodass er heute spät heimkomme. Er hatte auch versucht anzurufen. Von *ihm* war keine Nachricht dabei. Es war das erste Mal seit langer Zeit, und plötzlich ängstigten sie die fehlenden Drohungen noch mehr als zuvor ihre Überfülle. Warum hatte er nicht geschrieben? Wo war er? Sie schüttete Trockenfutter in Angolos Napf und holte für sich Schwarzbrot und Aufschnitt aus dem Kühlschrank. Als sie den Kopf hob, glaubte sie kurz den Schimmer eines Gesichts im Dunkeln draußen vor dem Küchenfenster zu erhaschen. Ihr Magen zog sich zusammen, sie wich instinktiv zurück und schnappte nach Luft; ein Geräusch, das Angolo beim Fressen innehalten ließ. War das Einbildung? Hatte sie bloß ihr eigenes Spiegelbild in der Scheibe gesehen? Aber nun wurde Angolo ebenfalls unruhig. Fing an, mit einem leichten Knurren zu bellen. Die kleinen Schneidezähne im Oberkiefer waren gebleckt.

»Was ist denn, Angolo? Ganz ruhig.« Sie hockte sich neben den Hund und folgte seinem Blick, der fest an die Tür zum Flur geheftet war. Hatte sie auch daran gedacht, die Haustür abzuschließen? Es überlief sie eiskalt. Angolo riss sich von ihr los, obwohl sie versuchte, ihn am Halsband festzuhalten. Er raste zur Tür, wo er bellte und knurrte. Er ließ sich nicht mehr zurückrufen. Das Handy lag draußen in der Tasche.

Die Tür ging auf und Angolo warf sich in die Dunkelheit dahinter. Das Ganze dauerte nur den Bruchteil einer Sekunde. Angolo knurrte, zerfleischte irgendetwas. Sie sah die Bewegungen wie in Zeitlupe, unwirklich, nur ein Flimmern vor den Augen. Es gab einen lauten metallischen Knall, der in ihren Ohren pfiff und sang, dann wurde es still. Sie wollte vom Fußboden aufstehen, war aber wie festgenagelt. Das Einzige, was sie tun konnte, war dazusitzen und durch die dunkle Türöffnung in den Flur zu starren. Es war still. Dunkel. Bedrohlich.

Dann stand er da. Sie konnte sein Gesicht nicht sehen, vielleicht auch nur deshalb nicht, weil sie wie gebannt auf die Waffe starrte, die er nun auf sie richtete.

»Du elende Bitch. Jetzt sollst du dafür bezahlen!«

Seine Stimme drang wie durch Watte zu ihr durch. Nach dem lauten Knall von eben sauste es noch immer in ihren Ohren. Ihre Lippen wollten sich zu Wörtern formen, aber als endlich ein Laut herauskam, war es nur ein lautes, heiseres, entsetztes »Angolooo!«. Dann kam wieder der Knall, sie sah ein grelles Licht schimmern und spürte, wie etwas wuchtvoll ihren linken Arm streifte. Sie schaute hin, auf das Blut, spürte nichts und hob langsam den Kopf zu der Silhouette in der Türöffnung, dann war da wieder das Licht und ein neuer lauter Knall, der als Echo von den Wänden gellte. Sie spürte einen brennenden Schmerz im Bauch und sackte zusammen, der Arm fiel zur Seite und warf Angolos Futternapf um. Das Letzte, was sie mitbekam, war das Geräusch der über den Küchenboden kullernden Bröckchen von Trockenfutter.

24

Roland saß unruhig auf seinem Bürostuhl vor dem Schreibtisch. Es war schon spät. Heute war mit dem Ergebnis der DNA-Analyse des unbekannten Blutes auf dem Schal sicherlich nicht mehr zu rechnen. Aber was, wenn der Betreffende am Ende gar nicht im Register zu finden war? Einer, *den* sie dort gefunden hatten, war Aksel Møller Lund, der rothaarige Freund des Verschwundenen. Einbruch, Autodiebstahl und Gewaltdelikte, als er minderjährig gewesen war und nicht hatte bestraft werden können. Einer von diesen Jugendlichen ohne Führerschein, die auf den Straßen herumrasten, ganz als hätten sie einen, und dabei Unfälle oder den Tod Unschuldiger verursachten. Erstaunlicherweise war so etwas Aksel Møller Lund nicht passiert – bisher. Er war bei einer Pflegefamilie untergebracht gewesen, wohnte jetzt aber in einem eigenen Zimmer, bekam staatliche Ausbildungsförderung und ging auf die weiterführende Schule. Schien auf dem rechten Weg zu sein. Er bestritt, in jener Nacht mit Tobias zusammen am Hafen gewesen zu sein. Das taten sie alle. Roland hatte erneut die Zeugen kontaktiert, ein junges Liebespaar, jedoch hatten sie keinen der jungen Leute wiedererkennen können. Der Einzige, an den sie sich deutlich erinnerten, war Tobias. Sein Gesicht, das sie im Fernsehen bei TV 2 wiedererkannt hatten, seine dünne Gestalt, weil er eine weiße Jacke getragen hatte, die im Dunkeln aufleuchtete, und seine Erscheinung, weil er sich so seltsam benommen hatte. Auf die Frage »Inwiefern seltsam?« hatten sie zur Antwort gegeben, dass er gewirkt habe, als habe er unter dem Einfluss von irgendetwas gestanden, und garantiert nicht nur Alkohol. Die anderen hätten ihn aufrecht halten müssen, er habe wie ein Besessener um sich geschlagen, und vielleicht sei das der Grund gewesen, warum sie die Gruppe am Hafen überhaupt bemerkt und besonders auf Tobias Abrahamsen geachtet hätten. Aber dann hatte das Paar ein Taxi gefunden und war nach Hause gefahren. Es war zwei oder halb drei gewesen, ganz genau erinnerten sie sich nicht mehr, schon weil auch sie ein bisschen was getrunken hatten. Aber sie seien nicht betrunken gewesen, hatten sie unisono betont.

»Kommen wir mit der Sache denn überhaupt weiter, solange wir nicht wissen, zu wem das andere Blut gehört?«, fragte Mikkel

Jensen. Er saß auf dem Stuhl vor Rolands Schreibtisch, die Beine übereinandergeschlagen, und wippte ungeduldig mit dem Fuß genau in Rolands Blickfeld, was Roland mächtig auf die Nerven ging. Eigentlich ärgerte ihn alles, aber gegen den wippenden Fuß konnte er wenigstens etwas unternehmen …

»Würdest du wohl bitte mit dieser Wipperei aufhören, das kann einen ja wahnsinnig machen!«

Mikkel legte eine Hand auf den Schuh, als lasse sich der Fuß auf andere Weise nicht stoppen, dann stand er auf und trat ans Fenster. »Ob wir wohl den Durchsuchungsbefehl für das Kloster bekommen?«

»Ja, der sollte eigentlich morgen früh für uns bereit sein, der Bischof *ist* hinzugezogen worden.« Roland war damit fertig, den Bericht in seinen PC einzutippen, und betätigte die Taste für den abschließenden Punkt so energisch, dass man es ringsum im Raum hören konnte. Er spürte Ameisen im Nacken und wusste nicht genau, warum. Insgesamt fühlte er eine seltsame Unruhe im Körper, als solle er nicht dort sein, wo er war. Als sei er hier am falschen Ort. Es war selten, dass er sich so rastlos fühlte. Und Mikkel hatte Recht, sie konnten im Fall Tobias momentan nichts tun, solange sie die DNA-Analyse nicht hatten, und in der Kloster-Sache genauso wenig – sie mussten nun erst einmal ins Kloster kommen, sodass sie den Tatort untersuchen konnten. Keine noch so heilige Instanz konnte verhindern, dass ein Verbrechen aufgeklärt wurde. Und Roland hatte keinen Zweifel daran, dass die junge Postulantin ermordet worden war. Im Hinblick auf Tobias Abrahamsen war er sich da nicht so sicher – der Junge hatte alle möglichen guten Gründe, um verschwinden zu wollen. Unterzutauchen. Manchen gelang das. Deswegen gab es Fernsehsendungen wie »Spurlos verschwunden«.

Mikkel starrte aus dem Fenster, während er auf den Füßen wippte. So viel Unruhe hatte Roland noch nie zuvor bei ihm gesehen. Überhaupt schwirrte das Präsidium heute Abend regelrecht vor Nervosität.

»Musst du nicht heim und Kisten packen? Zieht ihr nicht morgen in euren neuen *Besitz* ein?« Er wählte bewusst dieses Wort, weil er immer noch fühlte, dass dieses Landhaus eigentlich das seine hätte sein sollen, auch wenn Irene so sehr dagegen gewesen war, aus ihrem Elternhaus in Højbjerg wegzuziehen. Er hätte sie bestimmt noch überreden können, wenn sie nur einmal das Landhaus in Skåde direkt oben am Wald, inmitten von Feldern und Natur, gesehen hätte.

»Doch. Isabella ist schon dabei und hat alle Hände voll zu tun. Also, wenn nichts mehr ist, dann …«

»Zisch ruhig ab, Mikkel. Und danke fürs Behilflichsein. Es ist zwar nicht so viel dabei herausgekommen, aber …« Roland stand auf und nahm seine Jacke. »Ich will auch heim zu Irene. Sie hatte heute Abend die erste Stunde von ihrem Zumba-Kurs, da fällt es ihr jetzt vielleicht schwer, sich zu bewegen.«

Mikkel schlüpfte ebenfalls in seine Jacke und grinste. »Die Arme. Grüß sie von mir und komm gut nach Hause.«

Roland nickte und machte sich daran, den Computer herunterzufahren. »Danke gleichfalls.«

Als er sich auf dem Parkplatz des Präsidiums ins Auto setzte, klingelte sein Handy. Er fuhr sich müde mit der Hand übers Gesicht, spürte die einen Tag alten Bartstoppeln und starrte einen Augenblick durch die Windschutzscheibe hinaus in die Dunkelheit. »Nein, verdammt noch mal, nein, jetzt muss es mal gut sein, ich will jetzt echt nach Hause«, sagte er laut, steckte den Schlüssel in die Zündung und drehte ihn um. Es dauert lange, bis das Handy endlich verstummte.

Es war nicht viel Verkehr und er fuhr mit dem Tempomat nach Hause, ließ seine Gedanken währenddessen ihre eigenen Wege gehen. Sie wanderten hin zu Tobias, dem Kloster und seinen Teufeln, zu Olivia und ihrem Kind, seinem ungeborenen Enkelkind, zu Giuseppe, seinem zukünftigen Schwiegersohn, zu Salvatore, ermordet von der Camorra, die Roland zuvor auch schon seinen

Vater genommen hatte und seine Selbstachtung, seine Welt, sein Leben – jedenfalls dasjenige in seinem Vaterland Italien. Als er auf den Villenweg abbog, war er bei Spekulationen darüber angelangt, wie sich das Ganze wohl gestaltet hätte, wenn ihn seine Mutter nicht mit nach Dänemark genommen hätte. Wie wäre dann wohl sein heutiges Leben in Italien? Ihre Entscheidung damals hatte sein Leben genauso verändert wie ihr eigenes. Er wusste, dass es nicht leicht für sie gewesen war, ihren vierjährigen Sohn zu packen und von der Familie in Neapel wegzuziehen. Sie zurückzulassen und die eigene Haut zu retten. In ein fremdes Land zu fliehen, in dem sie nur ihre mit einem Dänen verheiratete Schwester kannte. Hatte sie eine andere Wahl gehabt? Sie hatten nie darüber gesprochen, als noch die Möglichkeit dazu bestanden hatte. Das Telefon klingelte wieder und leuchtete auf dem Beifahrersitz auf. Er überlegte, ob er drangehen sollte, entschied sich aber dafür, es zu ignorieren. Jetzt war er ohnehin gleich zu Hause, und die Gedanken ließen sich nicht abstellen. Wenn das Schicksal einen anderen Weg genommen hätte, dann hätte er Irene nicht getroffen, dann hätte er Rikke nicht gehabt und Marianna, Olivia und …

Das blaue Blinklicht zwischen den Bäumen drängte sich ihm erst auf, als er näher kam. Er trat automatisch auf die Bremse und drosselte das Tempo. Was war passiert? Bei welchem Nachbarn war das denn? Dann kamen die Ameisen in einer erdrückenden Schar und bissen sich in seinem Nacken fest. Die Polizeiautos und der Rettungswagen hielten in *seiner* Einfahrt. Das Handy bimmelte erneut, aber da war er schon aus dem Auto und lief zur Villa.

Kurt Olsen kam ihm entgegen, bevor er die Einfahrt erreicht hatte. Im Schein der blauen Blinklichter hatten seine Augen einen seltsamen Schimmer.

»Roland, verdammt noch mal. Wir haben angerufen. Wir …« Seine Stimme überschlug sich, aber Roland hörte ohnehin nicht zu, was er sagte. Er rannte zum Krankenwagen, wo zwei Sanitäter gerade die Hintertüren schlossen. Er schaffte es nicht mehr rechtzeitig. Der Wagen fuhr los, und die schrillen Signaltöne des

Martinshorns schnitten in sein Gehirn, das nicht begriff, was vor sich ging. Er stand da, die Arme wie gelähmt am Körper herabhängend, und nahm nicht einmal wahr, dass ihm Tränen über die Wangen liefen, obwohl ihm eine gemeine kleine Stimme im Hinterkopf einflüsterte, mit wem der Krankenwagen da soeben wegfuhr. Sein Mund war trocken, alles stand still, selbst der Speichel hatte seinen Fluss eingestellt. Dann spürte er eine schwere Hand auf seiner Schulter.

»Komm mit, Roland«, sagte der Vizepolizeidirektor mit einer sonderbar fremden Stimme und schob ihn sanft zu seinem Wagen. Er folgte apathisch, ohne den Blick von der offenen Tür zu seinem Zuhause abzuwenden. Zwei Beamte sperrten gerade *seinen* Garten mit dem rot-weiß-gestreiften Flatterband ab.

»Was ist passiert?« Er erkannte seine eigene Stimme nicht wieder, die schwach und aufgrund des fehlenden Speichels rostig klang.

»Irene … sie …« Kurt Olsen kam nicht dazu, mehr zu sagen. »Nein, Roland!" rief er ihm hinterher. Doch Roland sprintete bereits die Treppe hinauf. In der Küche waren Kriminaltechniker in weißen Anzügen bei der Arbeit. Das war eine Situation, die er gewohnt war, doch noch nie hatte ihn der Anblick so erschreckt. Kurt Olsen war plötzlich hinter ihm und packte seinen Arm. Roland wandte den Kopf und schaute verständnislos in die ernsten Augen seines Vorgesetzten.

»Es ist ein Verbrechen geschehen! Irene …?«

Kurt Olsen nickte und zog ihn ins Wohnzimmer und aufs Sofa. Er setzte sich neben ihn. »Wir haben versucht anzurufen, aber du bist nicht an dein Handy gegangen. Irene ist angeschossen worden.«

»Angeschossen!« Er wollte aufspringen, aber Kurt Olsen zog ihn zurück aufs Sofa. »Wie schlimm ist es, ist sie …?« Eine Situation, die er so oft mit Angehörigen erlebt hatte, und er hatte immer geglaubt, deren Schmerz mitfühlen zu können. Aber das, was er jetzt fühlte, hatte er noch nie zuvor erlebt. Sein Herz schien ein Muskel in schmerzhaften Krämpfen zu sein und der Atem setzte ihm aus, während er auf eine Antwort wartete.

»Es ist sehr ernst, Roland. Ich fahre dich ins Krankenhaus. Wir kümmern uns um das hier.«

Er protestierte nicht, schon weil er wusste, dass er selbst nicht imstande war zu fahren. Kurt Olsen nahm seinen Arm, als er aufstand, auch dagegen hatte er keinerlei Einwände, er bekam es ohnehin kaum mit. Bekam fast gar nichts mehr mit, bis ihm dann doch Angolos Decke in der Ecke ins Auge fiel. Kurt Olsen folgte seinem Blick, legte ihm den Arm um die Schulter und führte ihn aus dem Wohnzimmer.

»Der Hund wurde auch getroffen. Er ist in der Tierklinik. Man hat mir nicht gesagt, wie schlimm es um ihn steht.«

Roland warf einen Blick in die Küche, als sie wieder an der Tür vorbeigingen. Sie wirkte so fremd, nicht wie seine gemütliche Küche, in der er an einem Freitagabend um diese Zeit normalerweise zusammen mit Irene bei einem Glas Rotwein zu sitzen pflegte. Kurt Olsen zog noch fester an seinem Arm, als er nun beim Anblick der großen Blutlache auf dem Küchenfußboden förmlich versteinerte. In all dem Rot lagen Angolos braune Trockenfutterstückchen, hatten teilweise angefangen aufzuquellen, weil sie das Blut aufsaugten. Der Vizepolizeidirektor zerrte ihn mühsam weiter. Im Flur vor der Tür war auch Blut. Eine kleinere Pfütze. Etwas war daraus weggezogen worden, es gab eine sichtbare Schleifspur auf den Fliesen. Angolo. Die Beine zitterten, als ihm die Treppe hinunter und dann in Kurt Olsens Auto hinein geholfen wurde. Sein Herz begann wieder zu schlagen, nun pumpte es so heftig, dass er beinahe keine Luft mehr bekam. Schmerzhaft schien die ganze Maschine seines Körpers wieder anzuspringen. Er spürte, wie etwas Nasses seine Wangen hinunterlief.

25

Anne bemerkte im Rückspiegel, wie verschlafen sie aussah.

Sie hatte den Wecker nicht gehört, bis er bei den ganz schnellen Pieptönen angelangt war, daher wusste sie, dass er lange geklingelt hatte. Noch so eine weitgehend schlaflose Nacht, in der ihre Gedanken um Adomas gekreist waren, die Bettwäsche schweißnass geworden war und sie schließlich ihr Schicksal dafür verflucht hatte, dass sie ihn kennengelernt hatte. Und dass sie sich ihn verliebt hatte, vor allem. Dann war ihr irgendwann eingefallen, dass Samstag war und sie heute frei hatte. Jedes zweite Wochenende würde sie sich über diesen Luxus freuen können. Also hatte sie sich auf die andere Seite gedreht und war eingeschlafen. In einen tiefen, traumlosen Schlaf gesunken, dem nun die schnellen Pieptöne des Weckers ein Ende gesetzt hatten.

Sie hatte mit Alice verabredet, dass sie um zehn Uhr morgens auf einen Kaffee zu ihr in die Modeboutique kommen würde. Von Aarhus nach Bønnerup Strand brauchte man über eine Stunde, daher hatte sie keine Zeit mehr für ein Frühstück gehabt, auch wenn sich ihr Magen jetzt wie ein klaffendes Loch anfühlte. Es war bereits viertel nach zehn, als sie in Bønnerup ankam. Sie warf einen letzten Blick in den Rückspiegel, fuhr sich schnell mit den Händen durch die kurzen schwarzen Haare – ein Herrenschnitt – und öffnete seufzend die Autotür.

Alice Arnskov Aagaard dagegen sah aus, als habe sie gerade ihren Schönheitsschlaf gehalten. Sie war eine hübsche Frau für ihr Alter, musste Anne anerkennen. Sie grüßte und entschuldigte sich für ihr Zuspätkommen.

»Das macht nichts, es ist ja Samstag. Da ist vormittags hier in der Boutique sowieso nicht so viel los. Die Leute schlafen lange. Aber das ist nur die Ruhe vor dem Sturm; wenn die Touristensaison richtig anfängt, dann …«

Anne warf einen schnellen Blick auf die Kleidungsstücke, die, auf Ständern aufgereiht, die kleine, helle Boutique füllten. Das war nicht ihr Geschmack. Zu klassisch und stilvoll-schick. Es gab auch allen möglichen kunstgewerblichen Schnickschnack zu kaufen. Modekleidung allein konnte so eine Bude wohl nicht das ganze Jahr über am Laufen halten.

Alice führte sie ins Hinterzimmer. Es war gemütlich eingerichtet, obwohl es im Vergleich zur Boutique ein bisschen dunkel und düster wirkte.

»Das hier ist für mich ganz schön spannend. Ich bin noch nie interviewt worden. Jedenfalls nicht von einer richtigen Journalistin.« Sie stellte zwei Tassen auf bunte Platzdeckchen, die auf einem Tisch lagen, der aussah, als würde er normalerweise als Schreibtisch dienen.

»Wollen wir uns nicht setzen?«, fragte sie, als Anne ein bisschen zu lange auf ein Foto starrte, das in einem Silberrahmen auf dem Tisch stand. Der Junge auf dem Bild musste Mathias sein. Kamilla hatte Recht, er sah ihrem verstorbenen Sohn Rasmus wirklich ähnlich. Sie hatte erst gedacht, dass sich Kamilla diese Ähnlichkeit bestimmt nur einbildete, weil sie immer noch um ihn trauerte und ihn sich zurückwünschte. Etwas rein Psychisches also, aber es war mehr als das: Die Ähnlichkeit war faktisch nicht zu übersehen.

Die beiden waren ja auch verwandt. Anne hatte Rasmus nur auf Fotos gesehen, der Unfall war, ein Jahr bevor sie Kamilla kennengelernt hatte, passiert. Sie setzte sich und zog ihr Notizbuch und den Stift aus dem Rucksack, während Alice Kaffee in die Tassen schenkte. Dann verschwand sie mit der Kaffeekanne in einer angrenzenden Teeküche und kam mit geschmierten Brötchen auf einer Platte zurück.

»Nein, wie schön!«, rutschte es Anne ganz spontan heraus. »Ich habe es heute nicht geschafft zu frühstücken.«

»Die sind leider nicht mehr ganz frisch. Mein Mann hat sie heute Morgen gekauft. Er ist samstags immer am Hafen, daher essen wir hier zusammen, bevor er hinuntergeht.«

Anne ärgerte sich, dass sie nicht etwas früher gekommen war und Kamillas Vater getroffen hatte.

»Das macht überhaupt nichts, ich bin so hungrig, ich könnte verschimmeltes Brot essen«, versicherte Anne, und als Alice lachte, wusste sie, dass sie auf der gleichen Wellenlänge waren.

»Wie haben Sie mich gefunden?«, wollte Alice wissen und reichte Anne die Platte. Sie nahm nur ein halbes Brötchen, um nicht allzu gierig zu wirken.

»Es gibt nicht so viele Zwillinge, die ein Zwillings-Geschwisterteil verloren haben, und Sie sind diejenige gewesen, die am nächsten wohnte.« Wenn eine Journalistin log, nannte sie das Taktik. Alle Kniffe waren erlaubt, um an eine gute Story zu kommen – oder Geheimnisse zu enthüllen.

Alice nickte. »Aber wie sind Sie auf mich gekommen?« Dann ging es ihr auf. »Ach, natürlich, das Internet.«

»Genau. Wie haben Sie Ihre Schwester denn verloren?« Anne plante, mit dem Tod der Schwester anzufangen und sich von dort dann zu einem Gespräch über Alices Familie und besonders über ihren Mann weiterzubewegen.

Alice nahm einen vorsichtigen Schluck aus der Tasse und ein feuchter Schimmer trat in ihre Augen. »Es war ein Unfall. Wir waren an einem Sommertag segeln. Einer ihrer Freunde hatte ein Segelboot.«

Anne machte sich Notizen, hauptsächlich, um den Schein zu wahren. »Sie waren also dabei, als es passierte?«

Alice lächelte plötzlich, sodass das Glänzen in ihren Augen wie Freudentränen wirkte. »Sie waren vom Boot aus baden. Es waren noch zwei andere Mädchen und deren Freunde dabei. Wir waren so jung.« Der Blick verschwand irgendwo in ihren Erinnerungen, als würde nun jener Sommertag in ihrem Inneren wieder lebendig. »Wir haben es erst gesehen, als es zu spät war, und …«

»Was ist geschehen?«

»Da war ein Schiff. Als ich mich umgedreht habe, weil einer der Jungs gerufen hatte, habe ich es gesehen, aber es war schon zu nah. Viel zu nah …«

Anne wartete still und ließ Alice das Tempo bestimmen. Sie genehmigte sich so lange einen kleinen Schluck von ihrem Kaffee.

»Die haben uns offenbar auch nicht gesehen. Ich habe überlebt, weil ich die Einzige mit Rettungsweste war und weil kurz danach ein Segelboot vorbeigekommen ist; die Besatzung hat mich rausgezogen und wiederbelebt. Ich hatte mir den Kopf angeschlagen und hätte genauso ertrinken können.« Sie blickte Anne mit unglücklichen Augen an. »Ich habe mir danach oft gewünscht, dass sie mich nicht gerettet hätten. Die anderen haben vom Boot aus gebadet, das habe ich mich nicht getraut. Sie sind alle ertrunken – auch Ditte.«

Anne hatte ihr halbes Brötchen nicht angerührt, und jetzt würde es gedankenlos wirken, wenn sie anfinge zu essen.

»Aber Sie wollen bestimmt nur hören, wie es ist, seine Zwillingsschwester zu verlieren. Seine andere Hälfte. Die bessere Hälfte. So war es in meinem Fall. Meine beste Hälfte ist verschwunden und das ganze Leben lang hat mir etwas gefehlt. Etwas von mir selbst.«

Anne kritzelte erneut etwas in ihr Notizbuch. »Was ist mit den Leuten auf dem Schiff passiert, das in euch hineingefahren ist?« Die Kriminalreporterin in ihr ließ sich nicht unterdrücken, das hier war ja mindestens fahrlässige Tötung. Wenn nicht gar Mord.

»Ich war die Einzige, die eine Personenbeschreibung hätte geben können, aber ich konnte mich an nicht viel erinnern, das Ganze ging ja so schnell. Mir fiel später ein Teil des Namens ein, den ich vor dem Zusammenstoß noch auf dem Schiffsrumpf gesehen hatte. Ein T gefolgt von einer Nummer, an die ich mich nicht erinnern konnte, etwas mit einer Null vielleicht. Die Polizei glaubte, ich hätte mir das ausgedacht. Sie haben in dem Bootswrack alkoholische Getränke gefunden und die Obduktion meiner Freunde zeigte klar, dass an Bord Alkohol getrunken worden war. Sicher, es wurde in der Tat reichlich gepichelt, aber der Unfall hätte trotzdem nicht verhindert werden können. Das Schiff ist direkt in uns reingefahren. Kurz darauf hat die Polizei den Fall zu den Akten gelegt – als einen ganz gewöhnlichen Unfall, an dem verantwortungslose Jugendliche beteiligt waren. Die Gefahr von Alkoholkonsum auf dem Meer wurde danach jedenfalls ausgiebig in den Medien thematisiert.«

»Der oder die Schuldigen wurden also nie gefunden?«

»Nein, es gab niemanden, den man hätte bestrafen können, niemanden, dem man die Schuld geben und dann wieder zur Tagesordnung übergehen konnte. ›Fahrerflüchtige‹ des Meeres … Ich hätte vielleicht versuchen sollen, diese Leute ausfindig zu machen, aber der Tod meiner Schwester war für mich einfach ein …«

Alice bemerkte, dass Kunden in der Boutique waren, und ging hinaus. Anne konnte sie im Laden reden hören, ihre Stimme klang jetzt ganz anders. Professionell. Im Verkaufston. Sie beeilte sich, das Brötchen in sich hineinzustopfen, ihr war vor Hunger schon ganz schlecht – und vielleicht auch von dem, was sie gehört hatte. Sie trank Kaffee, nahm sich noch ein Brötchen und hörte, wie Alice in der Boutique ihre Kundin verabschiedete.

»Das war nicht ganz einfach; sie hat doch allen Ernstes eine Kaninchenweste gekauft«, sagte sie, als sie zurückkam und wieder wie sie selbst wirkte. »Haben Sie noch weitere Fragen?«

»Ja, mir ist noch etwas eingefallen. Wo ist das alles denn passiert?«

»Oben in Klitmøller an der Nordsee. Wir haben in dem Jahr unseren Sommerurlaub dort verbracht. Hätten wir doch einen anderen Ort gewählt.«

Anne notierte wieder etwas in ihr kleines Buch. »Sie können wohl nicht noch etwas genauer beschreiben, was Sie fühlen – was Ihnen fehlt, nachdem Ihr Zwilling gestorben ist?« Sie spürte, dass sie ein bisschen tiefer in der Materie bohren musste, damit es glaubwürdig wirkte, dass sie über dieses Thema schrieb, obwohl es so viele andere Fragen gab, die sie lieber stellen wollte.

Alice setzte sich wieder. »Das ist schwer zu erklären. Aber man kann es wohl am ehesten mit Phantomschmerzen vergleichen. Ditte ist ein Phantomglied, das ich weiterhin spüren kann.«

»Also wie ein Schmerz?«

»Ja, das kann man so sagen. Ich habe versucht, Hilfe bei Psychologen zu finden, aber keiner hat richtig verstanden, was ich durchgemacht habe, und dann habe ich angefangen zu glauben, dass ich mich zu Unrecht als etwas Besonderes fühlte, nur weil ich ein Zwilling war. Das hat mich einer der Psychologen jedenfalls glauben lassen. Aber dann habe ich etwas über die ›Twinless Twins Support Group‹ gelesen, ein Netzwerk für zwillingslose Zwillinge in den USA. Die habe ich über deren Homepage kontaktiert, und es hat mir viel geholfen, mit anderen Zwillingen zu reden, die das Gleiche erlebt haben.«

»Sie sind also darüber hinweggekommen?«

Um Alices Lippen spielte ein leises Lächeln. »Ich habe nie vergessen, dass die Schuldigen nicht bestraft worden sind. Durch ihre verantwortungslose Schifffahrt waren sie schuld an dem Tod von fünf Menschen. Aber das Leben geht weiter. Ich habe Mogens kennengelernt und wir haben Mathias bekommen.«

»Wo haben Sie Mogens getroffen?« Anne ergriff die Gelegenheit am Schopf.

Alice überlegte. »Auf dem Friedhof. Ditte ist dort begraben. Er hatte ein anderes Grab gesucht und wir kamen ins Gespräch. Er war damals noch nicht nach Bønnerup Strand gezogen.«

»Und wann war das?«

Alice sah sie misstrauisch an. »Warum wollen Sie das wissen?«

»Ach, ist ja auch egal.«

Erneut kamen Kunden in die Boutique. Anne aß ihr Brötchen auf, zog ihre Jacke an, leerte die Tasse und packte zusammen, während Alice draußen ein Verkaufsgespräch führte.

Wie passte all das zusammen? Sie brannte darauf, in Erfahrung zu bringen, wer damals fünf Menschen hatte töten und so tun können, als sei nichts gewesen. Kamillas Vater?

26

Er verbrachte das Wochenende auf der Intensivstation, wo man ihm ein Bett bereitgestellt hatte. Sein Zuhause am Villenweg war nun ein Tatort und die Kriminaltechniker waren noch nicht fertig. Ihm selbst war der Zutritt vorläufig untersagt. Kurt Olsen hatte ihm versprochen, dass er am Montagabend wieder nach Hause gehen könne, und ihm angeboten, bei ihm und Eve zu wohnen, bis das Schlimmste überstanden sei. Und damit meinte er nicht nur die technischen Untersuchungen in der Villa. Roland richtete sich auf dem Stuhl neben Irenes Bett auf, auf dem er, eine Decke um sich geschlungen, zusammengesunken und eben kurz eingenickt war. Er starrte auf ihr Gesicht, das vor lauter Schläuchen und Apparaten zur künstlichen Beatmung kaum wiederzuerkennen war. Doch es war Irene, die da lag. Seine Irene. Er hatte bisher weder Rikke noch Olivia kontaktiert. Was konnte er ihnen sagen? Was wusste er selbst? Irene war noch nicht wieder bei Bewusstsein gewesen, und die Ärztin hatte ihm ohne große Umschweife erzählt, dass ein Projektil durch den Arm gegangen war, ein anderes durch den Bauch, und das hatte das Rückgrat getroffen. Sie hatte eine Menge Blut verloren, und sie hatten die ganze Nacht operiert – aber mit welchem Ergebnis wusste noch niemand. Die Ärztin rechnete offensichtlich damit, dass er als Polizist solche Nachrichten gewohnt war und sich nicht schocken ließ, aber …

Plötzlich bemerkte er, dass jemand bei Irene stand und ihren Puls maß. Eine Krankenschwester war hereingeschlichen, ohne dass er es mitbekommen hatte. Sie lächelte ihn beruhigend an, aber kein Lächeln der Welt konnte ihn beruhigen. Nur das von Irene.

»Wissen Sie, ob es etwas Neues gibt?« Seine Stimme klang rau, als hätte er gesoffen.

Sie schaute auf den Bildschirm, auf dem sich der Herzrhythmus im Zickzackmuster bewegte. Hoch, tief, Strich; hoch, tief, Strich. Roland fürchtete den Strich. Dass er sich fortsetzen und der Apparat aufheulen würde. Den Todesschrei von sich geben.

»Sie ist jetzt stabil, das wird schon werden«, erwiderte die Krankenschwester, immer noch lächelnd. Ob sie sich das wohl antrainiert hatte? So wie er selbst auch, wenn er eine schreckliche Nachricht überbringen musste. Natürlich lächelte er dann nicht, aber der ihnen präsentierte Gesichtsausdruck sollte die

Angehörigen nicht noch unruhiger werden lassen, als sie es meist ohnehin schon waren, auch und gerade nicht, wenn es einen Grund dafür gab. Roland ersparte ihnen die schlimmsten Details soweit wie möglich. Machte das die Frau in dem weißen Kittel jetzt auch mit ihm?

»Ist sie bei Bewusstsein gewesen? Haben Sie mit ihr gesprochen?«, erkundigte sie sich. Ihre Augen verrieten, wie ernst es um Irene stand. Der Mund lächelte, aber die Augen sagten etwas anderes.

»Nein. Nichts.«

»Möchten Sie eine Kleinigkeit essen? Ich kann Ihnen etwas bringen.«

»Nein. Nein danke.«

Sie lächelte wieder und ging. Er hatte seit dem Mittagessen am Tag zuvor nichts mehr gegessen, aber er war nicht hungrig. Sein Inneres war tot und leer. Die künstliche Beatmung des Respirators klang wie das Keuchen eines Asthmatikers. Angolo hatte in der Tierklinik während der OP genauso dagelegen. Am Samstagvormittag hatte Roland kurzzeitig Irenes Krankenbett verlassen, um nach dem Hund zu sehen. Der war schließlich auch ein geliebtes Familienmitglied, das Aufmerksamkeit erforderte. Das Projektil hatte ihn oben an der Schulter gestreift, höchstwahrscheinlich als er den Täter angesprungen hatte. Angolo hatte mit schwarzen Augen zu Roland aufgeschaut, die gleichzeitig »Entschuldigung« sagten. Er hatte dem Hund den Kopf getätschelt und ihn auf die Schnauze geküsst, als der versuchte hatte, ihn abzuschlecken. Mit tränenerstickter Stimme hatte er ihm gut zugeredet und gesagt, dass er alles genau richtig gemacht habe. Angolo hatte sich dem Kampf gestellt, während Roland selbst passiv gewesen war. Er war mit dem Schicksal eines Fremden beschäftigt gewesen. Warum war er nicht früher nach Hause gefahren? Sein Körper hatte ihm doch gesagt, dass da etwas nicht stimmte.

Vorsichtig nahm er Irenes Hand, die oben auf der Decke lag, passte auf den Tropf im Handrücken auf und drückte ihre Finger. Kurz darauf schlief auch er.

27

Die Villa in Højbjerg stammte aus den Fünfzigern, so schätzte sie. Einfahrt und Terrasse waren mit italienischen Fliesen ausgelegt, Terrakottatöpfe mit blauen Hortensien standen strategisch so aufgereiht, dass sie richtig zur Geltung kamen. Sonnenstrahlen spiegelten sich im Tau der farbkräftigen Kronblätter, ein aufmunternder Anblick an diesem Montagmorgen. Sie schritt die Steintreppe nach oben, starrte auf das Türschild und es verschlug ihr den Atem. *Irene & Rolando Benito.* Die Leiterin von Clean Reinigungen hatte zwar erwähnt, dass es bei einem Polizeibeamten sei – aber ausgerechnet bei *ihm*? »Es sind Schüsse gefallen«, hatte sie noch hinzugefügt. »Als ehemalige Kriminalreporterin können Sie doch bestimmt Blut sehen, nicht?«

Das ganze Gespräch mit der Leiterin am Morgen ging Anne wieder durch den Kopf, während sie auf der Treppe stand, noch nicht ganz bereit, mit all ihren Reinigungsutensilien in Roland Benitos Haus hineinzugehen. Sie steckte den Schlüssel, den sie ausgehändigt bekommen hatte, ins Schloss und drehte ihn vorsichtig. Als sie in den hübschen Flur mit den blitzblanken beigefarbenen Fliesen trat, schlug ihr ein widerwärtiger Geruch in die Nase. Sie kam sich vor, als wolle sie einen Einbruch begehen. Was, wenn nun plötzlich Roland Benito auftauchte? An den Kleiderhaken hingen Mäntel und eine Hundeleine. Roland hatte einen Schäferhund. Wo war der jetzt? Sie zögerte kurz, aber natürlich ließ man einen Hund nicht in einer Villa zurück, in der ein Verbrechen geschehen war. Sie entdeckte eine kleinere Blutlache und Schleifspuren. Jemand oder etwas war von dort weggezogen worden. Ihr Gehirn arbeitete auf Hochtouren. Wer war hier angeschossen worden? Doch wohl nicht Benito! Ihr Magen krampfte sich zusammen und die Haferflocken mit Milch von heute Morgen wären ihr fast wieder hochgekommen, als sie nun das Blut in der Küche sah. Eine viel größere Fläche als der Fleck im Flur. Das geronnene Blut war vermischt mit braunen Brocken, die sie nicht identifizieren konnte; es sah ein wenig aus wie Minifrikadellen mit Ketchup. Sie ging in die Hocke und beäugte die Lache. Die Frikadellen waren Hundefutter, sah sie nun. Trockenfutter, das vom feuchten Blut aufgequollen war. Der dazugehörige Napf lag mit der Unterseite nach oben in einer Ecke der Küche. Sie stellte sich vor, wie die Kriminaltechniker hier herumgelaufen waren, kleine Schilder mit Nummern an wichtigen Stellen aufgestellt und Fotos gemacht hatten. Mitten in einer Küchenschranktür prangte das Loch von einem Projektil. *Es sind Schüsse gefallen.* War Roland Benito nun wirklich erschossen worden? Die Melodie ihres Handys riss sie aus ihrer Betroffenheit. Das Display verriet, dass es Nicolaj war. Sie stand auf und drückte energisch auf die grüne Tastenfläche.

»Hi, Nicolaj. Rat mal, wo ich bin?«

»Nein, *du* sollst raten. Rat mal, was ich dir jetzt gleich erzählen werde …« Die sonst so typische, vor Spannung prickelnde Kunstpause blieb dieses Mal aus. »Roland Benitos Frau wurde am Freitagabend angeschossen.«

»Okay, dann ist es also nicht *sein* Blut, in dem ich stehe.«

»Was?«

Anne genoss es, Nicolaj schocken zu können. Sie wollte im Moment nicht zugeben müssen, dass sie selbst genauso schockiert war. »Ich bin gerade in Benitos Villa in Højbjerg. Hier ist eine Menge Blut auf dem Boden. Massig. Weißt du, ob sie …?«

»Sie liegt auf der Intensivstation. Ist wohl ziemlich ernst. Auf ihren Hund wurde auch geschossen.«

»Ist er tot?« Unwillkürlich schaute sie zu dem roten Fleck auf den Fliesen im Flur hinüber.

»Das weiß ich nicht, dem bin ich noch nicht nachgegangen. Aber wie um alles in der Welt kommst du in Benitos Wohnung?«

»Ich soll saubermachen. Wir arbeiten offenbar gelegentlich auch für die Polizei, wenn ein Tatort gereinigt werden muss.«

»Ich habe gedacht, dafür hätte die Polizei eigene Leute.«

»Dachte ich auch, haben sie aber nicht. Sie lassen das private Reinigungsfirmen machen. Dieses Mal ist es der Vizepolizeidirektor höchstpersönlich gewesen, der unsere Firma beauftragt hat.« Sie ahmte den bedeutungsvollen Tonfall nach, mit dem ihre Chefin bei Clean Reinigungen davon erzählt hatte.

»Darfst du da jetzt wirklich in Beweismaterial herumtrampeln?«

»Die Reinigungsfirma darf erst anrücken, wenn der Tatort freigegeben wurde, inzwischen sind also alle technischen Untersuchungen schon abgeschlossen.«

»Was siehst du in der Wohnung? Erzähl!«

»Bist du an der Sache dran?«

»Ich bin Freiberufler, Anne. Ich kann mich der Themen annehmen, die ich mir aussuche.«

Sie konnte es nicht ausstehen, wenn er das sagte.

»Okay. In dem Blut liegt aufgequollenes Hundefutter. Sie muss im Fallen den Futternapf umgeworfen haben. Ich sehe ein Einschussloch in einer Schranktür, aber das Projektil haben die Kriminaltechniker natürlich mitgenommen.« Sie ließ den Blick schweifen. »Auf dem Boden im Flur ist auch Blut. Bestimmt ist das die Stelle, wo auf den Hund geschossen wurde. Sonst sehe ich nichts.«

»Irene Benito wurde also in ihrer Küche niedergeschossen. Sie muss allein zu Hause gewesen sein.«

»Vielleicht war ja die Kugel für Benito gedacht. Wer kann schon ein Interesse daran haben, seine Frau zu erschießen? Vielleicht die Mafia? Können die hierhergekommen sein, um …«

»Sie ist Sozialarbeiterin, Anne. Es wäre ja nicht das erste Mal, dass so jemand von einem geistig verwirrten Klienten erschossen wird.«

Nicolaj hatte seine Hausaufgaben gemacht. Als seine Mentorin wäre sie überaus zufrieden mit ihm gewesen, aber jetzt, als ausgebootete Beobachterin von außen … »Hm. Ich hoffe, sie erwischen den Schuldigen. Armer Benito. Danke, dass du mir davon berichtet hast, Nicolaj. Ich sollte lieber mal zusehen, dass ich hier fertig werde, wir haben nicht viel Zeit pro Auftrag und der nächste ist schon in einer Stunde angesetzt.«

»Du arme Kleine! Und ich setze mich jetzt ganz bequem bei einer Tasse Kaffee an den Computer und schreibe einen Artikel über die Schießerei beim Kriminalkommissar in Højbjerg. Frohes Schaffen, Anne.«

Wie gewöhnlich hatte er aufgelegt, ehe sie etwas erwidern konnte. »Du kleiner Scheißkerl«, schimpfte sie ins Telefon, als könne er sie trotzdem noch hören. Dann füllte sie den Eimer in der Spüle mit Wasser. Sie hatte noch nie so viel Blut aufgewischt. Überhaupt Blut. Glücklicherweise hatten sie die richtigen Reinigungsmittel, aber das Blut wegzubekommen war schwieriger, als sie gedacht hatte, und gleichzeitig kämpfte sie gegen ihre Übelkeit an. *Als ehemalige Kriminalreporterin können Sie doch bestimmt Blut sehen.* Tatsächlich hatte sie noch nicht so viel Blut sehen müssen. Der interessantere Teil war die Geschichte hinter dem Verbrechen. Die Arbeit, die Nicolaj gerade machte.

Es dauerte über eine Stunde, bis sie fertig war, aber dann waren außer dem Einschussloch in der Küchenschranktür keine Spuren des Verbrechens mehr zu sehen. Es wäre verlockend gewesen, ein bisschen in Roland Benitos Zuhause herumzuschnüffeln, aber sie hatte keine Zeit, der nächste Arbeitseinsatz in einem Büro in der Innenstadt wartete, und sie war bereits spät dran. Danach musste sie schnell nach Hause und ihrer Mutter beim Umzug helfen. Die Stadt hatte zum Glück eine Wohnung für sie gefunden. Anne konnte endlich ihr Privatleben zurückbekommen, und darauf freute sie sich. Glaubte sie zumindest. Wie würde es allein wohl werden? Würde sie Adomas dann nicht nur noch mehr vermissen?

Unwillig verließ sie die Villa, schloss ab und schleppte alle ihre Reinigungsutensilien zum Auto, das auf dem Bürgersteig geparkt war. Es war ein Wagen der Reinigungsfirma mit dem wasserblauen Logo »Clean Reinigungen« an der Seite und dem etwas kindlich wirkenden Bild einer zeichentrickartigen Arbeitsbiene mit einem Besen an der Tür. Als sie den Wagen beladen hatte, nahm sie sich einen Moment Zeit, ihren schmerzenden Rücken durchzudrücken, und bewunderte von der Straße aus den Garten. Sie konnte sich nur schwer vorstellen, dass Roland viel Gespür für Gartenarbeit hatte. Ob er das Schaukelgerüst einst für seine Töchter aufgestellt hatte? Immerhin war es wohl er, der die Hecke schnitt. Sie bemerkte einen Schuhabdruck darunter, ging in die Hocke und betrachtete ihn näher. Es sah ganz so aus, als habe hier jemand gestanden und zur Villa hochgeschaut – jemand mit Schuhsohlen, deren Profil entfernt an das von Traktorrädern erinnerte.

Sie stand auf und blickte über die Hecke. Sie konnte gerade so eben das Küchenfenster sehen. Wenn sie sich ein bisschen streckte und zur Seite lehnte, konnte sie an dem dicken Stamm der alten Blutbuche vorbeiblicken. Sie konnte an den Schuhabdrücken auch erkennen, dass sich der Besitzer der Schuhe vorgebeugt haben musste: Die Schuhspitze hatte einen tieferen Abdruck in der Erde hinterlassen als die Ferse. Das meiste des Abdrucks war verwischt, fast verlaufen, als sei er an einem regnerischen Tag hinterlassen worden. Der Abdruck war auch nicht mehr ganz frisch, er sah aus, als sei er älter als vom letzten Freitag. Wann hatte es zuletzt geregnet? Hatte jemand Roland Benitos Villa über einen längeren Zeitraum hinweg beobachtet?

28

»Roland! Was machst *du* denn hier?«

Mikkel Jensen stand so plötzlich vor ihm im Flur, dass Roland fast den Kaffee in dem übervollen Plastikbecher verschüttet hätte, den er in der Hand balancierte.

Roland wusste, dass er wie gerädert aussah. Unter seinen Augen brannten dicke Tränensäcke, und seine Bartstoppeln waren nun über drei Tage alt.

»He, vielleicht arbeite ich ja hier?«, gab er mit einer so kontrollierten Stimme wie möglich zurück, versuchte sogar einen Hauch von Humor in seinen Tonfall hineinzulegen, ohne dass es ihm jedoch gelang.

»Kurt wird darüber nicht glücklich sein. Er hat bei der Morgenbesprechung gesagt, dass du vorläufig erst mal nicht in den Dienst kommst.« Und dann kam vorsichtig, fast behutsam: »Wie geht es Irene?«

»Sie liegt immer noch im Koma. Was soll ich denn machen, Mikkel? Ich werde wahnsinnig davon, nur dazusitzen und sie anzuschauen. Ich muss irgendetwas unternehmen. Dieser Satan muss verdammt noch mal gefasst werden!«

»Du solltest lieber erst mal mit Kurt sprechen, nach dem, was er bei der Morgenbesprechung gesagt hat, denn … Du sollst dich sicher um andere Aufgaben kümmern.«

»Und was gibt es da Neues? Seid ihr im Kloster gewesen? Gibt es schon ein Ergebnis von der Analyse des unbekannten Blutes im Tobias-Fall?«

»Was das Erste betrifft: ja. Du solltest lieber mit Kurt darüber sprechen, was dabei rausgekommen ist. Zu deiner zweiten Frage: nein. Wir wissen noch nicht, mit wem sich Tobias am Hafen möglicherweise geprügelt hat.«

Roland nickte müde, verzog sich in sein Büro und schloss die Tür. Er beschloss, dass er Kurt Olsen wohl nicht eigens aufzusuchen brauche, und behielt Recht. Fünf Minuten später stand er selbst in Rolands Büro.

»Roland, verdammt. Bleib zu Hause und lass uns die Sache hier erledigen. Du solltest bei Irene sein. Wie geht's ihr?«

Roland vermochte nicht zu antworten und zuckte nur die Schultern. »Haben die Kriminaltechniker etwas gefunden? Projektile? Patronenhülsen?«

Kurt Olsen zog die Hosenbeine ein Stück hoch, bevor er sich auf den Stuhl vor Rolands Schreibtisch setzte. »Ich finde, du solltest dich da raushalten, Roland. Du bist viel zu dicht dran, du …«

»Angehörige haben ja wohl das Recht auf Informationen.« Auch er hörte das Knurren in seiner Stimme.

»Ja, du hast Recht. Aber nicht, ehe wir nicht mehr wissen. Du kennst das Prozedere ja selbst, Roland. Aber, ja, sie haben sowohl Projektile als auch Patronenhülsen gefunden; die wenigsten Täter nehmen sich die Zeit, sie einzusammeln. Zum Glück. Insgesamt drei Stück. Ein Projektil in einer Schranktür, eins in der Wand im Flur und dann hat die technische Abteilung noch das Projektil erhalten, das sie herausoperiert haben … Die Untersuchungen sind im Gange.«

Roland war es egal, dass er brennende rote Augen hatte und dass er hier vor seinem Chef so fürchterlich aussah. Vor seinem schicken Chef überdies, der heute wieder Anzug und Krawatte trug, da eine Pressekonferenz angesetzt war. Eine Pressekonferenz, die eine Schießerei in einer Villa in Højbjerg betraf. In *seinem* Zuhause. Noch ein Übergriff auf *seine* Familie. Roland wurde klar, dass er nun dringend seine Töchter kontaktieren musste, bevor Rikke womöglich von anderer Stelle etwas über ihre Mutter zu hören bekam oder in der Zeitung davon lesen musste, was ihr widerfahren war.

»Du musst mir schon noch ein paar Informationen mehr geben, Kurt. Wer könnte Irene so etwas antun? Sie hat keine Feinde, sie … Das Schwein muss verdammt noch mal gefunden werden, dieser Typ gehört …!« Seine Stimme zitterte vor Wut.

»Du hörst es selbst, Roland. Du bist viel zu stark persönlich involviert. Du kannst nicht objektiv sein und musst dich also hier raushalten. Ich verspreche, dass ich dich die ganze Zeit auf dem Laufenden halten werde. Wenn du unbedingt arbeiten willst, was ich zu einem gewissen Grad nachvollziehen kann, dann konzentrier dich auf den Kloster- und den Tobias-Fall.«

Roland tat so, als sei er einverstanden. »Mikkel hat mir gesagt, dass ihr im Kloster gewesen seid. Was habt ihr herausgefunden?«

»Nichts.«

»Und die Mordwaffe?«

»Auch nicht. Henry Leander müsste das Ergebnis der Lungenuntersuchung heute noch bekommen, dann kommen wir der Sache vielleicht näher.«

»Wenn extra ein Exorzist aus dem Vatikan hinzugezogen wurde, muss ja wohl jemand der festen Überzeugung gewesen sein, dass das Mädchen von Dämonen besessen war. Hatte die Äbtissin nicht mehr zu sagen?«

»Sie gibt zu, dass von einer Teufelsaustreibung die Rede war, aber dabei sei es um das Gebäude gegangen, nicht um Personen. Der Westflügel war besessen.« Kurt verdrehte die Augen.

»Isabella hat eine Novizin erwähnt, die auf sie einen eingeschüchterten Eindruck gemacht hat. Habt ihr sie ausfindig gemacht?«

Kurt Olsen schüttelte den Kopf und schaute auf die Uhr. »Wir dürfen mit niemanden reden, sie stünden alle zu sehr unter Schock, sagt die Äbtissin. In diesem Kloster geht etwas vor sich, Roland. Man fühlt sich ja regelrecht an den Film ›Der Name der Rose‹ erinnert. Den kennst du doch?«

»Natürlich, nach dem Roman von meinem Landsmann Umberto Eco. Aber der handelt ja von Mönchen im 14. Jahrhundert und nicht von Nonnen in der Gegenwart, und unsere Klostersache hier hat ja auch nichts mit irgendwelchen verbotenen Büchern in einer geheimen Bibliothek zu tun.«

Der Vizepolizeidirektor stand auf und zog die Bügelfalten seiner Hosen an ihren Platz. »Trotzdem leben die doch echt noch im Mittelalter. Aber wir müssen wohl einfach abwarten und hören, was Leander zu sagen hat. Die Rechtsmedizin muss uns auch bald mitteilen können, ob die DNA von dem Schal von jemandem stammt, den wir kennen. Mein Gefühl sagt, es ist Aksel Møller Lund. Soll ich jemand anderes auf den Tobias-Fall ansetzen?«

»Nein, nein. Ich kümmere mich darum.«

Kurt Olsen nickte zufrieden. »Aber geh es ruhig an, Roland. Du hast in letzter Zeit viel durchgemacht. Du kannst gerne eine kleine Auszeit beantragen und sie dir wann auch immer nehmen. Du darfst jetzt wieder nach Hause gehen, wir sind mit der Villa fertig."

»Danke, aber hier geht es mir im Moment am besten. Wenn das Hirn nicht beschäftigt ist, dann ...«

»Es wird schon noch eine Menge Beschäftigung bekommen. Ich gehe jetzt zur Pressekonferenz. Lass uns offiziell dabei bleiben, dass du Urlaub genommen hast. Sonst werden sich gleich die Geier auf dich stürzen. Die Frau eines Polizisten, das ist etwas, in dem sie herumstochern können.«

Roland nickte dankend und überlegte gleichzeitig, wie sein Chef vor der Presse geheim halten wollte, dass Roland gerade an zwei Fällen arbeitete. Sein Zuhause war sicher schon von wartenden Journalisten besetzt, die hofften, ihn vor laufender Kamera zusammenbrechen zu sehen. Und das würde er auch, das konnte er spüren. Kurt Olsen schloss die Tür hinter sich, dann öffnete er sie unvermittelt wieder. »Da ist noch eine Sache, die ich dich fragen muss, Roland. Gab es etwas, wovor Irene Angst hatte? Hat sie jemand bedroht oder so? Bei so etwas muss man natürlich unwillkürlich immer wieder an den Fall aus Holstebro denken.«

Der Fall aus Holstebro! Roland schüttelte den Kopf. »Nein, nicht dass ich wüsste. Da gibt es jedenfalls nichts, wovon mir Irene erzählt hätte. Und das hätte sie bestimmt getan, wenn es dergleichen gegeben hätte.« Trotzdem lag ein Schimmer von Zweifel in seiner Stimme.

Kurt Olsen nickte und schenkte ihm ein kleines, blasses Lächeln, bevor er die Tür wieder schloss.

»Was weißt *du* schon über meine Arbeit?« Irenes Stimme gellte wieder durchdringend in Rolands Ohren. Hatte sie sich vielleicht doch aus anderen Gründen als denen, die er vermutet hatte, so merkwürdig benommen? Hatte ihr Verhalten womöglich überhaupt nichts mit Salvatores Tod oder den Unstimmigkeiten mit Olivia und Giuseppe zu tun gehabt? Er hatte den Impuls, ihre Kolleginnen anzurufen, aber er wusste, dass Kurt Olsen bereits mit ihnen gesprochen hatte. Und ihm selbst hatte er verboten, sich in die Ermittlungen einzumischen. Vielleicht war das ja auch das Beste so. Er war sich nicht sicher, ob er seine Wut würde im Zaum halten können, wenn er den Schuldigen fände. Ja, er war zu sehr in die Sache involviert.

Viel zu stark gefühlsmäßig involviert. Er begann, allen Mut zusammenzunehmen, um Rikke anzurufen, aber das Telefon klingelte, bevor seine zitternde Hand nach dem Hörer hätte greifen können.

»Roland! Ich habe nicht damit gerechnet, dass du im Präsidium bist. Das mit Irene tut mir sehr leid. Wie geht es ihr?«

Henry Leander hatte vor vielen Jahren seine Frau Mary verloren, nach fünfundzwanzig Jahren Ehe. Der Lungenkrebs hatte sie dahingerafft. Aber es macht wohl keinen großen Unterschied, ob es eine Krankheit oder ein anderer Mensch ist, der uns unseren Partner wegnimmt – oder doch?

»Sie ist stabil, liegt aber immer noch im Koma.«

»Was sagen die Ärzte?« Leanders Stimme war so voller natürlichen Mitgefühls, wie es nur jemand aufbringen kann, der weiß, wie es ist, einen geliebten Menschen zu verlieren. Aber Roland hatte Irene nicht verloren. Sie stirbt nicht. Natürlich stirbt sie nicht!

»Sie wissen noch nicht, was dabei herauskommen wird. Sie haben sie am Rückgrat operiert. Das kann so oder so ausgehen.« Er machte eine Pause, in der er versuchte, den drückenden Kloß hinunterzuschlucken, der ihm fest im Hals saß. »Aber du hast was, mit dem ich weiterarbeiten kann, Henry?«

»Ja. Ich faxe gleich etwas durch, dann hast du auch ein bisschen was zum Angucken.« Leander warf ihm nicht vor, dass er arbeitete. Er selbst hatte es damals bei Mary genauso gemacht. Hatte Tag und Nacht geschuftet. Wenn man nichts anderes mehr hat, wofür sich das Leben lohnt, hat man immer noch seine Arbeit. Jetzt hatte Henry eine andere Frau gefunden, Julie von der Reichspolizei, aber Roland wusste nicht, ob sie sich inzwischen von ihrem Mann hatte scheiden lassen oder ob sie sich immer noch nur in aller Heimlichkeit trafen.

Roland hörte Leander mit Papier rascheln. Das Fax in der Rechtsmedizin gab einen lauten, hupenden Heulton von sich, als es nun Rolands Nummer anrief. Kurz darauf rumpelte das Papier aus dem guten alten Faxgerät ihm gegenüber. Er konnte es gerade so erreichen, wenn er sich ein wenig über den Computerbildschirm lehnte.

»Ist es angekommen?«

»Ja, danke. Das sieht irgendwie – chemisch aus.«

»Deshalb will ich es auch gleich erklären. Die Proben aus der Lunge und den Bronchien haben unter anderem Spuren von Acrolein, Formaldehyd und Benzol aufgewiesen.«

Roland wartete, dass Leander fortfuhr. Es klang, als genehmige er sich einen Schluck Kaffee, dann räusperte er sich.

»Acrolein-Dämpfe sind sehr aggressiv, sie wirken stark reizend auf die Schleimhautoberfläche und führen schon nach wenigen Sekunden eine kräftige Irritation herbei, verbunden mit einem ausgeprägten Tränenfluss. Formaldehyd ist akut giftig und gilt als krebserregend. Es ist auch augen- und hautreizend. Benzol hat sowohl eine akute als auch eine chronische Giftwirkung. Atmet man die Dämpfe ein, beschleunigt sich der Puls, es wird einem schwindelig und man wird schläfrig und verwirrt. In schweren Fällen kann man das Bewusstsein verlieren oder sterben. So hoch war die Konzentration in den Proben allerdings nicht.«

»Und wo könnten diese Chemikalien in einem Kloster herkommen? Hast du einen guten Tipp?«

»Ich bin einige Bücher durchgegangen, und da alle drei Stoffe bei verschiedenen Formen von Verbrennung entstehen, habe ich nur einen Vorschlag, der mir realistisch erscheint – Rauch. Alle Einzelstoffe sind darin enthalten.«

»Rauch.« Roland sah vor seinem inneren Auge, wie sich das Ritual abspielte. Die junge Frau an Fesseln aufgehängt und der Priester und die Nonnen, die um sie herum Rauchfässer schwenken, um die Dämonen auszutreiben. Aber er musste auch an den angenehm süßlich-würzigen Duft in der Kirche während der Messe denken.

»Ist Rauch wirklich so gefährlich?«

»Normalerweise nicht, schon gar nicht in größeren Räumen. Aber alle Chemikalien sind lebensbedrohlich für einen Menschen mit einer Atemwegserkrankung, wie zum Beispiel schwerem Asthma.«

»Was glaubst du, wie lange es gedauert hat, bis sie gestorben ist?«

»Schwer zu sagen. Ein gesunder Mensch würde durch das alles vielleicht überhaupt nicht in Mitleidenschaft gezogen, aber das Opfer war ja nun mal nicht gesund, und man kann sich vorstellen, dass sie vielleicht in einen kleinen Raum mit allen möglichen Rauchfässern und Räucherschalen eingesperrt gewesen ist, daher …«

Roland nickte. Das konnte man sich in der Tat leicht vorstellen. Er schrieb »Mordwaffe: Räuchergefäße« auf den Faxausdruck.

»Hast du auch Antworten auf die öligen Flecken auf der Kleidung bekommen? Und die Flüssigkeit auf ihrer Stirn?«

»Nein, darüber brütet Gert Schmidt noch. Du kannst ja mal versuchen, ihn anzurufen.«

»Danke für die ausführliche Beschreibung, Henry. Jetzt wissen wir ein bisschen mehr über das Wann und das Warum. Vielleicht wussten sie nicht, dass sie Asthma hatte, und ihr Tod hat sie völlig überrumpelt.«

»Wisst ihr denn, warum sie das alles über sich ergehen lassen musste?«

»Einiges deutet auf einen Exorzismus hin. Teufelsaustreibung. Nach der Aussage der Äbtissin ging es allerdings nur um ein Gebäude, aus dem die Dämonen vertrieben werden sollten. Wie Laura Friis da reinpasst, gehört zu den Dingen, die wir noch herausfinden müssen.«

»Teufelsaustreibung!« Die Abscheu der ganzen Welt lag in der Art und Weise, wie der Rechtsmediziner das Wort ausspuckte. Für einen Wissenschaftler war so etwas weder möglich noch in irgendeiner Weise akzeptabel. Es gab für alles immer eine natürliche Erklärung, ohne Teufel und Dämonen bemühen zu müssen.

»Ich nehme mal stark an, dass in diesem Fall alle im Kloster den Teufel als den eigentlichen Täter ausgeben werden.« Er seufzte.

»Es ist ja wohl auch ein Teufel, den wir da fangen müssen. Obwohl er sich wohl eher Teufelsaustreiber nennt.«

»Und du glaubst, der Vatikan nimmt das einfach so hin, wenn wir ihn fangen?«

Roland wusste genau, dass er sich hier in einem höchst heiklen Bereich bewegte, und er hatte noch immer keine Ahnung, wie er damit umgehen sollte. »Bis auf weiteres müsste es doch mindestens auf fahrlässige Tötung hinauslaufen.«

»Viel Glück damit, Roland. Grüß Irene.«

Das Letzte klang so alltäglich, dass es irgendwie beruhigend wirkte, als sei gar nichts passiert.

Erst rief er im Krankenhaus an. Das Alltägliche verschwand. Das Beruhigende verschwand. Dann rief er Rikke an.

29

Sie hörte den Stahl der Jäthacke, der durch Erde und Kieselsteine fuhr, summende Fliegen, den Gesang der Vögel, den Wind, ihr eigenes kurzatmiges Luftholen. Kein Reden oder Lachen. Kein Geschwätz, keine irritierenden Unterbrechungen oder Störungen. Es lag Ruhe darin, in der Arbeit ganz bei Gott zu sein. Aber die Abwesenheit des anderen Menschen, der ihr in den letzten vier Monaten wie ein Schatten gefolgt war, hatte ihren Körper mit einer Angst erfüllt, die sie nicht wegarbeiten konnte. Sie machte eine Pause und schaute zu dem Turm im Ostflügel hinüber. Mutter Helene war nie so ernst gewesen wie in dem Moment, als sie es ihnen mitgeteilt hatte. Sie war sich nicht sicher, ob im Blick der Äbtissin nicht ein leises Flackern zu sehen gewesen war, als sie es verkündete: dass der Teufel gewonnen und Schwester Laura zu sich genommen habe. Für die verängstigten Schwestern blieb der Trost, dass er das Kloster nun nicht länger plagen würde; er hatte bekommen, weswegen er das Kloster heimgesucht hatte, und Pater Francesco hatte getan, was seine Aufgabe gewesen war. Jetzt ging es nur darum, Gott treu zu dienen und dem Teufel zu zeigen, dass ihm niemand sonst mehr gehören würde. In der Nacht hatten sie sich alle in Schwester Annes Zimmer versammelt, niemand traute sich, allein zu sein. Als sie sich dann morgens um halb sechs in der Kirche zur Matutin getroffen hatten, hatten sie alle sehr müde ausgesehen. Jetzt wollte sie am liebsten ganz für sich sein. Nachdenken und versuchen herauszufinden, was Gott von dem hielt, was sie getan hatte. Er müsste mit ihr zufrieden sein. Sie hatte ihre Pflicht erfüllt.

»Es freut mich zu sehen, dass du auch mal Pause machen kannst, Schwester Margaretha.«

Sie fuhr schuldbewusst zusammen und wandte sich zu der Stimme um. Mutter Helene lächelte sie an.

»Nun schau doch nicht so, als seist du bei einer Unfolgsamkeit auf frischer Tat ertappt worden. Wir haben alle eine Ruhepause nötig und du schuftest so viel, dass ich mir große Sorgen um dich mache. Komm mal her, setz dich ein wenig.« Die Äbtissin machte mit schlanker Hand eine elegante Bewegung hin zur Bank auf der anderen Seite des Kiesweges.

Margaretha lehnte die Jäthacke an einen Baum und gehorchte. Sie setzten sich auf die vom Licht der Sonne beschienene Bank. Ihre Strahlen wurden zunehmend kraftvoller, und bald brannte die Wärme durch das Kleid und auf die Oberschenkel wie an einem Tag im Hochsommer.

»Ora et labora«, sagte Mutter Helene. Mit einem in die Ferne gerichteten Blick hielt sie Ausschau über den Klostergarten und legte eine Hand auf die Hände der jungen Novizin, die schlaff in deren Schoss lagen. »Du darfst nicht so hart arbeiten, dass du zu beten vergisst.«

»Ich bete dabei auch, Mutter. Die ganze Zeit.«

»Ich weiß, dass du viel an Schwester Laura denkst. Du darfst dich nicht schuldig fühlen. Du hast getan, was zu tun deine Pflicht war. Der Teufel hätte sie trotzdem irgendwie gefunden und vielleicht hätte sie am Ende noch mehrere andere mit sich hinabgezogen. Du warst dabei, dich an sie zu binden, das konnte ich sehen. Hat sie etwas zu dir gesagt?«

»Was meinen Sie, Mutter?«

»Ich wollte nur wissen, worüber ihr gesprochen habt, damit ich besser einschätzen kann, ob auch du in Gefahr bist.«

»Wir haben über nichts anderes als über die Arbeit und unsere Gebete gesprochen, daher …«

Mutter Helene sah sie lange an, als wäge sie ab, ob sie wohl die Wahrheit sagte. Schwester Margaretha richtete ihren Blick nach unten und betrachtete die Steinchen im Kies.

»Das freut mich zu hören. Es hätte furchtbar enden können, wenn du nicht …«

»Was ist mit Schwester Laura passiert?«

»Du musst das hinter dir lassen. Du solltest jetzt an dein Gelübde denken. Bald wird Gott die Verantwortung für dein Leben und dein Glück übernehmen, und du musst dich um seine Liebe verdient machen. Du darfst keine Gedanken an etwas Böses hegen, weder an den Teufel noch an Schwester Laura.«

Sie wusste das ja selbst ganz genau. Ihre Hochzeit mit dem Herrn sollte jetzt bald stattfinden, und alle im Kloster waren dabei, den großen Tag vorzubereiten, an dem sie eine Nonne werden würde. Darauf hatte sie so lange gewartet. Die Schwestern putzten schon und arrangierten Blumen, aber sie hatte im Augenblick keine Lust, etwas zu feiern. Nicht einmal ihren eigenen Hochzeitstag. Wenn sie könnte, würde sie sich sogar vor dem gemeinsamen Beieinander am Abend, der Rekreation, drücken. Es fiel ihr schwer, den anderen Schwestern in die Augen zu sehen, obwohl sie nicht wussten, was sie getan hatte. Aber würden sie nicht auch finden, dass sie das einzig Richtige getan hatte? Oder zweifelte sie selbst, weil sie deren Urteil fürchtete?

Mutter Helene tätschelte ihr noch schnell die Hand; ein dreimaliges aufmunterndes Klopfen. Dann erhob sie sich zum Gehen. Schwester Margaretha sah ihrer schlanken Gestalt nach, wie sie sich aufrecht und elegant hin zum Kloster bewegte. Mutter Helene würde ganz sicher einmal als eine der alten Nonnen enden, die ihr stilles, abgeschiedenes Leben im Frieden mit Gott lebten. Und sie selbst? Könnte sie sich verleugnen, um sein Wohlgefallen zu finden? Früher hatte sie keine Zweifel gehabt, aber jetzt … Sie legte den Kopf zurück und folgte mit den Augen den weißen Wolken, die ruhig und heiter über den blauen Himmel zogen. War er dort oben? Oder war er hier physisch unter ihnen? Wie der Teufel, der Schwester Laura getötet hatte?

Eine der Wolken sah wie ein Gesicht aus. Es war lange her, dass sie sich die Zeit genommen hatte, einfach nur dazusitzen und in den Himmel zu starren. Die nächste Wolke erinnerte an einen molligen Bären. Plötzlich drängte sich ihr eine Erinnerung wie ein Duft aus einer vergessenen Zeit auf. Sie lag zusammen mit ihrem Bruder im Gras und sie sahen gemeinsam in den Himmel hinauf und spielten ein Spiel. Sie hatte ihm erzählt, dass es Gott sei, der für sie die Wolken zu Figuren formte, so wie ein Zauberkünstler im Zirkus Ballontiere modelliert. Sie hatten die verrücktesten Gestalten in die Wolken hineingedacht und gelacht, wenn der andere nicht folgen konnte. Plötzlich vermisste sie ihn. Vermisste ihre Familie mehr denn je zuvor. Auch ihren Vater und ihre Mutter, auch wenn die elterliche Strenge und eingeforderte Disziplin immer so viel dominanter gewesen waren als die familiäre Liebe. Im Kloster herrschte auch eine strenge Disziplin, trotzdem war Mutter Helene mehr eine Mutter für sie, mehr als es ihre biologische Mutter je gewesen war. Gott war ihr Vater – und ihr Bruder – geworden. Nun würde sie bald Gottes Braut werden. *Er* war ihre Familie. So sollte es sein. Er war der Einzige, der sie davor bewahren konnte, wie Schwester Laura zu enden. Mit diesem Gedanken erhob sie sich und fuhr mit dem Jäten fort. Wenn sie sich ranhielt, konnte sie das nächste Beet noch vor dem Mittagsgebet schaffen.

30

Aksel Møller Lund wendete den Kaugummi ein paarmal mit der Zunge und kaute weiter. Mädchenaugen, blau und umrandet von langen, blonden Wimpern, waren die ganze Zeit fest auf die Augen Rolands gerichtet – was bei einer Person mit schlechtem Gewissen nicht viel zu sagen hatte. Aber der Knabe hatte ganz sicher ein Problem mit seiner Einstellung gegenüber anderen Menschen. Wirkte kalt und ohne Empathie. Er ist einfach gefühlsleer, dachte Roland. Genauso ein Typ hatte auch auf Irene geschossen. Könnte er es gewesen sein? Er zog es in Erwägung. Aber wieso? Mit welchem Motiv? Ohne ein Motiv gab es nichts zu holen.

Roland richtete seine Aufmerksamkeit wieder auf das Verhör und den jungen Mann, der nun die schulterlangen roten Haare mit schlaffer Hand nach hinten warf. Auch das wirkte feminin, und Roland kam der Gedanke, dass Aksel vielleicht ja schwul war. Er hatte sich seit ihrer ersten Begegnung im Cross Café rasiert, doch das ließ ihn nur noch mehr wie ein Mädchen aussehen. Die Bartstoppeln hatten zuvor den femininen Look ein wenig übertüncht.

»Sie bleiben also dabei, dass Sie nicht mit Tobias und den anderen unten am Hafen gewesen sind?« Für ein offizielles Verhör erschien Roland das formelle Sie angemessener als das vertrauliche Du, das er im Cross Café gewählt hatte. Er war verblüfft über den ruhigen Klang seiner Stimme. Seine langjährige Erfahrung und Routine kam ihm nun zugute.

»Ja, klar. Was sollten wir auch dort? Das ist ja nur eine große Baustelle.« Auf seinen roten Lippen formte sich ein provokantes Lächeln, das in Roland die Lust weckte, ihn zu schütteln und ihm ins Gesicht zu brüllen, dass sein Kumpel nun vielleicht tot war. Dass Irene vielleicht tot war. Auch das Gespräch mit Rikke saß Roland noch immer nagend im Hinterkopf. Warum hatte Irene ihm nichts davon gesagt, dass sie ständig anonyme Anrufe erhalten hatte? Olivia, so hatte er erfahren, wollte nach Hause kommen, um ihre Mutter zu besuchen; das war momentan der einzige Lichtschimmer, den er im Dunkeln sah.

»Ihre Freunde werden in einem anderen Raum verhört. Ich hoffe für euch, dass ihr euch bei euren Erklärungen einig seid.«

Auf Aksels Gesicht machte sich eine leise Andeutung von Unsicherheit bemerkbar, die Roland fast übersehen hätte. Dann lächelte Aksel mit seinen großen weißen Zähnen. Besonders die Schneidezähne waren groß.

»Da gibt's nichts zum einig sein. Wir *waren* nicht am Hafen.«

»Mehrere Zeugen haben euch gesehen.«

»Haben *Tobias* gesehen, so wie ich das verstanden habe.«

»Verstanden? Was? Wo?«

»Im Fernsehen, TV 2.«

»Ach, Sie haben diese Sendung gesehen. Aber soweit ich mich erinnere, wurde der Schal da nicht erwähnt, oder?«

»Schal?«

»Ja, vermissen Sie nicht einen schwarzen Schal?«

Unwillkürlich fasste sich Aksel an den Hals. Nun war die Unsicherheit ganz offensichtlich.

»Die Hunde haben einen Schal der Marke Emporio Armani am Hafen gefunden, dort, wo euch die Zeugen gesehen haben. Ihre Freunde sind sich sicher, dass es der Ihre ist. Bestimmt haben Sie damit angegeben, so einen teuren Schal zu haben. Richtig ärgerlich, den zu verlieren.« Das mit den Freunden war nicht ganz wahr, aber ihn ein bisschen unter Druck zu setzen war erlaubt.

»Das ist nicht meiner. Ich lauf mit so was nicht rum.« Ein schiefes Lächeln, das am Rand zerfaserte.

»Mehr als ärgerlich. Können Sie mir erklären, warum sich Blut an Ihrem Schal befindet?«

»Blut? Mann, ich sag doch, das ist nicht meiner!«

»Ja, aber es ist Ihr Blut. Wir haben das Ergebnis aus der Rechtsmedizin bekommen. Was für ein Glück, dass Sie nach ein paar gewalttätigen Zwischenfällen in unserer Datenbank zu finden sind.«

»Ach, hören Sie doch auf. Das ist viele Jahre her. Das waren nur Dummejungenstreiche.«

»Ist es auch nur ein Dummejungenstreich, ohne Führerschein herumzurasen?«

»Ich *habe* einen Führerschein.« Seine Stimme war ein bisschen schwächer geworden, als sei sein bisheriges Selbstbewusstsein von Duracell-Batterien betrieben worden, die nun langsam leer wurden.

»Ah ja, Sie sind ja gerade achtzehn geworden. Aber damals waren Sie es noch nicht, als Sie beinahe einen schweren Unfall aufgrund von rücksichtslosem Fahren verursacht hätten – beim Fahren ohne Führerschein.«

Wieso gibt man so einem Menschen überhaupt einen Führerschein? Mit dieser Vergangenheit dürfte das eigentlich nicht erlaubt sein. Das Bußgeld, wenn man ohne Führerschein erwischt wurde, war so niedrig, dass es sich durchaus rentieren konnte, nicht für Fahrstunden zu bezahlen. Glücklicherweise hatten die Politiker inzwischen angefangen, strengere Maßstäbe anzulegen, trotzdem mussten solche illegalen Fahrer erst einmal in die Stichprobenkontrollen der Polizei geraten. Wie viele andere fuhren wohl regelmäßig ohne Führerschein, ohne aufzufliegen – bis einmal ein Unfall passierte? Womöglich noch einer mit Todesfolge! In der Regel waren solche Leute auch die Ersten, die Fahrerflucht begingen, um nicht erwischt zu werden.

Roland öffnete eine der Wasserflaschen, die auf dem Tisch bereitstanden. »Sie wollen immer noch nichts?« Er deutete auf die Flaschen. Aksel schüttelte den Kopf. Dabei reckte er ihn trotzig in die Höhe und versuchte, völlig ungerührt dreinzublicken. Aber Roland konnte sehen, dass er nun kurz davor war, den Panzer aus Selbstvertrauen zu durchbrechen, der den Jungen umgab. Einen Panzer, den ihm vermutlich bereits sein Elternhaus mitgegeben hatte – oder, im Gegenteil, den er sich ganz allein hatte aufbauen müssen, weil für ihn jeder elterliche Schutz ausgeblieben war. War er ein verwöhnter und verzogener Schnösel, worauf einiges hindeutete, oder war er im Stich gelassen worden, in Verwahrlosung und ohne wirkliche Liebe aufgewachsen? Das Resultat konnte in beiden Fällen gut das Gleiche sein.

»Lassen Sie es uns doch noch einmal versuchen. Sie haben Ihren teuren Schal am Hafen verloren. War das damals, als Sie sich mit Tobias geprügelt haben?«

Aksel schüttelte lächelnd den Kopf und schaute auf den Tisch hinab, als amüsiere ihn die Frage.

»Es ist nämlich so, Aksel, dass auch Tobias' Blut auf Ihrem Schal ist, also muss etwas passiert sein.«

Jetzt sah ihn Aksel so verwundert an, dass auch Roland sich wunderte. »Schauen Sie denn kein *CSI: Den Tätern auf der Spur*?«

Aksel antwortete nicht.

»Wenn Sie das täten, wüssten Sie, dass es heutzutage viele Möglichkeiten gibt, Verbrecher zu entlarven, nicht nur in Miami, New York oder Las Vegas. Die Möglichkeit zur DNA-Analyse beispielsweise war einer der größten Durchbrüche in der neueren Kriminaltechnik, und wir haben also sowohl Ihre als auch Tobias' DNA auf *Ihrem* Schal gefunden. Was sagen Sie dazu?«

Roland goss Wasser in ein Glas, ohne den Blick von Aksel zu nehmen, der zu ihm zurückstarrte. Ratlos. Dann schüttelte er den Kopf und schaute wieder weg. »Okay, wir waren am Hafen. Aber das Ganze war nur zum Spaß.«

»Zum Spaß? Wieder Dummejungenstreiche? Wo ist Tobias dann jetzt?"

Aksel sah nicht auf. Er starrte auf irgendeinen Fleck auf dem Tisch, der Roland verborgen blieb. »Das weiß ich echt nicht«, murmelte er.

»Das glaube ich nicht, Aksel. Erzählen Sie es mir jetzt bitte, ja? Damit wir nach Hause kommen.«

»Kann schon sein, dass ich CSI nicht gesehen habe, aber ich habe jede Menge andere Serien gesehen, daher weiß ich, dass ich das Recht auf einen Anwalt habe.«

Roland umklammerte das Glas und biss die Zähne zusammen. Damit hatte er trotz allem nicht gerechnet. Er nickte, blieb kurz sitzen und wartete darauf, ob der Junge vielleicht nicht doch noch mehr sagen würde. Dann stand er auf und rief einen Beamten herein. Aksel Møller Lund warf ihm einen wütenden Blick zu, als er hinausgeführt wurde.

Roland blieb sitzen und trank einen Schluck Wasser. Die Gedanken kreisten in seinem Kopf, purzelten übereinander wie verwirrte Stehaufmännchen. Wer hatte bloß ununterbrochen Irene angerufen, als Rikke und Marianna zu Besuch gewesen waren? Deswegen hatte Irene ihr Handy also ständig ausgeschaltet. Warum hatte sie das nicht erwähnt? Aus Rücksicht? Auf ihn? »Papa hat genug anderes um die Ohren«, hatte sie zu Rikke gesagt. Verdammt! Er schlug die Handfläche fest auf den Tisch.

»Das lief wohl nicht so gut?« Isabella trat in den Raum und setzte sich ihm gegenüber, als solle nun sie ihn verhören.

»Er weigert sich, etwas zu sagen, und will einen Anwalt haben.«

»Das tut nichts zur Sache, Roland. Tobias' Freundin, Tine, hat den Druck nicht mehr ausgehalten, ist förmlich zusammengebrochen und hat das Ganze erzählt. Sie hat uns auch berichtet, dass Tobias in der Behandlung eines Psychologen war, weil er so *sonderbar* ist, wie sie es ausdrückte.«

Roland sagte nichts, schaute sie bloß an und wartete.

»Der Psychologe will selbstverständlich seine Schweigepflicht nicht brechen, solange wir keinen Mord nachweisen können.«

»Natürlich nicht. Daran arbeiten wir ja zur Zeit mit Hochdruck. Und was war dann *das Ganze*, was Trine Dueholm nicht mehr für sich hat behalten können?«

»Sie behauptet, es sei nur ein Spaß gewesen. Nun, da sie Tobias endlich mit in die Stadt hatten schleppen können, haben sie ihn volllaufen lassen und etwas in seine Drinks getan. Sie habe nicht gewusst, was es war, aber es sei etwas gewesen, was Aksel Møller Lund und Bertram Dinesen mitgebracht hatten. Kitkat hätten sie es genannt. Klingt wie der Schokoriegel von Nestlé, aber es ist in Wirklichkeit …«

»Ketamin«, beendete Roland den Satz und kratzte sich die Bartstoppeln am Kinn. Ketamin hatte sich zu einer neuen Modedroge entwickelt, wenn Jugendliche Party machten. Da mussten immer neue Kicks und Experimente her. Was sie wohl von ihren Rauscherfahrungen hatten?

»Und was ist dann passiert?«

»Tobias ist ganz unbändig geworden, er war es ja nicht gewohnt zu trinken, und die Drogen könnten ihm womöglich das Leben genommen haben. Vielleicht hat er ja auch Antidepressiva genommen, wenn er zum Psychologen ging. Aber die haben sich dabei prächtig amüsiert, voll wie sie waren, und sind runter zum Hafen gegangen. Hier hat Tobias plötzlich den Aksel geschlagen und der hat zurückgeschlagen. Beide haben Nasenbluten bekommen. Tobias muss Aksel den Schal weggezogen haben, als sie sich geprügelt haben, und in seinem Vollrausch hat Aksel das nicht bemerkt. Tobias ist umgefallen und ›zusammengeklappt‹, so Trine. Sie konnten ihn nicht mitschleppen, weder im Nachtbus noch im Taxi, also haben sie ihn an eine sichere Stelle gelegt, wo er seinen Rausch ausschlafen konnte – wieder Trines Wortwahl.«

»Und wo war das?«

»In einen Graben, hat sie gemeint, aber sie konnte sich nicht erinnern, wo. Als Tobias am Montag nicht nach Hause gekommen ist, hat sie Angst bekommen und ist zum Hafen gefahren, um nach ihm zu suchen, aber sie konnte die Stelle nicht mehr finden, und alles war voller Bagger und Bulldozer.«

»Oh Gott!« Roland griff sich an den Kopf und schloss die Augen.

»Mikkel hat bereits einen Trupp Polizisten zusammengetrommelt und sie sind zum Hafen hinunter, aber die Wahrscheinlichkeit, genau die Stelle zu finden, wo sie ihn – so einfach zum Spaß – zurückgelassen haben, ist nicht sehr groß. Sie waren betrunken und es war dunkel.«

Roland konnte erkennen, dass Isabella angefangen hatte, routiniert zu werden. Sie zeigte keinerlei Anzeichen von Entsetzen über das, was sie da berichtete. Er wusste aber, dass sie ihre Gefühle nicht einfach abstellen konnte; die Reaktion würde später kommen. Bestimmt in Mikkels Armen, dachte er – ohne jene Eifersucht, die er früher gespürt hatte, wenn er an sie beide zusammen gedacht hatte. Dieser Gedankenflirt war definitiv und endgültig mit dem Geräusch der drei Pistolenschüsse verscheucht worden, die in seinem Zuhause abgefeuert worden waren und die in seinem Kopf widerhallten, obwohl er sie doch gar nicht gehört hatte. Er schaute Isabella an. Seine Augen mussten ihn verraten haben.

»Wie geht es deiner Frau?«, fragte sie. Nun zeigten ihre Augen das Mitgefühl, dass er soeben noch vermisst hatte, auch wenn er wusste, dass sie es besaß.

Die Worte wollten nicht heraus. Als Antwort schüttelte er bloß den Kopf. Sie saßen eine Weile schweigend da, jeder blickte auf die Tischplatte vor sich.

»Du weißt nicht zufällig, wie weit sie mit den Ermittlungen sind?«

Isabella schüttelte ebenfalls den Kopf, ohne ihn anzusehen. Sie wusste, dass sie ihm nichts sagen durfte. Er bedankte sich für die neuen Informationen im Tobias-Fall, stand auf, nahm seine Flasche Wasser und ging in sein Büro zurück. Er spürte, dass sie ihm mitleidig nachsah. Er hasste Mitleid. Besonders wenn es von einer hübschen jungen Frau kam.

Mit einem stillen Seufzer aus der Gasdruckfeder senkte sich der Stuhl unter seinem Gewicht. Die Bauarbeiten am Hafen waren in vollem Gange, nicht weit von seinem Fenster entfernt. Wie weit waren sie innerhalb einer Woche gekommen? Der nächste Schritt musste sein, alle Arbeiter dort unten zu verhören. Aber falls jemand etwas gesehen hatte – hätten sie es dann nicht gemeldet?

Sein Handy hatte in seiner Abwesenheit geklingelt. Das blaue Licht blinkte. Es war die Nummer des Krankenhauses. Sie hatten vor fünf Minuten angerufen. Er beeilte sich zurückzurufen, und nach einer nervenzerreißenden Wartezeit hatte er eine warme Frauenstimme am Ohr, die ihm in ruhigem Tonfall mitteilte, dass Irene aus ihrem Koma aufgewacht sei.

31

Es brannte kein Licht, aber das Auto parkte unter der Blutbuche. Sie stoppte nahe der Stelle, wo sie die Schuhabdrücke gefunden hatte, und spähte über die Hecke. Vielleicht wäre ihr erster Gedanke das einzig Richtige gewesen – das Präsidium anzurufen und mit dem Verantwortlichen für die Ermittlungen in dieser Sache zu sprechen, der sicherlich nicht Roland Benito hieß. Aber nun stand sie also hier.

Es war schon fast zehn und der Abend war still im Villenweg, dem schönsten Viertel in Højbjerg. Der Gesang der Amseln verstummte allmählich. Als sie das erste Mal hier gewesen war, war er nicht zu Hause gewesen. Da hatte er sich wohl im Krankenhaus befunden, nahm sie an. Sie wusste nicht genau, warum sie wieder hergefahren war. Vielleicht vermisste sie den Kriminalkommissar oder vielleicht bloß ihre alte Arbeit. Nach einigen weiteren Minuten des Zögerns bog sie um die Hecke herum, schritt über die italienischen Fliesen, stieg die Treppenstufen hinauf, legte entschlossen den Finger auf die Klingel – und zögerte wieder. Würde er wütend werden? Sie kannte sein Temperament nur zu gut. Es erinnerte sie an ihr eigenes. Litauisches und italienisches Blut waren vielleicht irgendwie miteinander verwandt. Dann drückte sie energisch auf den Knopf und hörte die Klingel im Flur. Der Hund bellte nicht. Ob er tot war? Sie hatte keine Ahnung, in welchem Zustand sie Roland Benito antreffen würde. Wie er es aufnahm, wenn *sein* Allernächster das Opfer war. Eine Ewigkeit verging, nichts passierte. Sie versuchte es erneut; diesmal nur ein vorsichtiges Drücken, als wage sie es nicht zu stören, trotzdem klang die Klingel genauso laut wie vorher. Ohne dass sie von innen ein Geräusch gehört hätte, wurde plötzlich die Tür aufgerissen, nicht zögernd wie von einem gebrochenen Mann, sondern fest und entschlossen. Aber Roland wirkte nicht wie er selbst. Sein verblüfftes »Anne?« klang auch nicht wie seine Stimme, diese Stimme war viel zu heiser und rostig.

»Darf ich reinkommen?«

»Das passt jetzt gerade sehr schlecht, ich ...« Er fuhr sich mit der Hand durchs Haar und wirkte, als suche er rasch nach einem guten Grund, mit dem er sie wegschicken konnte; doch zugleich machte er auch den Eindruck, als gebe er es schon wieder auf.

»Ich weiß, was passiert ist, Roland. Das tut mir leid. Ich bin nicht als Journalistin hier, sondern als ... Freundin. Es gibt da auch etwas, was Sie wissen sollten ...«

Ohne zu antworten, öffnete er die Tür ganz und ließ sie eintreten. Er winkte ihr, ihm ins Wohnzimmer zu folgen, das von einer Straßenlaterne draußen schwach beleuchtet wurde. Auf dem Couchtisch standen eine Flasche Whisky und ein halbleeres Glas, daneben lagen ein Buch über Sozialpolitik und ein Stapel Hefte. Sie begriff, dass er hier wohl im Dunkeln gesessen hatte, aber nun schaltete er eine Stehlampe an, sodass sie erst richtig sehen konnte, wie verhärmt er aussah. Sie kämpfte gegen einen plötzlichen Drang an, ihn zu umarmen und zu versuchen, ihn zu trösten.

»Kann ich Ihnen etwas anbieten?«

»Whisky ist schon okay«, erwiderte sie mit einem vorsichtigen Lächeln und setzte den Rucksack ab.

Er holte ein zweites Glas aus einer weißen Vitrine, stellte es auf den Tisch neben sein eigenes und schenkte in beide Gläser ein. Sie blieb stehen und schaute sich um. Sie kannte nur die Küche und den Flur. Hätte sie mehr Zeit gehabt, hätte sie sich die gesamte Villa angesehen, als sich ihr die Gelegenheit bot. Man lernt viel über Menschen, indem man sieht, wie sie wohnen: Einrichtungsgegenstände, Farben, Möbel, Gemälde, Düfte ... Fast genauso viel, wie wenn man in ihrem Abfall wühlt. Das Wohnzimmer war deutlich von Roland geprägt, es wirkte irgendwie maskulin. Nur einige bunte Kissen auf einem braunen Ledersofa könnten Irenes Stempel sein – und die Zimmerpflanzen und Blumen. Bunte Topfpflanzen zierten das Fensterbrett. Im Regal standen ihr Hochzeitsbild und Fotos ihrer beiden Töchter und des Enkelkindes. Plötzlich wurde Roland Benito für sie mehr als nur ein Polizist. Bisher hatte sie sich ihn nie als etwas anderes vorstellen können. Er setzte sich in einen Sessel, der bestimmt sein gewohnter Platz vor dem Fernseher war – ein modernes Gerät mit 37-Zoll-Flachbildschirm von Samsung. Er starrte in sein Glas.

»Wie geht es Ihrer Frau? Und eurem Hund?«

Er sah schnell hoch, als habe er schon wieder völlig vergessen, dass sie da war. Dann schüttelte er den Kopf und schaute wieder ins Glas. »Sie ist aus dem Koma aufgewacht. Heute. Im Unterkörper gelähmt. Von der Hüfte abwärts.« Die Worte quollen stoßweise heraus, als habe er für einen zusammenhängenden Satz nicht genug Kraft, und so leise und kaum verständlich, dass sie kurz davor war, ihn zu bitten, es zu wiederholen. Aber sie verkniff es sich. Sie hatte schon gehört, was er sagte. Er nahm einen Schluck. Wirkte gleichgültig. Sein Blick schweifte durchs Fenster in den halbdunklen Garten hinaus. Sie sah, dass seine Unterlippe und sein Kinn einen kurzen Augenblick zitterten, dann riss er sich mit einem tiefen Luftholen zusammen. »Wollen Sie Ihren Whisky denn nicht?«

Sie setzte sich, griff nach dem Glas und trank einen Schluck, während sie den Blick nicht von ihm wandte. Sie mochte Whisky eigentlich nicht besonders, jedenfalls nicht ohne Eiswürfel zum Verdünnen. »Sie wird schon wieder gehen können. Reha. Die können so viel heutzutage …« Sie wollte einfach irgendetwas Tröstliches sagen.

»Die Kugel hat ihre Wirbelsäule getroffen, laut dem Oberarzt ist es ein Wunder, dass sie die Operation überlebt hat.« Seine Stimme wurde wieder einigermaßen normal, als habe er einen Angehörigen über den Zustand eines Familienmitglieds zu informieren. Als sei er bei der Arbeit. Eine gewohnte Situation, in der er sich sicher fühlte. »Sie kommen nicht als Journalistin, sagten Sie.«

»Tu ich auch nicht. Ich … ich bin jetzt Reinigungshilfskraft.«

»Nicht im Ernst?«

Sie nickte und freute sich über das leise Lächeln, das sie in seinen Mundwinkeln erahnen konnte.

»Es gibt keine Spuren außer den Projektilen und Patronenhülsen. Irene ist längere Zeit durch SMS-Nachrichten und Anrufe bedroht worden.« Er klang bitter und resigniert. Sie vermutete, dass seine Frau ihm nichts davon gesagt hatte. »Wir versuchen natürlich, die Nummer zurückzuverfolgen.«

»Einer ihrer Klienten?«

»Damit rechne ich.«

Sie schwiegen wieder. Anne wusste nicht, wie sie das, weswegen sie gekommen war, loswerden sollte. Auch nicht, ob sie es ihm überhaupt sagen sollte. Die Polizei vor Ort musste doch diese Schuhabdrücke gesehen haben. Und dann waren sie vermutlich zu dem Schluss gekommen, dass sie für den Fall nicht von Bedeutung waren.

»Sind Sie unter die Lehrer gegangen?« Sie sah zu dem Stapel mit Heften hin.

Roland folgte ihrem Blick mit matten Augen. »Nee, die gehören zu einem Fall.«

Sie nahm eines davon und las die etwas kindliche Schreibschrift auf der Vorderseite. »Aufsatzhefte? Tobias Abrahamsen! Der, der verschwunden ist?«

Roland riss ihr das Heft aus der Hand und legte es zurück auf den Stapel. »Vermutlich steht morgen in der Zeitung, dass er mit großer Wahrscheinlichkeit umgekommen ist.«

»Wurde er gefunden?«

»Das wird er wohl nie.«

Der Kommissar sah noch erschöpfter aus. Anne dachte unwillkürlich an Nicolaj. Ob der es schon wusste? »Da es morgen ohnehin in den Zeitungen stehen wird, wie Sie sagen … Also – was ist mit ihm passiert?«

»Er wurde höchstwahrscheinlich am Hafen begraben. Zur letzten Ruhe gebettet unter … dem Fundament für irgendein Gebäude vielleicht?« Er berichtete ihr mit schwacher Stimme über die heutigen Verhöre von Tobias' Klassenkameraden und seiner Freundin. Anne kam in den Sinn, dass er sich genau so vermutlich für gewöhnlich nach der Arbeit mit seiner Frau unterhalten hatte. Vielleicht half es ihm einfach, das nun mit ihr tun zu können, und sie wollte gerne helfen. Er hatte ihr so oft geholfen.

»Steht etwas Interessantes in den Aufsätzen, oder …?«

»Ich suche nach etwas über seinen Vater. Er hat Selbstmord begangen. Hat sich von einem Kirchturm aus erhängt.«

Er musste betrunken sein. So redselig war er doch sonst nicht. Wie lange er wohl im Dunkeln so dagesessen und getrunken hatte? Seit er vom Krankenhaus nach Hause gekommen war?

Anne schwieg. Es gab nicht mehr zu sagen, obwohl sie gerade jetzt viele Fragen hatte, die sie als Journalistin auch gestellt hätte, aber sie wollte den Moment einfach nicht ruinieren. Sie nippte erneut am Whisky, der ihr im Rachen brannte, spürte den Alkohol und wusste, dass sie nicht mehr als nur dieses eine Glas trinken sollte. Roland hing wieder zusammengesunken seinen Gedanken nach. Bestimmt waren sie bei Irene. Seine bisher so rührige Ehefrau würde im Rollstuhl enden. Wie würde sie das meistern? Und wie er?

»Roland, heute Vormittag habe ich Schuhabdrücke an eurer Hecke entdeckt. Ich glaube, der Täter könnte Ihre Frau beobachtet haben. Man kann von dort aus das Küchenfenster sehen. Die Abdrücke sind unter der Hecke ganz gut verborgen, daher … Vielleicht hat das nichts zu sagen, aber ich finde, Sie sollten mal einen Kriminaltechniker draufschauen lassen, wenn die nicht ohnehin schon …«

»Die Kriminaltechniker haben die gesamte Umgebung untersucht … Heute Vormittag, sagen Sie? Was haben Sie heute Vormittag denn hier gemacht?« Er sah sie scharf an.

»Das kann ich Ihnen gerne verraten. Ich war diejenige, die den Tatort gereinigt hat. Der Vizepolizeidirektor hatte das bei der Reinigungsgesellschaft, für die ich arbeite, in Auftrag gegeben.« Sie hörte wieder die gleichgültige Stimme ihrer Chefin: *Als ehemalige Kriminalreporterin können Sie doch bestimmt Blut sehen, nicht?* Hätte sie gewusst, dass es sich um das Blut von Roland Benitos

Frau handelte, hätte sie sich bestimmt geweigert. Sie schüttelte das ab. »Was haben die Leute von der Kriminaltechnik denn herausgefunden?«

Roland zuckte die Schultern. »Ich habe noch nichts gehört.«

»Haben Sie eine Taschenlampe? Dann kann ich Ihnen die Stelle zeigen. Die Sohlen sehen recht speziell aus; also, falls sie vom Täter stammen, sollte es eine Chance geben, ihn zu finden. Zumindest jedenfalls seine Schuhe.«

Roland war bereits aufgestanden und hatte eine Taschenlampe aus einem Schrank in der Küche gekramt. Sie bemerkte, dass er versuchte, einen Bogen um die Stelle zu machen, an der sich das Blut seiner Frau ausgebreitet hatte. Er musste es also wohl auch gesehen haben.

»Warum haben Sie nicht im Präsidium angerufen und Ihre Beobachtungen gemeldet?«, fragte er vorwurfsvoll, als sie in Richtung Bürgersteig schritten.

»Es ist ja nicht sicher, dass es wirklich etwas zu bedeuten hat. Vielleicht hat sich da einfach nur einer hingestellt und hat – gepinkelt, zum Beispiel.«

Roland leuchtete auf die Stelle, auf die sie deutete. Die Abdrücke waren im Strahl der Taschenlampe noch deutlicher zu sehen als vorhin bei Tageslicht, als der Schatten der Heckenzweige darauf gefallen war. Roland sagte kein Wort, zog aber sein Handy aus der Hosentasche und wählte. Er ging ein Stück weiter den Bürgersteig hinab, damit sie nicht hören konnte, was er sagte. Doch nahm sie an, dass er einen Kriminaltechniker anrief.

32

Sie sah ihn meist nur in der Kirche oder bei speziellen Zusammenkünften im Kloster; es war selten, dass er die Schwestern persönlich aufsuchte, sofern sie ihn nicht selbst darum baten. Jetzt stand er vor ihr in der Sonne, das Licht und das Holzkreuz hinter sich, sodass er wie ein Heiliger in göttlichem Licht aussah. Sie fühlte, sie hatte ihn ihr ganzes Leben gekannt – und das hatte sie ja eigentlich auch tatsächlich. Er war Priester in der Kirche gewesen, in die ihre Familie jeden Sonntag zu Messe gegangen war, er hatte auch damals schon alt ausgesehen. Sie hatte ihn immer nur als alten Mann gekannt. Als er dann als Priester, Lehrer und geistiger Berater für die Schwestern in das Kloster der heiligen Jungfrau gekommen war, war sie gerade Postulantin geworden.

»Pater Josef?!«

Es fiel ihm schwer, sich zu setzen, daher half sie ihm, als er nun neben ihr im Gras Platz nahm.

»Mutter Helene hat mich gebeten, mit dir zu sprechen, Schwester Margaretha. Sie ist besorgt. Du weißt wohl, dass du das einzig Richtige getan hast. Es ist nicht deine Schuld.«

Margaretha nickte und schaute hinunter in das aufgeschlagene Buch auf ihrem Schoß. *Teresa von Ávila: Das Buch meines Lebens.* Sie bewunderte die spanische Nonne, Mystikerin und Autorin aus dem 16. Jahrhundert, die viele Offenbarungen gehabt hatte. Sie hatte mit Gott gesprochen, und er hatte sich ihr auch gezeigt. Vielleicht bestand Hoffnung, dass auch ihr eines Tages Ähnliches widerfahren würde. Dass er auch ihr gegenüber bestätigen würde, dass sie wirklich zu seinem Dienst berufen war. Vielleicht wenn sie nun bald ihre Hochzeit feierten.

»Gute Wahl«, bemerkte Pater Josef und nickte zum Buch hin. »Es ist nicht unwesentlich, welche geistige Lektüre man wählt.«

»Sie bedeutet mir sehr viel. Sie hat es verstanden, zu beten und mit Gott zu sprechen.« Sie klappte das Buch zu und lächelte ihn an. »Aber ich würde auch sehr gerne mit Ihnen sprechen, Pater Josef.« Es gab ihr Ruhe, dass er hier war. Er konnte sie vor dem Bösen bewahren. Er und Mutter Helene.

»Dass Dämonen vom Kloster Besitz ergriffen haben, ist schlimm, aber du kannst jetzt gewiss sein, dass die Gefahr vorüber ist. Mein alter Freund Pater Francesco weiß, womit er es zu tun hat. Kannst du nicht spüren, dass die böse Gegenwart nun verschwunden ist?«

»Ich habe jedenfalls seither keine Schreie mehr gehört«, erwiderte sie. Sie überlegte, ob sie es wirklich empfand, dass das Böse nun nicht mehr da war. Sie hatte dessen Gegenwart deutlich gespürt, damals, als Schwester Laura in jener Nacht dicht neben ihr gelegen hatte. Doch hier, zusammen mit dem alten Priester, der beinahe ihre Gedanken lesen konnte, nahm sie überhaupt nichts Bedrohliches wahr.

»Du darfst dich mir gerne anvertrauen.« Seine Stimme nahm einen vertraulichen Klang an, als schicke er sich an, einem vor ihm im Beichtstuhl knienden Gläubigen die Beichte abzunehmen.

»Wollen Sie mich wieder die Beichte ablegen lassen? Aber gleich hier?«

»Man kann überall beichten. Drinnen wie draußen. In der Kirche, in der Natur. Wenn du etwas auf dem Herzen hast …«

Sie schüttelte den Kopf und sah zum Kreuz auf. Ein Vogel hatte einen weißen Klecks darauf hinterlassen.

»Ich weiß, dass Schwester Laura in jener Nacht in deinem Bett geschlafen hat. Hat sie dir etwas anvertraut?«

Margaretha schnappte nach Luft. »Woher wissen Sie das?«

Pater Josef sah sie ernst an und sie wusste, dass eine der anderen Schwestern bei Mutter Helene gepetzt haben musste. Sie wurde rot und wandte ihren Blick ab.

»Was hat sie gesagt?«, fragte der Priester erneut.

»Wir haben nicht geredet. Schwester Laura hatte Angst und hat sich nicht getraut, alleine zu schlafen. Sie hat gefroren, daher ließ ich sie bleiben.«

»Ihr habt also bloß geschlafen?«

Margaretha nickte.

»Du bist ihr sehr nahe gewesen. Das ist es, was Mutter Helene Sorgen bereitet. Zieht man in Betracht, was geschehen ist, ist das ja auch eine ernste Sache.«

Margaretha spürte immer noch ihre Haut am Hals brennen, dort, wo Schwester Lauras warmer Atem sie in rhythmischen Stößen getroffen hatte. Schwester Laura musste etwas geträumt haben, von ihrem Freund, sodass sie geglaubt hatte, sie sei mit ihm zusammen. Oder hatte sie selbst so etwas geträumt? Zwischendurch kamen ihr Zweifel. Sie war gerade dabei gewesen einzuschlafen, als sie die warmen, feuchten Lippen an ihren eigenen gespürt hatte. Die Wärme in ihrem Schoß war brennend geworden, sie hatte den Rosenkranz aus der Hand verloren und war kurz davor gewesen, sich mitreißen zu lassen, hatte die teuflische Begierde gespürt. Er war dort gewesen, bei ihr, das war die einzige Erklärung. Aber es war ihr gelungen zu widerstehen. Ihn von sich wegzustoßen. Schwester Laura war aus dem Bett gefallen, und als sie mit einem kleinen Schrei auf dem Boden landete, hatte sie so ausgesehen, als wisse sie überhaupt nicht, was um sie herum geschah. Vielleicht aber hatte sie es doch gewusst. Da war diese eigentümliche Weise, wie sie sie danach angesehen hatte. Als hätten sie nun zusammen ein Geheimnis. Danach hatte sich der Teufel die ganze Nacht lang in ihrem Zimmer aufgehalten. Hatte am Fußende des Bettes gestanden und höhnisch gegrinst, als habe er sie nun besiegt. Aber das hatte er nicht. Im Gegenteil. Sie hatte ihn enttarnt. Sie war Gott immer noch unverbrüchlich treu und bald sollten sie für immer vereint werden.

»Schwester Margaretha, du bist so abwesend. Erzähl mir, worum deine Gedanken kreisen.« Pater Josef legte eine Hand auf ihren Oberschenkel und drückte ihn, väterlich, aber dennoch wirkte es irgendwie verkehrt.

»Da ist nichts, Pater. Sie können Mutter Helene sagen, dass es mir gutgeht. Jetzt ist das Ganze ja überstanden.« Sie lächelte, doch es wirkte nicht überzeugend. Er zog seine Hand zurück, faltete die Hände im Schoß und richtete seinen Blick auf das Holzkreuz. »Wir haben es von einer Kirche in Rom bekommen. Es ist ein Geschenk an den damaligen Bischof von Kopenhagen, der meinte, das Kloster der heiligen Jungfrau solle es hier im Klostergarten stehen haben.«

Margaretha nickte, auch wenn sie die Wendung des Gespräches nicht verstand. Aber das machte ihr auch nichts aus.

»Du magst diesen Ort. Das ist dein spezieller Rückzugsort, nicht? Du sitzt hier und schaust in die Wolken, in deiner eigenen geistigen Welt.«

Sie nickte wieder und lächelte, weil er ausgerechnet das mit den Wolken erwähnte. »Ich habe vorhin erst daran gedacht, wie ich früher ein Spiel mit meinem Bruder gespielt habe. Wir haben geraten, was die Wolken darstellen, und alle möglichen Formen hineinfantasiert. Darüber haben wir uns sehr amüsiert.«

»Es ist gut, solche Erinnerungen zu haben. Die vergehen nie.«

»Können Sie sich an meinen Bruder erinnern?«

»Nicht besonders gut. Zuletzt sind ja nur noch deine Mutter und du zur Messe gekommen, bis ihr dann auch …«

»Ja, ich weiß. Vater und Mutter … Ja, ich hoffe, sie haben es sich inzwischen anders überlegt.«

Pater Josef sah sie verwundert an. »Weißt du das nicht?«, fragte er mit heiserer Stimme.

»Was weiß ich nicht?«

»Dein Vater und deine Mutter sind tot, liebes Kind. Hat man dir das nicht gesagt? Hat Mutter Hele…« Er brach abrupt ab und wirkte, als bereue er seine Worte. Das allerdings fast widerstrebend.

»Tot! Wann? Wie?«

»Deine Mutter ist vor drei Jahren gestorben. Das Herz.«

Es versetzte ihr einen tiefen Stich. »Und mein Vater?« Obwohl ihre Erinnerungen an ihn vor allem mit Angst besetzt waren, wünschte sie ihm natürlich nicht den Tod. Er war, anders als ihre Mutter, ein starker, gesunder Mann gewesen, wie konnte er einfach sterben? Wie konnte überhaupt einer von ihnen sterben? War das Gottes Strafe? Oder die Machenschaften des Teufels?

»Er … ich … ich weiß es nicht, Schwester Margaretha. Ist es denn so lange her, seit du etwas von zu Hause gehört hast?«

»Ich habe nichts mehr von ihnen gehört, seit meine Mutter mich angefleht hat, wieder nach Hause zu kommen, und mir dann Mutter Helene geholfen hat zurückzuschreiben. Da war ich noch Postulantin …« Sie stand in trübe Gedanken versunken auf. Sah zu den Enten im See hinüber. Ihre Mutter war einmal mit ihr dort unten gewesen. Das war, als sie selbst noch ein Kind gewesen war und sie jeden Sommer zu Besuch ins Kloster gekommen waren. Später hatte sie dann Mutter Helene kennengelernt und den Wunsch entwickelt, selbst Nonne zu werden. Ihre Mutter hatte die Natur und Tiere geliebt. Margaretha blickte zum Priester hinab, der auf seinem Sitzplatz unten im Gras kläglich und zusammengesunken aussah.

»Meine Mutter tot, mein Vater tot. Ja, was ist dann aber aus meinem Bruder geworden?«

»Soviel ich gehört habe, kümmert sich deine Großmutter um ihn, aber er … Du musst mit Mutter Helene sprechen, Schwester Margaretha.« Hilflos streckte er seine Hand zu ihr hoch. Sie ergriff sie und zog ihn auf die Beine. Sobald er zitternd wieder das Gleichgewicht gefunden hatte, strich er sich das weiße Haar zurecht. Trotz seines Alters hatte er noch immer eine dichte Haarpracht. Einst ist er sicher ein gutaussehender junger Mann gewesen, hatte sie oft denken müssen, wenn sie ihn in der Kirche predigen sah. Ein gutaussehender Mann im Zölibat. Ob er wohl nie in Versuchung gekommen war?

Er atmete schwer und kurzatmig. Sah plötzlich viel älter aus, als er ohnehin schon war, und nahm ihren Arm. Fast, als könne er sich ohne Stütze nicht aufrecht halten.

»Bald beginnt der Unterricht für die Novizinnen. Mutter Helene wartet sicher bereits. Lass uns gehen.«

Schwester Margaretha ging schweigend an seiner Seite her. Ihre Eltern waren tot, aber das machte die Leere in ihr nicht größer, als sie ohnehin schon war. Es war lange her, dass sie sie das letzte Mal gesehen hatte; ihre Gesichter waren nur noch verschwommene Schemen ohne Augen, Münder, Gesichtsausdruck. Sie sah ihre Mutter nur wie ein Schatten in der Hocke am See sitzen und eine Hand zu den Enten ausstrecken. An das Gesicht ihres Vaters erinnerte sie sich ein wenig besser – immer hatte es besorgt oder wütend gewirkt. Sie hatte nie herausgefunden, ob es nun das eine oder das andere, Sorge oder Wut, war, was er wirklich fühlte, da sie nicht zu ihm durchdringen konnte, obwohl sie es oft genug versucht hatte. Ihr Bruder war in ihrer Erinnerung noch fast ein Kind, aber natürlich war er mittlerweile einige Jahre älter geworden. Plötzlich überkam sie eine heftige Lust, ihn wieder zu sehen. Mit ihm im Gras zu liegen, in den Himmel und in die Wolken zu schauen und zu lachen.

33

Anne fiel es schwer, den Anblick des Kriminalkommissars als gebrochener Mann loszuwerden. Ein Mensch mit Familienleben und Gefühlen. Mit bunten Kissen auf dem Sofa und prächtig blühenden Blumen auf dem Fensterbrett. Wie sehr verwelkt ein Mensch, wenn er immer bei bester Gesundheit gewesen ist und plötzlich im Rollstuhl endet? Würde Irene Benito ihren Mann nun immer noch mit Blumen umgeben können? Anne nahm einen Zug von ihrer Zigarette und betrachtete ihre eigenen halbverwelkten Topfpflanzen-Exemplare im Wohnzimmer. Sie vergaß immer, sie zu gießen, und wenn einmal nicht, dann bekamen sie zu viel Wasser ab. Jedenfalls weigerten sie sich sämtlich, besonders lange zu leben. Sie starrte in die Glut ihrer Zigarette. Vielleicht lag es an der Luftverschmutzung. Ihre exotische Palme stand mit hängenden Blättern in einem Topf auf dem Holzboden und bekam sicher nicht genug Licht.

Gestern Abend war es spät geworden bei Roland Benito. Kurz nachdem er das Telefongespräch geführt hatte, war tatsächlich ein Kriminaltechniker aufgetaucht. Einer mit schiefen Zähnen. Er hatte Gipsabgüsse der Schuhabdrücke unter der Hecke angefertigt. Sagte, dass er so etwas nicht besonders oft mache – also, in seiner Freizeit auszurücken, und schon gar nicht spät abends –, aber dass es ja eine besondere Situation sei. Außerdem sei es wichtig, das sofort zu erledigen, denn für die Nacht sei Regen angekündigt worden, der nun zerstören könne, was von den Abdrücken noch geblieben sei. In diesem Punkt hatte er auch Recht behalten – oder besser die Wetterfee in den Nachrichten, von der er das mit dem Regen vermutlich gehört hatte. Erneut hatte Anne in der Nacht schlaflos dagelegen, an Adomas gedacht und dem Rhythmus des Regens gelauscht. Vielleicht war es dem zu verdanken gewesen, dass sie irgendwann wieder eingeschlafen war.

Roland hatte ihr weder gedankt noch sie gelobt, weil sie die Schuhabdrücke gefunden hatte. Aber das hatte sie auch nicht erwartet. Sollte sich herausstellen, dass gerade diese Schuhabdrücke den Täter zur Strecke zu bringen vermochten, würde sie vielleicht ein anerkennendes Lächeln von ihm und einen vertraulichen Blick ernten, vielleicht sogar ein Schulterklopfen – oder vielleicht etwas noch Größeres, wo es doch um seine Frau ging. Bei dem Gedanken daran, was wohl eine *größere* Anerkennung von Roland Benito sein könnte, legte sich ein schiefes Lächeln auf ihre Züge. Sicher nicht viel mehr als ein Schulterklopfen.

Sie drückte die Zigarette im Aschenbecher aus und genoss die Stille. Ihre Mutter war in eine eigene Wohnung gezogen. Die Gemeinde Aarhus war überaus hilfsbereit und schnell bei der Sache gewesen, was sie völlig überrumpelt hatte. Sie hatte einen Kampf erwartet. Aber das gehöre mit zu dem neuen Gemeindekonzept für die Arbeit mit den Obdachlosen der Stadt und sei eine Erweiterung der Obdachlosenstrategie der Regierung, hatte der Sachbearbeiter erläuert. Jetzt hatte ihre Mutter endlich ihr eigenes Heim zum Einsauen. Nur ein Pappkarton stand noch in Annes Schlafzimmer. Etwas, wofür ihre Mutter gerade keinen Platz finden konnte. Anne hatte versprochen, den Karton für sie aufzubewahren.

Sie holte die Thermoskanne mit dem Kaffee von heute Morgen aus der Küche und befüllte die gebrauchte Tasse auf dem Tisch. Der Kaffee war nicht mehr so heiß, dass er dampfte, aber sie brauchte ja auch nur den Geschmack. Und das Koffein. Etwas, um sich wach zu halten. Sie setzte sich an den Laptop. Während sie heute Fußböden geschrubbt hatte, hatte sie über das nachgedacht, was Alice ihr erzählt hatte, und über Kamillas Vater. Sie hatte es aufgegeben, mehr über ihn im Internet finden zu wollen. Stattdessen müsste sie doch etwas über diesen Unfall finden können. 1972 war natürlich v. d. i. C. gewesen, wie sie es beim Tageblatt genannt hatten, *vor dem informativen Computerzeitalter*, aber vielleicht hatte ja irgendjemand später etwas dazu hochgeladen oder es gab Archive, die nun digitalisiert worden waren. Erfinderisch versuchte sie es mit einer ganzen Reihe von eventuell relevanten Suchbegriffen und ganzen Satzteilen, bekam aber über speziell diesen Unfall nichts heraus.

Als sie es schon aufgegeben hatte und es nur noch mit »Arnskov Aagaard« versuchte, landete sie plötzlich doch noch einen Treffer. Ein Nachruf, der 2003 in der »Nordjütländischen Stiftszeitung« erschienen war. Rasch überflog sie ihn. Arne Arnskov Aagard war im Alter von achtzig Jahren nach kurzer Krankheit verstorben. Seine Frau hatte bereits zwei Jahre vorher, 2001, das Zeitliche gesegnet. Er habe einen Sohn, Mogens, der als Fischer in die Fußstapfen seines Vaters getreten und auf dessen Boot angelernt worden sei. Schnell las sie weiter. Arne Arnskov Aagaard wurde als ein ehrenhafter Mann gelobt, der stets an seine Mitmenschen gedacht habe. Einst hatte er in seinem Fischkutter eine palästinensische Frau und ihre beiden kleinen Kinder von Dänemark nach Schweden geschmuggelt, wo der Vater der Kinder eine Aufenthaltserlaubnis hatte. Dass ihm dafür eine Gefängnisstrafe aufgebrummt worden war, hatte in seinem Heimatdorf heftige Proteste hervorgerufen. Er habe es ja nicht wegen des Profits, sondern aus purer Mitmenschlichkeit getan. Doch allen Protesten zum Trotz war er zu drei Jahren verurteilt worden, da man davon ausging, dass das nicht nur dieses eine Mal passiert sei, außerdem sei keineswegs ausgeschlossen, dass er sich nicht doch dafür habe bezahlen lassen. Arne Arnskov selbst hatte die Situation mit der Flucht der dänischen Juden nach Schweden verglichen, denen im Herbst 1943 unter der deutschen Besatzung die Deportation drohte; damals hatte niemand ihn und seinen Vater wegen Menschenschmuggels und Schleuserei bestraft, obwohl sie oft genug mit dem Fischkutter nach Schweden unterwegs gewesen waren, bis die Deutschen dem einen Riegel vorgeschoben hatten. Aber all seine Argumente hatten ihm nicht geholfen.

Bei allem Ernst der Angelegenheit konnte sich Anne ein Lächeln dennoch nicht verkneifen. Dieser mutige Mann war Kamillas Großvater. Kamilla würde ebenfalls ihr Leben aufs Spiel setzen, um Menschen in Not zu retten. Kein Zweifel, dass sie zu dieser Familie gehörte. Aber wieder war da keine Antwort auf die Frage, was Kamillas Vater verbarg. Vielleicht verheimlichte er auch überhaupt nichts und wollte nur einen Krach mit seiner Frau vermeiden.

Sie hatte das Gefühl, dass sie in der Sache dringend noch etwas tiefer bohren sollte, aber das »Pling« einer E-Mail, die in ihrem Posteingang eingetroffen war, riss sie aus ihren Überlegungen. Sie überflog sie und loggte sich sofort auf ihrem Facebook-Profil ein. Eine Freundschaftsanfrage. Sie nahm nicht alle an. Manche wollten nur eine Facebook-Freundschaft mit ihr, weil sie Kriminalreporterin bei einer Zeitung war – oder gewesen war. Wozu sollte sie solche »Freunde« brauchen? Etwa um, wie andere, mit deren großer Zahl prahlen zu können? Quantität vor Qualität? Sie bevorzugte entschieden Qualität. Aber jetzt stellte sie den Kaffeebecher weg und starrte auf den Bildschirm. Kälte und Wärme durchströmten sie gleichzeitig.

Esben. Esben Bentzen. Das war er wirklich. Sie konnte ihn auf dem Foto zwar nicht erkennen, aber es musste auch ungefähr dreizehn Jahre her sein, seit seine Eltern ihr verboten hatten, ihn zu sehen. Nicht einmal im Krankenhaus besuchen hatte sie ihn dürfen. Sie warf sich gegen die Rückenlehne des Stuhls zurück, als sei sie von einer Druckwelle nach hinten geblasen worden, und lächelte überrumpelt. Esben. Mensch, dass er die Schläge ihres Stiefvaters Torsten überlebt hatte! Doch als die Erinnerungen in ihr hochkamen, verging ihr das Lächeln. Torsten hatte sie auf frischer Tat ertappt. Es war ihr erstes Mal gewesen – mit Esben und überhaupt. Er war vier Jahre älter als sie. Sie war minderjährig gewesen, noch keine fünfzehn; aber der Gedanke, dass das also auch eine rechtlich problematische Sache gewesen war, kam ihr jetzt zum ersten Mal in den Sinn.

Aber deshalb hatte ihr Stiefvater nicht so gewalttätig reagiert, sondern es war geschehen, weil Esben sich an *seinem* Eigentum vergangen hatte. Dass er so über sie dachte, hatte sie seither oft genug schmerzhaft erfahren müssen, und es hatte sie mit einer bleibenden, entsetzlichen Angst erfüllt. Anne gehöre ihm, das hatte er immer mit dieser widerlich schleimigen Stimme gesagt, die sie selbst jetzt noch erschreckte, wo sie doch nur noch in ihrem Kopf widerhallte und sie wusste, dass er über hundert Kilometer weit weg auf der anderen Seite des Belts im Gefängnis saß. Esben hätte leicht ebenfalls zu Torstens Mordopfer werden können – wie jener Dealer, den er getötet hatte, weil er ihm Geld für Drogen schuldete –, hätte sie sich damals nicht von hinten auf den Rücken ihres Stiefvaters geworfen, ohne sich darum zu scheren, dass sie nackt war. Sie hatte ihn an den Haaren gerissen und ihm das Gesicht zerkratzt. Er hatte sie abgeschüttelt, ihr einen Schlag verpasst, der ihre Augenbraue hatte platzen lassen und für die Narbe gesorgt hatte, die noch heute ihrem Gesicht seinen charakteristischen Ausdruck verlieh. Er hatte sie mit sich ins Badezimmer geschleift, ihre Haare gepackt, sie auf dem Bauch über den Toilettensitz gepresst und sie nun seinerseits mit dem bestraft, wofür er sie bestrafte, weil sie es mit einem anderen getan hatte. Wer hatte dem so übel zugerichteten Esben wohl geholfen, ins Krankenhaus zu kommen? Jemand, der gewusst haben musste, was auf der Toilette vor sich ging. Ihre Mutter? Es gab so viel, worüber sie nicht nachgedacht oder worauf sie keine Antworten gefunden hatte, weil sie diesen Abend einfach nur hatte vergessen wollen. Verdrängen. Aber nicht Esben. Sie spürte den Drang zu weinen, schluckte ihn dann jedoch mit einem Mundvoll lauwarmem Kaffee herunter. Dazu hatte Torsten sie nie bringen können; trotzig hatte sie sich das Weinen immer verbissen, weil sie wusste, dass ihn das noch mehr quälte als ihre Tränen.

Nach einer kurzen Denkpause akzeptierte sie Esbens Freundschaftsanfrage. Aber im Moment hatte sie noch nicht den Mut, ihn zu kontaktieren. Er würde sich bei ihr melden müssen. Ihre alten Freundinnen aus Nørrebro hatten auf ihren Pinnwänden die Ausschweifungen vom letzten Wochenende mit dazugehörigen Digitalfotos gepostet. Sie amüsierten sich immer noch mit dergleichen. Plötzlich vermisste sie Kopenhagen. Die Lichter. Das Nachtleben. Die Freunde. Sie war nun beruflich nicht mehr gebunden, konnte tun, was sie wollte. In die Hauptstadt zurückzuziehen war nur eine Frage ihrer eigenen Entscheidung, aber irgendetwas machte nun Aarhus zu *ihrer* Stadt. Jetzt hatte sie nicht mehr so viel Angst, und die Jahre hier waren gut für sie gewesen. Roland Benito war für sie eine Art Beschützer geworden. Jemand, auf den sie sich verlassen konnte. Wer hätte gedacht, dass sie so etwas einmal über einen Polizisten sagen würde. Über einen von denen, gegen die sie in den Neunzigern während der Demonstrationen in den Straßen Nørrebros verbissen gekämpft hatte, vom ideologischen Rausch der Gewissheit, auf der Seite der Gerechtigkeit zu stehen, beflügelt. Damals hatte sie geglaubt, das könne die Welt verändern. Geglaubt, dass *sie* es könnte.

Sie nahm einen neuen Schluck aus ihrem Becher. Mittlerweile war der Kaffee kalt geworden, aber er schmeckte ihr trotzdem. Neben dem Becher lag ihr Handy. Immer in Reichweite. Alte Gewohnheit. Nur, dass es jetzt nicht mehr so oft klingelte. Keine unerwarteten Anrufe von ihrem halbkriminellen Freund mehr, der den Polizeifunk abhörte und ihr Leben gewaltig spannend gemacht hatte, indem er ihr mitteilte, dass ein Streifenwagen auf dem Weg zu einem Tatort sei – sodass sie praktisch zur gleichen Zeit wie die Polizei dort hatte eintreffen können. Sie nahm das Handy, fand Roland Benitos Nummer und bekämpfte den Drang, anzurufen und nachzufragen, ob alles okay sei. Ob er klarkomme. Stattdessen wählte sie Nicolajs Nummer, die sie noch rechtzeitig in die Liste ihrer Kontakte eingetragen hatte, bevor sie seine Visitenkarte bis zur Unleserlichkeit zerknüllt hatte. Er ging fast sofort ran. Stand irgendwo im Freien, Vogelgezwitscher und quakende Enten im Hintergrund.

»Du schon wieder?«, begrüßte er sie mit einem gedämpften Lachen in der Stimme.

»Du weißt bestimmt, dass vor Roland Benitos Villa Abgüsse von Schuhabdrücken genommen wurden?«

»Nee.« Nicolaj klang völlig desinteressiert. Man hörte Wassergeplätscher.

»Wo bist du?«

»Ich beobachte Enten.«

»Enten?«

»Ich bin im Park beim Kloster der heiligen Jungfrau, aber der Schuppen sieht ziemlich zu aus.«

»Das ist ein Kloster, Nicolaj. Was machst du da?«

»Bist du denn gar nicht mehr auf dem Laufenden, Anne?«

Sie stand auf, trat ans Fenster und schaute hinaus auf die Straße, wo sie damals Adomas in dem dunklen Auto verschwinden gesehen und dann bemerkt hatte, wie ein anderes Auto, mit litauischem Kennzeichen, es verfolgte. Sie konnte nicht aus diesem Fenster sehen, ohne dieses Bild vor Augen zu haben. Adomas schien sämtlichen Platz in ihrem Gehirn eingenommen zu haben, sodass es sonst nichts mehr aufnehmen konnte.

»Zugegeben, ich bin wohl etwas ins Hintertreffen geraten. Aber die Sache kann ja nichts mit Tobias Abrahamsen zu tun haben, der wurde doch für tot erklärt, nicht?«

»Die Polizei war den ganzen Tag am Hafen zugange, aber es lässt sich unmöglich mehr feststellen, wo die Kumpel ihren Klassenkameraden ›zur Ruhe gebettet haben‹, wenn man so sagen darf. Man kann nur hoffen, dass er es noch herausgeschafft hat, bevor sie angefangen haben, den Beton zu gießen.«

»Ja, aber falls er das gemacht hat, wo ist er dann jetzt?«

»Willst du meine Vermutung hören? Er wurde lebendig begraben und wird für immer ein Teil von Aarhus' neuer Hafenfront sein.

Vielleicht liegt er, sehr passend, unter den neuen Jugendwohnungen. Das Schicksal hat ja manchmal durchaus Sinn für Humor.«

»Nicolaj, darüber macht man keine Witze!«

»Jedenfalls sind die Ermittlungen bis auf weiteres gestoppt. Für tot erklärt ist er ganz gewiss noch nicht, das passiert wohl erst nach einiger Zeit, wenn sie die Leiche partout nicht finden können. Weißt du sonst noch was über die Familie Benito – außer das mit dem Schuhabdruck?«

»Nee«, antwortete sie spontan und hatte keine Ahnung, warum sie log. Warum sie plötzlich der festen Ansicht war, dass es nicht an die Presse gelangen sollte, dass Roland Benitos Leben zerstört worden war. »Aber, also dass du dich jetzt in einem Kloster herumtreibst, haut mich von den Socken. Erzähl mir mal, was du da machst.«

»Du bist für deine Unwissenheit ein bisschen entschuldigt, Anne – hiervon stand nämlich nicht viel in der Presse. So ist das halt: Die katholische Kirche lässt sich nicht in die Karten schauen. Gott hält irgendwie die Hand über …«

»Ähm, hat das etwas mit katholischen Priestern zu tun?« Anne ging zurück zum Sofa und trank auch den letzten Rest Kaffee. Jetzt war er eiskalt und sie verzog das Gesicht, als er ihr die Kehle hinabrann. Zudem verschluckte sie sich am Bodensatz und musste husten.

»Das würde mich nicht wundern. Eine Nonne oder so ist unter mysteriösen Umständen tot aufgefunden worden. Ich habe einen Kontakt in der Kriminaltechnik, eine Studentin, sie hat mir davon erzählt und durchblicken lassen, dass es sicher kein ganz gewöhnlicher Todesfall ist; ich bin gerade dabei, das zu untersuchen. Aber das hier ist ja kein Mönchskloster, und ich bin nun mal ein …«

Sie hörte, dass er über Kies stapfte, und das Geräusch von Wasser und schnatternden Enten entfernte sich. Dann blieb er abrupt stehen.

»Weißt du was, Anne? Ich glaube, ich könnte dich jetzt echt gut gebrauchen.«

34

»Rolando! Rolando Benito!«

Die Stimme hatte sich nicht verändert, aber sie klang genauso überrascht, wie der Ausdruck in seinem Gesicht wirkte. Es war faltiger und älter geworden. Das Haar war immer noch dicht und schlohweiß. Milde braune Augen sahen ihn hinter einer modernen Brille mit dünnem Goldgestell an. Roland hatte viele Jahre lang jeden Sonntag dieser Stimme gelauscht und dieses Gesicht angesehen, die Worte gehört, die aus seinem Mund kamen, ohne dass er sie immer ganz verstanden hatte. In diesen alten Priester hatte er immer großes Vertrauen gehabt.

»Pater Josef. Störe ich?«

»Selbstverständlich nicht. Das tut keines von Gottes Kindern. Komm herein.« Er öffnete sogleich die Tür zu seinem Heim. Ein gemütliches, ruhig gelegenes Landhaus mit einem Strohdach, das dringend einmal erneuert werden müsste. Drinnen duftete es nach Tabak und Kaffee.

»Möchtest du auch eine Tasse haben?«

»Nein danke. Ich habe eben erst …« Er setzte sich an den Tisch. Pater Josefs Zigarette lag im Aschenbecher. Sie war ausgedrückt, aber dennoch verströmte sie Tabakduft. Roland atmete tief ein, und eine verbotene Lust wurde wieder in ihm wach. Der Arzt hatte ihm einen Rat gegeben, wie er sich als Nächstes die Nikotinkaugummis abgewöhnen könne, die nun statt der Zigaretten sein neues Laster geworden waren – aber der Ratschlag, den ihm Vizepolizeidirektor Kurt Olsen in dieser Angelegenheit gegeben hatte, erschien ihm da wesentlich attraktiver: zwanzig Zigaretten am Tag. Aber, nein, trotzdem: Er wollte nicht wieder mit dem Rauchen anfangen, nur um von den Kaugummis loszukommen. Jetzt hatte er es doch schon so weit gebracht, und es erfüllte ihn mit einem gewissen Stolz, dass er sich so gut zu beherrschen vermochte. Da lieber kauen. Irene hatte ihn bei seinen Entzugsbemühungen die ganze Zeit unterstützt.

Pater Josef setzte sich und sah ihn an, eine Menge Fragen im Blick. »Wie komme ich zu der Ehre, Rolando? Die letzten Jahre, als ich noch Priester in der Liebfrauenkirche war, habe ich nicht viel von dir gesehen. Wie geht es deiner Mutter?«

Roland ließ ihn wissen, dass sie vor einigen Jahren gestorben war. Er entschuldigte sich nicht dafür, danach nicht mehr in die Kirche gegangen zu sein. Aber er berichtete von Salvatores Schicksal und davon, wie sehr sein Tod und seine Beerdigung in Neapel ihn und Irene mitgenommen hatten.

»Kommst du, um zu beichten, Rolando?«

»Na ja, eigentlich nicht. Ich bin in erster Linie dienstlich hier.«

Der Priester antwortete nicht. Sein Gesicht nahm einen verschlossenen Ausdruck an. Er nahm einen Schluck Kaffee und starrte auf den Tisch.

»Ich habe gehört, dass Sie nun als Priester im Kloster der heiligen Jungfrau tätig sind.«

Pater Josef stellte die Tasse weg und sah ihn an. Sein Gesicht entspannte sich, er lächelte, sodass die Falten um seine Augen noch tiefer wurden. »Eigentlich mehr als Lehrer und geistlicher Berater für die Schwestern. Aber ab und zu halte ich auch eine Messe.«

»Waren Sie letzte Woche Donnerstag Abend im Kloster?«

Der Priester überlegte und schüttelte den Kopf. »Es hat etwas mit dem Tod der Postulantin zu tun, stimmt's?«

»Wir wissen, dass in dieser Nacht ein Exorzismus stattgefunden hat. Pater Francesco ist dafür eigens aus dem Vatikan gekommen. Davon haben Sie sicher gehört?«

»Natürlich. Pater Francesco ist ein alter Freund, daher hatte ich Mutter Helene empfohlen, ihn zu kontaktieren. Eine dämonische Kraft hatte von dem Flügel, in dem die Schwestern wohnen, Besitz ergriffen.«

»Der Exorzist kam also, um einen Dämon in einem Gebäude auszutreiben?«

»Ja.«

»Wie konnte es passieren, dass das Ganze mit dem Tod einer jungen Frau endete?«

Pater Josef erhob sich und trat ans Fenster. Man hatte von dort Aussicht auf ein Wäldchen und eine Menge grüner Felder. Er stand mit dem Rücken zu Roland, als er antwortete. »Schwester Lauras Tod hat damit nichts zu tun.« Er drehte sich um und sah Roland direkt in die Augen, ohne zu blinzeln. »Alle setzen ihr Vertrauen in euch – in die Tätigkeit der Polizei.«

»Bestimmt nicht alle, Pater Josef. Wir haben es sehr schwer, Zugang zu dem Kloster zu bekommen, um die nötigen Ermittlungen durchzuführen. Ich hatte gehofft, Sie könnten mir helfen.«

»Leider nicht. Die katholische Kirche beabsichtigt, eine eigene Untersuchung des Zwischenfalls anzustellen, daher …«

»Hm. Wissen Sie, wie eine Teufelsaustreibung abläuft?«

Der Priester setzte sich langsam wieder. Roland konnte sehen, dass er Probleme mit den Knien hatte. Sicher Arthrose. Vom stundenlangen Stehen in der Kirche. »Im Prinzip ja. Kommt darauf an, von welchem Dämon die Rede ist.«

»Kann Weihrauch dabei vorkommen?«

»Sicher, ja.«

Roland beugte sich zu dem Priester vor und blickte ihm fest in die Augen. »Die junge Frau wurde mit Fesseln an Handgelenken und Knöcheln aufgehängt. Deutet das nicht auf eine Art Ritual hin? Bestrafung?«

Ein kleiner erschreckter Schatten glitt über die Pupillen des Priesters, die genauso dunkel wie die von Roland waren, aber er bewahrte die Fassung. »Es ist nicht undenkbar, dass sich Schwester Laura mit dem Teufel verschworen hatte; wenn jemand versucht hat, sie zu reinigen, und sie dabei gestorben ist, kann das in diesem Fall nur *seine* Schuld sein.«

»Die des Exorzisten also?«

»Nein, des Teufels natürlich.«

Roland lehnte sich im Stuhl zurück. Die Überzeugung des Priesters machte ihn fassungslos. Er glaubte das wirklich.

»Was waren denn die Indizien dafür, dass Laura Friis Verbindungen zu den bösen Mächten hatte?«

»Eine Novizin hatte etwas bemerkt, was sie mir anvertraute.«

»Wann ist das passiert? An dem Abend, als Pater Francesco zu Besuch war?«

Pater Josef bestätigte es mit einem kurzen Nicken.

»Glauben Sie, ich könnte mit dieser Novizin reden? Wie heißt sie?«

»Mein Wissen habe ich aus einer Beichte. Ich habe meine unbedingte Schweigepflicht zu wahren, Rolando. Das weißt du genau.«

»Aber *Sie* haben nichts Ungewöhnliches an Schwester Laura beobachtet?«

»Ihr ist es schwergefallen, sich einzugewöhnen. Mutter Helene zweifelte daran, ob sie wirklich berufen war.«

»Und das bedeutet dann also, dass sie vom Teufel besessen war?«

»Selbstverständlich nicht. Ich kann nicht näher ausführen, was die Novizin mir anvertraut hat. Schwester Laura passte einfach nicht ins Klosterleben hinein.«

»Und dann stirbt man?«

Pater Josef zeigte Anzeichen von Unbehagen und Irritation. Er schwitzte. »Pater Francesco hat nichts damit zu tun. Er hat hier bei mir übernachtet und ist früh am nächsten Morgen nach Rom zurückgeflogen; ich habe ihn persönlich zum Flughafen gefahren.«

»Wie spät war es, als er abends gekommen ist?«

»Zu mir nach Hause?« Pater Josef nahm die Brille ab und musterte die Gläser, wie um zu prüfen, ob sie schmutzig waren, dann setzte er sie wieder auf und starrte Roland an. »Das war nach dem Nachtgebet, kurz vor acht Uhr. Wir haben gemütlich über alte Zeiten geplaudert bis ungefähr um Mitternacht, als wir uns beide zur Ruhe begeben haben.«

»Und niemand hat das Haus im Laufe der Nacht verlassen.«

»Nein, Rolando. Pater Francesco schnarcht wie ein sizilianisches Erdbeben, wenn ich das so sagen darf. Ich habe ihn die ganze Nacht lang gehört und selbst nicht viel Schlaf gefunden.«

»Und wann haben Sie dieser Novizin die Beichte abgenommen?«

»Es war nach der Komplet, dem letzten Stundengebet in der Kirche. Die Schwester ist zu mir gekommen und wollte beichten. Aber lass es nun gut sein, Rolando. Findest du nicht, dass die katholische Kirche schon genug angeklagt wird? Niemand kann sich mehr vor den Beschuldigungen von Presse und Medien in Sicherheit wiegen, es gibt keinen Respekt, weder für uns Geistliche noch für die Polizei, und wenn das so weitergeht ...« Die Stimme des Priesters wurde zu einem leisen Jammern, bis Roland ihn unterbrach.

»Wenn es um die Anklagen in Sachen sexueller Missbrauch geht, dann soll das auch in jedem Fall ans Licht kommen, Pater Josef. Das müssen Sie als Priester doch auch so sehen. Und nun haben wir es also mit dem unheimlichen Tod einer jungen Frau zu tun. Auch davor können wir ja nicht einfach die Augen verschließen.«

»Natürlich nicht, aber ...« Der Priester schwieg und sah auf seine faltigen Hände herab. Er sah aus wie jemand, der es selbst nötig hatte zu beichten. »Wie geht es deiner Familie? Deiner Frau und den Mädchen?« Er blickte wieder auf und sah Roland an.

Obwohl er vor einem Priester saß und vielleicht ja Trost bei ihm finden könnte, verspürte er keinen Drang, von Irene zu erzählen. Er *konnte* nicht über sie sprechen. Der Zorn brodelte wie Lava in ihm, und er fürchtete, dass er durch die dünne Kruste brechen würde, wenn er seinem Herzen Luft machte. »Es geht ihnen gut, danke. Rikke ist verheiratet und hat eine Tochter, Marianna; sie ist sieben. Olivia ist nach Italien gezogen ...« Er zögerte, erinnerte sich dann an den Stolz in Irenes Stimme, als sie es ihm erzählt hatte. »Sie heiratet bald einen Italiener und bekommt im Winter ein Kind.«

»Das läuft dann wohl darauf hinaus, dass deine Familie in dein Heimatland zurückkehrt, Rolando. Das Leben schlägt immer die Richtung ein, die es einschlagen soll. Wir sollten die Vergangenheit einfach ruhen lassen. Es tut mir leid, dass ich dir nicht besser habe helfen können.«

Roland stand auf. »Sie sind mir eine große Hilfe gewesen, Pater. Aber ich komme wieder, falls neue Erkenntnisse es nötig machen.« Er reichte dem Priester die Hand, der plötzlich den Eindruck machte, als könne er sich nicht mehr aus seinem Stuhl erheben, um sich zu verabschieden. Ein alter Mann, als Roland gekommen war, noch älter, als er ging.

35

Anne hatte bei ihrem Anruf resigniert geklungen. Sie hatte vom Tod von Alices Zwillingsschwester bei einem Badeunfall erzählt, dessen einzige Überlebende Alice gewesen war, und dass die Schuldigen nie hatten gefunden werden können, da sich Alice nur an einen Teil des Namens auf dem Schiff erinnerte, das den Unfall verursacht hatte. Auch hatte Anne von der Verhaftung von Kamillas Großvater wegen Menschenschmuggels berichtet. Aber das alles erklärte noch immer nicht, warum Kamillas Vater sie abwies. Vielleicht würde es eben einfach ihre Ehe ruinieren, wenn er sich zu ihr bekannte; nicht jeder kann die Enthüllung eines solchen Geheimnisses ertragen. Eine Tochter, von der er nichts erzählt hatte. Aber er hatte ja auch nichts davon gewusst, dass sie geboren worden war, wenn ihre Mutter ihm vorgemacht hatte, dass sie eine Fehlgeburt gehabt hatte. Das müsste Alice doch verstehen können.

Kamilla zog das zerknitterte Foto des Jungen auf dem Fischkutter aus ihrem Portemonnaie. Sie hatte es in der Bibel ihrer Mutter gefunden, als sie nach der Beerdigung in der Wohnung aufgeräumt hatte. Ihr Onkel mütterlicherseits als Sechsjähriger. Älter war er nicht geworden. Wären ihre Mutter und ihr Vater nicht unaufmerksam gewesen, wäre er nicht ins Meer gefallen und spurlos verschwunden. Könnte das Geheimnis ihres Vaters etwas mit dieser Tragödie zu tun haben? Seltsam, dass man seine Leiche nie gefunden hatte. Aber sie könnte sich irgendwo am Meeresboden an etwas verhakt haben oder weit auf die See hinausgetrieben worden sein, womöglich bis nach Grönland oder Kanada. Wohin auch immer. Das Meer war groß und die Unterströmung stark. Sie schauderte bei dem Gedanken. Das Foto war schwarz-weiß und verschwommen. Sie schaute genauer hin, um den Gesichtsausdruck des Jungen auszumachen. Aber das Gesicht war verblasst und völlig ausdruckslos, weil das Foto so alt war. Man sah weitere Fischkutter im Hintergrund, auch die waren nicht deutlich, sie konnte die Namen der Schiffe auf den Steven nicht lesen. Auch wie das Schiff hieß, auf dem ihr Onkel fotografiert worden war, konnte sie nicht entziffern. Sie legte das Foto zurück in ihren Geldbeutel. Wusste eigentlich nicht so recht, warum sie es immer noch bei sich trug. Natürlich war es Familie. Familie, von der sie nicht gewusst hatte, dass sie sie hatte, bis es Tante Astrid, die Schwester ihrer Mutter, nach deren Beerdigung enthüllt hatte.

Sie sah auf die Uhr. Die Mittagspause war fast vorbei, sie musste zurück ins Studio, wo der nächste Fotoauftrag auf sie wartete. Der erste, am Vormittag, hatte sich länger hingezogen, als geplant, sodass sie nicht wie sonst zusammen mit Pierre und Oliver in der Küche hatte zu Mittag essen können. Sie kochte eine Kanne Kaffee und ging dann zurück ins Studio. Oliver war gerade dabei, die Produkte für das Fotoshooting zu arrangieren. Sie hatte versprochen, ihm zu assistieren und mit dem Licht zu helfen.

»War bestimmt ein einsames Mittagessen heute?«, bemerkte Oliver mit gespieltem Mitleid und lächelte breit, sodass seine Zähne durch den roten Vollbart blitzten.

»Schon okay, ich habe eigentlich nur dagesessen und über Schiffe nachgedacht.«

»Schiffe?«

»Fischkutter«, präzisierte sie und griff nach der Platte, die ein weiches Licht auf die Produkte auf dem Fototisch werfen sollte.

Oliver hielt sich den Sucher der Kamera ans Auge. »Warum in aller Welt hast du über Fischkutter nachgedacht? Hast du Hering gegessen?«

»Nee, aber ich stamme aus einer Fischerfamilie. Von der Westküste.«

»Da kommst du her? Hört man gar nicht.« Oliver musterte sie neugierig. Sie hielt sich immer noch sehr bedeckt, was ihr Privatleben anging.

»Ich habe ja auch nicht dort gewohnt. Meine Mutter ist nach Horsens gezogen, als sie noch sehr jung war, daher …«

»Was war denn so spannend an den Fischkuttern?«

»Ich habe eigentlich bloß darüber nachgedacht, wie wohl der Fischkutter meines Großvaters geheißen hat. Sonst nichts. Einfach nur vor mich hin gesponnen.«

»Du hast dich ja richtig gelangweilt, armes Mädchen. In welchem Hafen hat der Kutter denn gelegen?« Oliver machte das erste Foto. Kamilla war bereit, fing den Blitz in der weißen Platte auf und sandte das Licht zurück auf die Produkte auf dem Fototisch.

»Perfekt! Versuch die Platte noch ein bisschen nach rechts zu drehen«, meinte Oliver und machte sich für die nächste Aufnahme bereit.

»Im Hafen von Agger an der Nordsee«, antwortete sie und drehte die Platte so, wie er gebeten hatte.

»Dann fängt der Name mit einem T und einer Nummer an, gefolgt vom eigentlichen Namen, sehr oft ein Mädchenname. Vielleicht Kamilla.« Er schaute über die Kamera und blinzelte ihr zu.

»Na klar doch. Aber woher weißt du so was?«, fragte sie mit einem Lachen.

Oliver war ein lustiger Kerl. Er wusste eine Menge merkwürdige Dinge und informierte sich immer gründlich über den Hintergrund eines Kunden, wenn er einen Auftrag bekam. Daher wusste er in der Regel, wann die entsprechende Firma gegründet worden war und von wem und wie die Dinge, die er fotografieren sollte, produziert und verkauft wurden. Eine imposante Vorarbeit leistete er da, die den Kunden imponierte und oft dem Ergebnis sehr förderlich war. Oliver war derjenige von ihnen, der am wenigsten

Ausschuss hatte. Aber soweit sie wusste, hatte er noch keine Fotoaufträge mit Fischkuttern gehabt.

»Mein eigener Großvater hat auf einer Schiffswerft gearbeitet. Die ist seit vielen Jahren geschlossen, aber als ich ein Junge war, fand ich es immer sehr spannend, ihn dort zu besuchen. Er hat mir beigebracht, dass auch Schiffe Nummernschilder haben, ein bisschen wie bei Autos. Der Hafen von Agger gehört zur Kommune Thisted, daher beginnt die Nummer mit einem T.« Er machte das nächste Bild, und Kamilla schaffte es gerade noch rechtzeitig, die Platte zu drehen, als der Blitz aufleuchtete. Sie dachte wieder an das, was Anne am Telefon gesagt hatte. Alice konnte sich erinnern, dass auf dem Schiff, das schuld an dem Unglück war, ein T und eine Nummer gestanden hatten, es könnte also durchaus aus dem Hafen von Agger gekommen sein. Trotz der warmen Fotolampen begann sie zu frösteln.

36

»Das ist jetzt nicht dein Ernst, Nicolaj!« Sie verschränkte die Arme und sah ihn abweisend an.

»Doch. Das ist genial, Anne! Die Polizei hat es außerordentlich schwer, Zugang zum Kloster zu bekommen. Nur ein Maulwurf kann das.«

»Das kannst du voll vergessen!« Sie zündete sich eine Zigarette an, inhalierte tief und pustete den Rauch gegen die Decke. »Ich im Kloster, der Gedanke ist doch völlig absurd!«

Nicolaj rutschte auf seinem Sessel weit nach vorn und lehnte sich über den Couchtisch zu ihr herüber. Nachdem ihm diese verrückte Idee gekommen war, war er auf dem Nachhauseweg vom Kloster direkt zu ihr gefahren. Seine Augen waren voll geballter Überzeugungskraft.

»Denk doch mal drüber nach, Anne. Daran, wie spannend das wird. Du interessierst dich dafür, Nonne zu werden, und kommst als so eine Art Praktikantin dorthin – werden die nicht Postulanten genannt? Postulantinnen, genau. Du kannst dich im Kloster frei bewegen, mit den anderen Nonnen reden und ein bisschen schnüffeln. Roland Benito wird gelb werden vor Neid.« Er wusste genau, welche Register er ziehen musste.

»Ich glaube ja, der hat im Moment ganz andere Sorgen«, bemerkte sie, schon ein bisschen aufgetauter. Der Gedanke, dem Kommissar einen Schritt voraus zu sein, gefiel ihr dennoch. So wie früher immer. Das war jahrelang ihr Antrieb gewesen. Genau das hatte sie am allermeisten vermisst. Sie musterte intensiv die Glut ihrer Zigarette, um nicht plötzlich allzu interessiert zu wirken. »Willst du dann etwa, dass ich mit Mikrofon und versteckter Kamera herumlaufe?« Dass Journalisten auf diese Weise als Maulwürfe operierten, wurde ja in der Tat immer gängiger; auch wenn das ungesetzliche Methoden waren, so enthüllten diese verdeckt arbeitenden Reporter dadurch doch eine Menge Missstände, die sonst nie ans Licht gekommen wären.

»Nein, das brauchst du nicht. Es reicht, dass du Augen und Ohren offen hältst. Sobald du etwas in Erfahrung gebracht hast, endet die Operation.«

»Operation X«, grinste sie und riss die Augen weit auf wie Morten Spiegelhauer, der Journalist, der die gleichnamige Fernsehsendung auf TV 2 moderierte.

»So was in der Richtung. Dann willst du also. Geiiil!« Nicolaj lachte.

»Ich hab noch nicht Ja gesagt, du. Ich kann ja nicht einfach so an die Klosterpforte klopfen und sagen, dass ich Nonne werden will.«

»Machen das andere nicht auch so?«

»Vielleicht, wenn sie aus einem katholischen Zuhause kommen. Aber ich bin nicht katholisch – nicht mal Christin. Eher Atheistin.«

»Das weiß doch keiner.«

»Ich weiß nicht einmal, wie man sich bekreuzigt. Von links nach rechts, von unten nach oben oder umgekehrt?«

»Eher umgekehrt. Genaueres kannst du dir von Benito beibringen lassen. Der hat wohl wieder angefangen, regelmäßig in die Kirche zu gehen.«

Darauf antwortete Anne nicht. Sie streifte die Asche der Zigarette im Aschenbecher ab. »Ob man das nicht auch einfach im Internet nachlesen kann?«

»Du *willst* also! Das hier wird ein Knüller, Anne. Ich sehe schon die Schlagzeile. Vermisst du das nicht?«

»Jetzt mach mal halblang. Wer sagt, dass ich überhaupt was rauskriege – also, falls ich Ja sagen würde. Übrigens habe ich eine Arbeit, der ich nachzugehen habe, daher kann ich unmöglich ins Kloster gehen.«

»Schmeiß diesen kranken Job hin. Jedenfalls macht er dich krank. Meine Mutter …«

»Jetzt sei mal realistisch, Nicolaj. Die Idee ist gut, aber …«

»Laura Friis ist ganz sicher ermordet worden, sonst wäre Roland Benito nicht an der Sache dran. Aber warum? Bist du denn gar nicht neugierig, das zu erfahren? Wer weiß, was in diesem Kloster vor sich geht. Ja, in allen Klöstern! Denen, in die man all sein Vertrauen legt, kann man nicht immer trauen.«

»Darüber brauchst du *mir* nichts zu erzählen!« Sie nahm einen neuen heftigen Zug von ihrer Zigarette und schaute ihn wütend an. »Glaub ja nicht, dass du mich rumkriegst!«

37

Sie trug einen schwarzen Schleier und ein weißes Tuch, das unter den Schleier gebunden und um den Hals herumgewickelt war. Keine einzige Strähne ihres Haares war zu sehen. Das Kleid war ebenfalls schwarz und lang. Auf ihrer Brust ruhte ein Kreuz. Eine kleine silberne Figur des Gekreuzigten hing daran und strahlte in der Sonne. Aber die Tracht und der Schleier betonten irgendwie ihr Gesicht. Rund, mit funkelnden kohlschwarzen Augen, die Lippen in einem natürlichen Rosaton. Kein Lippenstift. Nichts zum Verschönern, das war auch nicht nötig. Ein ganz natürliches Gesicht. Rein. Mild. Freundlich. Ihre Stimme entsprach diesem Eindruck von Reinheit. Engelhaft. Oder bildete sie sich das in ihrer Ergriffenheit bloß ein? Sie hatte bisher noch nie eine Nonne getroffen und schon gar keine Äbtissin, die sowohl eine Verbindung zu Gott als auch zum Papst unterhielt.

Sie hatten fast eine Stunde lang miteinander gesprochen. Erst war sie im Klostergarten und im Kloster herumgeführt worden – außer im Ostflügel nebst dem dazugehörigen Turm, der einsturzgefährdet war, wie Mutter Helene erklärt hatte. Er müsse dringend renoviert werden, aber es gebe kein Geld dafür. Danach hatten sie sich in den Garten hinter dem Kloster gesetzt, wo gepflegte Gartenmöbel aus lackiertem Holz standen. Man konnte das Gackern der Hühner im Hühnerhof und das Schnattern der Enten unten im See hören, wie eine Art gedämpfte Hintergrundmusik. Die einzige Musik hier. Und auch die war nur die eigene Musik der Natur. Keine AC/DC-Klänge, wie sie normalerweise aus den Lautsprechern ihrer Stereoanlage hinten im Auto dröhnten.

Ein angenehmer Frieden umgab sie. Keine der anderen Schwestern war in der Nähe, es war, als gäbe es im ganzen Universum nur sie beide; und obwohl der Tee der Äbtissin nicht nach besonders viel schmeckte und sie jetzt eigentlich etwas Stärkeres sowie eine Zigarette brauchte, musste sie zugeben, dass sie sich in der Gesellschaft der Äbtissin wohlfühlte. Sie hatte Dinge über sich erzählt, die sie bisher noch keinem anderen anvertraut hatte. Über Torsten, Esben, ihre Mutter, ihr Leben in Nørrebro. Es war, als könne die Frau in der schwarzen Tracht irgendwie die Wahrheit aus ihr zutage befördern, und das wie von selbst und ganz automatisch, ohne dass Anne selbst irgend darüber nachzugrübeln hatte. Dennoch hatte sie ihre Mission freilich nicht vergessen und so ihre Zeit als Journalistin unerwähnt gelassen. Sie war eine Reinigungshilfskraft auf Krankenurlaub, die fühlte, dass sie zu etwas anderem berufen war. Zu etwas Größerem. Gott zu dienen. Einmal, als

Teenager, war sie tatsächlich eine Zeit lang Mitglied einer christlichen Sekte in Nørrebro gewesen. Nichts zwar, was man mit dem, was sie hier sah und hörte, vergleichen konnte, die Sekte war auch recht schnell wieder aufgelöst worden, aber sie hatte immer noch die Überbleibsel einer Tätowierung in Form eines Fisches auf der Schulter, die die Gründer der Sekte von allen Mitgliedern eingefordert hatten. Dank ihrem langärmligen Pullover konnte man die Stelle glücklicherweise nicht sehen. Oft genug war der Eindruck, den sie bei anderen hinterließ, durch diese Tätowierung zu ihren Ungunsten beeinflusst worden.

»Es macht nichts, dass Sie keine Katholikin sind. Sie können konvertieren.« Mutter Helene nippte an ihrer großen Teetasse und genoss für einen Augenblick mit geschlossenen Augen die warmen Strahlen der Sonne auf ihrem Gesicht.

»Und wie konvertiere ich?«

»Das geschieht im Rahmen einer liturgischen Feier, wo Sie sich zum katholischen Glauben bekennen und das Sakrament der Firmung empfangen. Natürlich müssen Sie das Glaubensbekenntnis lernen. Aber lassen Sie uns das jetzt erst einmal noch zurückstellen. Wir werden Sie hier zunächst durch Unterricht und Gottesdienste im katholischen Glauben unterweisen. Als Postulantin haben Sie die Möglichkeit, ganz in Ruhe herauszufinden, ob dies der Weg ist, den Sie gehen möchten.« Mutter Helene lächelte und Anne konnte nicht anders, als zurückzulächeln. Sie fühlte sich bei diesem Projekt nun viel ruhiger. Es machte nichts, dass sie sich nicht bekreuzigen konnte, das würde sie lernen, und sie konnte gar nicht schnell genug hier einziehen. Das mit der Reinigungshilfskraft auf Krankenurlaub war im Übrigen keine Lüge. Sie hatte sich wegen starker Rückenschmerzen – die ebenfalls nicht erfunden waren – krankgemeldet und hoffte, dass sie die Sache so lange hinauszögern konnte, bis sie die Informationen gesammelt hatte, die sie brauchte. Nicolaj würde hinter den Kulissen parat stehen und ihren Ausflug ins Kloster aus der Ferne verfolgen.

»Wie läuft hier ein Tag genau ab?«, wollte sie wissen.

»Ora et labora«, erwiderte Mutter Helene. Ein Windstoß erfasste ihren Schleier. »Können Sie Latein?«

»Ich gebe zu, dass ich in der Schule nicht besonders gut aufgepasst habe.«

»Bete und arbeite. Das ist das Motto unseres Lebens.«

Anne nickte und spürte eine leise Unsicherheit in sich wachsen. »Sie beten und arbeiten hier also die ganze Zeit?«

Mutter Helene lachte leise und beherrscht. »Nein, nein, so ist es auch wieder nicht. Aber Gott ist natürlich immer in unseren Gedanken und wir sprechen mit ihm und denken die ganze Zeit an ihn. Das erste Stundengebet des Tages findet um halb sechs in der Kirche statt, die Matutin. Eigentlich ist die Matutin oder Vigil ja das Nachtgebet und sollte auch mitten in der Nacht gebetet werden, aber da wir hier im Kloster viele junge Schwestern haben, die ihren nächtlichen Schlaf brauchen, haben wir dieses Gebet auf etwas später verschoben.«

Anne lächelte dankbar.

»Von halb sieben bis sieben wird das nächste Stundengebet, die Laudes, gebetet. Dann frühstücken wir gemeinsam eine halbe Stunde im Refektorium, dem Speisesaal des Klosters, und dann ist Zeit für stille Bibelmeditation. Hier denken Sie über den Bibeltext des Tages nach und darüber, welche Botschaft er im Einzelnen für Sie bereithält. Um halb neun ist dann in der Kirche Gottesdienst mit Eucharistiefeier – bis um neun, wenn die Arbeit beginnt. Die Arbeiten des Tages können viele verschiedene Dinge sein, je nachdem, was Sie am meisten interessiert. Zum Beispiel Gartenarbeit, Arbeit in der Küche, Abrechnungen im Büro und – ja, Reinigung natürlich. Sie müssen ja an Ihren Rücken denken, aber wir werden schon etwas für Sie finden, womit Sie zurechtkommen. Um viertel nach zwölf wird das Mittagsgebet, die Sext, in der Kirche gebetet. Danach ist Essenszeit. Um drei ist Zeit für das Nachmittagsgebet, die Non, das dauert circa eine Viertelstunde. Dann steht die geistliche Lesung auf dem Programm. Der widmet sich jede für sich im Stillen. Sie können selbst wählen, ob Sie sich dazu in den

Klostergarten setzen wollen oder ob Sie auf Ihrem Zimmer lesen möchten.«

»Was ist geistliche Lesung?«, unterbrach Anne und hoffte, dass sie nicht allzu dumm fragte.

»Viele christliche Autoren haben im Laufe der Jahrhunderte geistliche Bücher geschrieben, in denen es etwa darum geht, wie man Vollkommenheit erreicht und Gott näher kommt. Sie handeln von Demut, Gehorsam, dem Dienst an Gott und den Menschen. Die Lektüre soll Ihnen spirituelle Nahrung für den Rest des Tages und Stoff zur Meditation geben. Ich werde schon etwas finden, was zu Ihnen passt.« Sie tätschelte vertraulich ihren Arm. »Um viertel nach vier ist dann Arbeit oder Unterricht bis zur Vesper, dem Abendgebet, und dann kommt das Abendessen. Nach dem Abwasch und sonstigen Haushaltstätigkeiten gibt es eine halbe Stunde gemeinsames Beisammensein, wir nennen das Rekreation. Hier haben alle die Erlaubnis, frei zu sprechen und es sich zusammen gemütlich zu machen. Bis zum letzten Stundengebet, der Komplet, in der Kirche um halb acht. Nach dem letzten Stundengebet am Abend und bis zum ersten Stundengebet am Morgen haben wir das große Silentium, also die große Stille, und während dieser Zeit darf man nicht reden, es sei denn, es ist wirklich notwendig oder es passiert etwas Unvorhergesehenes. Aber hier im Kloster sind die meisten ohnehin so müde, dass sie direkt nach der Komplet schlafen gehen. So viel also zu unserer täglichen Routine, die uns Geborgenheit und die Möglichkeit gibt, getreu unserer Berufung Gott zu dienen.« Mutter Helene erhob sich. »Nun, finde ich, sollten Sie einige der Schwestern kennenlernen. Die können Ihnen viel mehr über unseren Alltag und die Stundengebete erzählen. Wir können damit anfangen, dass Sie in einer Viertelstunde gleich einmal an der Sext teilnehmen, dann können Sie die Kirche von innen sehen und sich einen Eindruck davon verschaffen, wie bei uns ein Gottesdienst abläuft. Heute hält ihn unser eigener Priester, Pater Josef.«

Mit keinem Wort hatte die Äbtissin den Tod der früheren Postulantin auch nur angedeutet. Überhaupt zeigte sie keinerlei

Anzeichen, dass hier vor nicht allzu langer Zeit etwas Unheimliches geschehen war, und fast hätte Anne schwören können, dass das in einem anderen Kloster passiert sein musste und nicht hier an diesem friedlichen Ort. Nicht in dieser frommen Umgebung unter der Leitung dieser charismatischen Frau. Anne trank ihren letzten Schluck Tee und stand ebenfalls auf. Gehorsam folgte sie der Äbtissin und versuchte, deren gerade, aufrechte Haltung nachzuahmen. Als sie sich aufrichtete, wurde ihr bewusst, wie zusammengesunken sie sonst aussehen musste. Ihre schlechte Haltung war der langjährigen sitzenden Arbeit vor dem Computerbildschirm geschuldet, und sie war sicher auch der Grund dafür, dass sie Rückenschmerzen bekommen hatte, als sie nun zu einer körperlicher Arbeit übergegangen war, bei der sie sich häufig bücken musste.

Die Sonne schimmerte wärmend durch eine dünne Wolkenschicht, und Anne stellte sich vor, wie friedlich der Park an einem warmen Sommerabend daliegen musste. Als sie fast bei der Kirche angekommen waren, kam ihnen eine Schwester mit wehendem Schleier entgegengelaufen. In Annes Augen sah das komisch aus, Nonnen gingen in der Regel ruhig und würdevoll. Vor Mutter Helene blieb die Schwester stehen und sie besprachen sich in gedämpftem Tonfall, sodass Anne nichts verstehen konnte. Die Äbtissin wirkte verärgert und warf einen Blick hinüber zum Hauptgebäude, sagte noch etwas zu der Nonne und schickte sie zurück. Anne drehte sich um und sah eine junge Frau, die ganz gewiss nicht zum Kloster gehörte, auf der Treppe stehen. Die Nonne war bereits wieder bei ihr angelangt und richtete das Wort an sie. Anne hatte die junge Frau schon einmal gesehen, und als ihr einfiel, wer sie war, drehte sie ihr schnell den Rücken zu und trat einen Schritt vor Mutter Helene, sodass sie vom Hauptgebäude aus nicht mehr gesehen werden konnte. Die Besucherin auf der Treppe – das war die von der Polizei. Anne konnte sich im Moment nicht an ihren Namen erinnern, aber sie war die einzige Beamtin in Roland Benitos Abteilung. Sie waren offenbar noch nicht fertig mit den Verhören. Hoffentlich hatte sie Anne nicht bemerkt.

Doch als sie nun die Kirche betrat, vergaß sie all ihre Sorgen über ihren schmerzenden Rücken und das unverhoffte Auftauchen der Beamtin. Ein alter, abgestandener, aber angenehm süßlicher Duft lag in der Luft; sie vermutete, dass er vom Weihrauch stammte. Die Bänke waren aus dunklem Holz, schlicht, ohne unnötige Verzierungsschnörkel, der Altar und das Taufbecken standen in einem separaten Gewölbe, an der Decke hingen runde Leuchter, die sie an Adventskränze aus Holz erinnerten, mit sechs Kerzen in jedem. Irgendjemand musste die Aufgabe haben, sie alle vor jedem Gottesdienst anzuzünden und sie danach wieder zu löschen, damit die hübsche alte Kirche nicht niederbrannte. Die Beleuchtung war gedämpft und schummerig, aber nicht auf eine unheimliche Art. Anne setzte sich neben Mutter Helene und faltete die Hände. So viel immerhin wusste sie, dass sie das jetzt zu tun hatte. Die Schwestern kamen eine nach der anderen herein und setzten sich, als hätten sie ihre gewohnten Stammplätze. Besonders eine von ihnen fiel ihr ins Auge. Sie trug eine ganz weiße Tracht und hatte als einzige Schwester eine Brille. Vielleicht erregte sie auch deshalb ihre besondere Aufmerksamkeit, weil sie, als sie vorübergegangen war, so ängstlich zu ihr hergeschaut hatte – oder zu Mutter Helene. Die anderen Schwestern hatten den Blick alle demütig Richtung Kirchenboden gesenkt. Die Orgel begann zu spielen, und ein alter, weißhaariger Herr, Pater Josef, wie sie vermutete, trat in seinem stilvollen Priesterrock an den Altar.

Anne bereute es nicht, dass Nicolaj sie überredet hatte. Jetzt sollte sie etwas erleben, was weit über ihre eigene Welt hinausging. Vielleicht viel weiter, als sie es sich vorzustellen vermochte.

38

1953 gebaute Villen haben viele Türschwellen, schmale Türrahmen und steile Treppen mit hohen Stufen. Hatte es denn damals noch keine Menschen mit Behinderung gegeben? Roland schaute auf die Bleistiftzeichnung, die er schnell angefertigt hatte, um sich einen Überblick zu verschaffen, wie er Irenes Elternhaus behindertengerecht machen könnte. Die Türschwellen mussten weg, die Türrahmen zu den Badezimmern verbreitert werden. Griffe an beiden Toiletten, Auffahrschienen an der Treppe. Was war mit der Treppe in den ersten Stock? Lift? War es vielleicht noch zu früh, über solche Änderungen nachzudenken? Würde Irene sie so verstehen, als habe er sich damit abgefunden, dass sie nie mehr agil sein würde? Aber der Oberarzt hatte doch auch gesagt …

Er knüllte das Papier zusammen, straffte die Kiefermuskeln und schwor sich, nicht zu weinen. Nun musste er sich zusammenreißen und zeigen, dass zumindest *er* an das glaubte, wovon die Ärzte sagten, dass es unmöglich sei. Um Irenes willen. Das Gespräch mit dem Oberarzt, während sie hinter ihnen schlafend im Krankenhausbett gelegen hatte, wollte ihm nicht aus dem Kopf gehen. Am liebsten hätte er den Mann in dem weißen Kittel aufgefordert, leiser zu sein. Wenn sie das gehört hätte! Gehört hätte, dass ein Nerv gekappt war, sodass sie wohl kaum je wieder würde gehen können. Ja, es stimme schon, dass sie heutzutage viel auszurichten vermöchten, aber auch da gebe es eben Grenzen. Sie käme am Wochenende nach Hause. »Schon?«, hatte er herausgebracht. »Ist das nicht zu früh?« Hatte er geklungen, als wolle er sie nicht zu Hause haben? Als sei sie eine Belastung für ihn? So würde sie selbst es sicher empfinden. Hatte sie das gehört? Etwas schüttelte ihn. Er hatte vergessen, was er sich geschworen hatte.

Das Handy gab einen Laut von sich. Schnell warf er einen Blick darauf. Es könnte ja das Krankenhaus sein. Die Angst war stets präsent und wühlte in ihm; alles konnte jetzt passieren. Ihr Zustand konnte sich plötzlich verschlechtern. Aber dann ließ er es klingeln. Es war nur Dagny. So früh am Morgen … Natürlich konnte seine Schwiegermutter jetzt auch nicht schlafen, aber sie war die Letzte, mit der er reden wollte, schon gar nicht mit verheulter Stimme. Sie und Carl Ernst hatten selbstverständlich die gleiche Nachricht vom Krankenhaus erhalten, und dieses eine Mal gab es hier nun etwas, was seine Schwiegermutter nicht zu etwas noch Schlimmerem aufblasen konnte – oder etwa doch? Er hatte seither noch nicht mit ihnen gesprochen, aber er konnte schon alle Vorwürfe hören: Wo warst *du* denn, Rolando? Wärst *du* zu Hause gewesen, dann … Er schaute sich um. Dabei war es *ihre* Schuld, dass sie nun diesen Umbau hinter sich bringen mussten. *Sie* hatten die Villa erbaut, ohne einen Gedanken daran, dass hier mal jemand im Rollstuhl würde wohnen müssen. Natürlich war das ungerecht gegenüber seinen Schwiegereltern, und er warf sich diese Ungerechtigkeit ja auch vor – und dann auch wieder doch nicht. Irgendjemand musste schließlich die Schuld mit ihm teilen, sie war zu groß für ihn allein. Wäre er doch bloß zu Hause gewesen!

Ein leises Winseln neben dem Stuhl zwang ihn dazu, nach unten zu schauen. Angolo sah zu ihm hoch. Bittend. Aber worum? Der Hund spürte natürlich auch, dass ein wichtiges Familienmitglied fehlte. *Er* war mitten im Geschehen gewesen. *Er* war für Irene da gewesen. »Tag, mein kleiner Lampenschirm.« Roland versuchte zu lächeln, obwohl ein Hund so etwas selbstverständlich nicht wirklich verstand. Nur Menschen drücken sich mit Grimassen aus. Und Affen. Angolos Grimasse beschränkte sich darauf, die Zunge aus dem Maul hängen zu lassen – beziehungsweise aus dem lampenschirmartigen Ding, das er um den Kopf hatte. Das störte ihn natürlich, aber hätte er diesen Lampenschirm nicht um, würde er an der Operationswunde herumbeißen und -lecken und womöglich die Nähte wieder aufreißen. Gestern Abend hatte er den Hund aus der Tierklinik geholt. Vielleicht war es jetzt an der Zeit, eine Gassirunde mit ihm zu drehen, obwohl es früher als gewöhnlich war. Es war erst halb sechs am Morgen. So war wieder eine Nacht vergangen, mit höchstens vier Stunden Schlaf; aber welchen Sinn hatte es schon, im Bett herumzuliegen, wenn schlafen ohnehin unmöglich war.

Die aufgehende Sonne hatte einen roter Streifen über den Horizont gemalt. Gott sei Dank, ein neuer Tag mit Sonne. Er erhob sich von seinem Stuhl und ging mit dem nebenherhinkenden Angolo zur Flurtür, um das Halsband zu holen. Um die Ecke am Kühlschrank, wo Angolos Futternapf stand, machte er einen großen Bogen. Das musste er sich nun schleunigst abgewöhnen, bis Irene nach Hause kam. Aber er sah immer noch das Blut dort vor sich und wollte nicht hineintreten. Angolo blieb an der Tür zum Flur stehen und legte sich auf den Boden. Weigerte sich weiterzugehen. Roland rief, wartete, rief, wartete und seufzte, als er den See entdeckte, der sich unter Angolos Hinterteil ausbreitete – nicht ganz so groß wie die Blutlache, die er vor einer Woche auf der anderen Seite der Tür hinterlassen hatte. Resigniert schüttelte er den Kopf und hockte sich neben den Hund. Er griff in den Trichter und kraulte ihn zwischen den Ohren.

»Wir sind schon zwei Arme, ohne Mama«, sagte er und hörte seine Stimme versagen, aber auf so etwas achteten Tiere glücklicherweise nicht. Oder Angolo vielleicht schon? Jedenfalls versuchte er nun, ihm das Gesicht abzuschlecken, musste aber auch das aufgeben. Roland bugsierte den Hund zurück auf seine Decke im Wohnzimmer, holte einen Lappen und wischte die Bescherung auf. Unwillkürlich fiel ihm Anne ein. So hatte auch sie hier in seinem Zuhause auf den Knien Irenes Blut vom Küchenboden gewischt. Hatte den Lappen im Eimer ausgewrungen und gesehen, wie sich das Wasser rot färbte. Wie schnell das Leben doch seine Richtung ändern konnte. Ihm wurde übel. Hundepipi machte ihm normalerweise nichts aus, vielleicht war es mehr die Erschöpfung und der Schlafmangel.

Einer der Nachbarn machte sich draußen an seinem Briefkasten zu schaffen, holte die Morgenzeitung, als Roland kurze Zeit später rückwärts aus der Einfahrt fuhr. Vielleicht war das der Nachbar, der die Polizei angerufen hatte, als er Schüsse hörte. Der Mann blieb im Morgenmantel auf der Treppe stehen und schaute Rolands Wagen nach. Niemand hatte angerufen oder geklingelt, um sich zu erkundigen, wie es Irene ging. So etwas war immer schwer für Nachbarn, mit denen man normalerweise nicht groß zu tun hatte. Er wusste auch, dass er durch sein gesamtes Auftreten das Signal aussandte, in Frieden gelassen zu werden. Und das war es auch, was er sich gerade wünschte.

Als er im Präsidium ankam, war nur Kurt Olsen bereits da. Die Tür zu seinem Büro stand offen. Als Roland vorbeiging, schaute er auf und bedeutete ihm mit einer Handbewegung hereinzukommen.

»Früh dran, Roland«, grüßte er und schenkte ihm, ohne zu fragen, Kaffee ein. Zweifellos sah er so aus, als habe er einen nötig. Seine Augen waren blutunterlaufen, hatte er im Spiegel bemerkt, als er sich heute Morgen vor dem Losfahren noch zu der dringend nötigen Rasur überwunden hatte. Wenn Irene morgen nach Hause kam, sollte er nicht wie jemand aussehen, der nicht alleine zurechtkam – schon gerade deshalb, weil es natürlich genauso war. Er hatte weder gegessen noch richtig geschlafen. Aber ein paar Italiener aus dem Weinkeller geplündert und eine Flasche Whisky geleert. Er setzte sich und griff dankend nach dem angebotenen Kaffeebecher. Kurt Olsen nahm ebenfalls Platz und sah ihn lange an. In seinen sonst so unbeteiligten Augen glänzte Mitleid.

»Wir werden ihn finden, Roland. Es gibt neue Informationen, von denen du, wie ich finde, wissen solltest. Du musst aber versprechen, dich nicht in die Ermittlungen einzumischen.«

Roland nickte. »Natürlich. Ist bei der Untersuchung der Schuhabdrücke etwas herausgekommen?«

»Wir sind auf dem besten Weg, etwas Konkreteres zu haben, dem wir nachgehen können. Die Berechnungen anhand der Fußabdrücke zeigen, dass wir es mit einem Mann mit einem Gewicht von ungefähr fünfundsiebzig Kilo und Schuhgröße 45 zu tun haben.«

»Was leider auf eine riesengroße Anzahl von Männern zutrifft, also …«

»Und der Betreffende trägt eine bestimmte Schuhmarke. ›Aryan Wear Panzer‹.«

»Kenn ich nicht, ist die ungewöhnlich? Hört sich allerdings …«

»Wir können damit vielleicht den Typ etwas eingrenzen. Aryan-Wear-Produkte haben eine ganz bestimmte Botschaft. Im Falle dieser Schuhe ist sie auf den Sohlen versteckt, in die das Muster eines Hakenkreuzes eingeprägt ist.«

»Ein Neonazi also?«

»Möglich. Jedenfalls wohl ein Rechtsradikaler. Es sei denn, jemand hat einfach bloß neue Schuhe gekauft, ohne auf die Sohlen zu achten, was mir allerdings unwahrscheinlich erscheint. Die ballistische Abteilung ist auch nicht untätig gewesen, sodass wir aus dem Abstand der Schuhe die ungefähre Größe des Täters haben berechnen können. Ungefähr ein Meter achtundsiebzig. Irene müsste uns sagen können, auf welche ihrer Klienten dieses Profil passt. Leider hat keiner eurer Nachbarn etwas gesehen. Nur zwei der nächsten Nachbarn haben Schüsse gehört, können aber nicht sagen, wie viele, und sie haben auch noch beide vergessen, auf die Uhr zu schauen. Dennoch waren sie sich einig, dass es nach den Spätnachrichten war, immerhin. Mit all diesen neuen Erkenntnissen bin ich mir ganz sicher, dass es nicht lange dauert, bis wir den Täter haben.«

»Was ist mit der Waffe?«

»Eine SIG M/49 Neuhausen, 9 mm.«

»Eine Militärwaffe? Kurt, warum darf ich nicht selbst ...«

»Nein, Roland. Das geht nicht. Wir kümmern uns schon darum. Vertraust du uns etwa nicht? Mikkel und Isabella arbeiten ununterbrochen am Fall Irene.«

»Doch, doch. Natürlich vertraue ich euch.« Er hörte selbst, dass das nicht besonders aufrichtig klang. »Aber wer ist dann jetzt an der Klostersache dran?«

»Du natürlich, Roland, und Dan ist gerade dabei, Laura Friis' Familienmitglieder und alte Freunde und Freundinnen zu befragen, er ...«

»Dan!« Roland verspürte den Drang, vom Stuhl aufzuspringen, aber ihm fehlte die Kraft dazu. Er drückte sich Daumen und Mittelfinger fest gegen die Schläfen wie bei gewaltigen Kopfschmerzen.

»Ich weiß, Roland. Aber wir müssen ihm echt eine Chance geben. Ein bisschen Verantwortung, auch wenn er jung ist und noch nicht so viel Erfahrung hat.«

»Ach was, er ist ja inzwischen ein alter Hase. Wie lange ist er denn mittlerweile eigentlich hier? Mit seiner Entwicklung stimmt irgendetwas nicht. Uniform und Pistole reichen offensichtlich nicht aus, um einen guten Polizisten zu machen. Er hält bloß eine wichtige Ermittlung auf.«

»Komm, so ein paar Verhöre können bestimmt nicht so viel verzögern.« Der Vizepolizeidirektor fuhr sich mit dem Zeigefinger ein paarmal über den Nasenrücken und sah aus, als denke er über etwas nach. »Natürlich könnte ich ihn aber auch auf diese Neuhausen ansetzen.«

Roland sah seinen Chef vorwurfsvoll an. Warum denn nicht gleich. Plötzlich war er sehr zufrieden mit der Arbeitsverteilung.

»Wie geht es Irene?«

»Sie kommt morgen nach Hause.«

»Schon!«

Roland war merklich erleichtert über Kurt Olsens impulsiven Ausbruch. Exakt so hatte auch er selbst reagiert. Er war also nicht der Einzige, der meinte, dass sie sie eigentlich noch ein bisschen länger im Krankenhaus behalten sollten. Aber die frühe Entlassung hatte wohl etwas mit dem vieldiskutierten Platzmangel zu tun. Zum Glück fragte Kurt nicht weiter, wie es ihr ging. Es wäre schwer für Roland gewesen, darauf zu antworten. Sie schien irgendwie den Lebensmut verloren zu haben. Vielleicht nur vorübergehend, aber es war trotzdem beunruhigend. Irene war nie zuvor negativ gewesen. Im Gegenteil, sie hatte immer in allem, selbst in Schicksalsschlägen, neue Möglichkeiten gesehen. Allein die Nachricht, dass Olivia nach Hause kommen wollte, hatte in ihren Augen für einen winzigen Augenblick Freude aufleuchten lassen. Aber nur für einen Augenblick. Ja, aber, ich kann doch nicht, Rolando … hatte sie gestammelt und dabei beinahe geschluchzt – auch etwas, was er zuvor bei ihr nie erlebt hatte. Wie soll ich denn in diesem Zustand …? Er hatte ihr versichert, dass schon alles klappen werde.

Kurt Olsens Telefon klingelte, und so nahm Roland den Kaffeebecher mit in sein eigenes Büro, schloss die Tür hinter sich und setzte sich müde. Der Tag hatte gerade erst angefangen. M/49 Neuhausen, 9 mm. Diese Version der SIG P210 war die Standardpistole der dänischen Armee. Waffendiebstahl vielleicht? Er erinnerte sich an den größten Waffencoup in der Geschichte Dänemarks, den Überfall dreier maskierter Männer auf die Antvorskov-Kaserne auf Seeland im Januar 2009. Von der Beute von damals waren immer noch Dutzende Waffen auf dem Schwarzmarkt im Umlauf, unter anderem eben auch solche Neuhausen-Pistolen.

Es gelang ihm einfach nicht, sich auf die Unterlagen zu konzentrieren, die noch vor der Morgenbesprechung durchzugehen er sich vorgenommen hatte. Er gab es auf. Nach einem kurzen Zögern griff er nach dem Telefon und wählte. Er bat darum, mit Sonja Dam Andersen verbunden zu werden. Kurze Zeit später hatte er Irenes Chefin an der Strippe.

»Leider dürfen wir natürlich keine Informationen über unsere Klienten weitergeben«, erklärte Sonja bedauernd. »Schweigepflicht, weißt du.« Sie klang außer Atem, als sei sie gerade erst zur Tür hereingekommen. Roland schaute auf die Uhr. Das war sie sicherlich auch, es war immer noch früh am Tag.

»Aber jetzt ist es doch die Polizei, die darum bittet – in einem Fall, der einen Mordversuch betrifft«, versuchte er es eindringlich.

»Ja … und außerdem ist Irene das Opfer. Das tut mir wirklich sehr leid, Rolando. Der Vorfall war für uns alle hier im Büro natürlich ein Schock.«

»Hat Irene mal etwas davon erwähnt, dass jemand sie verfolgt hätte?«

»Nein. War dem denn so?«

»Einiges deutet darauf hin, dass über einen längeren Zeitraum Drohanrufe und entsprechende Textnachrichten auf ihrem Handy eingegangen sind.«

»Meine Güte, Rolando. Nein, davon hat sie überhaupt nichts angedeutet.«

»Sonja, tu mir nur den einen Gefallen. Du müsstest mir sagen können, welcher von den Klienten, mit denen Irene gearbeitet hat, zu den Fakten passt, die ich dir gegeben habe.«

Sonja seufzte laut in sein Ohr. »Birthe und ich sind bereits beide verhört worden, wir können dir nicht mit mehr helfen. Außerdem kenne ich Irenes Klienten nicht. Ich könnte höchstens Namen und Adressen in der Datenbank finden, wenn es sein müsste.«

»Aber es *muss* sein, ich *brauche* …« Er klang verzweifelt, vielleicht verstand Sonja das. Sie unterbrach ihn.

»Rolando, es ist nun mal so, dass der Vizepolizeidirektor uns ausdrücklich eingeschärft hat, niemandem außer ihm irgendwelche Informationen weiterzugeben. Warum fragst du nicht einfach Irene? Ich habe gehört, dass sie morgen nach Hause kommt. Es ist schön, dass alles so zügig vorangegangen ist.«

Roland konnte an ihrer Stimme hören, dass sie lächelte, als sie das sagte. Vorangegangen! Voran in ein Leben im Rollstuhl ohne Bewegungsfähigkeit, ja. Sonja wusste nicht alles.

»Ich will sie mit solchen Fragen lieber nicht sofort strapazieren, wenn sie nach Hause kommt. Das Beste wäre, wenn ich die Antworten von dir bekäme.«

»Ich kann nicht, Rolando, das musst du doch verstehen.«

»Kannst du nicht wenigstens sagen, an welchen Fällen sie in letzter Zeit gearbeitet hat? Du musst weder Namen noch Adressen herausgeben.«

»Aber wozu kannst du das gebrauchen …?« Er hörte ihre Finger auf einer Tastatur klappern und mit der Maus klicken. »Jeden Tag kommen ja neue Fälle rein. Was möchtest du wissen?«

»Wenn sie länger bedroht wurde, muss es ein Klient sein, den sie schon eine Weile betreut. Worum geht es in ihren ältesten Fällen?«

»Also, ich verstehe nicht, wie dir das helfen kann, Rolando.«

»Ein Motiv, Sonja. Es gibt immer ein Motiv.«

Sonja klickte wieder mit der Maus. »An alten Fällen hat sie unter anderem einen Drogensüchtigen, der aus seiner Abhängigkeit herauswill, den betreut sie seit einigen Wochen. Das Gleiche gilt für den Fall eines Mannes, der versucht, eine Invalidenrente zu bekommen, und der ein paarmal zum Probearbeiten geschickt wurde, um festzustellen, ob er nicht vielleicht doch arbeitsfähig ist. Dann ist da eine Familie, deren zwei Kinder in Obhut genommen werden sollen. Ein vierzehnjähriger Junge, der in der Gefangenenfürsorge ist und für den sie eine Pflegefamilie finden soll. Dass sind die, die bereits einige Wochen zurückreichen. Dann gibt es die neuen …«

Roland verstärkte seinen Klammergriff ums Telefon. Irene hatte Recht gehabt, als sie sagte, dass er nichts über ihre Arbeit wisse. »Könnte einer davon etwas mit der rechtsextremistischen Szene zu tun haben?«

»Über ihre politische Überzeugung haben wir nirgendwo etwas vermerkt, da mischen wir uns nicht ein, aber das könnten sie wohl alle.«

Er hörte die Stimmen von Kurt Olsen und Mikkel Jensen draußen vor der Tür. Das Präsidium war jetzt nahezu voll besetzt. Schnell bedankte er sich bei Sonja Dam Andersen und versprach gleich mehrfach, Irene zu grüßen, wenn sie nach Hause kam. Er rief »Herein«, als das erwartete Klopfen dann endlich ertönte. Mikkel trat ein und ließ sich auf den Stuhl fallen, ganz als sei er hier zu Hause. Fast erwartete Roland, dass er jetzt auch noch die Füße auf seinen Schreibtisch legen würde. Er sah hier die Möglichkeit, dem Beamten mehr Informationen zu entlocken, als der Vizepolizeidirektor ihm gegenüber herauszurücken willens war.

»Gibt's was Neues bezüglich der Schüsse bei mir zu Hause, Mikkel?«

»Die Telefongesellschaft hat das Handy geortet, aber es erwies sich als gestohlen. Die Besitzerin ist ein Mädchen, das nichts mit den Drohungen zu tun haben kann.«

»Warum hat sie das nicht gemeldet? Dann hätten wir es sperren und die IMEI-Nummer als gestohlen registrieren können.«

»Sie ist erst neun, Roland. Es hat sich herausgestellt, dass es bereits das vierte Handy ist, das ihr abhandengekommen war, und sie hat sich nicht getraut, es ihren Eltern zu beichten. Sie hat geglaubt, sie hätte es bloß irgendwo verlegt. In dem Alter denken die ja nicht immer an die Konsequenzen.«

Nein, und sollten deswegen vielleicht auch nicht die Verantwortung für ein Handy übertragen bekommen, dachte Roland. »Aber die Anruflisten und Positionsdaten müssten doch zu beschaffen sein, damit wir sehen können, wo sich das Handy befunden hat.«

»Natürlich. Die Listen sind an Kurt weitergegeben worden.«

Roland zwang sich zu einem Lächeln. Ein peinliches Schweigen entstand.

»Na, bist du denn bereit, Irene morgen nach Hause zu holen?«, wechselte Mikkel das Thema, offenbar um einfach irgendetwas zu sagen.

»Was meinst du mit bereit? Selbstverständlich freue ich mich, dass sie nach Hause kommt.«

»Ich meinte, ob euer Zuhause schon entsprechend vorbereitet wurde. Muss sie nicht im Rolli sitzen?«

»Rollstuhl«, korrigierte Roland. Er mochte das Wort *Rolli* nicht, das irgendwie herabwürdigend klang, besonders jetzt, da es mit Irene verbunden war.

»Okay, dann Rollstuhl, aber *ist* denn alles vorbereitet?«

Roland nickte. Er hatte genug Zeit gehabt, mehr zu unternehmen, als nur ein paar Skizzen anzufertigen, aber er hatte die Sache trotzdem hinausgezögert. Als würde es irgendetwas ändern, wenn nichts gemacht wurde. Als ob dann nichts passiert wäre und auch nichts passieren würde. Aber die Rampe zur Haustür war bestellt und würde irgendwann heute Abend geliefert werden. Das andere würde sukzessive folgen müssen, eins nach dem anderen, gerade konnte er sich dazu nicht genügend zusammenreißen.

»Es dauert nicht mehr lange Roland, dann haben wir ihn. Die Listen werden uns helfen, seinen Wohnsitz zu lokalisieren, und dann … überlass das einfach uns. Und ansonsten … Gibt es Fortschritte in der Klostersache?«

»Nicht viele. Dort, wo wir den Tatort vermutet haben, war nichts Brauchbares zu finden. Vielleicht ist sie auch irgendwo anders im Kloster der Folter ausgesetzt worden. Die Nonnen schweigen. Die Äbtissin schweigt. Ich habe auch mit dem Priester gesprochen. Er sagt, dass der Exorzist bei ihm übernachtet hat, und bestätigt, dass er am nächsten Tag nach Rom zurückgekehrt ist. Damit geben sie sich also gegenseitig ein Alibi.«

»Folglich aber ist dieser Francesco jedenfalls noch nicht in der Nacht, in der Laura Friis ermordet wurde, abgereist. Wohnt der Priester nicht recht nahe am Kloster?«

»Doch, das sind nur ein paar Kilometer. Pater Josef beteuert allerdings, dass sie seine Wohnung nicht verlassen haben.«

»Kann man Priestern trauen?«

Roland antwortete nicht. Wenn man einem Priester nicht trauen konnte, wem in aller Welt sollte man dann überhaupt noch vertrauen können?

»Aber bisher hat, wenn ich dich recht verstehe, nur Pater Josef dem Exorzisten ein Alibi gegeben. Du müsstest also noch in Rom mit diesem Francesco sprechen, damit er das bestätigen kann?«

Roland nickte. Er hatte sich notiert, dass ein Gespräch mit Pater Francesco nicht länger aufgeschoben werden konnte, aber er musste insgeheim zugeben, dass er es am liebsten vermieden hätte, in einer so pikanten Sache den Vatikan zu kontaktieren.

»Dan hat bei den Vernehmungen von Laura Friis Freunden und Freundinnen auch nicht allzu viel herausgefunden«, wusste Mikkel zu berichten.

Roland kniff die Mundwinkel zusammen. Was hätte er sich auch erwarten können?

»Scheint so, als sei sie ein ganz normales Mädchen gewesen, großgezogen in einem stinknormalen katholischen Zuhause«, fuhr Mikkel fort. »Sie hätten alle verwundert darüber gewirkt, dass sie plötzlich ins Kloster hatte gehen und Nonne werden wollen, hat mir Dan erzählt. Sie hatte sogar einen Freund, aber der war so geschockt, dass Dan nichts aus ihm herausbekommen hat. Keiner hat verstehen können, dass sie vom Teufel besessen gewesen sein soll.«

»Das mit dem Teufel hat Dan sie doch wohl nicht im Ernst gefragt?«

»Doch, das hat er.« Mikkel lächelte schief. Für Roland war das nur die Bestätigung, dass Dan immer noch nicht kapiert hatte, was er eigentlich tun sollte.

»Aber worauf ist es dann zurückzuführen, dass ein so hübsches, junges und gläubiges Mädchen einen so grausamen Tod erleiden muss?« Diese Frage ging Roland nicht aus dem Kopf.

Mikkels Lächeln verschwand. »Bis wir den Durchsuchungsbefehl endlich bekommen haben, ist ja so viel Zeit vergangen, dass sie alle Spuren am Tatort womöglich einfach längst beseitigt haben«, meinte er und trommelte mit den Fingern auf seine Oberschenkel. »Isabella redet ständig davon, dass diese Nonne in der weißen Tracht – oder die Novizin, was auch immer – ganz sicher irgendetwas weiß. Aber wie kriegen wir sie zum Reden?«

»Isabella ist ja fast aus dem Kloster rausgeschmissen worden, die werden wir nur schwer wieder reinkriegen. Und der Bischof hat Kurt kontaktiert und eindringlich darum gebeten, dass wir behutsam vorgehen. Er hat betont, dass es schließlich um den Ruf der heiligen katholischen Kirche ginge. Wir müssen uns einfach mit Geduld wappnen und warten, ob es nicht vielleicht doch irgendjemandem schwerfällt, ein so grausames Wissen für sich zu behalten.«

39

Die Komplet, wie Mutter Helene das letzte Stundengebet des Tages genannt hatte, war ein himmlisches Erlebnis gewesen, das mit ergreifenden lateinischen Gesängen endete. Anne hatte mit geschlossenen Augen in der Kirche gesessen und einen inneren Frieden und eine Harmonie mit sich gespürt, wie sie es nie zuvor erlebt hatte. War es wirklich möglich, alle Verantwortung für sein Leben und seine Handlungen jemand anderem zuzuschieben? Gott? Gott vergab, wenn sie sündigte. Oder richtiger, der Priester tat es in seinem Namen. Sie hatte das immer ein wenig unmoralisch gefunden, aber in Gesellschaft von Mutter Helene wirkte das Ganze plötzlich völlig richtig. Jedenfalls war es, als gäbe es hier im Halbdunkeln der Kirche keine andere und keine bessere Welt.

Sie hatte dafür gesorgt, dass sie neben Schwester Margaretha zu sitzen kam, der Novizin in der weißen Tracht. Da war etwas an ihrem zurückgezogenen Wesen und dem scheuen Verhalten, was Anne neugierig machte, mehr über sie zu erfahren. Zumal sich ihr auch der Eindruck vermittelt hatte, dass die Novizin diejenige im Kloster war, die Schwester Laura am nächsten gestanden hatte, und Anne durfte ja schließlich nicht vergessen, warum sie hier war. Sie hatte den Tag mehr genossen, als sie gedacht hätte, und schnell beschlossen, das gastfreundliche Angebot der Äbtissin anzunehmen, die Nacht und das Wochenende über dazubleiben. Das Handy hatte sie in ihrem Kulturbeutel versteckt. Diese Art von moderner Ausstattung war im Kloster verboten, aber als sie das letzte Mal auf der Toilette gewesen war, hatte sie ihren Kulturbeutel mitgenommen und Nicolaj heimlich eine schnelle SMS geschickt.

Jetzt klopfte sie an Schwester Margarethas Zimmertür. Der Tag war vorbei, und so wie sie es verstanden hatte, war nun die Zeit, wo alle schlafen gingen, aber sie fühlte sich überhaupt nicht müde, im Gegenteil. Annes Zimmer befand sich ganz hinten am Ende des Flurs, direkt neben den Toiletten. Sie rechnete damit, durch die Spülung geweckt zu werden, falls eine Schwester mitten in der Nacht auf Toilette musste, da die Wände zwischen den einzelnen Räumen sehr dünn waren und es ziemlich hallte. Aber ansonsten machte hier niemand Lärm. Die Stille lastete fast wie eine Art Druck auf den Ohren.

Margaretha saß auf ihrem Bett und las in einem erbaulichen Buch. Sie lächelte unsicher, als Anne die Tür öffnete und fragte, ob sie hereinkommen dürfe. Anne hatte den Eindruck, dass die junge Schwester sie mochte, und das würde sie, so gut sie konnte, ausnutzen.

»Haben Sie Zeit, sich noch ein bisschen zu unterhalten?«, flüsterte sie.

»Wir dürfen jetzt nicht reden. Das große Silentium. Wir sollten bald schlafen …« Margarethas Stimme war gedämpft, aber bestimmt, und der Ausdruck in ihren Augen ernst, doch dann legte sie ein Lesezeichen in ihr Buch und klappte es zu. »Aber ich habe Mutter Helene versprochen, Ihnen zu helfen, wenn es etwas gibt, was Sie gerne wissen möchten.«

Anne setzte sich auf den Stuhl an ihrem Schreibtisch. Es gab nicht viele Möbel in den Zimmern. Ein Bett, einen Kleiderschrank, einen Tisch und einen Stuhl. Auf dem Flur gemeinsame Toiletten und ein Badezimmer für alle. Kein Luxus irgendwelcher Art, und das gefiel ihr tatsächlich, es erinnerte sie an ihre Zeit als aktive Besetzerin damals, als sie auch sparsam und spartanisch hatte leben müssen. Sie beschloss, gleich zur Sache zu kommen.

»Ich habe gehört, dass hier eine Postulantin gestorben ist. Stimmt das?«

»Hat … hat Mutter Helene Ihnen das erzählt?«

Anne nickte, aber das war nicht ihre erste Lüge, seit sie ins Kloster gekommen war.

»Ja, sie ist tot. Aber … aber darüber reden wir nicht.«

»Warum denn nicht?«

»Wir dürfen unsere Gedanken nicht von dem Bösen stören lassen. Und Schwester Laura stand mit dem Bösen im Bunde. Dem Teufel.«

Anne erschauderte leicht. »Sie kannten sie gut, stimmt's?«

»Wir waren viel zusammen, ja.« Das wurde so zaghaft geäußert, dass Anne es kaum hörte.

»Wie habt ihr das herausgefunden, das mit dem – Teufel?«

Schwester Margaretha starrte an die leere, weiß getünchte Wand und schwieg eine Weile. Ihr Mund bewegte sich, als würde sie auf irgendetwas herumkauen. »Ich habe es Pater Josef erzählt. Er hat sich vielleicht Pater Francesco anvertraut.«

»Und wer ist das? Auch ein Priester?«

»Ja, aus dem Vatikan. Er war hier, um die Dämonen in unserem Flügel auszutreiben.«

Sie sagte das so beiläufig, als würde sie berichten, dass er hier gewesen war, um sauberzumachen. Eine völlig normale Handlung: Dämonen mussten halt zwischendurch immer mal wieder entfernt werden – wie Staub und Schmutz.

»Aber es ist dann also doch Laura gewesen – Schwester Laura –, die der … Dämon war?«

»Ja, das hat sich herausgestellt.«

»Woran ist das zu erkennen gewesen?« Anne war kurz davor zu fragen, ob Laura vielleicht Hörner auf der Stirn gehabt habe, aber das ginge dann doch wohl wirklich zu weit.

»Das kann ich Ihnen nicht sagen. Am liebsten würde ich gar nicht mehr daran denken. Ich *darf* nicht daran denken, das nützt niemandem, im Gegenteil.«

Anne konnte hören, dass es nichts half, Druck auszuüben. »Sie werden bald Nonne, oder?«, fragte sie nach einer kleinen Pause.

»Ja, das dauert nicht mehr lange.«

Anne bemerkte ein Zögern in ihrer Stimme und bekam den Eindruck, dass die junge Frau da neben ihr auf dem Bett es nötiger hatte zu reden als sie selbst. Vielleicht hatte sie Anne ja deswegen trotz des großen Silentiums hereingelassen.

»Wie läuft das ab?«, erkundigte sie sich. »Ich freue mich darauf«, beeilte sie sich hinzuzufügen, als sie nach der ersten Frage merkte, dass Schwester Margaretha sie prüfend ansah.

»Es ist eigentlich wie eine Hochzeit.«

»So mit Hochzeitsvorbereitungen und allem Drum und Dran?«

»Ja. Es sind Einladungen verschickt worden, und alle im Kloster sind vollauf damit beschäftigt, alles für den großen Tag vorzubereiten.« Schwester Margarethas Mund lächelte, aber ihre Augen strahlten nicht vor Freude, den Partner zu ehelichen, den sie liebte, wie man es bei einer normalen Ehe erwarten würde. Doch vielleicht war es eben etwas anderes, geistlich-spirituell zu heiraten. Anne konnte sich da überhaupt nicht hineinversetzen.

»Kommen Ihre Familie und Ihre Freunde auch?«

Margaretha schüttelte den Kopf und ließ den Blick zum Fenster hinaus über den Klostergarten schweifen, obwohl die Dämmerung bereits angefangen hatte, in die Dunkelheit überzugehen, und sie da draußen unmöglich etwas anderes als den Himmel sehen konnte, wo eben die ersten Sterne zu schimmern begannen. Vielleicht hielt sie Ausschau nach ihrem Bräutigam. Ihr Mund wurde ein zitternder schmaler Strich und ihre Stimme war genauso fern wie ihr Blick. »Wohnen Sie in Aarhus?«

Anne nickte, ein bisschen überrumpelt über diese Antwort, die eine Frage geworden war. »Ja.«

»Wie lange bleiben Sie hier?«

»Auf jeden Fall heute Nacht und das Wochenende.«

»Und dann gehen Sie zurück nach Aarhus?«

»Ja, bis auf weiteres.«

»Darf ich Sie darum bitten, etwas für mich zu tun?«

»Selbstverständlich.«

Die Novizin nahm die Brille ab und legte sie auf das Buch. Sie schaute Anne nicht an, sondern nach unten auf ihre Hände, als sie mit zaghafter Stimme fortfuhr: »Würden Sie etwas über meine Familie herausfinden?«

»Haben Sie denn keinen Kontakt zu ihr?«

»Nein. Aber das war meine eigene Wahl – nach Rücksprache mit Mutter Helene. Es ist so am besten für mich.«

»Hm. Was soll ich herausfinden?«

»Ich habe gerade erfahren, dass meine Eltern tot sind; würden Sie herausfinden, wie mein Vater gestorben ist? Ich muss es wissen.«

»Aber das muss Mutter Helene doch mitgeteilt bekommen haben, können Sie nicht einfach sie fragen?«

Die Novizin schüttelte den Kopf, und Anne sah, dass sie mit dem Rosenkranz in der Hand dasaß und ihn fest umklammerte. »Ich habe auch einen jüngeren Bruder und würde gerne wissen, was aus ihm geworden ist, nachdem sie gestorben sind. Vielleicht wohnt er bei meiner Großmutter.«

»Warum können Sie nicht selbst nach Aarhus fahren und sie besuchen, das dürfen Sie doch?«

»Natürlich, aber es ist einige Jahre her, dass ich sie zuletzt gesehen habe, in der Zwischenzeit ist so viel passiert, und ich will am liebsten nichts mehr mit meiner Vergangenheit zu tun haben. Aber wenn Sie mir nicht helfen wollen …«

»Doch, klar, aber dann muss ich wissen, wer Sie sind.«

Margaretha ließ den Rosenkranz zwischen den Fingern gleiten, Perle für Perle. Sie betete. So macht man das, hatte Anne von Mutter Helene gelernt. Jede Perle hat ihr eigenes Gebet. Bei den größeren Perlen betet man ein Vaterunser, bei den kleineren je ein Ave Maria, die Wiederholung sei wie das Schlagen der Wellen gegen den Strand, hatte die Äbtissin gesagt; die Wiederholung sammelt die Gedanken.

Margarethas Blick richtete sich plötzlich auf Anne, und tief in ihren Augen sah sie eine Angst, die man von einer Gläubigen, die kurz davor steht, ihr Leben ganz Gott zu weihen, gar nicht erwarten sollte. Sie schielte ein wenig ohne ihre Brille. »Sie müssen mir versprechen, dass Sie Mutter Helene nichts hiervon erzählen, ja? Versprechen Sie mir das!«

»Natürlich. Wenn sie das nicht wissen darf.«

»Meine Mutter ist vor drei Jahren an einem Herzleiden gestorben, hat mir Pater Josef mitgeteilt. Aber er wollte nicht sagen, wie mein Vater gestorben ist. Er hieß Victor Abrahamsen.«

Anne brauchte den Namen nicht aufzuschreiben. Ihr Gehirn war darauf trainiert, wichtige Informationen auch ohne Papier aufzubewahren.

»Wie heißt Ihr kleiner Bruder? Wohnt er auch in Aarhus?«

»Ja, er war noch ein Junge, als ich hier eingezogen bin. Heute muss er etwa achtzehn sein, vielleicht ist er schon von zu Hause ausgezogen, vielleicht ist er verlobt oder verheiratet. Aber meine Großmutter müsste das wissen, also, falls sie noch lebt. Sie heißt Dorthea. Dorthea Abrahamsen.«

Irgendetwas an diesem Nachnamen kam ihr bekannt vor. »Und wie heißt Ihr Bruder?«

»Tobias.«

Als sich der Name in Annes Kopf mit dem Nachnamen zusammensetzte, ging ihr auf, woher sie den Namen kannte. Sie sah Anschläge mit Fotos eines schüchternen jungen Mannes auf Laternenpfählen und Mauern überall in der Stadt flattern mit der Aufschrift: *Wo ist Tobias?* Sie sah fette Überschriften in Zeitungen und im Internet: *Immer noch keine Spur von Tobias.* Sie hörte Nicolajs Stimme: *Willst du meine Vermutung hören? Er wurde lebendig begraben und wird für immer ein Teil von Aarhus' neuer Hafenfront sein.*

Anne konnte ihren Gesichtsausdruck nicht kontrollieren, die Novizin sah sie unverwandt an. Das Lächeln, das ihre Überraschung verbergen sollte, hatte sie offensichtlich verraten.

»Kennen Sie ihn?«, fragte Margaretha aufgeregt, dann richtete sie sich im Bett in die Höhe, setzte ihre Brille wieder auf, und die Freude, die ihr Gesicht so viel schöner machte, ließ Anne sich auf dem Stuhl winden.

»Sie kennen ihn! Sie wissen, wo er ist?«, schlussfolgerte die Novizin mit zunehmender Selbstsicherheit, und nun sah Anne in ihren Augen das Glück, das sonst darin fehlte.

40

Um einige seiner gewöhnlichen, lang vertrauten Gewohnheiten und Routinen aufrechtzuerhalten und dadurch sein Gehirn sozusagen auszutricksen, fuhr Roland ins Ballehagener Seebad, um, wie immer samstagmorgens, eine Runde im Meer zu schwimmen. Aber entweder ließ sich sein Gehirn nicht so leicht etwas vormachen oder das Wasser war nicht kalt genug für einen Winterbader. Jedenfalls vermochte das salzig-nasse Element den Gedanken nicht zu vertreiben, dass er Irene in nur drei Stunden heimholen sollte. Wie würde das ablaufen? Auch als er sie gestern Abend besucht hatte, hatte sie noch nicht besonders positiv gewirkt. Aber wie sollte man das in ihrer Situation schon erwarten? Eine selbstständige und aktive Frau, die im Bruchteil einer Sekunde in jemanden verwandelt worden war, der 24 Stunden am Tag auf fremde Hilfe angewiesen ist. Und ein anderer Mensch hatte sie in diesen Zustand versetzt – das konnten Roland auch die Sonnenstrahlen, das Meer und der Duft von Salzwasser und Tang nicht vergessen lassen. Der Zorn wuchs in ihm und brannte wie ein Feuer, das vom kühlen Meerwasser nicht gelöscht werden konnte. Im Gegenteil, er spürte, dass es ihn förmlich zum Kochen bringen konnte. Er tauchte, aber über dem Wasser wartete die Wirklichkeit, ob er ihr nun in die Augen sehen wollte oder nicht.

Spätestens als er wieder unter der Blutbuche parkte und die Rampe sah, die zur Haustür hochführte, hatte ihn in die Realität wieder eingeholt. Hätte er mit der Anschaffung dieser Rampe warten sollen, bis Irene selbst darum bat? Wozu war sie wohl aus eigener Kraft fähig? Wäre sie auch ohne Rampe trotz Rollstuhl in der Lage, die Treppen zu meistern? Und würde sie es dann nicht verletzen, die Rampe zu sehen; würde sie sie nicht noch hilfloser machen, als sie ohnehin schon war? Seine Logik sagte ihm, dass ein Rollstuhl die hohen Treppenstufen unmöglich ohne weiteres überwinden konnte, und so ließ er die Rampe, wo sie war. Sie war eine Hilfe. Das würde Irene sicher auch begreifen. Er schloss die Tür auf und betrat die Villa. Angolo humpelte ihm entgegen. Wenn er das doch bloß lassen würde; es war deutlich zu sehen, wie sehr der Schmerz ihn quälte. Aber auch ein Hund hat Gewohnheiten, die zur Normalität des Alltags gehören. Und bei Angolo war nun eine neue hinzugekommen: Er hielt an der Tür wieder an, legte sich hin, winselte, und wollte nicht weitergehen. Wie lange erinnert sich ein Hund an so ein Ereignis? Er kraulte ihm die Schnauze und bekam dafür einen feuchten Kuss von einer weichen, nassen Zunge.

Auf dem Fußboden war während seiner Abwesenheit kein Malheur passiert, aber das würde es sicher in den nächsten Stunden, wenn er nicht handelte, daher führte kein Weg drum herum: Er holte die Leine und klickte sie hinter dem Lampenschirmtrichter ins Halsband. Angolo wedelte mit dem Schwanz. Was jetzt zu passieren hatte, war auch nicht vergessen. Roland nahm den Hund in seine Arme und hob ihn hoch. Schwer war er geworden, in zwei Monaten wurde er ein Jahr alt. Wie der Bräutigam seine Braut trug er ihn über die Türschwelle und schärfte sich ein, sie unbedingt demnächst entfernen zu lassen. Er öffnete die Haustür und hievte den Hund die Rampe hinunter. Angolo zuckte zusammen, als er den veränderten Treppenbereich sah, was ihn natürlich erschreckte, aber es gab so viele Dinge, an die er sich nun würde gewöhnen müssen. Das mussten sie alle. Erst als Roland den Hund auf drei Beinen auf die Fliesen stellte und das vierte angehoben blieb, wurde ihm klar, dass er keinen längeren Spaziergang schaffen würde.

Er nahm Angolo die Leine wieder ab und ließ ihn im Garten herumhinken. Währenddessen setzte er sich auf die Rampe. Er hatte so unbändige Lust auf eine Zigarette, dass er körperliche Schmerzen fühlte. Das Kaugummipäckchen war leer. Er hatte vergessen, neue zu kaufen. Er zerquetschte die Packung so fest in der Hand, dass es in die Handfläche schnitt, und ließ das zerknüllte Stück Müll in der Tasche liegen. Versuchte sich zu erinnern, was er sich geschworen hatte, und wandte mit geschlossenen Augen das Gesicht den warmen Sonnenstrahlen zu, die für ihn wie ein Versprechen auf bessere Zeiten waren. So saß er, bis Angolo zu ihm zurückgehumpelt kam und ihn mit Augen, die menschlich wirkten, ansah – voller Mitleid.

Irene war während der ganzen Fahrt vom Krankenhaus nach Hause sehr schweigsam. Roland gab es schließlich auf zu versuchen sie aufzumuntern, vielleicht klang auch er selbst sowieso nicht wie eine glückliche Seele. Der Rollstuhl im Kofferraum war vom Krankenhaus geliehen, bis Irene sich einen eigenen angeschafft oder die Gemeinde einen bewilligt hatte. Er beglückwünschte sich dafür, dass er, als er sich im vergangenen Herbst ein neues Auto gekauft hatte, für einen Mazda mit großem Kofferraum entschieden hatte, auch wenn er damals natürlich nicht geahnt hatte, dass bald ein Rollstuhl darin würde Platz finden müssen. Es war so still im Auto, dass er glaubte, dass Hämmern seines Herzen laut und vernehmlich hören zu können, als sie sich nun der Einfahrt näherten – und der Rampe. Aber Irene sagte nichts, als sie sie sah, sie schaute sie bloß mit matten Augen an, die überhaupt keine Gemütsregung erkennen ließen. Vielleicht lag es ja an den Medikamenten. Er hoffte es. In der Garage stand Irenes Hyundai Getz. Würde sie jemals wieder damit fahren können? Er machte sich Vorwürfe, das Garagentor nicht geschlossen zu haben, aber es hatte den Anschein, als löse auch das Auto bei Irene keine Emotionen aus. Vielleicht hatte ja nur er all diese Gedanken.

Irene blieb sitzen – natürlich –, als er ausstieg und den zusammenklappbaren Stuhl aus dem Kofferraum hievte. Es dauerte eine Weile, bis er ihn aufgeklappt bekam, und ihm entging nicht, dass sie sich in ihrem Sitz umdrehte und durch die Heckscheibe ungeduldig nach ihm Ausschau hielt. Als er ihr aus dem Auto half und sie dabei vom Sitz in den Stuhl heben musste, merkte er, wie der untere Teil ihres Körpers nicht mitarbeitete, nicht funktionierte. Ihre Beine hingen schlaff herab wie die Beine der Stoffpuppen, die Marianna immer mit sich herumschleppte. Der Kloß in seinem Hals wuchs, und um ein Haar wäre die ganze Aktion schiefgegangen, aber dann schaffte er es doch noch, Irene wieder ordentlich zu fassen zu bekommen und richtig in den Rollstuhl zu setzen. Von ihr kam ein Seufzer, der wie Verärgerung klang. Die Pfleger im Krankenhaus stellten sich sicher nicht so ungeschickt an. Aber die hatten das ja auch gelernt. Er packte die Griffe und schob den Stuhl Richtung Rampe. Die großen Räder lärmten auf der Unterlage, als er sie die Rampe hinaufschob. Keiner von ihnen sagte etwas, und gerade im Moment war Roland auch ganz froh darum – der dicke Kloß in seinem Hals würde ihn verraten, wenn er jetzt redete.

Endlich lächelte sie. Von drinnen war Angolos fröhliches Kläffen zu hören, und dann kam er ihr zögernd entgegengehumpelt. Er legte sich wieder vor die Tür zum Flur und winselte. Roland beeilte sich, den Rollstuhl weiterzuschieben, damit er nicht gezwungen war, irgendetwas zu erklären. An der Türschwelle musste er kräftiger schubsen, es gab einen deutlichen Rums, als die Räder darüberrumpelten, und erneut schärfte er sich ein, sie endlich entfernen zu lassen. Alle Schwellen im Haus. Der Hund erhob sich auf drei Beinen und wedelte mit dem Schwanz, sodass er beinahe eine Vase hinter ihm vom Tisch gefegt hätte.

»Oh mein kleiner Schatz! Was hat man dir nur angetan«, brachte Irene mit heiserer Stimme hervor und tätschelte ihn. Angolo wollte den Kopf in ihren Schoß legen, aber der weiße Lampenschirmkragen und die Räder des Rollstuhls waren im Weg. Irene sah zu Roland hoch. »Wie lange muss er damit herumlaufen?«

Roland räusperte sich kräftig. »Der Tierarzt meinte, drei bis vier Wochen.« Er ging in die Küche, hätte dabei fast wieder den Umweg um Angolos Futternapf gemacht, aber schaffte es, sich zu zwingen und die gerade Linie zu nehmen. »Hast du Lust auf einen Espresso?«

Sie nickte, und er holte die Dose mit den Bohnen aus dem Schrank und gab ein paar Löffel in die Kaffeemühle. Dann ließ er seinen Blick Richtung Sonne verschwinden und heftete ihn auf das Vogelhäuschen im Garten, wo sich ein paar Amseln um einen Maiskolben zankten. Während sich die Bohnen in ein sehr feines Pulver verwandelten, begann der Duft frischgemahlenen Kaffees die Küche zu erfüllen. Plötzlich kam Roland in den Sinn, dass er Irene einfach vor der Tür geparkt hatte. Sie starrte auf die Stelle, an der sie niedergeschossen worden war. Ihre Augen waren leer. Der Mund verkniffen. Sie trug kein Make-up, und unvermittelt fiel ihm auf, wie verändert sie war.

Der Zorn loderte wieder in ihm und seine Hand zitterte, als er das Kaffeepulver in den Siebträger gab und es feststampfte, zu fest, bevor er ihn dann in die Espressomaschine einsetzte und sie anschaltete.

Er wandte sich wieder Irene zu, die immer noch unbeweglich dasaß. Angolo hatte sich respektvoll ein Stück vom Rollstuhl entfernt niedergelassen. Hundeaugen schauten traurig aus dem Inneren des Trichters zu ihr hoch, ganz als wisse er, was hier vor sich ging. Vielleicht tat er das ja auch tatsächlich.

»Jetzt fahre ich dich an den Tisch … oder willst du vielleicht lieber woanders sitzen … im Wohnzimmer?«

Sie blickte wieder auf. »Nein, hier ist schon in Ordnung.«

Er schob sie an den Küchentisch. Sie kam nicht so dicht wie sonst an den Tisch heran, die Räder waren im Weg. Aber sie beklagte sich nicht.

»Hast du kürzlich mit Olivia gesprochen?«, fragte er.

»Ja, aber nicht besonders lang. Es ist teuer, von Italien aus anzurufen.«

»Hm-hm. Wann kommt sie denn?«

»Sie kommt nicht.«

»Warum nicht?« Er fragte mit einem gemischten Gefühl aus Enttäuschung und Erleichterung. Olivia konnte genauso verurteilend sein wie ihre Großmutter mütterlicherseits, und die Frage, wo er denn an jenem Abend so spät noch gewesen war, statt bei ihrer Mutter zu sein, würde ganz sicher kommen. Und zwar mit einem bitteren Vorwurf verbunden. Als sei, was geschehen war, seine Schuld. Seine Arbeit hatte sie nie verstanden, genauso wenig wie er nun die ihres Freundes – und, nicht zu vergessen, baldigen Ehemanns – nicht verstand.

»Ich habe sie gebeten, lieber zu Hause zu bleiben. Sie soll nicht so weit reisen, um mich so zu sehen, Rolando.«

»Ja, aber, wenn sie jetzt …«

Irene schaute ihn mit festem Blick an. »Ich kann sie bei ihrer Hochzeit sehen. Dann sitze ich auch nicht mehr in … dem hier.«

»Irene …« Er sah sie an und drehte sich dann eilig weg, als die Maschine mit einem Zischen verkündete, dass die zwei Tassen Espresso fertig waren. Er hatte die perfekte Zubereitung von einem guten Freund in Neapel gelernt, der selbst Barista war. Er stellte die kleinen Tassen auf den Tisch und setzte sich auf den Stuhl neben ihr. Er nahm ihre Hand, die schlaff auf der Armlehne des Rollstuhls lag. Glücklicherweise konnte sie ihre Arme, Hände und Finger bewegen. Gott sei Dank. Lange sagte sie nichts, starrte nur aus dem Küchenfenster. Schweigen zwischen ihnen war nie peinlich gewesen, aber er erschrak, als sie nun plötzlich das Wort ergriff. Hauptsächlich freilich erschrak er über das, was sie sagte.

»Ich habe ihn da draußen gesehen. Er hat mich angestarrt.«

Er drückte ihre Hand ein wenig fester. »Weißt du, wer er ist, Irene?«

»Nein, ich habe nur einen Schatten gesehen. Erst habe ich gedacht, es sei meine eigene Spiegelung, aber dann hat Angolo gebellt. Ich muss vergessen haben abzuschließen.«

Der Hund spitzte die Ohren und regte sich, als er seinen Namen hörte, blieb aber trotzdem liegen. Müde und resignierend. Roland seufzte innerlich. Aber gut, sehr gut, dass sie nun anfing, darüber zu reden, sodass der Stein zur Aufklärung endlich ins Rollen kommen konnte. Kurt Olsen und das ganze auf den Fall angesetzte Ermittlerteam taten nicht genug. Nein, sie taten wirklich nicht genug. Als Kurt Irene im Krankenhaus besucht hatte, hatte er nichts aus Irene herausbekommen können, hatte Mikkel ihm anvertraut. Die Krankenschwester hatte damals gesagt, das läge an den schmerzstillenden Medikamenten und er solle an einem anderen Tag wiederkommen. Warum hatte er das nicht getan?

»Hast du sein Gesicht gesehen? Hat er etwas gesagt?«

»Sehen habe ich ihn nicht können, aber er *hat* etwas gesagt.« Sie runzelte die Stirn, es sah aus, als schmerze es sie, daran zu denken. »Er hat mich *Bitch* genannt. Du elende Bitch. Jetzt sollst du dafür bezahlen, das hat er gesagt.«

»Irene, du musst doch wissen, wer eine solche Wut auf dich haben kann. Wofür sollst du bezahlen? Wer kann dich so sehr hassen, dass er …?«

Sie sah ihn an. Die Augen, sonst voller Wärme, Ausdruck und Gefühl, waren immer noch leer. Nicht einmal Angst sah er darin. Der Täter war noch immer auf freiem Fuß. War sie in Gefahr?

»Hättest du gewusst, wer dir etwas antun wollte, wenn *du* es gewesen wärst?«, entgegnete sie ohne Energie in der Stimme.

Roland konnte darauf nicht antworten. Er hätte es wohl nicht gewusst. Es könnten so viele sein, bei ihm. Er entschied sich, ihr mitzuteilen, dass er mit Sonja über ihre Klienten gesprochen hatte. Außerdem berichtete er davon, was sie über die Abdrücke der Schuhe mit den Hakenkreuzsohlen herausgefunden hatten, und dass es vielleicht jemand aus der rechtsextremen Szene gewesen sein könnte. »Gibt es unter deinen Fällen welche, wo man den Klienten mit diesem Milieu in Verbindung bringen könnte?«

»Das ist schwer zu sagen. Ich denke eigentlich nicht so viel darüber nach, wo sie politisch stehen.« Sie nahm ein Schlückchen von dem starken, bitteren Kaffee. Er konnte sehen, dass sie nachdachte. Die Falte in ihrer blassen Stirn wurde tiefer.

»Aber vielleicht könnte Jimmy der Typ dafür sein … das, was er sagt, und überhaupt …«

»Jimmy! Jimmy wer? Kannst du dich an den Nachnamen erinnern?«

»Jimmy Bjarup.«

»Und worum geht es bei seinem Fall?«

»Er ist gegenüber seinen beiden kleinen Kindern gewalttätig gewesen. Er ist alleinerziehend. Seine Frau will nichts von ihm und den Kindern wissen. Sie hat einen anderen gefunden, mit dem ist sie auf Seeland zusammengezogen, soviel ich weiß … Kann es Jimmy sein …? Nein, also ich glaube echt nicht, dass …«

»Was könnte ihn dazu gebracht haben zu finden, dass du das hier verdienst?«

»Ich habe ihm die Kinder wegnehmen lassen. Da war nichts anderes zu machen, Rolando. Du hättest das Kleinste sehen sollen. Ihr kleiner Arm war an zwei Stellen gebrochen." Endlich zeigte sich in Irenes Augen wieder Gefühl. Sie glänzten vor Tränen. Sie trank wieder von ihrem Kaffee und er leerte den seinen mit drei schnellen Schlucken.

»Hast du seine Adresse?«

»Nein, Rolando. Du sollst das auch nicht ...«

»Er wohnt hier in Aarhus, stimmt's?« Er stand schnell auf und holte das Telefonbuch. Irene hätte ihn daran gehindert – wenn sie gekonnt hätte.

41

Wenn es etwas gab, was Kurt Olsen nicht leiden konnte – ja, sogar hasste –, dann war es, an einem Frühlingstag im Garten seines Sommerhauses in Elsegårde Strand auf der Halbinsel Mols gestört zu werden. Noch schlimmer war es, wenn die Störung an einem Samstagnachmittag stattfand, und am schlimmsten, wenn gerade befreundete Paare zu Besuch waren. In diesem Fall waren es allerdings nur Eves Freunde. Vor einigen Jahren hatte sie ihn verlassen – und zwar genau aus dem Grund, weil ihr Privatleben immer von seiner Arbeit gestört worden war. Das war nach seiner Ernennung zum Vizepolizeidirektor im Zuge der Polizeireform nicht besser geworden, und so hatte sie beschlossen, dass sie unter diesen Umständen mit so jemandem wie ihm nicht mehr zusammenleben könne. Doch er hatte hart dafür gekämpft, sie zurückzubekommen, nachdem er gemerkt hatte, dass er einfach nicht ohne sie leben konnte. Nach jahrelangem Kampf war sie endlich zu ihm zurückgekehrt. Seitdem hatte er sich zusammengerissen und versucht, mehr Arbeit an die anderen im Präsidium zu delegieren, auch wenn er sich nicht immer wohl dabei fühlte. Jetzt freilich wirkte Eve wieder wie die Frau, die ihn damals verlassen hatte.

Sie stand in der Terrassentür und reichte ihm mit einer hastig-schroffen Bewegung das Telefon, als sei es glühend heiß und sie könne es nicht aushalten, es länger in der Hand zu halten. Ihre Wangen waren gerötet und eine rostbraune Locke hatte sich nach unten über ihr linkes Auge verirrt. Irritiert fegte sie sie mit schlanker Hand weg. Der Diamantring am Finger blitzte kurz im Sonnenlicht auf. »Es ist für dich!«, sagte sie mit einem übertrieben zuvorkommenden Lächeln.

Das Gespräch am Tisch verstummte. Alle sahen ihn an. Verwundert. Abwartend. Würde er jetzt wirklich gehen? Eve verlassen? Schon wieder? Gerade jetzt, wo sie es doch so gemütlich hatten? Die Wahrheit war, dass er es eigentlich gar nicht besonders gemütlich fand. Die eine von Eves Freundinnen, Margot, war ja noch erträglich, aber die andere … Dafür fiel es ihm schwer, seine Augen von ihren einzigen Vorzügen zu lassen: Ihr Kleid war so tief ausgeschnitten, dass ihre üppigen Brüste förmlich herauszufallen drohten. Dazu war sie frech wie der Teufel; etwas anderes gab es auch wirklich nicht über sie zu sagen. Er fragte sich oft, was Eve mit diesen beiden Freundinnen überhaupt gemeinsam hatte. Deren Ehemänner waren auch nicht gerade der Typ, mit dem er es sich gern gemütlich machen würde. Viel zu viel Gerede über Sport und Motorräder. Der eine war ein Fitnessfreak, der nun den Pullover ausgezogen hatte und mit aufgepumptem, solariumgebräuntem Oberkörper dasaß, obwohl es noch lange nicht Sommer war. Der andere war, wie als trotziger Kontrast, mit einer schwarzen Lederjacke bekleidet – er war Mitglied eines Motorradclubs. Sie nannten sich »Bikes Passion«, was nun nicht gerade furchterregend klang, und er hatte auch keinen Totenkopf mit Flügeln oder Mexikaner mit großen Säbeln als Rückenaufnäher. Aber die Mitglieder seines Clubs glaubten trotzdem, sie könnten sich mit echten Rockern messen, wenn sie rittlings auf ihren Mühlen sitzend in ihren Lederklamotten angebraust kamen, in der festen Überzeugung, damit Respekt, ja Angst zu verbreiten.

Kurt nahm das Telefon entgegen, als sei es wirklich heiß, und ging über die riesige Rasenfläche zum Ufer hinunter, wo er etwas von Hjelm sehen konnte, der kleinen unbewohnten Insel im Kattegat, sowie das Meer Hjelm Dyb hinter der Böschung. Hier, wo das Wasser über fünfzig Meter tief war, liebte er es, von seinem Boot aus Dorsche zu angeln.

»Ja?«, meldete er sich kalt, und ein ganzer unausgesprochener Satz schwang in dem einen Wort mit: Ihr wisst sehr genau, dass ich nicht gestört werden will, also sollte das hier verdammt noch mal absolut wichtig und dringend sein.

Er war davon ausgegangen, dass es das Präsidium war. Nun fiel er aus allen Wolken, als er Irene Benitos Stimme hörte.

»Kurt, es ist völlig verrückt: Rolando glaubt, er wüsste, wer auf mich geschossen hat.« Sie atmete schnell.

»Irene! Willkommen daheim, ich hoffe, dir … Was? Wo ist er?!«

»Er ist weggefahren, außer sich vor Wut. Ich weiß nicht, was ich tun soll.« Kurt hörte einen Hund winseln und sah Irene vor seinem geistigen Auge im Rollstuhl sitzen, allein mit einem verletzten Hund in einer nicht behindertengerechten Villa. Roland, verdammt noch mal, fluchte er innerlich.

»Weißt du die Adresse, Irene?«

»Ich kann mich nicht daran erinnern, aber …«

Er hörte ein Rollgeräusch auf Holzboden und vermutete, dass sie den Stuhl woandershin bewegte, dann hörte er sie in einem Buch blättern. Dem Telefonbuch? Kurz darauf gab sie ihm eine Adresse in der Thorvaldsenstraße durch. Von Elsegårde bedeutete das über eine Stunde Fahrt. Er verfluchte Roland erneut und sah hinauf zur Terrasse, wo sich die Gäste amüsierten. Margots Lachen durchdrang alles; selbst wenn sie im Haus gelacht hätte, hätte er es hier unten am Meer noch gehört, trotz des Klatschens der Wellen gegen den Strand unterhalb der Böschung und der Möwenschreie, die irgendwie fast genauso wie ihr Lachen klangen. Er konzentrierte sich wieder auf das unruhige Atmen an seinem Ohr. »Mach dir keine Sorgen, Irene, ich bringe das in

Ordnung. Hast du jemanden, der sich um dich kümmern und zu dir kommen kann?«

»Ja, aber ich will doch nicht noch mehr Familie in das hier reinziehen, es war schon mehr als genug.« Plötzlich klang sie ungewöhnlich müde. »Danke, Kurt. Und entschuldige die Störung.« Sie legte auf oder verlor das Telefon aus der Hand, er wusste nicht genau, was passiert war, und spürte den Impuls, sie noch mal anzurufen. Doch stattdessen wählte er eine andere Nummer. Zu seiner Erleichterung ging Mikkel Jensen fast sofort ran. Er setzte ihn ins Bild.

»Und übrigens, ist eigentlich Isabella bei dir zu Hause?« Er wartete keine Antwort ab. »Würdest du sie bitten, nach Irene Benito zu sehen? Danke.«

Mikkels zögernde, leicht geschockt klingende Antwort ließ ihn noch immer lächeln, als er nun das Handy einsteckte und zurück zur Terrasse ging. Glaubten die wirklich, dass er derart naiv und blind war, dass er nicht wusste, was da um ihn herum vor sich ging?

42

Kamilla kam nicht zur Ruhe. Wachte immer früher auf und konnte dann nicht mehr einschlafen, selbst wenn es Samstag war und sie eigentlich ausschlafen könnte. Heute hatte sie bereits vor der Tür der Hauptbibliothek gestanden, als sie um zehn Uhr öffnete. Jetzt, zwei Stunden später, saß sie im Auto, und der Beifahrersitz quoll vor Fotokopien alter Zeitungsartikel über. Jedes Mal, wenn sie an einer Ampel hielt, warf sie einen schielenden Blick zu ihnen hinüber. Was Anne über Alice erzählt hatte, stimmte offenbar. Die meisten Artikel handelten davon, wie unverantwortlich es doch sei, mit Alkohol im Blut aufs Meer hinaus zu segeln. »Fünf junge Menschen nach Saufgelage auf dem Meer tot«, verkündete eine der fetten Schlagzeilen. »Die schlimmste Tragödie des

Sommers«, lautete die nächste, und darunter stand: »Alkohol und Drogen schuld am tragischen Ertrinken fünf junger Menschen«. Jetzt waren also auch noch Drogen dazugekommen, wohl um es noch reißerischer und verantwortungsloser klingen zu lassen. Sie kannte die nicht immer astreinen Methoden der Presse, Neuigkeiten zu verkaufen, und die diesbezüglichen Gepflogenheiten waren in den Siebzigern offensichtlich auch nicht viel besser gewesen. Gleichwohl hatte sie auch Artikel aus Zeitungen gefunden, die die ganze Sache als einen Unfall ansahen, bei dem der Schuldige nicht gefunden worden war. Es war die Rede von einem Fischer, der unter Verdacht gestanden habe, aber für den Zeitpunkt des Unglücks ein glaubhaftes Alibi gehabt hatte. Alle Artikel über das Unglück, die sie gefunden hatte, erstreckten sich nur über eine kurze Zeitspanne; danach war nicht mehr darüber berichtet worden, und die letzten Beiträge hatten sich zudem eher allgemein auf die Trinkgewohnheiten der Jugendlichen konzentriert. Seit damals hatte sich nicht viel verändert. Nur, dass das mit dem Rauschtrinken vielleicht eher noch schlimmer und die betroffenen Jugendlichen deutlich jünger geworden waren.

Sie war bereits auf der Autobahn, die über die Halbinsel Djursland nach Norden führte, als ihr erst richtig bewusst wurde, wohin sie unterwegs war. Was hatte sie schon zu verlieren? Er würde trotzdem nichts von ihr wissen wollen. Anne hatte Alice letzten Samstag besucht und herausgefunden, dass Mogens samstags immer am Meer war, bestimmt auf seinem Kutter. Sie hoffte, dass Mathias nicht mit war. Nicht, weil sie ihn nicht sehen wollte, sie vermisste ihn wirklich sehr. Aber falls er bei seinem Vater war, würde sie mit Mogens nicht das Gespräch führen können, zu dem sie gekommen war.

Die Windmühlen waren das Erste, was sie erblickte, als sie sich dem Hafen von Bønnerup Strand näherte. Heute war nicht viel Wind, und ihre Flügel drehten sich langsam und fast beruhigend. Sie parkte, stieg aus und blinzelte in die helle Sonne. Dann begab sie sich in Richtung Mole, wo die Fischkutter aufgereiht lagen. Es roch nach Salzwasser, Fisch und Diesel. Wie fand sie jetzt seinen Kutter? Sie wusste nicht, ob er an der Ost- oder an der Westmole lag. Vielleicht war er auch draußen auf dem Meer. Sie erinnerte sich, wie sie im Winter zusammen mit Pierre wegen eines Fotoauftrags hier gewesen war; da waren sie zum Fischverkauf gegangen, wo man den Eindruck gehabt hatte, als kenne hier jeder jeden. Auch jetzt steuerte sie wieder das flache Gebäude von »Bønnerup Fisch« an. In der Tür begegnete sie einem älteren Fischer in gelbem Ölzeug. Er trug einen Kasten mit frischen Heringen, die von Wasser glänzten. Sie hielt ihn an und fragte, ob er Mogens Arnskov Aagaard kenne; da breitete sich über sein wettergegerbtes Gesicht ein Lächeln aus. Er setzte zu einer längeren umständlichen Erklärung an, der sie schließlich entnahm, dass Mogens' Kutter an der Ostmole gegenüber der ersten der sieben großen Windmühlen lag. Der Kutter sei nicht schwer zu erkennen, er habe ein rotes Dach auf dem Ruderhaus und heiße Gloria. Kamilla bedankte sich und schritt mit einem flauen Gefühl im Magen hinunter zur Mole. Er hatte seinen Kutter also nach ihrer Mutter benannt. Warum in aller Welt wollte er dann nichts von seiner Tochter wissen?

Der Kutter war glücklicherweise nicht draußen auf der See und Mortens war allein. Er stand auf dem Deck im Freien und war gerade dabei, Netze zu ordnen. Sie blieb stehen und betrachtete ihn. Sein Gesicht war verbissen, ernst, als sei heute ein schlechter Tag für ihn. Vielleicht hatte er nichts gefangen. Die Sonne ließ sein weißes Haar wie Silber schimmern. Es war weißer geworden, seit sie ihn das letzte Mal gesehen hatte. Sie sprang aufs Deck. Er hörte es nicht, daher räusperte sie sich, um ihn nicht zu erschrecken. Er sah zu ihr hoch. Zuerst schien es, als erkenne er sie nicht, dann war er kurz davor zu lächeln – oder vielleicht bildete sie sich das auch nur ein –, dann richtete er sich auf und starrte sie an, als wolle er sichergehen, dass er sich auch nicht täusche.

»Kamilla! Was machst du hier? Hab ich nicht gesagt …?«

Trotz allem erinnerte er sich an ihren Namen. Gott sei Dank.

»Ich weiß, du hast gesagt, ich darf dich nicht aufsuchen, aber … können wir uns nicht irgendwo hinsetzen?«

Er protestierte nicht, sondern zeigte auf die Tür zum Ruderhaus und ließ sie als Erstes hineingehen. Sie sah, dass er sich umdrehte und zur Mole hinüberspähte, wie um sich zu vergewissern, dass niemand sie gesehen hatte. In der einen Ecke stand ein kleiner Tisch nebst zwei Holzbänken mit grünem Bezug für jeweils zwei Personen. Alles war aus Mahagoni, auch die Wandverkleidung und die Decke. Am anderen Ende des Raums befand sich eine hochmoderne Navigationsausrüstung. Sie setzte sich auf die eine Bank, nahm die Fotokopien aus der Tasche und legte sie auf den Tisch. Mogens sah sie verwundert an, dann fiel sein Blick auf die Artikel.

»Was machst du da? Was ist das hier?«

»Setz dich … Papa.« Ihre Unsicherheit und Nervosität wurde zu Wut. »Ich glaube, du weißt ganz genau, was das hier ist.«

Mit steifen Bewegungen setzte er sich und starrte auf den Tisch. Aber er wirkte dennoch nicht, als sähe er sich die Artikel an.

»Ich muss wissen, wieso Alice nicht erfahren darf, dass ich deine Tochter bin. Für mich sieht es so aus, als hättet ihr eigentlich eine gute Ehe – und ihr habt Mathias. Wenn sie es wüsste, würde das denn etwas für euch kaputtmachen? Meiner Erfahrung nach ist deine Frau nett und verständnisvoll, was also kann passieren, wenn die Wahrheit herauskommt?«

»Du verstehst das nicht, Kamilla. Hör auf, in der Vergangenheit herumzuwühlen. Da kommt nie etwas Gutes bei heraus.« Sein Gesicht nahm einen Ausdruck an, als habe er irgendwo im Körper starke Schmerzen. »Bist du darauf aus, *mich* kaputtzumachen? Ist es Rache?«

»Rache!«, stieß sie verärgert hervor. »Glaubst du wirklich, es geht mir um Rache? Nein, es geht einfach nur darum, dass ich gerne meinen Vater hätte.«

»Das geht einfach nicht, Kamilla.« Er stand auf und verließ den Raum. Für einen Moment glaubte sie, er würde nicht mehr zurückkommen. Ihr Zorn wuchs. Bis zum Siedepunkt. Sie war gerade dabei, die Kopien wieder zusammenzusuchen, aber dann kam er mit einer Flasche »1-Enkelt«-Bitterlikör und zwei Gläsern zurück. Das eine stellte er vor sie hin und wollte einschenken, aber sie legte die Hand übers Glas. Stattdessen goss er nun sich selbst etwas ein und setzte sich wieder.

»Warum geht es nicht? Hat es etwas damit zu tun?« Sie zeigte auf die Artikel. Er leerte das Glas in einem Zug und schenkte sich erneut ein. »Ich weiß nicht, was du mit diesen Artikeln willst. Tut mir leid, dass du völlig grundlos so weit hergefahren bist.«

»Ich glaube, du hast etwas mit diesem Unglück zu tun. Es ist ein Fischkutter gewesen, der in das Boot hineingerast ist und es zum Kentern gebracht hat. Und ich habe herausgefunden, dass er vermutlich aus dem Hafen von Agger gekommen ist. Warst du der Schiffer? Hattest du getrunken?« Sie nickte in Richtung Likörflasche und Mogens' Augen verfinsterten sich.

»Du sitzt hier in meinem Kutter. Ich kann dich rausschmeißen, wann immer ich will. Sogar ins Meer, wenn's sein muss.«

Kamilla stemmte die Arme auf den Tisch und beugte sich zu ihm hinüber. Die Wut, die sie nun fühlte, verlieh ihr neue Kraft. Sie war stärker als ihre Unsicherheit und der Wunsch, sich von ihrer besten Tochterseite zu zeigen. Sie wollte jetzt wissen, was passiert war, was immer das war.

»Das Unglück ist 1972 passiert, als ich gezeugt wurde. In dem Jahr bist du mit meiner Mutter aufs Meer hinausgesegelt und ihr Bruder ist ertrunken. Wie hängt das zusammen? – Vater?«

Wieder schenkte er sein Glas voll und leerte es. »Du musst jetzt gehen, Kamilla.«

Sie richtete sich auf, und was sie nun sagte, während sie ohne Eile begann, die Artikel einzusammeln, konnte sie fast selbst nicht glauben. »Gut! Wenn du es so haben willst, besuche ich Alice und Mathias und erzähle ihnen, wer ich bin. Dann kannst du diese Sache stattdessen mit denen klären. Ansonsten hätte es sein können, dass ich dein Geheimnis für mich behalte.« Sie stand auf und wollte die Papiere in ihre Tasche stecken, aber Mogens packte sie plötzlich fest am Arm und zog sie wieder auf die Bank zurück.

»Warte!« Er blieb stehen und ließ sie nicht los, der Griff war straff und brutal. Er sah ihr fest in die Augen, und sie war schon kurz davor, den Blick abzuwenden, riss sich aber zusammen und hielt den Augenkontakt. Endlich ließ er los. Stattdessen ballte er die Hand nun so angespannt, dass die Adern auf seinem Arm hervortraten, auf dem die kleine Tätowierung eines Ankers prangte. Sie wartete, ohne einen Ton zu sagen, atmete kaum.

»Ja, 1972 *ist* etwas passiert. Also, abgesehen davon, dass der Bruder deiner Mutter im Meer ertrunken ist. Das war ein Unfall, und ich habe alles getan, was ich konnte, um ihn zu retten – glaub mir.«

Seine Hand erschlaffte plötzlich, als sei er am Ende seiner Kräfte. Genauso klang auch seine Stimme. Kamilla gewann den Eindruck, dass er sich nun ergab und widerwillig die ganze Anspannung, die er in all den Jahren angesammelt hatte, aus seinem Körper entweichen ließ.

»Mein Vater war ein guter Mensch. Er hat immer an Menschen in Not gedacht und alles getan, um ihnen zu helfen. Meist sind das Flüchtlinge gewesen, die er mit den Juden aus der Zeit des Zweiten Weltkriegs verglich. Menschen auf der Flucht, die ihr Leben riskierten. Er ist mit ihnen nach Schweden übergesetzt.«

Kamilla nickte, erwähnte aber nicht, dass sie das bereits wusste.

Mogens kippte einen weiteren Bitterlikör runter und saß danach lange da, schaute durch ein kleines Fenster hinaus zu den Möwen. »Eines Tages wurden wir von drei jungen Palästinensern kontaktiert, die nach Schweden wollten. Mein Vater war eine Zeit lang krank gewesen, eine Nierengeschichte, und war noch immer im Krankenhaus, daher konnte er die Tour nicht übernehmen. Ich habe versprochen, es für ihn zu tun. Unterwegs haben sich zwei der Palästinenser geprügelt und ich war abgelenkt. Wir sind mit einer Jacht kollidiert. Ich wollte anhalten, um zu helfen, bekam aber eine Pistole in den Nacken gesetzt und sie erteilten mir den Befehl weiterzufahren. Was hätte ich denn tun sollen? Mich erschießen lassen?« Er mied nun ihren Augenkontakt.

»Als ich von Schweden zurückgekommen bin und meinem Vater von dem Vorfall berichtete, war er selbstverständlich schockiert. In diesem Jahr begann gerade der Terror ernsthaft aufzulodern. Der dänische Geheimdienst PET ließ alle hier wohnhaften Palästinenser beobachten, da eine Quelle verraten hatte, dass es Pläne gab, den amtierenden israelischen Außenminister, Abba Eban, während seines Besuchs in Kopenhagen im Juni dieses Jahres zu ermorden. Später im gleichen Jahr erfolgte dann der Anschlag auf die Olympischen Sommerspiele in München, bei dem elf israelische Athleten und ein deutscher Beamter von der militanten palästinensischen Gruppe Schwarzer September getötet wurden.«

Kamilla nahm seine leblose raue Hand und wusste nicht, was sie sagen sollte. Das hier war etwas ganz anderes, als sie es sich vorgestellt hatte.

»Hatten die Palästinenser, denen du nach Schweden geholfen hast, etwas mit dem Attentat in München zu tun?«

Mogens zuckte die Achseln. »Wer weiß. Gleichzeitig begann die Polizei, das Bootsunglück zu untersuchen. Ich fühlte mich schrecklich und wollte mich melden, aber mein Vater hat es verhindert, weil es seine illegalen Transporte nach Schweden hätte auffliegen lassen. Wir hätten beide im Gefängnis landen können. Mein Vater wurde dann später auch tatsächlich wegen Schlepperei und Menschenschmuggels bestraft, aber das hatte nichts mit dieser Sache zu tun.« Er schwieg. Draußen vor dem Fenster kreischten die Möwen und es war windig geworden. Die Wellen wiegten den Kutter, sodass die Gläser über den Tisch zu gleiten begannen.

»Einer meiner Freunde wohnt in London. Er schuldete mir einen Gefallen und hat mir, ohne Fragen zu stellen, für den fraglichen Zeitpunkt ein Alibi gegeben. Er hat bestätigt, dass ich mich den ganzen Monat über bei ihm in London aufgehalten habe. Deshalb konnte ich auch nicht an Bord jenes Kutters gewesen sein, den die

Polizei aufgrund einer nicht allzu belastbaren Zeugenaussage im Hafen von Agger ausfindig gemacht hatte.

»Alices Zeugenaussage. Wusstest du, wer sie war, als du sie kennengelernt hast?«

Er nickte. »Deine Mutter war abgereist und ich habe versucht, sie zu finden. Damals hat sie mir erzählt, dass sie eine Fehlgeburt gehabt habe und nun einen anderen heiraten würde … Ich hatte in Agger nichts mehr verloren, also habe ich beschlossen, die Überlebende des Unglücks zu finden.«

»Wieso?«

»Ja, wieso? Vielleicht um einen Schlussstrich zu ziehen. Auf der Suche nach Vergebung. Ich weiß es eigentlich selbst nicht so recht. Doch dann haben wir zusammengefunden und Mathias bekommen.«

»Weil Alice nicht weiß, wer du bist?«

Er antwortete nicht.

»Aber ich verstehe nicht ganz, warum es etwas mit mir zu tun hat, dass …«

Dann jedoch dämmerte es ihr. Wenn herauskäme, dass er in dem Monat, in dem das Unglück geschehen war, nicht in London gewesen war, sondern eine junge Frau geschwängert hatte, würde sein falsches Alibi auffliegen. Sie zog ihre Hand mit einem Ruck von seinen rauen Fingern.

43

An der Haustür befand sich eine Gegensprechanlage. Als er nach mehrmaligem Drücken des Knopfes neben dem Namen Jimmy Bjarup weder eine Antwort erhalten hatte noch ein Summen ertönt war, das ihm die Tür geöffnet hätte, hatte Roland das Glück, zusammen mit einer Bewohnerin hineinschlüpfen zu können.

Die junge Frau, die hineingegangen war, hatte ihm regelrecht die Tür aufgehalten, und er überlegte, wozu eine Gegensprechanlage dann eigentlich gut war. Die Treppenstufen waren mit betagtem gelblichem Linoleum verkleidet und der Aufgang roch nach Zigarettenrauch. Seit er zu den glücklichen Nichtrauchern gehörte, bemerkte so etwas immer sofort. An der Tür zu Jimmy Bjarups Wohnung angelangt, klingelte er mehrmals. Nichts tat sich. Er wollte gerade erneut den Finger auf die alte braune Klingel setzen, als er unten im Aufgang die Haustür zuknallen hörte und sich schlurfende Schritte die Treppe hinauf näherten.

Schnell nahm er die Stufen hinauf zum nächsten Treppenabsatz, von wo aus er die Tür im Auge behalten konnte, ohne selbst gesehen zu werden. Nicht so ganz die übliche Vorgehensweise der Polizei, aber es war ja auch kein ganz normaler Einsatz. Vorsichtig lehnte er sich gegen das Geländer und schaute hinunter. Ja, das war er, der da nach Hause kam. Er hinkte und Roland hoffte, dass es wegen Angolos Biss war, dass es höllisch schmerzte, er Wundbrand bekommen und sein Bein verlieren würde. Er wirkte betrunken und der Schlüssel verfehlte das Schlüsselloch ein paarmal. Roland konnte nur seinen Rücken und Nacken sehen, aber er hatte keinen Zweifel daran, dass jener Mensch, der dort unten stand und versuchte, in seine eigene Wohnung zu kommen, der Täter war. Endlich hatte er Erfolg. Als er die Tür öffnete und seine Wohnung betrat, konnte Roland kurz sein Gesicht sehen. Er erinnerte ihn an den dänischen Schauspieler Ib Mossin in seinen jungen Jahren. Das Herz hämmerte Roland im Brustkorb – aber auf eine ganz andere Weise als sonst, wenn er auf Verbrecherjagd war. Der Mann, der schuld daran war, dass Irene nie mehr ein normales Leben würde führen können, befand sich ihm ganz nahe, direkt auf der anderen Seite der Tür, vor der er nun stand. Er klingelte wieder. Und wieder. Dann wurde geöffnet, Roland zeigte seine Dienstmarke und trat ein. Sein Blick wanderte eine Reihe von Schuhen entlang, die an der Wand im Flur aufgereiht standen. Er machte sich daran, sie, ein Paar nach dem anderen, umzudrehen, und die Sohlen zu prüfen.

»Bingo!«, entfuhr es ihm, als er die Schuhe mit den Hakenkreuzsohlen fand und sie dem jungen Mann direkt unter seine unsympathische Visage hielt. »Die nehm ich mit!« Als Nächstes riss er die Tür zum Kleiderschrank auf.

»Was zum Teufel machen Sie da?«, rief Ib Mossin mit aufbrausender Stimme hinter ihm. Er war jünger, als Roland gedacht hatte. Wohl nicht älter als Anfang zwanzig. Er fuhr herum und taumelte einen Schritt zurück. Roland konnte seine Alkoholfahne riechen.

»Wo versteckst du deine Waffe?«

»Waffe? Was soll das heißen? Dürfte ich Ihre Papiere sehen?«

Roland knallte die Schranktür fest zu, darin hingen nur Jacken. Dann wandte er sich wieder dem jungen Mann zu. »Papiere! Ich verspreche dir, du wirst bald genügend Papiere sehen!«

Jimmy Bjarup warf sich unerwartet schnell nach vorn, erwischte Rolands Arm, verdrehte ihn und drückte Roland hart gegen die Wand, sodass seine Nase schief gegen die bunt gemusterte Tapete gedrückt wurde. »Sie nehmen verdammt noch mal nicht ein Gramm aus meiner Wohnung mit. Das hier ist garantiert nicht legal. Dürfte ich jetzt Ihre Marke noch mal sehen?!«

Roland befreite sich mit einem Ruck und schubste den Mann von sich weg, sodass er an die gegenüberliegende Wand knallte. »Du kannst ja die Polizei rufen", knurrte er und zählte bis zehn, wie Irene es ihm für solche Situationen beigebracht hatte, wenn bei ihm sämtliche Sicherungen durchzubrennen drohten. Er presste den Mann gegen die Wand, packte seine Arme und verpasste ihm Handschellen, dann zwang er ihn, sich flach auf den Bauch zu legen. »Und hier bleibst du liegen!«, befahl er barsch. Er ging hinüber ins Wohnzimmer, wo er Fotos von zwei Kindern bemerkte. Mädchen, das eine ungefähr ein Jahr alt, das andere drei Jahre. Das Zimmer, dessen Tür er nun öffnete, war ihr Kinderzimmer, überall waren Puppen und Teddys. Er machte rasch wieder zu und trat in den nächsten Raum, das war ein Schlafzimmer, das dringend mal gelüftet werden müsste. Das Doppelbett mit roter Bettwäsche war nicht gemacht, auf dem einen Nachttisch standen ein Aschenbecher mit Zigarettenkippen und zwei leere Flaschen Heineken. An der Wand hing eine Naziflagge. Roland riss die

Schranktür auf. »Wieder Bingo!«, rief er und nahm die Waffe aus dem Schrank. Eine Neuhausen, 9 mm. Sie war geladen. Der Idiot bewahrte also eine geladene Waffe zwischen seinen Unterhosen in einem gewöhnlichen Kleiderschrank in einer Wohnung mit zwei Kleinkindern auf, die Irene nun glücklicherweise hatte in andere Obhut geben lassen.

Jimmy Bjarup kämpfte vergeblich damit, mit seinen nach hinten geketteten Händen vom Boden hochzukommen, und erinnerte in seinen fruchtlosen Versuchen an einen auf den Rücken gefallenen Käfer.

»Dafür wirst du verdammt noch mal bezahlen«, schnaubte er und wandte seinen Blick nach oben zu Roland, der vor ihm stand und die Neuhausen auf seinen Kopf richtete. Jimmy Bjarups Augen weiteten sich vor Angst.

»Du hast es irgendwie mit dem Zurückzahlen, nicht? Hast du etwas Ähnliches nicht auch zu meiner Frau gesagt, bevor du sie niedergeschossen hast?« Roland wusste genau, dass er eine Grenze überschritt, aber er war nicht mehr er selbst. Diese gehässige Stimme war ebenfalls nicht die seine. Auch die Hand, die die Pistole hielt, gehörte ihm nicht.

»War *sie* deine Frau? Ja, aber dann musst du ja der Polizist Benito sein. Ich hoffe sie ist tot, die Bitch.«

Roland ging neben Jimmy Bjarup in die Hocke. Der begann, den Mund am Boden, seine Züge zu einem verzweifelten Grinsen zu verzerren. Roland drückte die Pistolenmündung hart gegen seinen Kiefer. Bjarups eigene entsicherte Waffe. Es gab ein metallisches Geräusch, und eine irre Panik trat in Bjarups geweitete Augen, die immer noch starr auf Roland gerichtet waren. Wie hatten Irenes Augen wohl geblickt, als dieser Kerl auf sie geschossen hatte? Ein aggressives Schluchzen wollte sich einen Weg durch seine Kehle bahnen, aber er schluckte es hinunter.

»Nein, sie ist nicht tot. Nicht ganz!«, knurrte er verbissen. »Du hast es nur geschafft, die Hälfte von ihr zu töten. Du Monster!« Er presste die Pistolenmündung noch fester an Jimmy Bjarups Kiefer, sodass der Lauf sich tief in sein Fleisch bohrte. Der Druck ließ die Adern an seinem Hals anschwellen. Die nahezu lebensechte Tätowierung einer schwarzen Vogelspinne streckte Roland drohend ihre behaarten Beine entgegen.

Jimmy Bjarup schloss die Augen fest, als erwarte er den Knall des Schusses. Stattdessen ertönte, sehr laut, eine Stimme von der Tür her.

»Roland!«

Mikkel war über ihm, bevor er überhaupt begriffen hatte, dass jemand durch die Tür gekommen war. »Was zum Teufel machst du, Mann?« Er riss ihm die Waffe aus der Hand und stieß ihn brutal in einen Sessel.

»Das ist *er*«, stöhnte Roland und seine Stimme klang ausgeglichener, als er sich fühlte. »Das ist die Waffe, mit der er auf Irene geschossen hat.«

»Und die hast du angefasst?! Roland, was ist bloß los mit dir, verdammt?« Mikkel merkte, dass er die Neuhausen nun selbst in der Hand hatte, verdrehte resigniert die Augen und stieß einen tiefen Seufzer aus.

»Die Schuhe sind auch hier. Das *ist* er!«, beharrte Roland.

Mikkel zog den jungen Mann vom Boden hoch. »Bringen wir ihn aufs Revier.«

Rolands Beine zitterten unter ihm, als er aufstand.

44

Dreimal war jemand auf Toilette gewesen. Jedes Mal, wenn Anne gerade dabei gewesen war einzuschlummern, hatte sie das Geräusch der Spülung geweckt. Sie drehte sich noch einmal um und schaute an die Wand. Der Mond erhellte das Zimmer und warf lange Schatten. Einer der Schatten war der Turm, den man von ihrem Fenster aus sehen konnte. Der Ostflügel. Der mysteriöse Ostflügel. Sie schloss die Augen und versuchte sich wieder vom

Schlaf übermannen zu lassen, aber der wollte und wollte nicht kommen. Sie schwitzte, setzte sich auf und zog das Nachthemd aus, während sie zu dem Kreuz mit der Jesusfigur hinüberschielte, das über dem Bett an der Wand hing. Was er wohl dazu sagen würde, dass sie hier mit nackten Brüsten und nur mit einem Tanga bekleidet saß? Durfte sie das? Bestimmt nicht; egal, was Jesus selbst sagen würde. Das war wohl auch eine dieser ungeschriebenen Regeln des heiligen Benedikt oder von Mutter Helene. Aber jetzt zeigte sie sich ja bloß so, wie Gott sie geschaffen hatte. Sie lächelte und sprang aus dem Bett, es war ihr trotzdem unmöglich zu schlafen.

Sie trat ans Fenster und schaute auf die langen Mondschatten hinaus, die von den Bäumen des Parks und dem hohen Gebäude des Ostflügels geworfen wurden. Das Kreuz unten im Park konnte man gerade so erahnen, es erinnerte von hier aus an eine Grabstätte. Der See verschmolz mit der Dunkelheit, sodass sie ihn nicht sehen konnte. Sie kniff die Augen zusammen – irgendetwas bewegte sich dort unten zum Turm hinüber. Schnell. Dann war es auch schon wieder weg. Zwischen den Bäumen verschwunden. Ein weiterer Schatten folgte. Mindestens genauso schnell. Sie presste sich dicht gegen die Scheibe, um besser sehen zu können. Jetzt waren beide Schatten weg, von der Dunkelheit verschluckt. Sie wartete. Ohne die Augen von der Stelle dort unten zu nehmen, wo die Schatten verschwunden waren, zog sie sich an. Sah sie Gespenster? War das der Wind gewesen, der die Zweige bewegt hatte, sodass sie wie laufende Menschen ausgesehen hatten? Wenn der Mond nicht wäre, hätte sie nicht einmal das Kreuz sehen können, das weiter weg war. Der Flur mit den Zimmern der Schwestern lag im vierten Stock.

Plötzlich regte sich dort unten wieder etwas, einer der Schemen kam zurück. Nein, zwei. Zwei zusammengeschmolzene Schatten, die sich nun in ruhigerem Tempo zum Turm bewegten und abermals verschwanden. Mutter Helene wohnte ihm Ostflügel. War sie diejenige, die hier mitten in der Nacht seltsamen Umtrieben nachging? Aber wer war dann der andere Schatten? Sie setzte sich aufs Bett und zog sich die Strümpfe an. Zur Sicherheit und ganz gemäß ihrer Absprache schickte sie Nicolaj eine SMS, in der sie ihm mitteilte, dass gerade etwas Mysteriöses draußen im Klostergarten vor sich gehe, was sie untersuchen müsse. Er würde ihre Nachricht nicht vor morgen früh lesen – wenn er das Handy nicht wie viele Journalisten unter dem Kopfkissen liegen hatte und das Tonsignal oder die Vibration der ankommenden Botschaft ihn weckte.

Die Nachtluft war kühl. Sie zog die Strickjacke fester um sich. Zum Glück durfte sie hier bis auf weiteres in ihren eigenen Klamotten herumlaufen. Sie hatte bewusst die dunkelste Kleidung gewählt, die sie mithatte. Eine Eule sandte ihren Schrei hinaus in die Nacht, sonst war nur das leise Rascheln der Blätter zu hören. Der würzige Duft der Zypressen wurde immer stärker, als sie sich dem Turm näherte, besonders in diesem Teil des Klostergartens gab es viele dieser Bäume. Sie umrundete den Turm und blickte nach oben. Der obere Teil und das Kegeldach verschwanden in der Dunkelheit, als rage er bis in den Himmel hinauf. In keinem der Fenster brannte Licht und das Gemäuer war so alt, dass ein Stück Stein abbröckelte, als sie sich mit der Hand daran abstützte. Vielleicht hatte Mutter Helene Recht, und der Turm war wirklich baufällig und konnte jeden Moment einstürzen. Aber wieso hatte Anne dann gerade zwei Menschen zum Turm hinüberlaufen und offenbar hineingehen sehen? Falls sie das denn wirklich gesehen hatte. Wenn nicht bald eine Tür kam, hatte sie sich geirrt. Aber wohin sollten die beiden Schatten denn sonst verschwunden sein?

Und die Tür kam. Eine alte Holztür. Sie war sicher mal prachtvoll gewesen, mit kunstvollen Schnitzmustern verziert, aber Wind und Wetter und mangelnde Instandhaltung ließen sie nun wie den Eingang zu Draculas Karpatenschloss aussehen. Sie war nicht ganz geschlossen; als Anne dagegendrückte, glitt sie mit einem knirschenden Laut auf, der dem transsilvanischen Grafen ebenfalls alle Ehre gemacht hätte. Drinnen befand sich eine Steintreppe, die sich den Turm hinaufwand, beleuchtet von Öllampen mit heimelig gelblichem Licht. Sie waren, soweit sie sehen konnte, in etwa gleichen Abständen den ganzen Weg bis nach oben angebracht und sahen nicht gerade wie historische Überbleibsel aus. Die Treppenstufen dagegen waren vom jahrhundertelangen Gebrauch blankgescheuert und in der Mitte leicht eingedellt. Auffällig war, dass es hier keineswegs alt und muffig roch, wie sie es eigentlich erwartet hatte. Im Gegenteil duftete es nach frischer Nachtluft, als habe ein Fenster lange zum Lüften offen gestanden; vielleicht auch die Tür.

Lautlos stieg sie nach oben. Nach ein paar Stufen tauchten zu ihrer Rechten Türen auf. Die mussten zu den Zimmern führen, deren Fenster man von draußen im Turm sehen konnte. Ihr Atem ging stoßweise und nun hielt sie ihn ganz an, denn plötzlich waren weiter oben auf der Treppe erregte Stimmen und Schritte zu hören, die schnell näher kamen. Fieberhaft griff sie nach der Klinke der Tür neben sich. Sie war abgeschlossen. Vor Panik bekam sie Schluckauf, auch wenn ihr Hicksen die Chancen, nicht entdeckt zu werden, nun nicht gerade erhöhte. Die Schritte näherten sich hastig.

Die nächste Tür war direkt über ihr, ein paar Stufen weiter. Konnte sie es dorthin schaffen? Wenn auch die abgeschlossen war, würde ihr, wer auch immer da auf sie zukam, unweigerlich über den Weg laufen. Sie drückte die Klinke herunter und, Gott sei Dank, die Tür ging auf. Sie stürzte in den Raum dahinter und zog die Tür so schnell und geräuschlos wie möglich hinter sich zu, setzte sich auf den Boden, den Rücken an der Tür, und atmete schnell und hastig durch. Wovor hatte sie Angst? Sie befand sich in einem Kloster; dort, wo man sich hinwandte, um vor dem Bösen in der Welt beschützt zu werden. Aber ihre Intuition sagte ihr, dass es nicht klug wäre, wenn sie um diese Uhrzeit hier gesehen würde. Das Gebäude war längst nicht so verfallen, wie Mutter Helene behauptet hatte. Der Raum, in dem sie sich befand, war dunkel, es gab nur ein winziges rundes Fenster direkt unter der Decke, das ein wenig Mondlicht hereinließ. Sie sah die Umrisse von Besen und Kanistern auf Regalbrettern und es roch nach frisch gewaschener Wäsche. Vorsichtig öffnete sie die Tür einen Spalt und spähte hindurch.

Das Geräusch der Schritte war nun wieder auf dem Weg nach oben. Ein schwarzes Kleid flatterte eilig vorbei und sandte den schwachen Duft nach Leinen durch den Spalt. Schlüssel rasselten an einem Bund, und Anne konnte sich ausrechnen, dass die Frau im schwarzen Kleid unten gewesen war, um die Tür abzuschließen. Sie war nun im Turm eingeschlossen. Als sie, ein Stück entfernt über ihr, eine schwere Tür zuschlagen hörte, wagte sie es, sich aus dem Raum mit der Wäsche hinauszuschleichen. Wenn es hier Wäscheleinen und Reinigungsutensilien gab, musste es auch jemanden geben, der sie brauchte. Der Flügel, in dem die Nonnen wohnten, hatte seinen eigenen Raum für so etwas. Hier musste jemand anderes wohnen. Wer?

Vorsichtig stieg sie die Treppe nach oben und probierte die Klinken durch, aber alle Türen waren verschlossen. Eine fiel ihr durch ihre schönen Holzschnitzereien auf, und als sie sie bewundernd betrachtete, entdeckte sie etwas, was oben zwischen Türrahmen und Mauer herausragte. Sie stellte sich auf die Zehenspitzen, ließ ihre Finger über grobe Steine, Staub, klebrige Spinnweben gleiten und stieß schließlich auf einen Schlüssel. Er war sehr alt, aus blankgescheuertem Eisen und sah reichlich lädiert aus. Der könnte vermutlich sogar noch von damals stammen, als das Kloster im 12. Jahrhundert erbaut worden ist, überlegte sie. Sie steckte das Ding ins Schlüsselloch und drehte. Und siehe da, nach all den Jahrhunderten tat er immer noch seinen Dienst. Die Tür öffnete sich wie frisch geölt, nur mit einem leisen, stumpfen Knirschen. Ein würzig-süßlicher Geruch schlug ihr entgegen. Sie schob die Tür hinter sich zu und war nun von totaler Dunkelheit umgeben. Hier gab es keine Fenster. Ein Lichtschalter, falls es denn einen gab, müsste normalerweise dicht an der Tür zu finden sein. Blind suchend fummelte sie danach, spürte etwas unter ihren Fingern, drückte es herunter.

Und wurde plötzlich von Leuchtstoffröhren an der Decke geblendet, die summend und blinkend eine nach der anderen zu Leben erwachten. Unwillkürlich schnappte sie nach Luft. Das kalte Licht, das hier normalerweise wohl eher keine Verwendung fand, erhellte ringsum unverputztes, raues Gemäuer. Am anderen Ende des Raumes standen Kerzenleuchter, in denen große, halb herabgebrannte Kerzen steckten. Das Ganze wirkte wie eine Kammer für Filmrequisiten. Da waren unter anderem viele prachtvolle Rauchfässer aufgereiht, die aussahen wie aus Gold; vielleicht war es auch Messing. Sie vermutete, dass hier allerlei liturgische Utensilien aufbewahrt wurden. Was aber am meisten ins Auge stach, war das riesengroße Holzkreuz mitten im Raum. Das Holz war alt und schwarz, und das Erste, was Anne dazu einfiel, war eine Szene aus einem Sadomaso-Film, den sie vor langer Zeit einmal zusammen mit Esben gesehen hatte.

45

Die Kaffeekanne ging herum und die Plunderstückchen lockten von ihrem Pappteller in der Mitte des Tisches mit dem Duft von Frischgebackenem. Die morgendliche Besprechung hatte gerade angefangen. Soeben war auch noch der Letzte eingetroffen, Dan Vang natürlich, hatte seinen Platz eingenommen, ließ seinen Blick über die Tafel schweifen und griff dankend nach der ihm gereichten Kaffeekanne.

Seit der letzten Sitzung, an der Roland teilgenommen hatte, waren einige neue Fotos hinzugekommen. Ein Foto von Pater Francesco und eins von Pater Josef. Es war für Roland ein kleiner Schock, dass die beiden katholischen Priester nun als Verdächtige mit an der Wandtafel prangten. Sie hingen neben Bildern des toten Körpers der Postulantin, aus verschiedenen Winkeln fotografiert. Nahaufnahmen der Wunden, die von den Fesseln an Handgelenken und Knöcheln stammten, sowie weitere Fotos, von denen Roland schnell den Blick abwandte. Er hatte sich das Ganze schon bei der Obduktion anschauen müssen, als die Bilder gemacht worden waren, und er hatte genug davon gesehen. Die junge Frau hatte einen grausamen Tod erlitten. Wieso? Es musste einen Grund dafür geben, wenn die Priester meinten, dass sie von Dämonen besessen gewesen sei.

»Guten Morgen. Ich hoffe, ihr hattet alle ein schönes Wochenende«, begann Kurt Olsen. »Roland hat es, wie ich weiß, *nicht* heiliggehalten. Ihm und Mikkel ist es am Samstag gelungen, Jimmy Bjarup zu verhören. Er hat gestanden, dass er am Freitagabend vor einer Woche versucht hat, Irene Benito zu erschießen – aus Wut darüber, dass sie ihm seine Kinder hat wegnehmen lassen. Kinder, die er jahrelang misshandelt hat.«

Es wurde still am Tisch. Roland schielte zu Mikkel hinüber, der ihm ein entwaffnendes Lächeln zuwarf. Er hatte dem Vizepolizeidirektor offenbar nichts von dem Zwischenfall gesagt. Hätte er das getan, würde es Roland eine Beurlaubung eintragen – wenn er glimpflich wegkam. Der Staatsanwalt könnte eingeschaltet werden, und dann wusste man nie, was alles passieren konnte. Vielleicht würde er dann seine Stelle verlieren – wenn nicht aus anderen Gründen, dann womöglich allein schon deshalb, um der Bevölkerung zu zeigen, dass auch Polizisten in besonderen Drucksituationen nicht einfach tun können, was ihnen gerade passt. Um ein Exempel zu statuieren. Hätte Jimmy Bjarup nicht gestanden und stattdessen ihn angezeigt, hätte es für Roland schlecht ausgesehen.

Nachdem Roland am Abend zuvor Irene mit Mühe ins Bett geholfen hatte, hatte er dagelegen, in die Dunkelheit gestarrt und darüber nachgedacht, was er getan hatte. Wie er in seinem Hass beinahe selbst zum Mörder geworden wäre. Was wäre wohl passiert, wenn Jimmy Bjarup ihn weiter provoziert hätte und Mikkel nicht aufgetaucht wäre? Konnte er es sich überhaupt erlauben, sich Gesetzeshüter zu nennen, wenn er selbst einen so mächtigen Tötungsdrang in sich hatte? Gut, hatte er sich gesagt, diesen Drang haben wir alle, das ist ein Urinstinkt in uns, den man einfach nur mit aller Kraft unterdrücken muss. Man war deshalb nicht notwendigerweise ein böser Mensch. Aber das sprach ihn auch nicht von aller Schuld frei. Doch das war nicht seine einzige Sorge gewesen. Auch die Angst vor den ganz konkreten Folgen seiner Handlung hatte ihn gequält – Mikkel musste nur eine entsprechende Bemerkung fallen lassen.

Die Nacht war lang gewesen, und er hatte nur wenig unruhigen Schlaf gefunden. Er hatte Irene vermisst. Der Kontakt Haut an Haut, der Duft, die Berührungen, die Intimität. Als er ihr einen Gutenachtkuss gegeben hatte, hatte sie ihn beinahe erschrocken angesehen, und er hatte den Eindruck gehabt, dass sie lieber in ihrer Hälfte des Doppelbettes allein sein wollte. Sie hatte, gezwungenermaßen, die ganze Nacht über auf dem Rücken gelegen, und er hatte ihre Augen in der Dunkelheit schimmern sehen. Auch sie hatte nicht schlafen können, aber sie hatten nicht miteinander geplaudert und die Zeit zum Zusammensein genutzt wie sonst, wenn sie beide schlaflos dagelegen waren. Was würde nun aus ihrem Sexleben werden?

Am Morgen hatte sie nicht aufstehen wollen, sondern darauf bestanden zu warten, bis die Krankenschwester käme und ihr half. Er hatte sie dann an der Tür in Empfang genommen. Eine kräftig gebaute Dame in den mittleren Jahren mit dunklen krausen Haaren und einem warmen Lächeln. Roland hatte gesehen, wie sie Irene angepackt und ihr aus dem Bett in den Rollstuhl geholfen hatte, deutlich routinierter, als er das konnte. Dann hatte sie die Tür zum Schlafzimmer geschlossen, ihn ausgeschlossen, wie Irene das ohnehin schon tat, und er hatte sich mit einem Kloß im Hals, der nur noch dicker und dicker zu werden schien, auf den Weg zum Präsidium gemacht.

Irgendwer musste ihn wohl etwas gefragt haben, denn alle sahen ihn aufmerksam an und warteten auf Antwort. Er blickte von einem zum anderen, um herauszufinden, wer denn gefragt hatte. Und was. Dankenswerterweise meldete sich Isabella von sich aus zu Wort. »Wie geht es denn Irene heute?«, wiederholte sie. Sie hatte bei Irene die Stellung gehalten, bis er am Samstag vom Präsidium nach Hause gekommen war. Er war Kurt Olsen dankbar, dass er dafür gesorgt hatte, dass sie nicht allein sein musste. Roland selbst hatte nicht daran gedacht. Auch etwas Neues, woran er sich gewöhnen musste: Irene konnte nicht allein gelassen werden.

»Natürlich ist sie erleichtert, dass der Täter geschnappt wurde, aber …« Er brauchte nicht mehr zu sagen. Die anderen nickten, nippten an ihrem Kaffee, starrten auf die Plunderstückchen auf ihren Tellern, auf den Tisch oder zur Tafel. Der Schaden konnte dadurch nicht wiedergutgemacht werden. Das Schlimme war passiert. Es war schwer, dafür Worte zu finden.

»Es hat sich herausgestellt, dass Jimmy Bjarup ein dänischer Soldat und eigentlich in Afghanistan stationiert ist«, griff Kurt Olsen rettend ein. »Er befand sich gerade auf einem längeren Heimaturlaub, um sich um seine Töchter zu kümmern. Die Waffe hat er in seinem Koffer mit nach Hause geschmuggelt.«

»Wird das Gepäck denn nicht überprüft?«, fragte Niels Nyborg erstaunt.

»Die nehmen nur Stichproben, wenn die Soldaten heimkommen, daher ist es nicht unmöglich, so eine Waffe als Souvenir mitzuschmuggeln.«

»Ich habe einen Soldaten auf Facebook gesehen, der mit seiner Militärwaffe wie ein zweiter Rambo posiert hat, das sah schon geil aus«, warf Dan mit einem halben Plunderstückchen im Mund ein und lächelte dümmlich.

»Tolles Vorbild«, kommentierte Isabella trocken.

»Weiß das Militär denn über seine rechtsextreme Gesinnung Bescheid? Ich meine, ist er der Richtige, um nach Afghanistan geschickt zu werden – mit so einer Haltung? Die spielen da ja nicht bloß Call of Duty«, fuhr Niels fort.

»Call of Duty?« Isabella runzelte die Stirn und sah ihn verständnislos an.

»Ein sehr lebensechtes Kriegscomputerspiel für die Play Station. Mein Sohn spielt das viel.«

»Pfui Teufel!«

»Das ist fantastisch gut gemacht, und es kommt ja niemand zu Schaden, ich muss sagen, ich kann davon auch ganz mitgerissen werden, sodass ...«

»Das tut hier wirklich nichts zur Sache, Niels«, unterbrach Kurt Olsen mit einem leicht verärgerten Unterton in der Stimme. Er akzeptierte keine Privatgespräche während der Besprechungen. »Gerade in den rechtsextremen Kreisen gilt es förmlich als eine Art Statussymbol, als Soldat in den Krieg zu ziehen, wenn man das so sagen darf. Und das dänische Heer darf nicht nach politischen, religiösen oder sexuellen Präferenzen sortieren. Wir leben schließlich in einem demokratischen Land. Doch jetzt zurück zum Verhör und Rolands Leistung, die ich an dieser Stelle gerne einmal loben möchte. Aber, das gesagt, verbiete ich hiermit, dass sich dergleichen wiederholt. Du hast im Affekt gehandelt, Roland, und das darf einem Polizisten nie passieren. Ich sollte dich eigentlich dafür bestrafen. Wenn das nicht mit einem so tollen Ergebnis geendet hätte, dann ... Keine Alleingänge, ich dachte, darüber hätten wir in dieser Abteilung eine klare Absprache.«

Alle verstanden eine Zurechtweisung von Kurt Olsen. Seine Stimme war noch achtunggebietender als sonst geworden, und für einen Moment legte sich Schweigen über den Raum.

»Werden Pater Josef und Pater Francesco jetzt verdächtigt?«, fragte Roland, um die Aufmerksamkeit von sich wegzulenken und weiterzukommen. Er nahm das letzte Plunderstückchen und Isabella schenkte ihm Kaffee nach.

»Vorläufig habe ich sie vor allem deshalb ans Brett gehängt, weil wir die Behauptung des Priesters noch nicht bestätigt bekommen haben, dass der Exorzist in der Nacht im Bett geblieben und gleich am nächsten Morgen nach Rom zurückgekehrt ist. Nimmst du ihn dir heute mal vor, Roland? Du sprichst Italienisch, und daher ...«

Roland nickte. Das hätte er ja schon lange erledigen sollen.

»Du hast noch mal mit der Äbtissin gesprochen, aber nicht viel herausbekommen, wenn ich das richtig verstanden habe.« Kurt sah Isabella auffordernd an.

»Nein, nichts, sie behauptete, gerade keine Zeit für mich zu haben, und ich habe keine Erlaubnis erhalten, mit den Schwestern zu sprechen. Wenn wir noch mal da hingehen, dann mit einem zweiten, umfassenderen Durchsuchungsbefehl.«

Kurt Olsen trommelte ungeduldig mit dem Daumen auf die Tischplatte. Es war schwer, in puncto Kloster voranzukommen, und alle wussten das.

»Kann der Mord etwas mit dieser Pädophile-Priester-Geschichte zu tun haben, mit all den Beschuldigungen, die da aufgetaucht sind?«, fragte Isabella.

»Wie meinst du das?« Auf Kim Ansagers Stirn bildete sich eine tiefe Falte. Sein Vater war Priester, meinte Roland sich zu erinnern. Allerdings natürlich in der evangelisch-lutherischen Dänischen Volkskirche.

»Wenn Laura nun etwas entdeckt hat, was sie verraten wollte, dann wäre dieser … Exorzismus womöglich eine sichere Art gewesen, sie loszuwerden, wenn doch das Kloster ohnehin von Dämonen besessen war.«

»Worüber hätte sie denn etwas wissen sollen?«, fragte Kurt Olsen aufmerksam.

»Über die Priester vielleicht.«

»Schweifen wir nicht ein bisschen ab?«, warnte er.

Rolands Blick hing an den Fotos der beiden Priester. Er konnte unmöglich die Augen davor verschließen, dass so etwas in *seiner* Kirche geschah. Das ging ja auch immer wieder durch die Presse. Doch er kannte Pater Josef von Kindesbeinen an. War einst sogar Ministrant bei ihm gewesen, da es der große Wunsch seiner Mutter gewesen war, und er hatte nie irgendetwas in dieser Richtung mitbekommen oder wäre dem gar selbst ausgesetzt gewesen. Als Junge hatte er sich in der Gegenwart von Priestern immer geborgen und sicher gefühlt.

»Gibt es etwas Neues über die klebrige Flüssigkeit auf der Stirn des Opfers?«, erkundigte er sich und sah Kurt an. Der öffnete eine Akte und begann zu blättern. Kurz darauf legte er einen Ausdruck aus der technischen Abteilung vor Roland hin.

Roland las laut von dem Papier ab. »Olivenöl, Myrrhe, Kalmus, Zimtrinde?« Verständnislos sah er den Vizepolizeidirektor an.

»Du müsstest das doch wissen, Roland. Als guter Katholik. Das heilige Öl. Gert Schmidt hat herausgefunden, dass das die Bestandteile jenes Rezepts zu seiner Herstellung sind, das Moses einst vom Herrn persönlich erhalten hat. Aber damit wissen wir noch nicht, um welches heilige Öl es sich hier handelt. Sicher das für die letzte Ölung.«

Roland kannte sich so einigermaßen mit den sieben Sakramenten aus, zu denen natürlich auch die heilige *Krankensalbung* gehört, aber er wollte jetzt nicht klugscheißen. Wichtig aber war, dass sie hier also einen deutlichen Hinweis darauf hatten, dass dem Tod der Postulantin ein religiöses Ritual vorausgegangen war.

»Weiter unten befindet sich das Ergebnis der öligen Flecken auf der Kleidung.« Kurt streckte sich über den Tisch und deutete mit seinem Kugelschreiber auf die Stelle. »Es hat sich herausgestellt, dass es sich dabei um eine Suspension von Farbstoffen und Pigmenten in organischen Lösungsmitteln handelt. Versetzt mit einem Bindemittel.«

»Und? Farbe? Lack?«

»Gert Schmidt vermutet eine Form von Beize. Beize für Holzbalken.«

»Holzbalken? Könnte sie daran aufgehängt gewesen sein?«

»Wahrscheinlich. Aber wir haben diese Flecken auch auf der Rückseite der Ärmel und hinten am Schleier gefunden. Nicht nur an ihrem Rücken. Es müsste also irgendeine größere Holzfläche gewesen sein.«

Roland sah es vor seinem geistigen Auge. Gebeiztes Holz an Rücken, Armen und Hinterkopf. »Oder ein Kreuz?«, schlug er vorsichtig vor.

Kurt stellte die Tasse heftig ab. »Ein Kreuz – klar, das würde passen! Aber wo hat man in einem Kloster so große Kreuze?«

»Im Garten steht eins«, trug Isabella eilfertig bei.

»War das frisch gebeizt?«

»Ähm, nein, es sah trocken und verwittert aus. Und es ist, glaube ich, auch nicht so hoch, dass …«

»Das sieht doch alles nach einer Art Ritual aus. Etwas Sexuelles vielleicht?«

»Also, wir reden hier von einem Vorgang in einem Kloster«, erinnerte Niels Nyborg.

»Eben, ob die sich da wohl immer beherrschen können?« Kurt sah hinauf zur Tafel und zu den Fotos der beiden Priester.

»Ich glaube, dass Tobias Abrahamsens Vater von einem Priester missbraucht wurde. Deswegen hat er seinen Sohn von der Kirche ferngehalten und sich vom Kirchturm aus erhängt.« Isabella entließ das in die Welt wie eine unvermittelte kleine Explosion, über die sie selbst erschrocken wirkte.

»Wie kommst du da drauf?«, erkundigte sich Roland, dem es schwerfiel, den Tobias-Fall loszulassen. Der war so – unabgeschlossen. Und dass der Junge irgendwo am Hafen begraben liegen sollte, war eine fast unerträgliche Vorstellung.

Wenn Salvatore nie gefunden worden wäre, wie wäre seine Familie wohl damit klargekommen? Wenn die Wahrheit nicht ans Licht kam, wie schrecklich sie auch sein mochte?

»Ich habe am Samstag die Aufsatzhefte gelesen, Roland. Irene ist eingeschlafen, und während sie geschlafen hat, bin ich sie alle durchgegangen. Tobias schreibt das nicht direkt, aber wenn man zwischen den Zeilen liest und seine Ungeheuer durch Priester ersetzt, dann hängt das Ganze zusammen.«

»Welche Aufsatzhefte?«, kam es brüsk vom Vizepolizeidirektor.

Roland rührte unschuldig mit einem Teelöffel in seinem Kaffee, obwohl kein Zucker drin war. Er hatte nur die ersten beiden Aufsätze gelesen, sie damals als nicht besonders wichtig erachtet, dann hatten sie den Fall geschlossen und … Er fixierte Isabella und ignorierte Kurts anklagenden Blick und seine Frage.

»Victor Abrahamsen war Katholik, aber irgendetwas hat dazu geführt, dass er seinen Sohn von der Kirche fernhalten wollte. Da liegt das doch nahe, oder?«

»Sein Selbstmord ist ein alter, abgeschlossener Fall, um den wir uns hier nicht kümmern können, Isabella. Wieso beziehst du den jetzt ein?« Kurt Olsen drohte die Geduld zu verlieren.

»Ich weiß es nicht. Vielleicht nur, weil es beide Male um Priester geht.« Isabella gestikulierte mit den Armen, als bereue sie, die Sache zur Sprache gebracht zu haben.

»Ich kann nicht erkennen, dass der alte Selbstmordfall irgendetwas mit dem Mord im Kloster zu tun haben könnte, und du?«, machte Kurt weiter.

Isabella gab es auf. »Also, ich finde bloß, wir sollten uns diese Priester mal ein bisschen näher anschauen.« Sie sah zu Roland hin, als sei das nun seine Sache.

46

Nicolaj reichte ihr einen bunt gestreiften Becher mit Tee, der nach Lakritze roch. Der Tee war seine Idee gewesen. Er sollte beruhigend wirken.

»Jetzt trink«, forderte er sie auf und setzte sich ihr gegenüber.

»Was ist da drin?« Sie steckte die Nase in die Tasse und schnüffelte. Der Becher bebte in ihren Händen; wann hörten sie denn endlich auf zu zittern?

»Das ist ayurvedischer Vata-Tee. Der enthält nur Süßholz, Ingwer, Kardamom und Zimt. Keinen Schierling.« Er lächelte.

»Warum trinkst du dann nicht auch welchen?«

»Ich muss nicht beruhigt werden. Jetzt schieß schon los und erzähl, was passiert ist, Anne.«

Sie nippte an ihrem Tee, er war sehr heiß und hatte einen süßlichen, kräftigen Geschmack, dann stellte sie den Becher auf den Tisch und lehnte sich in Nicolajs weiches Stoffsofa zurück. Seine Wohnung war sparsam eingerichtet, es gab nicht viele Möbel, und was er hatte, sah alles gebraucht aus und als habe er es geerbt oder sonst wo zusammengeklaubt. Vom Stil her passte alles überhaupt nicht zusammen. Aber ihre eigene sah auch kaum besser aus, und sie hatte sich sofort wohlgefühlt, als sie hereingekommen war. Sie verschränkte die Arme, presste sie sich an die Brust und knetete die Oberarme mit den Händen, als friere sie.

»Ich bin einfach nur so froh, dass du gekommen bist und mich da rausgeholt hast.«

Nicolaj nickte ungeduldig.

»Wie ich im Auto bereits gesagt hab, bin ich eingeschlossen worden und hab die Nacht im Turm verbringen müssen. Das hätte ich genauso gut ausnutzen können, mich noch einmal ein bisschen umzusehen, doch ich hatte erst mal genug, und so habe ich lieber gewartet und versucht, ein bisschen in diesem Raum da zu schlafen, mit den Messerequisiten. Aber natürlich hab ich nicht schlafen können, schon gar nicht, nachdem ich den Schrei von oben gehört hatte.« Sie griff nach dem Becher und nahm vorsichtig einen neuen Schluck.

»Hast du herausgefunden, wer geschrien hat?«

Sie schüttelte den Kopf. »Als es wieder still war, bin ich die Treppe ganz hochgeschlichen. Am Ende ist eine Tür, die zum Ostflügel führt, von dem Mutter Helene sonst sagt, dass er so verfallen ist, dass ihn niemand betreten darf. Da oben geht etwas vor sich, Nicolaj. Etwas, was die Äbtissin verbirgt.«

»Bist du in diesen Flügel reingekommen?« Er reichte ihr eine karierte Decke, die nach Weichspüler roch. Sie stopfte sie um sich, kroch mit dem Teebecher in den Händen in die Sofaecke und ließ sich den Lakritzduft ins Gesicht dampfen. Der wirkte in der Tat beruhigend, und nun spürte sie plötzlich die Erschöpfung.

»Ja, die Tür war offen. Dahinter war ein langer Flur, wo es auf beiden Seiten Türen im Gewölbe gab. Bestimmt sind das in alten Zeiten ebenfalls Schwesternzimmer gewesen, damals, als es noch viel mehr Nonnen gab. Natürlich wirkte dort alles nicht so neu wie in dem Flügel, wo sie heute wohnen, aber es war bestimmt keine Ruine.

»Aber Menschen hast du dort keine gesehen?« Nicolaj saß auf der Kante des Sessels, die Handflächen aneinandergelegt, wie sie es auf den Bildern der betenden Engel in der Klosterkirche gesehen hatte. Die Fingerspitzen ruhten an seinen Lippen wie bei einem Lehrer, der gerade nachdenklich die Leistung seines Schülers beurteilt.

»Doch, plötzlich ist jemand aus einem der Zimmer gekommen und den Flur hinunter in ein anderes Zimmer gegangen. Ich konnte mich in der Dunkelheit gerade noch durch eine der Türen zwängen und mich in einem leerstehenden Gewölbe verstecken. Es war eine sehr alte Frau in Nonnentracht. Ich hatte gar nicht gewusst, dass es im Kloster so alte Nonnen gibt. Sie wirkte total – majestätisch.«

»Und das war das Einzige, was du gesehen hast?« Enttäuscht verschränkte Nicolaj die Arme vor seiner Brust und lehnte sich schmollend zurück.

»Ganz ehrlich, Nicolaj. Ich habe mich nicht getraut dortzubleiben. Der Schrei hatte so herzzerreißend geklungen. Nicht aus Schmerz, sondern mehr wie in wilder Verzweiflung oder Panik. Schwester Margaretha hat mir gegenüber gemeint, dass das Schreie seien, durch die sich die Anwesenheit des Teufels im Gebäude kundtun würde.« Sie zog die Decke fester um sich, und als sie nun Nicolajs Gesicht sah, bereute sie sogleich, was sie gesagt hatte. Sein Lächeln war sowohl spöttisch als auch zweifelnd, als sei er überzeugt, sie ticke nicht mehr ganz richtig.

»Ich habe mich beeilt, in den Raum mit den Gottesdienst-Utensilien zurückzukommen. Hier gab es keine Fenster, deswegen konnte ich mir ein paar Kerzen anzünden, ohne dass man sie von draußen gesehen hätte.«

»Erzähl mir mehr über diesen Raum.« Interessiert beugte sich Nicolaj wieder zu ihr vor.

»Na ja, er war vollgestopft mit allem möglichen frommen katholischen Krimskrams. Rauchgefäße und so was. Kerzen in Kerzenleuchtern an der Wand. Und ein riesengroßes Kreuz.«

»Ein großes Kreuz! Hast du Fesseln gesehen?«

»Fesseln? Nee. Wieso?«

»Weil Laura Friis an einem Kreuz aufgehängt worden ist, mit Fesseln an Handgelenken und Knöcheln. Geradezu gekreuzigt«, erklärte Nicolaj mit Nachdruck. »Vielleicht hast du da ja den Tatort gefunden, zu dem die Polizei keinen Zugang bekommen hat.«

Anne blieb lange stumm, dann starrte sie Nicolaj wütend an. »Wieso hast du mir das nicht schon früher gesagt? Dann hätte ich mir das natürlich näher angeschaut.«

»Ich hab's auch gerade erst erfahren. Es dringt nicht viel nach draußen, und diese Info habe ich auch nur durch meinen Kontakt in der technischen Abteilung bekommen.«

»Verdammter Mist.«

»Was, glaubst du, ist in diesem Turm geschehen?«

»Das ist alles so schnell gegangen, aber ich glaube, ich habe gesehen, wie irgendjemand versucht hat wegzulaufen. Vielleicht zu flüchten. Aber ein anderer ist hinterhergelaufen, hat es verhindert und den Betreffenden zurückgebracht.«

»Wer?«

»Keine Ahnung. Eine der alten Nonnen vielleicht.«

»Erzähl, wie bist *du* da rausgekommen?«

Anne holte tief Luft. »Als es endlich Morgen wurde, habe ich gehört, dass jemand die Treppe runtergegangen ist. Ich habe darauf gesetzt, dass die Tür nun aufgeschlossen werden würde, sonst hätte man da unten ja nichts zu tun, also hab ich all meinen Mut zusammengenommen und bin hinterhergeschlichen. Ich habe mich in einer Ecke versteckt und zwei alte Nonnen hinausgehen sehen. Sie haben die Tür hinter sich nicht wieder abgeschlossen, und so bin ich rausgelaufen und hab mich schnell zwischen den

Zypressen versteckt. Ich hab's geschafft, mich mitten im Morgengebet in die Kirche zu schleichen. Ich habe geglaubt, keiner hätte mich gesehen.«

»Aber dem war nicht so?«

»Ich weiß es nicht genau, aber nach dem Frühstück im Refektorium wurde ich zu Mutter Helene gerufen, und sie hat mich ausgefragt, wo ich in der Nacht gewesen sei und warum ich zu spät zum Gebet gekommen bin. Ich hab gelogen und gesagt, ich hätte in meinem Bett geschlafen, aber verschlafen. Ich konnte sehen, dass sie das nicht geglaubt hat. Vielleicht hat eine der alten Nonnen ja irgendwie doch gesehen, dass ich aus der Tür gelaufen bin, und es der Äbtissin erzählt. Den ganzen Sonntag über ist mir aufgefallen, dass sie mich beobachtet hat. Ich habe mich bei der Novizin nach dem Ostflügel erkundigt, aber sie ist niemals dort gewesen, und dann hat sie noch gemeint, ich solle ihn lieber vergessen, weil sich Schwester Laura auch sehr dafür interessiert habe, wie es da drinnen wohl aussehe. Sie war der Ansicht, Pater Francesco habe den Teufel vielleicht nur aus ihrem Flügel in den Ostflügel vertrieben, sie hatte nämlich in der Nacht auch diesen Schrei gehört, aber keine der anderen Schwestern habe zugeben wollen, dass sie auch etwas gehört hatte. Jetzt hatte sie Angst davor, womöglich ebenfalls besessen zu sein und wie Schwester Laura zu enden.«

Nicolaj schüttelte den Kopf. »Glauben die dort wirklich ernsthaft an so was?«

»Das ist so ähnlich wie Gehirnwäsche, Nicolaj. Man wird irgendwie von dieser ganzen Atmosphäre und von Mutter Helenes Mütterlichkeit ergriffen. Sie ist die Mutter, die man vermisst, wenn die eigene versagt hat.«

»Hast du Sonntag Nacht mehr herausfinden können?«

»Nein, da hat Mutter Helene beschlossen, im Zimmer neben mir zu schlafen. Tatsächlich ist das Schwester Lauras altes Zimmer, daher wirkte es schon ein bisschen merkwürdig; aber sie wolle eben ein Auge darauf haben, ob drüben bei uns nun alles so sei, wie es sein sollte, hat sie gemeint. Ich hab mich ja fast nicht mal mehr getraut, mich im Bett umzudrehen.«

Sie nahm einen Schluck aus dem Becher und stellte ihn auf den Tisch. »Heute Morgen habe ich mich von den Schwestern und Mutter Helene verabschiedet, aber einen Umweg am Turm vorbei gemacht, als ich zum Auto zurückgegangen bin. Gott sei Dank habe ich nach oben geschaut und gerade noch rechtzeitig gesehen, dass da von oben etwas heruntergesaust kam. Die Hälfte eines Steinengels, zumindest der eine Flügel und ein Teil vom Kopf, war abgebrochen und ist in die Tiefe gestürzt. Vielleicht ist der Turm ja doch ziemlich verfallen. Als ich noch mal hochgesehen habe, konnte ich erkennen, dass da oben nur noch ein halber Engel war, direkt neben einem weiteren, noch kompletten Engel; sie waren als Turmdekoration knapp unter dem Dach angebracht. Dieser Engel hat mich nur so knapp verfehlt.« Anne zeigte mit ihrem Daumen und Zeigefinger eine Spanne von wenigen Zentimetern. »Nun lag er halb begraben neben mir in der Erde und sah ziemlich unheimlich aus. Mensch, wenn der mich getroffen hätte! Der hätte mich erschlagen können!«

»Ein gefallener Engel«, bemerkte Nicolaj mit hochgezogenen Augenbrauen. »Der Todesengel.«

»Jetzt hör auf, Nicolaj. Dadurch wird all das andere ja nur noch unheimlicher. Ich hab dann gemacht, dass ich zu meinem Auto gekommen bin, und zuerst wollte es nicht anspringen. Nach vielen Versuchen ist es mir doch noch gelungen, aber es ist nur mitten in dieses Waldstück gerollt, wo du mich abgeholt hast, dann wollte es nicht mehr. Es war noch genügend Benzin im Tank und die Batterie hat es auch noch getan, aber der Motor war tot. Ich war richtig in Panik, Nicolaj. Ich hatte die ganze Zeit über das Gefühl, dass mich irgendwer zwischen den Bäumen beobachtet. Es gibt nichts Unheimlicheres, als in einem großen, unbekannten Wald allein gelassen zu werden.«

»Na, wer weiß! Und du glaubst jetzt also, dass dein Auto besessen ist?« Nicolaj lächelte warm. Sie konnte sich des Eindrucks nicht erwehren, dass er sich über sie amüsierte. In seinen Augen zeigte sich jedenfalls dieses verschmitzte Funkeln.

»Nein, aber …« Sie warf ihm ein schiefes Lächeln zu. »Gut, dass du so schnell gekommen bist. Ich friere immer noch.«

Nicolaj nahm ihren Becher, stand auf, ging in die Küche und goss neuen heißen Tee ein. Dieses Mal brachte er auch einen Becher für sich mit, als er wieder bei ihr Platz nahm.

»Wird sicher spannend zu hören, was der Mechaniker dazu sagt. Vielleicht findet er einen kleinen Dämon im Motor.« Er verbarg sein Grinsen hinter einem Schluck Tee.

Sie sah ihn an und war plötzlich voller Freude darüber, hier mit jemandem zusammenzusitzen, der ihr zuhörte. So wie Adomas es damals getan hatte. In jedem Gebet, das sie an diesem Wochenende in der Kirche gesprochen hatte, hatte sie für ihn gebetet und dafür, dass er bald wohlbehalten wieder zurückkam. Sollte sie sich Nicolaj anvertrauen? Nein, sie wollte ihn nicht in ihr Liebesleben einbeziehen. Außerdem war Adomas schließlich ihr Cousin. Da fiel ihr ein, was sie Schwester Margaretha versprochen hatte. Dass sie das fast schon wieder vergessen hatte!

»Ich habe noch etwas anderes Wichtiges herausgefunden«, begann sie und erntete erneut einen aufmerksamen Blick von Nicolaj über den Becherrand.

»Die Novizin hat sich als Tobias Abrahamsens große Schwester entpuppt. Ihr Ordensname ist nun Schwester Margaretha – nach der gleichnamigen Heiligen. Sie hat mich gebeten herauszufinden, was mit ihrer Familie passiert ist. Der Priester hat ihr mitgeteilt, dass ihre Mutter und ihr Vater tot sind, aber sie weiß noch nichts über den Selbstmord ihres Vaters und das Schicksal ihres Bruders.«

47

Roland hatte immer noch den für ihn eher ungewohnten römischen Akzent im Ohr, als er Isabella per Telefon bat, in sein Büro zu kommen. Es war keine leichte Aufgabe gewesen, Pater Francesco an die Strippe zu bekommen. Erst hatte er mit dem Staatssekretär des Vatikans gesprochen und hatte ihm die ganze Sache mehrfach schildern dürfen. Endlich, unter Bezugnahme auf Pater Josef, der im Vatikan bekannt war, und über mehrere Zwischenstationen hinweg, war es gelungen, den Exorzisten zu erreichen. Es hatte über eine Stunde gedauert, in diesem kleinen Staat bis zu der richtigen Person durchzudringen. Roland war noch immer nicht wohl bei der Sache gewesen. Einen Priester in Frage zu stellen fand er irgendwie moralisch verwerflich, aber er musste nun mal Sicherheit darüber erhalten, dass Pater Josef die Wahrheit sagte. Pater Francesco konnte nur bestätigen, was Roland auch erwartet hatte, nachdem er bereits die Abfluglisten nach Rom an jenem Sonntagmorgen gecheckt hatte und Francesco Rossi sich tatsächlich unter den Passagieren gefunden hatte. Nun war zumindest das geklärt und er fühlte sich erleichtert.

Isabella kam herein. Roland bat sie, die Tür zu schließen.

»Hast du mit dem Exorzisten sprechen können?«, fragte sie, bevor er etwas sagen konnte.

»Ja, er hat bestätigt, dass er bei Pater Josef übernachtet und zu dem Zeitpunkt, als Laura Friis gestorben ist, tief und fest geschlafen hat.«

»Decken die sich nicht einfach bloß gegenseitig? Wie in den Pädophiliefällen?«

Er sah sie warnend an. Sie setzte sich. »Du bist im Rahmen der Ermittlungen darauf angesetzt gewesen, Tobias Abrahamsens Schwester zu finden. Wie weit bist du gekommen?«

»Ich habe nichts herausfinden können. Es gibt einfach keine Spur von ihr. In einem ihrer klaren Augenblicke hat sich die Großmutter an die Sache erinnern können und gemeint, dass sie einfach nur verreist sei. Sie wusste aber nicht, wohin, und so bin ich nicht weitergekommen.«

Roland rieb seine besorgt gerunzelte Stirn. »Wir *müssen* diese Schwester finden. Sie verfügt bestimmt über die Informationen, die wir brauchen.«

»Wozu, Roland? Der Fall um Tobias ist abgeschlossen, das Gleiche gilt für den alten Fall um den Selbstmord seines Vaters. Wir sollen uns auf den Klostermord und nichts anderes konzentrieren. Oder?«

Roland sah sie missmutig an und nickte. »Natürlich, aber nach dem, was du über die Aufsatzhefte gesagt hast, hatte ich da so einen abscheulichen Gedanken.«

»Du glaubst also, ich habe recht mit dem sexuellen Missbrauch des Vaters?«

Roland fühlte sich schlecht dabei, dass Isabella nun fast glücklich aussah. Sein ganzes Wesen sträubte sich gegen diese Annahme. Obwohl er viele Jahre lang keine Gottesdienste besucht hatte und fast schon auf Distanz zur katholischen Kirche gegangen war, war sie zuletzt doch sein Trost gewesen. Seine Heimat. Seine Rettung. Das konnte ihn nun nicht auch noch im Stich lassen. Nicht jetzt. Was blieb ihm denn sonst noch zu glauben?

»Wie können Leute denn einfach verschwinden?« Isabella seufzte.

»Ungefähr eintausendsechshundert Dänen verschwinden jedes Jahr. Zum Glück werden die meisten wiedergefunden – manche allerdings nie. Einige von ihnen könnten ermordet und ihre Überbleibsel dann gut versteckt worden sein. Und keine Leiche, keine Aufklärung. Andere haben sich vielleicht irgendwo das Leben genommen, wo man sie nicht finden kann, während wieder andere bloß nicht gefunden werden wollen und versteckt irgendwo im Ausland leben.«

»Glaubst du, Mona Abrahamsen ist im Ausland untergetaucht? Vielleicht hat sie geheiratet und heißt jetzt ganz anders.«

Roland nickte. Wenn man absolut nicht gefunden werden wollte, ließ sich das gut machen.

Sie schwiegen eine Weile, Isabella zurückgelehnt im Stuhl, halb liegend, Roland über den Tisch gebeugt, als läse er in dem Bericht, der vor ihm lag. Aber er war ihn bereits so viele Male durchgegangen, dass es nichts mehr aus ihm herauszuholen gab. Da hatten sie also eine Leiche. Die Leiche einer jungen Frau, die Nonne hatte werden wollen. Aber die geschlossene Welt, in der der Mord geschehen war, schien die Aufklärung unmöglich zu machen.

»Übrigens danke. Dafür, dass du am Samstag bei Irene warst.«

»Schon okay, Roland. Ich hoffe, sie wird wieder gehen können.«

Er nickte.

»Aber, sag mal, weiß Kurt denn, dass wir zusammen wohnen, Mikkel und ich?«

»Ich hab nichts gesagt. Wie kommst du darauf?«

»Weil er Mikkel gebeten hat, mich zu Irene rüberzuschicken. Woher hat er gewusst, dass ich da war?«

Wusste Kurt Olsen Bescheid? Woher? Und was würde das für die zukünftige Personalbesetzung von Rolands effizienter Abteilung bedeuten?

Er zuckte die Achseln. »Von mir jedenfalls nicht. Ich hoffe, ihr wisst, dass ihr mir vertrauen könnt.«

Isabella nickte mit einem leisen Lächeln. Ob ihr Freund ihr wohl erzählt hatte, was bei Jimmy Bjarup passiert war? Dass er sozusagen ein Druckmittel gegen Roland hatte? Wie viel vertrauten Mikkel und Isabella einander an?

»Es gibt da etwas, was ich noch nicht erzählt habe«, sagte Isabella plötzlich und beugte sich vor. Roland schaute nervös von seinem Blatt auf.

»Am Freitag, als ich zum zweiten Mal im Kloster war, bin ich zu einem ungünstigen Zeitpunkt gekommen. Mutter Helene und die Schwestern waren gerade auf dem Weg in die Kirche. Da war eine Frau, die zusammen mit der Äbtissin zur Kirche ist; ich glaubte, meinen Augen nicht trauen zu können, und hab mich ernsthaft gefragt, ob ich richtig gesehen habe. Ich konnte ja nur einen kurzen Blick auf sie werfen. Aber je mehr ich darüber nachdenke, desto sicherer bin ich mir. Ich habe mit einer Nonne gesprochen, die mir freundlich mitgeteilt hat, dass sie alle gerade auf dem Weg zu einem Gottesdienst seien und dass Mutter Helene mich bitte zu warten, bis sie fertig seien. Als ich gefragt habe, wer denn die

Frau in Zivilkleidung neben der Äbtissin gewesen sei, habe ich von der Nonne die Auskunft erhalten, dass das ›eine Neue‹ sei, die übers Wochenende ›auf Probe‹ gekommen war. Ich bin mir mittlerweile sicher, es war niemand anderes als diese Journalistin. Anne Larsen.«

Roland sah Isabella an, kniff die Augen leicht zusammen und lächelte skeptisch. »Das kann nicht sein. Ob du's glaubst oder nicht, sie arbeitet jetzt als Reinigungsgehilfin.«

»Und ich sag dir, ich glaub's nicht. Es sei denn, sie putzt im Kloster. Sie *war* es nämlich wirklich.«

Anne hatte ihm geholfen, den Mordversuch an Irene aufzuklären. Wären die Schuhabdrücke nicht gewesen, wäre er Jimmy Bjarup nicht auf die Spur gekommen. Sie war immer irgendwo dort draußen gewesen, hatte sich im Umfeld des Falls herumgetrieben und meist irgendetwas gewusst, was wichtig sein konnte. War das auch jetzt wieder der Fall? Was machte sie sonst wohl im Kloster der heiligen Jungfrau? Er ließ sich Isabella gegenüber nichts anmerken. Niemand außer dem Kriminaltechniker wusste, dass Anne etwas mit der Aufklärung des Attentats auf Irene zu tun hatte.

Roland begegnete ihr an der Tür, als er nach Hause kam. Heute kam er früher als sonst. Irene brauchte ihn schließlich mehr denn je. Eigentlich allerdings war es der Vizepolizeidirektor gewesen, der vorgeschlagen hatte, er solle sich ein wenig um sie kümmern, nun, da die Ermittlungen ohnehin ins Stocken gekommen waren.

Sie war gerade auf dem Weg nach draußen und sah ihn etwas erschrocken an, als er sie im Hereinkommen fast umwarf. Es war nicht die gleiche Krankenschwester wie am Morgen. Diese hier war klein und spindeldürr, mit glänzenden blauschwarzen Haaren, die zu einem Pferdeschwanz gebunden waren, und wohl nicht älter als Anfang zwanzig. Wie konnte sie Irenes siebzig Kilo schweren Körper heben? Sie war Inderin, das sah er deutlich an ihren Zügen.

»Sie schläft – in ihrem Zimmer«, erklärte sie, offenbar einfach weil sie eben irgendetwas zu diesem dunklen, schweigsamen Mann sagen musste, der unverhofft hereingekommen war. Sie hatte nur einen leichten indischen Akzent.

Roland warf die Schlüssel auf die Kommode und hängte seine Jacke am Garderobenhaken auf. »Hat alles geklappt?«, erkundigte er sich, ebenfalls bloß, um etwas zu sagen, und sah sich nach Angolo um, der sonst immer gleich kam, wenn die Tür aufging und er seine Stimme hörte.

»Sie ist natürlich sehr müde, aber ansonsten, finde ich, verkraftet sie es gut.«

Sie verkraftet es gut! Die Worte schmerzten in seinen Ohren und er konnte sich gerade noch eine unfreundliche Erwiderung verkneifen. Kann man es gut verkraften, mutwillig und schuldlos seiner Bewegungsfähigkeit beraubt zu werden? Er hörte ein gedämpftes Bellen.

»Wo ist Angolo?«, fragte er. »Der Hund«, fügte er hinzu, als er merkte, dass sie nicht verstand, wovon die Rede war.

»Ach, der Hund. Den haben wir im Bad eingesperrt.« Sie gestikulierte ungeschickt in Richtung Badezimmertür. »Der knurrt die Pflegekräfte an und wird aggressiv, wenn wir uns Irene nähern, daher habe ich mich nicht getraut …«

»Im Bad?!« Roland machte auf dem Absatz kehrt und blickte auf die geschlossene Tür.

»Ist er da schon seit heute Morgen eingeschlossen?«

Die indische Krankenschwester nickte schmollend und huschte schnell aus der Tür, ehe Roland ein weiteres Wort herausbringen konnte – ihr Glück. Er öffnete die Tür zum Badezimmer. Angolo versuchte beharrlich, auf den glatten Fliesen auf die Beine zu kommen. Er wedelte mit dem Schwanz und bellte froh. Roland sank neben dem Hund auf die Knie. Der Kragen stand einer Umarmung im Weg, daher begnügte er sich damit, dem unschuldigen Wesen den Rücken zu tätscheln. Der Hund missverstand und gab Pfote, was Irene ihm beigebracht hatte. Das hieß bei ihm »Danke«.

Roland kämpfte erneut mit dem Kloß im Hals, der da immer wieder, wie ein Jo-Jo, auftauchte und einfach nicht mehr verschwinden wollte. Er entdeckte die vielen kleinen Pfützen auf den Fliesen. Angolo war in seinem eigenen Urin herumgehumpelt. Hier gab es bestimmt nichts, um sich dafür zu bedanken.

Roland half dem Hund auf seine Decke im Wohnzimmer, wo er es sich gemütlich machen konnte, und warf einen Blick in »Irenes Zimmer«, wie sie das Zimmer nannten, in dem sie sich mit ihren Beschäftigungen zurückziehen konnte. Er selbst hatte sein Arbeitszimmer oben. Sie schlief im Rollstuhl, eine Decke um sich. Das Licht, das schwach durch die dünnen, hellen Gardinen drang, verlieh ihrem Gesicht einen weichen Schimmer. Er setzte sich leise auf die Kante des Schlafsofas und sah sie an. Sie atmete tief und ruhig. Die Lider bewegten sich kaum merklich. Träumte sie? Was träumte sie? Ihm fiel auf, dass er bisher noch nie darüber nachgedacht hatte, was Irene wohl träumte. In der Ecke neben dem Tisch mit dem Laptop und der Nähmaschine stand das Heimtrainer-Fahrrad. Die Pedale standen in einer Position, als sei sie nach einer raschen Trainingseinheit eben erst heruntergesprungen. Das war sie sicher auch. Vor nicht allzu langer Zeit. Dort stand, zur weiteren Ertüchtigung, auch ein Stepper, und in der Ecke zwischen Kleiderschrank und Tür lag ein silberner Trainingsball. Irenes Neujahrsvorsatz war es gewesen, wieder besser in Form zu kommen und sechs bis sieben Kilo abzunehmen. Sie hatte ihr Training mit einer Beharrlichkeit angegangen, die Roland ihr überhaupt nicht zugetraut hätte, und immerhin die Hälfte des angestrebten Gewichtsverlusts erreicht. Er stand auf und zog die Decke höher um ihre Brust, dann ging er gebeugt hinaus und schloss vorsichtig die Tür.

Die Post von heute lag auf dem Küchentisch. Die Krankenschwester musste sie dort hingelegt haben. Er nahm den Stapel Umschläge und ging die Absender durch, warf sie einen nach dem anderen auf den Tisch, so wie man Spielkarten verteilt. Hauptsächlich Fensterumschläge, aber dann kam er zu einem hellvioletten quadratischen Briefkuvert mit italienischer Briefmarke, und obwohl es lange her war, dass er sie zuletzt gesehen hatte, erkannte er Olivias Handschrift sofort. Mit einem leisen Schnauben öffnete er den Umschlag. Was sonst sollte er auch tun. Die Karte war auch quadratisch, und das einzige Motiv auf der Vorderseite waren die Konturen zweier ineinander verschlungener Goldherzen, dazu die Namen Rolando und Irene Benito in hübscher Schreibschrift gepinselt.

Wie befürchtet, war es die Hochzeitseinladung:

Olivia & Giuseppe
sone felici de annunciare il loro matrimonio che si terrà
sabato 20. agosto alle ore 10
nella chiesa Santa Maria in Tempulo, Roma.
Dopo la cerimonia religiosa saluteranno parenti ed amici
al ristorante Casina Valadier.

Er ließ sich auf den Stuhl plumpsen, der glücklicherweise direkt hinter ihm stand. Das Ganze war arrangiert worden, ohne dass sie irgendetwas hatten mitbestimmen dürfen. War das seine Schuld? Was würde Irene sagen? Er kannte die Kirche Santa Maria in Tempulo sehr gut, sie lag direkt gegenüber des Eingangs zu den Ruinen der Caracalla-Thermen. Und das Restaurant Casina Valadier, das am Aussichtspunkt Il Pincio am Rande der Villa Borghese gelegen war, war ihm ebenfalls ein Begriff. Es wurde offensichtlich an nichts gespart. Aber der Familie Agarico mangelte es ja auch nicht an Geld. Trotzdem sollte es ihn nicht wundern, wenn bald auch noch eine Rechnung eintrudelte. Der Tradition zufolge war es in Italien schließlich immer noch der Brautvater, der die Zeche bezahlte – oder war auch das mittlerweile veraltet? Agarico … der italienische Name des Champignons, aber diese Familie war der schlagende Beweis dafür, dass es in der Familie der Champignons auch Giftpilze gab.

Als sein Handy in der Hosentasche vibrierte, war er erleichtert, dass es Rikke war. Auch sie hatte heute eine Einladung erhalten.

»Was ist mit Mama?«, fragte sie besorgt.

Ja, was war mit ihr? Wie bekam man einen Rollstuhl in ein Flugzeug? Gab es im nicht sonderlich behindertengerechten Italien einen barrierefreien Zugang zur Kirche Santa Maria in Tempulo? Und zum Restaurant in einer alten Villa, 1816 erbaut, bevor der Rollstuhl erfunden wurde? War Irene denn überhaupt fit genug für eine solche Reise? Je länger Roland und Rikke sich unterhielten, desto mehr offene Fragen tauchten auf, und schließlich wurden sie sich einig, dass Rikke am besten gleich einmal bei ihnen vorbeischaute. Marianna und Tim hatten heute einen richtigen Vater-Tochter-Tag und waren zusammen im Kino, daher hatte Rikke Zeit.

Er sah abermals nach Irene. Sie schlief immer noch. Sie hatte ja letzte Nacht nicht geschlafen. Und auch er kaum. Er schloss die Tür wieder, entkorkte eine Flasche Rotwein, von dem er wusste, dass Rikke ihn mochte, und gönnte sich schon einmal ein kleines Glas, während er auf sie wartete. Abwesend blickte er aus dem Fenster. Genau dort hatte Jimmy Bjarup an jenem Abend gestanden und Irene angestarrt. Hätte sich Roland ihn nicht geschnappt, wäre er immer noch eine frei dort draußen herumlaufende Bedrohung. Wieder flüsterte ihm eine innere Stimme zu, dass es eigentlich Annes Verdienst war, dass sie den Täter dingfest gemacht hatten.

Als er draußen Rikkes Auto hörte, zog er seine Jacke an und ging ihr entgegen. Auf der Treppe gab er ihr einen Kuss und umarmte sie.

»Gehst du fort, Papa?«

»Ich komme bald wieder, aber ich habe noch eine Kleinigkeit zu erledigen. Mama schläft.«

Rikke sah ihm mit einem müden Lächeln nach. Es war nicht das erste Mal, dass sie nur den Rücken ihres Vaters sah, wenn sie zu Besuch kam.

»Wenn du deinem Vater vergeben kannst, dann kannst du Danny echt auch vergeben!«

Die Worte entfuhren ihr ein wenig allzu heftig. Nicht, weil sie Kamilla hätte verletzen wollen, die ihr gerade unter großen Seelenqualen anvertraut hatte, was sie über ihren Vater herausgefunden hatte. Doch hatte Anne nie vergessen, was für eine glückliche und völlig andere Person Kamilla während der kurzen Zeit ihrer Beziehung mit Danny gewesen war – bis sie herausgefunden hatte, dass ausgerechnet er der Autofahrer war, der unter Alkoholeinfluss ihren Sohn überfahren und getötet hatte. Natürlich konnte keine Mutter so etwas vergeben und vergessen, das war klar; aber nun saß sie hier und schwafelte darüber, ihrem Vater den Mord an fünf jungen Menschen vor vielen Jahren zu vergeben.

Kamilla öffnete den Mund, um etwas zu sagen, brachte aber keinen Ton heraus.

»Sind Mogens und Alice glücklich?«, fuhr Anne ein bisschen weniger hart fort, um ihre Worte zu entschärfen.

»Ja. Ja … sieht jedenfalls so aus, sie haben Mathias und …«

»Alice weiß nicht, was ihr Mann getan hat. Er hat ihre Schwester getötet, Kamilla! Ihre Zwillingsschwester, um Gottes willen! Trotzdem sind sie glücklich.«

»Nur, weil Alice das nicht weiß …«

»Ja«, unterbrach Anne. »Und so glücklich hättest du mit Danny auch sein können, wenn du nicht entdeckt hättest, wer er ist.« Anne konnte nicht stillsitzen. Sie stand auf und ging im Raum auf und ab. Kamilla sah aus, als bereue sie, sich ihr anvertraut zu haben, und sie tat Anne leid. In ihren Augen standen Tränen. Sie setzte sich wieder. »Hör mal, Kamilla. Du musst das melden. Solche Todesfälle verjähren nicht.«

Kamilla schaute sie an. Ihre grünen Augen waren groß und erschrocken.

»Das ist nicht dein Ernst, Anne! Er ist mein Vater! Ich habe ihn gerade erst gefunden! Er ist die einzige Familie, die ich habe.«

»Und das ist deine eigene Schuld, meine Liebe. Danny war total verliebt in dich und er ist es bestimmt immer noch. Ihr hättet heute eine Familie sein, vielleicht Kinder haben können, dann hättest du dich nicht damit begnügen müssen, jetzt mit deinem …«

»Hör auf damit! Er heiratet Majken.« Jetzt war es Kamillas Stimme, die hart war. Hart und verletzt zugleich.

»Ach ja?« In Annes Stimme schwang ein zweifelnder Unterton. »Warum ist das dann nicht schon passiert? Und warum ausgerechnet deine Freundin heiraten? Sie war einfach am nächsten, als du nichts mehr von ihm wissen wolltest und ihm nicht vergeben konntest, deswegen!«

»Vergiss es, Anne. Ich kann dem Mörder meines Sohnes nicht verzeihen.«

»Mörder!? Das war ein Unfall. Ein Verkehrsunfall, und er ist wenigstens nicht abgehauen und hat sich ein falsches Alibi ausgedacht wie dein Vater. Er hat seine Strafe verdammt noch mal wie ein Mann auf sich genommen.«

»Es war mein Großvater, der meinen Vater daran gehindert hat, sich zu melden.«

»Ja, damit *seine* dunkle Geschichte als Schleuser nicht rauskam. Kamilla, denk doch mal nach!«

Sie schwiegen eine Weile. Anne zündete sich eine Zigarette an und ihr Puls wurde ein bisschen ruhiger.

»Würdest du denn Adomas vergeben, wenn er zurückkäme und erzählen würde, dass er kriminell ist und jemanden getötet hat?«

Anne wusste nicht ganz, worauf die Frage abzielte; es sprach sowohl für als auch gegen das, wofür Kamilla selbst stand. Sie dachte über ihre Antwort nach. Versuchte ihren eigenen Gefühlen nachzuspüren. »Ja«, sagte sie schließlich. »Würde ich.«

»Da kannst du's sehen. Dann kann ich wohl auch meinem Vater vergeben.«

»Ja, wenn du auch Danny vergeben kannst. Sonst passt das nicht zusammen. Fühlst du nicht, dass du nur dahinlebst, nur überlebst, Kamilla? Es gibt einen großen Unterschied zwischen überleben und *leben.*«

»Es ging mir gut zusammen mit Danny … damals, das muss ich zugeben, und jetzt im Winter, als wir zusammengearbeitet haben, konnte ich auch spüren, dass ich immer noch etwas für ihn empfinde. Aber dann sehe ich Rasmus vor mir, und …«

»Ich weiß, Kamilla.« Anne streckte die Hand über den Tisch aus und legte sie ihr aufs Knie, tätschelte es. Natürlich verstand sie, was Kamilla empfand. Aber Anne hatte sich auch klargemacht, dass man manchmal aus dem selbstgesteckten Rahmen, was richtig und was falsch ist, ausbrechen muss – und besonders aus dem Rahmen, von richtig oder falsch, den *andere* für einen abgesteckt haben. Wenn sie das nicht täte, würde sie selbst auch Adomas nicht lieben können; er war ihr Cousin und vielleicht – musste sie sich eingestehen – auch kriminell. Sie wusste ja kaum etwas über ihn. »Das Leben kann brutal sein, sicher, aber wir bestimmen selbst, wie wir damit umgehen.«

Kamilla nickte, und dass es ganz den Anschein hatte, als wolle sie wirklich über das nachdenken, was sie gesagt hatte, gab Anne ein leises Gefühl von Genugtuung.

»Anne, versprichst du mir, dass diese Sache unter uns bleibt? Ich weiß, dass ich da eine Menge von dir verlange. Du bist Journalistin und deine Mission ist es gerade, so etwas ans Licht zu bringen, aber ich will versuchen eine Familie zu haben, auch wenn mein Vater schuldig ist. Wenn ich ihn ins Gefängnis bringe, dann … Mathias verliert seinen Vater, und … nein, Anne. Das kann ich einfach nicht.«

»Und was ist mit Danny?«

»Was ihn betrifft, weiß ich nicht, ob ich das kann. Verzeihen.«

»Du wirst dich damit viel besser fühlen. Es ist jetzt einige Jahre her, und du bist ein ganzes Stück weitergekommen, seit ich dich das erste Mal getroffen habe. Jetzt fehlt dir nur noch dieser letzte Schritt. Glaubst du, du wirst jemals wieder jemandem wie Danny begegnen?«

Kamilla antwortete nicht, aber Anne nahm das als ein Nein.

»Jetzt erzähl mir doch mal was über diese Nonnen«, begann Kamilla stattdessen. »Kaum zu glauben, dass du im Kloster warst und dass das auch noch Nicolajs Idee war.« Es war unmissverständlich, dass sie das Thema wechseln und wegwollte von diesen allzu komplexen Angelegenheiten: ihrem Vater und Danny.

»Unter uns: Ich hoffe wirklich auf eine dauerhafte Zusammenarbeit mit Nicolaj. Er hat da etwas Spannendes aufgetan und außerdem macht es mehr Spaß, für ihn zu arbeiten als für Redakteur Thygesen.«

»Das ist ja wohl auch nicht schwer, oder? Willst du dann deine Stelle bei der Reinigungsfirma hinschmeißen?«

»Vielleicht. Wenn Nicolaj genügend Aufträge für mich hat und mich bezahlen kann.«

»Journalistin zu sein ist ja auch deine Berufung – jedenfalls mehr, als Nonne zu sein.«

Sie lachten beide.

Anne war gerade beim Abwasch, als sie das Läuten der Klingel vor Schreck zusammenzucken ließ. Beinahe wäre ihr die Tasse heruntergefallen, die sie gerade abtrocknete. Sie erwartete heute keine weiteren Gäste.

Als sie aufschloss, hätte sie ihn fast nicht wiedererkannt, aber da war irgendwas an den Augen und der Nase, was ihr sehr vertraut war. Die Kombination aus beiden.

»Esben?!«, sagte sie zweifelnd. Es sowohl eine Frage wie auch eine Feststellung.

»Anne. Meine Güte, hast du dich verändert!«

Die Stimme erkannte sie. Etwas, was sich bei Menschen auch im Laufe der Jahre nie wirklich verändert, ist die Stimme – und die Nase. Aber alles andere erschien ihr sehr verändert an diesem gutaussehenden Mann, der da in der Türöffnung stand. Er trug einen schicken Anzug und hatte keine Piercings mehr. Jedenfalls nicht, soweit sie es sehen konnte. Seine Haare waren zu einer dichten Bürstenfrisur geschnitten; ein frecher Kontrast zu der stilvollen Businesskleidung. »Danke gleichfalls, Esben. Komm rein.«

Er sah sich im Wohnzimmer um. Sie schaute ihn an. Der Anzug stand ihm, obwohl sie Anzüge immer als ein fragwürdiges Machtsymbol betrachtet hatte. Männer dachten, diese Kluft würde ihnen automatisch Autorität und Glaubwürdigkeit verleihen.

»Was machst du jetzt so?«, fragte sie seinen Rücken.

Er drehte sich um und lächelte. Die Narbe auf der linken Wange, die sich bis hoch an die Schläfe fortsetzte, musste diejenige sein, die ihm einst Torsten verpasst hatte.

»Ich bin Jurist.«

»Jurist!« Gegen ihren Willen klang sie beeindruckt.

»Ich bin beruflich in Aarhus. Du hast ja meine Anfrage auf Facebook bekommen, nicht?«

»Ja. – Ja, Mensch, und ich habe immer noch nicht darauf geantwortet. Kann ich dir etwas anbieten? Magst du immer noch Schnaps und rote Limo?«

»Na, du erinnerst dich daran?« Er lachte. Das Lachen war auch noch das gleiche. Jung und leicht. »Kriegt man die rote Limo denn überhaupt noch?«

»Keine Ahnung. Wohl nicht so wie damals. Aber ich kann dir ein Bier anbieten, falls …"

»Nein danke, ich habe nachher eine Besprechung, da sollte ich vielleicht lieber nicht mit einer Fahne ankommen.«

Er hatte sich wirklich verändert. »Dann einen Kaffee? Irgendwas musst du doch zu dir nehmen, wenn du den ganzen Weg von Kopenhagen gekommen bist. Hast du Hunger?«

»Ich brauche wirklich nichts. Bin schon gestern Abend angekommen und wohne im Hotel Royal, und so bin ich weder hungrig noch durstig. Ich wollte nur mal sehen, wie es dir geht, Anne. Aber du siehst gut aus.« Vorsichtig fuhr er mit der Hand über ihre Narbe, und es hatte den Eindruck, als könne er sich denken, wann sie die bekommen hatte: zur gleichen Zeit nämlich wie er die seine.

»Mir geht's auch gut.«

Sie blieben mitten im Wohnzimmer stehen, beide vertieft in das Wiedersehen und ohne Lust, über die Vergangenheit zu reden.

»Wo arbeitest du als Jurist?«

»Ich bin als Assessor in einer Anwaltskanzlei in Kopenhagen angestellt. Ich hoffe, ich werde in einem Jahr Anwalt.«

»Wow!«

»Ich hab im Moment nicht viel Zeit, aber wir könnten uns ja abends mal treffen. Vielleicht zusammen essen gehen?«

Sie zögerte. Das klang fast wie ein Date. Früher hätte er sie in eine Kneipe eingeladen, jetzt war es ein Restaurant und garantiert eines der besseren. Die Zeiten hatten sich geändert. Sie und er auch. »Das lässt sich bestimmt machen. Wie lange bleibst du in Aarhus?«

»Ein paar Tage.«

Als nun die Klingel erneut schellte, zuckte sie sogar noch mehr zusammen als beim letzten Mal. Sie war nervös und angespannt und Esben machte den gleichen Eindruck. »Erwartest du Gäste?«, fragte er beinahe erschrocken.

»Nee, aber …«

»Das ist okay, Anne. Wir können später weiterreden.« Er machte mit Daumen und kleinem Finger das Zeichen für »Telefonieren«.

Sie nickte, ließ die Tür aufschwingen und klappte verblüfft den Mund auf. »Benito!«

Esben zwängte sich an dem Kommissar vorbei, der sich einen Schritt aus der Türöffnung zurückzog, Esbens Gruß erwiderte und ihm verwundert nachschaute, als er nun die Treppe hinunterlief.

»Schicker Mann«, kommentierte er und fragte, ob er reinkommen dürfe. Anne spürte, wie ihre Wangen glühten.

»Selbstverständlich. Das ist ja eine Überraschung!«

»Neuer Freund?«

Sie schüttelte den Kopf und schloss die Tür hinter ihm, ihre Wangen wurden noch röter. »Und? Wie sieht's bei Ihnen aus?«

Roland war seit dem Abend, als er ihr das Leben gerettet hatte, nicht mehr hier gewesen. Jenem Abend, an dem sich ihr ebenfalls die Vergangenheit aufgedrängt hatte, als Stiefvater Torsten ihr unangemeldet einen Besuch abstattete. Einen beinahe tödlichen Besuch. Roland machte durchaus den Eindruck, als erinnere er sich noch sehr gut daran. Für einen Augenblick blickte er in die Ecke beim Küchentisch, wo er sie gefunden hatte; dabei hatte er im Gesicht fast den gleichen Ausdruck wie vor ein paar Tagen in seiner Wohnung, als er auf dem Küchenboden neben dem Futternapf seines Hundes gesessen hatte.

»Der Täter ist gefunden und hat gestanden.« Er trat ins Wohnzimmer, die Hände in den Jackentaschen.

»Freut mich, das zu hören.«

»Die Schuhabdrücke haben ihn verraten.«

Sie setzte sich aufs Sofa, er blieb stehen. »Das zu hören freut mich sogar noch mehr. Ist mit Irene alles in Ordnung?«

Er nickte steif. »Sie ist am Samstag nach Hause gekommen.«

»Schon!«

Er nickte wieder; sein Mund war ein schmaler Strich, umgeben von schwarzen Bartstoppeln. Sie bemerkte, dass mittlerweile auch ein paar weiße darunter waren.

»Darf ich Ihnen etwas anbieten?«, fragte sie. »Ich habe leider keinen Whisky im Haus«, beeilte sie sich mit einem leisen Lächeln hinzuzufügen.

»Nein danke. Meine Tochter ist zu Besuch, deshalb gehe ich auch gleich wieder.« Dennoch nahm er die Hände aus den Taschen und setzte sich auf den Sessel ihr gegenüber.

»Ich wollte mich nur für Ihre Hilfe bedanken.«

»Das ist schon okay.« Sie wurde verlegen, es war selten, dass Roland Benito gerade ihr persönlich dankte. Und noch nie war er dafür extra zu ihr nach Hause gekommen. »Ich hoffe, er bekommt eine harte Strafe.«

»Jetzt liegt es am Richter, wir können nichts mehr tun.«

Er klang nicht sonderlich begeistert über diese Tatsache. Natürlich wünschte er sich eine so harte Strafe wie möglich, das tat man wohl immer, wenn einem der eigenen Lieben etwas zuleide getan worden war. Aber Richter konnten manchmal eine andere

Auffassung haben, wenn die Beweise auf den Tisch gelegt wurden und der Verteidiger und der Staatsanwalt sich in die Haare gerieten.

»Gibt es genügend Beweise?«

Er nickte und schaute sie lange an, sodass sie den Blick senken musste. In seinen Augen schimmerte eine Andeutung von Vorwurf und Anklage, die so gar nicht zu dem Lob passte, das er ihr gerade ausgeteilt hatte.

»Ich habe gehört, Sie sind im Kloster der heiligen Jungfrau gewesen. Ist das wahr?«

Sie war baff, öffnete den Mund und wollte gerade zu einer Lüge ansetzen, konnte aber in seinen Augen sehen, dass er auch hierfür genügend Beweise hatte und lügen zwecklos war. Die Beamtin musste sie wohl doch erkannt haben. Sie nickte.

»Sie haben die Journalistentätigkeit also nicht völlig aufgegeben?«

»Doch. Das mit dem Kloster war ein Auftrag, den ich von einem anderen Journalisten bekommen habe, der aus gutem Grund nicht näher rankam.«

»Woran?«

Sie zuckte die Schultern und versuchte weiterhin, einen Augenkontakt zu vermeiden. »Es ist ja nicht leicht für Presse wie Polizei, ins Kloster zu gelangen und die dortigen Verhältnisse zu untersuchen – jedenfalls nicht für euch Männer –, daher haben wir uns überlegt, dass ich als Frau vielleicht die Möglichkeit bekommen könnte, ein wenig hineinzuschnuppern. Ich brauchte mich ja nur als interessierte potenzielle Nonne auszugeben.«

»Also das Ganze natürlich nur, um der Polizei zu helfen, und Sie hätten mich selbstverständlich kontaktiert.« Sein gedämpftes Lächeln war voller Skepsis. »Und – *haben* Sie denn etwas herausgefunden?«

Es war ja Nicolajs Philosophie, dass Journalisten mit der Polizei zusammenarbeiten sollten; also wieso sollte sie Roland da nicht erzählen, was sie wusste. Nicolajs Artikel würde wohl morgen trotzdem in der Zeitung stehen und war jetzt sicher bereits online verfügbar. Aber plötzlich sah sie eine Möglichkeit, im Gegenzug auch selbst etwas zu bekommen, und so etwas hatte sie sich noch nie entgehen lassen.

»Wenn ich Ihnen das erzähle, werden Sie dann auch mir eine Frage beantworten? Es geht um eine private Sache. Also in aller Vertraulichkeit.«

»Hm. Vielleicht.«

»Erinnern Sie sich an den Litauer, der euch letzten Winter geholfen hat, die Zigarettenschmuggler auffliegen zu lassen?«

Roland nickte nachdenklich.

»Das war ja nicht ohne Gefahr für sein eigenes Leben, was er da für euch getan hat. Habt ihr ihm Polizeischutz gegeben?«

Roland sah sie an, als wolle er fragen, welches Interesse sie an der Sache hatte, aber stattdessen beantwortete er ihre Frage. Er war sich fraglos darüber im Klaren, dass er ansonsten überhaupt nichts von ihr erfahren würde.

»Nein, haben wir nicht. Er wollte das nicht.«

»Dahinter haben Mitglieder der osteuropäischen Mafia gesteckt, stimmt's?« Ihre Stimme zitterte ein bisschen, als sie eine Sorge aussprach, an die sie sonst immer nur gedacht hatte.

Roland nickte und wandte seinen prüfenden Blick nicht von ihrem Gesicht ab. »Ja, aber der Litauer war so scharf darauf, sich von dem Verdacht, an dem Raubüberfall beteiligt gewesen zu sein, reinzuwaschen, dass er uns die gesuchten Informationen gegeben hat, ohne besonders viel über die Konsequenzen nachzudenken. Warum interessiert Sie das, Anne?«

Jetzt war sie vorbereitet auf die Frage, von der sie die ganze Zeit über gewusst hatte, dass sie kommen würde.

»Ich trage mich mit dem Gedanken, ein bisschen was über diese osteuropäischen Banden zu schreiben, die bei uns ins Land einsickern. Es passiert ja immer mehr, woran sie beteiligt sind. Mir fehlt dazu ein Kontakt, und deshalb habe ich eben an ihn gedacht. Aber Sie wissen also nicht, wo er zu finden wäre?«

»Ich vermute mal, er ist außer Landes gereist.«

Sie nickte enttäuscht und wusste nicht recht, wie sie jetzt weiterfragen sollte, ohne dass Benito noch misstrauischer wurde.

»War das nun Ihre Frage?«

»Im Großen und Ganzen. Und jetzt wollen Sie wissen, was ich im Kloster entdeckt habe.« Sie klopfte eine Zigarette aus dem Päckchen und zündete sie an. Der Kommissar sog tief die Luft ein.

»Ich glaube, ich habe den Tatort gefunden. Er befindet sich im Turm, dort gibt es ein großes schwarzes Kreuz mitten im Raum. Nicolaj hat mir berichtet, dass das arme Mädchen an Fesseln an einem großen Holzkreuz aufgehängt gewesen sein soll.«

»Nicolaj?«

»Erinnern Sie sich denn nicht mehr an ihn – von dem Fall mit der Moorleiche her? Er ist damals Praktikant beim Tageblatt gewesen. Jetzt arbeitet er als freier Mitarbeiter für verschiedene Medien.«

»Ach der. Und woher hat er dieses Wissen?«

Sie zog die Schultern bis zu den Ohren hoch, um zu unterstreichen, dass sie davon absolut keine Ahnung habe. Nicolajs Quelle zu verraten ging trotz allem nicht; so viel Offenheit, da war sie sich sicher, würde er nicht gutheißen.

»Die Polizei hat keinen Zugang zum Ostflügel im Kloster bekommen. Es hieß, der sei stark baufällig.«

»Ja, so *hieß* es. Ist er aber nicht.« Sie nahm einen weiteren Zug von der Zigarette und pustete eine duftende Rauchwolke in Richtung Roland, der sich im selben Moment weiter zu ihr vorbeugte, als höre er ganz gebannt zu.

»Ich glaube, ich weiß, wie die Polizei Zugang zum Turm bekommen kann. Ich hätte da eine Anzeige zu erstatten, der ihr nachgehen müsst.«

»Mh. Und die wäre?«

»Ein Attentat. Ich glaube, jemand hat versucht, vom Turm eine Engelsskulptur auf mich zu stürzen. Mordversuch.«

»Das ist jetzt aber ein Scherz, hab ich Recht?« In Rolands Augen schimmerte es wie ein Lächeln, aber es vermochte sich nicht durchzusetzen.

»Ich weiß, es klingt wie eine Szene aus einem schlechten Gruselfilm, aber es ist wirklich eine Steinfigur direkt vor mir vom Turm gefallen. Der Turm ist ja so alt, auch wenn er innen drinnen wohl renoviert worden ist; aber es ist genauso gut möglich, dass irgendjemand den Engel bewusst heruntergestoßen hat, mit dem Ziel, mich zu treffen.« Sie berichtete ihm, was sie im Kloster erlebt hatte, und deutete anschließend mit der Zigarette auf ihn. »Ich weiß selbst, dass das ein bisschen dünn ist, aber wenn ich den Anschlag auf mich anzeige, dann müsst ihr dem nachgehen und euch den Turm anschauen.«

»Ich glaube nicht, dass das geht, Anne. Sie haben ja auch keine Beweise dafür, dass in dem Flügel nicht einfach bloß ein paar ältere Nonnen wohnen.«

»Nein, stimmt. Aber warum darf dann niemand wissen, was dort vor sich geht? Warum behauptet Mutter Helene, dass der Turm baufällig ist und niemand Zutritt hat?«

»Sie wird wohl ihre Gründe haben.« Roland stand auf. Er hatte die Jacke gleich angelassen und steckte nun wieder die Hände in die Taschen. »Ich muss gehen, Rikke wartet – meine Tochter.«

Anne blieb sitzen. »Übrigens gibt es da noch eine andere Sache, von der die Polizei nichts weiß …« Sie wusste genau, wie Rolands Gesicht nun aussah. Sie musste ihn nicht ansehen. »Eine der Novizinnen ist eine von der Polizei gesuchte Person.« Sie zog den Aschenbecher zu sich heran und nahm sich Zeit, die Asche von der Zigarette abzustreifen. Roland hob die Augenbrauen und wechselte ungeduldig die Position. »Vielleicht eine noch bessere Begründung, um diesem Kloster einen eingehenderen Besuch abzustatten …«

»Jetzt aber raus mit der Sprache, Anne.«

»Eine Novizin, die sich Schwester Margaretha nennt, hat sich als Tobias Abrahamsens Schwester entpuppt.«

Roland setzte sich wieder.

49

Der Morgen war diesig und feine Tropfen hingen funkelnd in den Spinnweben der Hecke, aber anders als sonst hatte Kamilla an diesem Morgen keine Augen für die Schönheit der Natur. Tarzan schlüpfte mit ihr aus der Tür, als sie viel zu spät zu ihrem Auto lief. Sie hatte das Gefühl, dass es ein Fehler gewesen war, Anne von ihrem Vater zu erzählen, aber andererseits hatte sie gespürt, dass sie ihr das schuldig war. *Sie* hatte damit angefangen, in Mogens Arnskov Aagaards Vergangenheit zu forschen, und wie Kamilla sie kannte, hätte sie damit nicht aufgehört, bis sie die ganze Wahrheit herausgefunden hatte. Doch der Nutzen von Annes Spürarbeit war allein Kamilla zugutegekommen. Sie hatte einen Vater bekommen. Eine Familie. Sie hatte, in gewisser Weise, Rasmus zurückbekommen. Obwohl Mathias nicht ihr Sohn war, fühlte es sich doch irgendwie so an. Aber da war auch eine neue, nagende Abscheu vor ihr selbst, die ihr fortwährend Übelkeit bereitete. Sie hatte ein Druckmittel gegen ihren Vater, mit dem sie ihn festnageln konnte. Wenn er sie abwies, würde sie Alice das Ganze erzählen. Würde sie das wirklich? Ihr Vater glaubte das jedenfalls. Dennoch hatte er gestern Abend gewirkt, als würde er ihr Zusammensein genießen. Sie war noch zu ihnen nach Hause gefahren und Mathias war über ihr Kommen ganz ausgelassen gewesen. Sie hatten im Garten vor ihrem gemütlichen Haus in Bønnerup Strand gegrillt – zum ersten Mal in diesem Jahr – und Kamilla hatte sich ganz zugehörig gefühlt. Alice hatte nicht gewirkt, als wundere sie sich darüber, dass sie gekommen war; Mathias hatte so oft nach ihr gefragt. Mehr konnte sich Kamilla gar nicht wünschen. Außer vielleicht, dass diese Annäherung auf eine andere Weise zustande gekommen wäre. Was, wenn Anne ein so furchtbares Geheimnis nicht für sich behalten konnte? Kamilla hatte im Laufe der Nacht immer wieder überlegt, ob sie selbst das wohl konnte. Nur die Tatsache, dass das schlimme Geschehen so viele Jahre her und nicht länger für irgendjemanden von Interesse war (nicht einmal für Alice, deren Leben durch eine Kenntnis der Wahrheit nur ebenfalls zerstört werden könnte), hatte sie die Situation akzeptieren lassen. Und wer würde nach so vielen Jahren den Zeitpunkt ihrer Empfängnis schon mit dem angeblichen London-Alibi ihres Vaters in Verbindung bringen? Alle Familien haben schließlich Geheimnisse. Leichen im Keller. Trotzdem: Wenn Anne nur nicht …

Sie war in die Innenstadt gefahren wie in Trance und hatte es selbst kaum wahrgenommen, dass sie unterwegs mehrmals bei Rot gehalten sowie für einen Radfahrer, ein paar Fußgänger und eine unverhofft über die Straße laufende Katze gebremst hatte. Die Strecke zwischen dem Mejlbyvej und der Nørregade zurückzulegen war für sie zur reinen Routine geworden.

Pierre stand in der Küche und bereitete den Morgenkaffee, während er, getreu seiner halbfranzösischen Abstammung, die Marseillaise pfiff. Die mussten sie und Oliver meist mehrmals am Tag über sich ergehen lassen. Sie hängte ihre Jacke an der Garderobe auf und trat lächelnd auf ihn zu.

»Guten Morgen, Kamilla«, begrüßte er sie mit seinem charmanten französischen Akzent. Er sah sie lange an und sie befürchtete schon, beim morgendlichen Make-up-Auflegen nicht aufmerksam genug gewesen zu sein. Oder war sonst etwas optisch bei ihr schiefgegangen?

»Ebenfalls guten Morgen, Pierre. Was gibt's?«

»Du siehst so anders aus, so … so …« Er gestikulierte südländisch mit den Händen, als suche er die Wörter irgendwo in der Luft.

Oliver unterbrach, indem er keuchend in die Küche trampelte, einen professionellen Fahrradhelm auf dem Kopf, mit dem er irgendwie an ein Wesen aus dem Weltraum erinnerte. Er radelte sommers wie winters, auch wenn es zehn Kilometer über hügeliges Terrain waren.

»Sieht sie heute nicht anders aus?« Pierres Blick wanderte von dem Außerirdischen zu Kamilla. Sie schüttelte den Kopf und fing an, Tassen auf den Tisch zu stellen. Während er den Helm abnahm und die Jacke auszog, unterzog Oliver sie einer eingehenden Musterung.

»Doch, tut sie. Und nicht nur, weil sie das Haar hochgesteckt hat. Was ist passiert, Kamilla? Hast du jemanden kennengelernt? *L'amour …*« Er zwinkerte ihr zu und warf Pierre einen unterstellenden Blick unter Männern zu.

»Es ist nichts passiert«, gab sie lächelnd zurück. Konnte man ihr das wirklich ansehen, dass die Dinge nun geklärt waren? Hatte Anne Recht, dass es ihr damit viel besser gehen würde – sogar so sehr, dass man es ihr direkt anmerken konnte? Jedenfalls hatte sie es nun eingesehen. Eingesehen, dass, wenn sie ihrem Vater vergeben konnte, sie auch Danny vergeben musste. Nun ging es nur noch darum, es ihm zu sagen. Heute war eine gute Möglichkeit: Er sollte später vorbeikommen, um eine DVD mit ein paar Digitalfotos abzuholen, die Oliver für ihn vorbereitet hatte. Der Gedanke verursachte ihr Schmetterlinge im Bauch, fast wie damals. Ein neues, fantastisches Gefühl. Als sie sich letzte Nacht nach langer, intensiver Selbstprüfung entschlossen hatte, gemerkt hatte, wie sie nun langsam jenen Hass losließ, der unbarmherzig tief in sie hineingewachsen war, und in diesem Moment entschied, dass sie von nun an nicht mehr bloß überleben, sondern *leben* würde, hatte sie sogleich die Veränderung gespürt. Vielleicht war es das, was man ihr nun ansehen konnte. Sie hatte nach dem Besuch bei Anne auf der Bank an Rasmus' Grab gesessen wie so viele Male zuvor, die Abendsonne auf den Goldbuchstaben mit seinem Namen spielen sehen und gedacht, dass Rasmus in seinem ganzen kurzen Leben doch nur gewünscht hatte, dass es ihr gutging. Sobald er über den Schock hinweggekommen war, dass Jan sie einfach verlassen und Nina geheiratet hatte, hatte er sogar selbst darauf gedrängt, dass sie doch möglichst einen anderen Mann finden solle, einen neuen Vater für ihn. Und das war nicht um seinetwillen gewesen, denn er hatte seinen Vater ja immer noch – und Nina, die er auch mochte, glücklicherweise ohne dass sie eine neue Mutter für ihn geworden war. Es war ihm also allein darum gegangen, Kamilla wieder glücklich zu sehen. Und Danny *hatte* sie glücklich gemacht. Sie zum Lachen gebracht. Ließ sie vergessen. Er hatte selbst gesagt, dass sie es sei, die er haben wollte, und nicht Majken. Damals war sie wütend geworden, aber nun war es der *lebenden* Kamilla egal. Jetzt kümmerte sie sich nur noch darum, was sie selbst haben wollte. Anne hatte Recht – schon wieder. Es ging darum zu leben, solange es die Möglichkeit dazu gab. Ihr kurzes Leben durfte nicht in Hass und Selbstmitleid versauern.

Der Kaffeeduft, als Pierre ihr einschenkte, riss sie aus ihren Gedanken. Sie aßen Croissants, tranken Kaffee, unterhielten sich angeregt und verteilten die Aufgaben des Tages in einer aufgelockerten Atmosphäre untereinander, wozu natürlich auch die üblichen Beschwerden und Neckereien gehörten. Kamilla hatte gerade einen großen Bissen von ihrem Croissant genommen, als sie den Postboten im Vorraum rumoren hörte. Er kam immer einfach herein und warf die Briefe und Päckchen des Tages auf den Tisch. Sie erwartete einige Bücher, die sie für die Fotos zur Annonce eines Buchhändlers aus der Stadt benötigte, und war gespannt, ob sie wohl heute mit dabei waren. Sie ging mit einem halben Croissant in der Hand in den Eingangsbereich hinaus und biss erneut davon ab, während ihre Augen inspizierten, was die Post dagelassen hatte. Erleichtert atmete sie auf, als sie das Paket mit den Büchern entdeckte. Außerdem lag da noch ein kleiner Stapel Briefe und sonstige Sendungen, die sie mit zurück in die Küche nahm. Pierre ging die Post für gewöhnlich während des Morgenkaffees durch und verteilte sie dann an die anderen – jedenfalls, wenn die Post rechtzeitig vorher kam. Sie drückte ihm den ganzen Stapel in die Hand, setzte sich wieder und schenkte sich Kaffee nach.

»Sind deine Bücher gekommen?«, erkundigte sich Oliver.

»Ja, zum Glück, sonst hätte ich die Deadline wohl nicht mehr einhalten können.«

Daran schloss sich ein erhitzter Wortwechsel über die oft allzu knappen Deadlines an, unter denen sie alle zu leiden hatten, bis

Pierre sie mit dem Wedeln eines Briefumschlags unterbrach. »Attention please!«

Oliver und Kamilla verstummten und sahen ihn erstaunt an. Mit der Ehrerbietung eines Zauberkünstlers zog er eine Karte aus dem Umschlag, mit dem er gewedelt hatte. Ein Lächeln breitete sich über seine typisch französischen Gesichtszüge aus, als er sie las. »War ja auch echt mal an der Zeit, dass die zwei sich einen Stoß geben.« Mit bedeutungsvoller Miene legte er die Karte auf die Tischmitte. Oliver nahm sie als Nächster und las.

»Ja, das kann man wohl sagen, Pierre. Worauf hat er denn eigentlich die ganze Zeit gewartet?«

Er reichte Kamilla die Karte. Sie nahm sie mit einem erwartungsvollen Lächeln entgegen, das langsam erstarb, als sie die Computerschrift mit den geschwungenen Buchstaben las.

Währenddessen pfiff Pierre den Brautwalzer. »Endlich hat sich Danny zusammengerissen und ein Datum festgelegt. Endlich! Jetzt sieht es ganz so aus, als ob sie es plötzlich sehr eilig hätten. Klasse, wir werden zu einer Juni-Hochzeit gehen!«, jubelte er und prostete Oliver mit seinem Kaffee zu.

50

»Jetzt, wo wir neue Informationen haben, gilt es, endlich die Fäden zusammenzuführen«, verkündete Roland bei der Morgenbesprechung.

Der Vizepolizeidirektor konnte aufgrund einer anderen Besprechung, direkt im Bürgermeisteramt, nicht teilnehmen, und er hatte ein ausführliches Briefing verlangt, wenn er im Laufe des Tages zurückkommen würde. Roland musste ihm dann Ergebnisse präsentieren. Das Treffen im Rathaus hatte etwas mit dem Klosterfall zu tun; auch Repräsentanten der katholischen Kirche waren anwesend, und Roland war ganz froh, dass es Kurt Olsen, während er selbst zu der Besprechung beim Bürgermeister gegangen war, ihm überlassen hatte, die Ermittlungen fortzuführen und »den Sack zuzumachen«, wie Olsen sich ausgedrückt hatte. Vielleicht saß sein Chef gerade jetzt vor dem Stadtoberhaupt von Aarhus und versprach ihm, dass der Fall noch vor dem Abend abgeschlossen sein würde. Nun galt es zu liefern.

»Isabella! Die Priester!«

Isabella, die gerade damit beschäftigt war, ihre schulterlangen blonden Haare zu einem Pferdeschwanz zu binden, beeilte sich, fertig zu werden, und sah zu der Tafel und den Fotos der beiden Priester hinauf.

»Pater Francesco hat ja seine Tätigkeit im Vatikan; er ist ausgebildeter Exorzist und Mitglied der Internationalen Vereinigung der Exorzisten. Sonst wissen wir nichts über ihn. Pater Josef war Mönch in Polen, bis er Priester wurde und hierher nach Dänemark gezogen ist. Er arbeitete ein paar Jahre lang als Schulpriester an einer katholischen Schule und hernach als Priester an der Liebfrauenkirche. Jetzt betreut er als Priester das Kloster der heiligen Jungfrau. Aber über ihn weißt du wohl selbst viel mehr als ich, Roland.«

Er nickte, fand aber nicht, dass seine Bekanntschaft mit seinem alten Priester hier etwas zur Sache tat. »Du hast also nichts Relevantes gefunden; nichts, was in diesem Zusammenhang etwas bedeuten könnte?«

»Ich habe herausgefunden, dass sich Pater Josef einige Jahre im Vatikan aufgehalten hat, aber ich kann aus den uns im Umgang mit der katholischen Kirche nur zu bekannten Gründen nicht herausfinden, was konkret er dort gemacht hat und warum er dort war, also müssten wir uns erneut mit dem Vatikan in Verbindung setzen.« Isabella sah zu ihm auf, und Roland schüttelte unwillig den Kopf, als ihm aufging, worauf sie wieder anspielte.

»Wir könnten wohl auch einfach Pater Josef *himself* fragen«, schlug Mikkel vor und genehmigte sich einen Schluck Kaffee.

»Ob das wohl für den Fall relevant ist, Isabella?«

»Das weiß ich nicht. Falls es nun wahr ist, was Tobias' Aufsätze andeuten – dass sein Vater von einem katholischen Priester missbraucht wurde –, dann ist es vielleicht wichtig zu wissen, dass Victor Abrahamsen Schüler genau jener katholischen Schule war, in der Pater Josef Priester gewesen ist. Bekommen die nicht so eine Art Asyl im Vatikan, wenn dergleichen geschieht?«

Roland wusste, dass man ihm sein Unbehagen ansah. Aber er kannte Pater Josef so gut, der alte Priester könnte doch nie und nimmer …

»Das ist nur *eine* Auslegung der fantasievollen Aufsätze eines Jungen, Isabella. Kurt hat auf das Heftigste angemahnt, dass wir die verschiedenen Fälle nicht miteinander vermischen.«

»Aber wenn es nun stimmt, was diese Journalistin behauptet hat, dass seine Schwester im Kloster der heiligen Jungfrau Nonne ist, wie …«

»Novizin«, berichtigte Roland.

»… Novizin ist, wie kann das dann zusammenhängen? Weiß sie, dass ihr Vater missbraucht – *vielleicht* missbraucht – worden ist? Und dass Pater Josef der Missbraucher gewesen sein kann?«, fuhr Niels Nyborg fort und schlug im Takt der Wörter mit seinem Kugelschreiber in die Luft.

»Soweit wir bisher wissen, hat Schwester Margaretha keine Ahnung, was mit ihrer Familie geschehen ist. Aber wir werden sie bald verhören. Sie ist anscheinend auch diejenige der Schwestern gewesen, die Laura Friis am nächsten gestanden hat.«

»Wie machen wir das?«, fragte Mikkel. »Mit dem Verhör, meine ich.«

»Das ist eines der Dinge, für die unser lieber Vizepolizeidirektor vor der Besprechung im Rathaus gesorgt hat. Wenn uns von Seiten des Klosters nicht mehr Offenheit und Kooperationsbereitschaft entgegengebracht wird, kommen wir anders ja nicht weiter.«

»Also bestellen wir einfach eine Nonne … ähm, Novizin zum Verhör ein?«, fragte Niels zweifelnd.

»Genau das tun wir, ja. Die ganze Bagage, falls es nötig wird. Die Kriminaltechniker sollen Zutritt zum Turm erhalten, und wenn er über ihnen zusammenfällt.«

»Wie in aller Welt hat Kurt das durchbekommen?«, hakte Isabella nach.

»Darum müssen wir uns nicht kümmern, jetzt sollten wir das bloß in die Tat umsetzen, bevor irgendwer sich's wieder anders überlegt.«

»Mutter Helene. Kim: Was hast du über sie herausgefunden?«

»Nicht mehr als das, was ich erwartet habe. Ein ganz gewöhnliches Mädchen mit katholischem Hintergrund, das plötzlich erkennt, dass sie zum Dienst des Herrn berufen ist. Ich bin jedoch auch auf ein Gerücht über eine versuchte Vergewaltigung gestoßen, vermutlich ein Familienmitglied, das sich vergangen hat, aber ich konnte es nicht bestätigt bekommen. Sie wohnte damals in Deutschland. Sie brach die Schule ab, um ihrer Berufung zu folgen, und ist seitdem von einem Kloster zum anderen gezogen, sowohl im Inland wie im Ausland, um schließlich als Äbtissin des Klosters der heiligen Jungfrau zu enden. Tolle Karriere innerhalb dieser Branche. Es ist ja an einer Nonne auch nicht so viel auszusetzen.«

»Wir werden sehen«, fügte Mikkel düster hinzu.

»Wir haben einen Streifenwagen zum Kloster beordert und erwarten in ein paar Stunden die erste Vernehmung. Parallel dazu werden die Kriminaltechniker im Turm arbeiten, sodass wir endlich die einzelnen Puzzlesteine zusammensetzen und herausfinden können, warum Laura Friis' Leben an diesem Kreuz geendet hat.«

»Kann Tobias' Verschwinden nicht auch etwas damit zu tun haben? Jetzt, wo wir wissen, dass seine Schwester im Kloster ist und dass sein Vater vielleicht von einem katholischen Priester missbraucht wurde und daher bestimmt alles verabscheute, wofür diese Priester stehen? Wie passt er da rein?«, fragte Niels.

»Wir müssen hören, was seine Schwester zu sagen hat.«

»Tobias wusste das mit seinem Vater doch sicher, wenn er diese Aufsätze geschrieben hat«, bemerkte Dan Vang und schaute zu Roland hoch, genauso wie Angolo es immer machte und dabei eifrig mit dem Schwanz wedelte, wenn er für eine tolle Leistung gelobt werden wollte.

»Das finden wir wohl nie heraus, Dan. Aber die Annahme ist schon richtig.« Er sah auffordernd in die Runde und klopfte hart mit den Fingerspitzen auf den Tisch als Zeichen, dass sie sich nun wieder an die Arbeit machen sollten. Er stand auf, wie auf Kommando gefolgt von all seinen Mitarbeitern. Mikkel Jensen beeilte sich, noch schnell seine Tasse zu leeren, während auch er auf die Beine kam.

»Dann also mal los.«

Roland hatte noch nie zuvor eine Novizin verhört. Er musste zugeben, dass es eine etwas prekäre Situation für ihn war. Den Regeln der Prozessordnung für Verhöre getreu machte er die Verhörte darauf aufmerksam, dass sie nicht beschuldigt wurde und daher auch nicht zur Aussage verpflichtet war, und fügte hinzu, dass die Vernehmung aufgezeichnet werden würde. Er sagte die Uhrzeit und die Namen der Anwesenden in das Diktiergerät und legte es dann zwischen sie auf den Tisch.

»Würden Sie bitte Ihren Namen wiederholen?«, forderte er das Mädchen in der weißen Tracht auf. Sie richtete sich die Brille und sah ebenfalls nicht gerade so aus, als würde sie sich wohlfühlen.

»Schwester Margaretha«, erklärte sie schüchtern.

»Nicht Ihren Ordens-, sondern Ihren Geburtsnamen bitte«, hakte Roland mit einem stillen Lächeln nach.

»Mona Abrahamsen.« Ihre Stimme versagte, es klang, als sei es lange her, dass sie ihren eigentlichen Namen ausgesprochen hatte – was es wohl auch war. Ihre Mitschwestern kannten ihn bestimmt nicht einmal. Das Ermittlerteam hatte sich entschieden, der Novizin jene Informationen zunächst vorzuenthalten, die zu beschaffen sie Anne Larsen gebeten hatte. Sie wusste also, vom Tod der Eltern einmal abgesehen, nichts über das Schicksal ihrer Familie, und das gab ihnen einen anderen Zugang zum Verhör.

»Wissen Sie, warum Sie hier sind?«

»Das hat etwas mit Schwester Laura zu tun, nicht wahr?«, antwortete sie unsicher.

»Ja, unter anderem. So, wie wir das verstanden haben, sind Sie diejenige gewesen, die sie im Kloster am besten gekannt hat.«

»Ich kannte sie nicht viel besser als die anderen, also …«

»Wie lange sind Sie schon im Kloster der heiligen Jungfrau?«

»Ich war noch nicht ganz mit der Schule fertig, als ich beschlossen habe, meiner Berufung zu folgen. Ich war nie wie all die anderen, und als ich Mutter Helene bei einem unserer Sommerbesuche im Kloster kennengelernt habe und ein langes Gespräch mit ihr hatte, wusste ich, wieso. Ich bin dort eingezogen und später Postulantin geworden.«

»Jetzt sind Sie Novizin. Wann sollen Sie Ihre Gelübde ablegen?«

»Mutter Helene hat das endgültige Datum noch nicht festgesetzt, aber es wird schon bald so weit sein.«

Roland bemerkte erneut die Unsicherheit in ihrer Stimme.

»Was haben Ihre Eltern dazu gesagt, dass Sie ein Leben als Nonne gewählt haben?«, fragte Isabella. Roland hatte sich entschieden, lieber sie ins Verhör mitzunehmen als Mikkel, obwohl das dem werten Herrn nicht sonderlich gepasst hatte. Nun warf Roland ihr einen schnellen Blick zu; er wünschte diese Wendung jetzt nicht, sie kam ihm zu früh.

»Meine Mutter hatte ja nicht so viel dagegen. Aber mein Vater war …« Sie stockte.

»Sieht man seine Familie denn oft, wenn man im Kloster ist?« Isabella lehnte sich im Stuhl zurück, die Arme vor der Brust verschränkt, und blickte die Novizin neugierig an.

»Das können wir selbst bestimmen.«

»Und? Haben Sie Ihre Familie viel gesehen?«

»Nein.«

»Wieso nicht?«

»Mutter Helene meinte, das sei so am besten.«

»Und was meinen Sie selbst?«

»Mutter Helene hat sicher Recht.«

Roland legte eine warnende Hand auf Isabellas Arm; er hoffte, sie verstand den Hinweis. Es war zu früh, ihr vom Schicksal ihrer Familie zu berichten, das könnte das ganze Verhör ruinieren, da sie dann womöglich vor Leid und Schmerz zusammenbrach.

»Was können Sie über die Nacht erzählen, in der Schwester Laura starb?«

Mona Abrahamsen schien noch ein bisschen mehr in sich zusammenzusacken. Isabella schenkte Wasser in ein Glas ein und stellte es ihr hin. Leitungswasser, so wie sie gebeten hatte. Sie nahm sofort einen langen Schluck, um Zeit zu gewinnen. Dann räusperte sie sich, bevor sie antwortete: »Nicht besonders viel. Das war der Tag, nachdem wir in der Nacht zuvor Schreie gehört hatten und Pater Francesco aus dem Vatikan gekommen war.«

»Um einen Dämon auszutreiben?«

Sie nickte.

»Und das ist ihm gelungen?«

Mona nickte wieder und schluckte so hart, dass man die Bewegung an ihrem Hals sehen konnte.

»Seien Sie doch bitte so gut und antworten Sie laut. Das Aufnahmegerät kann ein Nicken nicht aufzeichnen.« Roland lächelte, während er das sagte. Das Mädchen war schon eingeschüchtert genug.

»Ja«, sagte sie, nun ein klein wenig zu laut.

»Wie habt ihr denn herausgefunden, dass Dämonen in eurem Flügel waren?«, wollte Isabella wissen.

»Wegen der Schreie, die wir zu hören glaubten. Mutter Helene hat uns versichert, dass gar niemand wirklich geschrien hat und dass alles nur das Blendwerk des Teufels war. Er wollte uns einschüchtern, von Gott abbringen, weil er uns auf seine Seite ziehen wollte.«

Roland und Isabella wechselten rasche Blicke. Die Novizin hatte den Blick immer noch zur Tischplatte gesenkt.

»War es das erste Mal, dass ihr Schreie gehört habt?«, fragte Roland.

»Nein, das war zuvor schon ein paarmal passiert, aber da hatten sie nicht alle von uns gehört, daher haben wir es Mutter Helene gegenüber auch nicht erwähnt.«

»Also war sie diejenige, die den Exorzisten angefordert hat?«

»Ja … oder, besser gesagt, sie hat Pater Josef um Rat gefragt. Er kennt Pater Francesco aus dem Vatikan, also ging das eigentlich auf seine Initiative zurück.«

»Woher kennt Pater Josef denn Pater Francesco?« Isabella wollte sich die Gelegenheit, das Mysterium um Pater Josefs Aufenthalt im Vatikan aufzuklären, nicht entgehen lassen.

»Pater Josef hat einige Jahre lang in Rom gelebt. Er hat damals im Vatikan gewohnt.«

»Was hat er da gemacht? Welche Verbindung haben sie zueinander?«

Die Novizin sah aus, als verstehe sie die Frage nicht. Das ging Roland im Grunde genauso, bis Isabella ihre hilflosen Mienen auffielen und sie ihre Frage umformulierte.

»Ich meinte, war Pater Josef wegen eines bestimmten Auftrags im Vatikan?«

»Das weiß ich nicht.«

»Wie häufig treffen sich die beiden? Reist Pater Josef oft nach Rom und umgekehrt?«

»Darüber weiß ich nicht besonders viel. Sie sind bestimmt nur alte Freunde.«

»Können Sie uns ein bisschen über Schwester Laura erzählen? Wie hat sie auf die Dämonen reagiert und darauf, dass extra ein Exorzist angereist ist?« Roland übernahm nun wieder, und Mona schaute nervös zuerst ihn an, dann richtete sie ihren Blick wieder auf den Tisch.

»Sie hatte Angst und ist in dieser Nacht in mein Zimmer gekommen, sie …« Sie nahm das Glas und trank hastig.

»Und? Was ist dann passiert?«

»Sie … sie …« Plötzlich übermannte sie das Weinen, sie bekam Schluckauf und dann lösten sich die Wörter, als säße sie im

Beichtstuhl. »Das war meine Schuld … ich war es. Aber ich habe gebeichtet … ich …«, stammelte sie, bis das Weinen ihr die Stimme raubte.

Sie ließen sie weinen und warteten geduldig, bis sie sich wieder ein wenig beruhigt hatte. Roland öffnete eine Flasche Wasser und Isabella nickte, ohne den Blick von der Novizin zu nehmen, als er ihr die Flasche hinhielt und dann auch ihr ein Glas einschenkte.

»Was ist Ihre Schuld und wieso?«, fasste Isabella nach und reichte der jungen Frau ein Stück Küchenrolle. Mona Abrahamsen nahm es dankend entgegen und trocknete sich die Augen.

»Ich … ich hätte das wohl nicht sagen sollen, aber … Pater Josef meinte, ich hätte das Richtige getan, und …« Sie zerknüllte den feuchten Bogen Zellstoff in der Hand. Roland beugte sich über den Tisch und fing ihren Blick hinter den Brillengläsern auf. Versuchte vergeblich, ihre Augen zu zwingen in die seinen zu sehen. »*Was* haben Sie Mutter Helene erzählt?«

Wieder Schweigen. Mona Abrahamsen starrte auf die zerdrückte Kugel aus Papiertuch in ihrer Hand. Es dauerte eine Weile, da richtete sie sich plötzlich auf und sah die beiden Polizisten entschlossen an. Ihre Stimme war nun fest und voller Überzeugung. »Schwester Laura war mit dem Teufel im Bunde. Er hat alles getan, um mich durch sie in Versuchung zu führen, aber ich habe es gestoppt.« Der letzte Teil des Satzes erstarb wie in plötzlichem Zweifel, doch dann wiederholte sie ihn mit kraftvoller Stimme: »Ich habe es gestoppt!«

51

Anne stemmte die Hände ins Kreuz, richtete sich auf, ließ die Hüfte kreisen und beugte den Rücken ein paarmal nach hinten. Sie spürte es wie einen stechenden Schmerz in den Lenden. Dann schnappte sie sich wieder den Putzwagen und schob ihn ins nächste Zimmer.

Es waren stilvolle Räume, leicht sauberzumachen, es war fast nicht dreckig. Anwälte, ging es ihr durch den Kopf, während sie mit dem weichen Lappen über die spiegelblanke Oberfläche eines hübschen Konferenztisches aus Mahagoni fuhr. Die Regale waren mit Unmengen schick eingebundener Bücher über Jura, Erwerbs- und Zivilrecht, Gesetze und Vorschriften gefüllt. Die Computer waren alle mit topmodernen Flachbildschirmen ausgestattet, hier fehlte nichts. An so einem Ort würde Esben einmal arbeiten. Krass, wie Menschen sich ändern können, wenn sie es wollen. Esben, der als junger Mann keineswegs ein gesetzestreuer Bürger gewesen war, schickte sich nun an, ein Mann des Gesetzes zu werden. Sie leerte einen Papierkorb fast ohne Inhalt. Nur eine leere Schachtel Läkerol-Pastillen fiel in den Müllsack. »Makes people talk«, schoss ihr der unauflöslich mit dem Produkt verbundene Werbeslogan durch den Kopf – und am Reden hatten Anwälte naturgemäß ihre Freude. Sie schaute auf die Uhr und schob den Wagen weiter in die Küche. Auch hier gab es nicht viel aufzuräumen. Ob Esben wohl auch ein Ordnungsfanatiker war? Zweifelsohne eher als Adomas.

Der schwache Duft von Kaffee, Parfüm und Menschen, der immer noch in der Küche hing, traf sie unvermutet wie ein Schlag in den Brustkorb. Der Duft hatte sie plötzlich an den Redaktionsalltag beim Tageblatt erinnert, er war der gleiche wie immer nach ihren Besprechungen, bevor dann die spannende Arbeit losging, und ihr wurde bewusst, wie sehr sie das alles noch immer vermisste. Sie ließ den nassen Lappen in den Eimer mit Seifenwasser fallen und setzte sich auf einen der Stühle an einem runden Tisch, auf dem nur eine Salz-und-Pfeffer-Mühle von Bodum und ein Topf mit einer kleinen Palme standen, die sich wesentlich besser schlug als ihre Palme zu Hause. Vom Fenster aus überblickte man die Dächer der Stadt. Wie damals von ihrer ersten Aarhuser Wohnung aus konnte sie den Rathausturm sehen, nun aber von der anderen Seite. Da lag nun also die zweitgrößte Stadt Dänemarks vor ihr und sie hatte kaum eine Ahnung, was darin vor sich ging. Jedenfalls war sie nun nicht mehr die Erste, die es erfuhr. Die

Aufgabe im Kloster hatte ihr ein bisschen vom vertrauten alten Rausch zurückgebracht, aber dann war damit ganz plötzlich wieder Schluss gewesen. Nicolaj hatte mit dem spannenden Teil der Arbeit weitergemacht, mit dem, was dann in der Zeitung gedruckt wurde und Ruhm und Ehre einbrachte. Sie war in seinem Artikel nicht einmal erwähnt worden. Auf der Wanduhr rückten die Zeiger auf fünf Uhr vor. Die Nachmittagschicht, die sie heute für eine andere Putzkraft übernommen hatte, mit der sie auf deren Wunsch hin getauscht hatte, war vorbei und sie war noch nicht einmal ganz fertig geworden. Sie sah sich in der Küche um; eigentlich gab es ja doch nichts mehr, was sie sauberer machen konnte, als es ohnehin schon war. Sie packte den Reinigungswagen, verließ die Büros der Anwaltskanzlei und nahm den Aufzug nach unten.

Die Frühlingsstimmung hatte die Strøget erreicht. Viele liefen schon in Sommerkleidung herum, besonders die ganz jungen Mädchen. Sie wollten offensichtlich nicht länger damit warten, ihre Reize zu zeigen, die nun so lange unter Winterklamotten versteckt gewesen waren, wobei sie sich zweifellos alle Mühe gegeben hatten, die Bräune des letzten Sommers mit Hilfe von Solarien über den Winter zu retten. Anne war diesen Winter selbst der Versuchung erlegen, ins Sonnenstudio zu gehen – weniger, um braun zu werden, sondern vor allem, um die Wärme und das Licht zu spüren und ihre Laune ein wenig zu heben. Sie knöpfte sich die Jacke zu; sommerlich warm war es bestimmt noch nicht. Das Paar vor ihr ging Hand in Hand. Die Verliebten blühten zu dieser Zeit ebenfalls auf. Wo war Adomas? Sie glaubte, dass Roland Benito ihr in diesem Punkt ehrlich die Wahrheit gesagt hatte. Es sah Adomas auch ähnlich, keine Hilfe anzunehmen, aber wieso hatte er dann die ganze Zeit über nichts von sich hören lassen? Hatte er sie vielleicht doch einfach nur benutzt? Missbraucht? Sollte sie, was sein Schicksal betraf, nicht eher wütend auf ihn sein, statt ängstlich-nervös? Er hatte immer noch einen Schlüssel zu ihrer Wohnung, was ihr – falls er nun in etwas Kriminelles verwickelt war – auch nicht gerade ein Gefühl von Sicherheit gab. Aber das Schloss auszutauschen wäre ihm gegenüber nachgerade ein Verbrechen, wenn er nun doch zurückkam. Und das würde er, da war sie ganz zuversichtlich. Irgendwann. Sie ging zu Fuß zu ihrer Wohnung zurück, froh, ihr Auto bei dem schönen Wetter stehengelassen zu haben. Von der Werkstatt war es inzwischen zurückgekommen; der Mechaniker hatte nichts anderes als Wasser im Benzintank gefunden, also keine Dämonen. Sie lächelte, als sie die Wohnungstür aufschloss, weil sie an Nicolajs neckenden Blick denken musste, als er über die Dämonen in ihrem Motor gescherzt hatte. Aber was war mit Laura Friis nun wirklich passiert? Und was ging in diesem Ostflügel vor sich?

Sie gönnte sich eine Zigarette und eine Tasse Kaffee, dann rief sie Nicolaj an. Er wusste nur zu berichten, dass die Polizei in größerer Zahl im Kloster der heiligen Jungfrau aufgetaucht war und nun Verhöre im Polizeipräsidium vornahm.

»Hast du gepetzt?«, fragte er schroff.

»Na, wo ist denn deine Regel abgeblieben, dass Journalisten mit der Polizei zusammenarbeiten sollen, kleiner Nicolaj?«

»Das war zu früh, Anne. Wir hätten so lange selbst viel mehr herausfinden können.«

»Hätten *wir*!? Ich geh nicht noch mal in dieses Kloster, das kann ich dir versichern, und im Übrigen würde die Äbtissin mich wohl auch nicht mehr reinlassen.«

»Okay, Anne. Aber kannst du dann wenigstens ein Auge darauf haben, was Benito herausfindet?«

»Am liebsten nicht«, log sie, denn es gab nichts, was sie lieber tun wollte.

»Na, wo ist denn die Journalistin in dir abgeblieben? Die ist ja wie weggeputzt!«

Obwohl ein neckender Ton in seiner Stimme lag, fühlte sie sich getroffen. Journalistin zu sein erfüllte sie völlig, sie wollte raus und nachforschen, enthüllen, schockieren und informieren, sie würde alles tun, um dieses Bedürfnis zu befriedigen. War es so, einer Berufung zu folgen? Hatte Schwester Margaretha das Gleiche gefühlt, nur dass sie zu Gott gehörte und ihm dienen wollte, während Anne stattdessen vom Auftrag, verborgene Wahrheiten zu enthüllen, getrieben wurde? Konnte man beides überhaupt vergleichen?

»Ich habe meine Berufung nicht verloren, Nicolaj. Gib mir bloß mehr Aufträge, und ich werde sie mit Freuden ausführen.«

»Das werde ich mir merken. Der erste wäre es nun also, Informationen aus Benito rauszukriegen.«

Dann war das Gespräch mit Nicolaj so abrupt beendet wie immer und Anne zündete sich eine neue Zigarette an. Er legte jedes Mal einfach auf, wenn *er* der Meinung war, dass die Unterhaltung zu Ende war. In diesem Punkt erinnerte er sie an Redakteur Thygesen. Es war die letzte Zigarette in der Packung gewesen, sie knüllte die Schachtel zusammen und schärfte sich ein, nicht zu vergessen, eine neue zu kaufen. Oder aufzuhören. Eins von beiden. Es würde, realistisch gesehen, wohl auf das Erste hinauslaufen. Es fiel ihr schwer, das Versprechen, mit dem Rauchen aufzuhören, einzuhalten. Aber es gab ein anderes Versprechen, das sie ernst nehmen musste. Sie hatte Schwester Margaretha versprochen herauszufinden, was mit ihrer Familie geschehen war. Im Hinblick auf den Bruder gab es da nicht mehr viel zu bohren und zu graben – so makaber das war –, aber was war mit dem Vater, der sich erhängt hatte? Die Großmutter sei dement, hatte Nicolaj gesagt. Aber konnten Demente nicht auch hin und wieder ihre klaren Augenblicke haben?

52

Eine Novizin zu vernehmen war schon ungewöhnlich genug gewesen. Als ein paar Stunden später nun würdevoll die Äbtissin selbst auf dem gleichen Stuhl Platz nahm, war das noch eine deutliche Steigerung.

Nach abgeschlossener Vernehmung, während Roland hinter geschlossener Tür seinen Bericht schrieb, eine frische Kanne

Kaffee vor sich auf dem Tisch, dachte er an die charismatische Ausstrahlung der Nonne zurück. Es war im Präsidium allgemein bekannt, dass er bei dieser Papierarbeit nicht gestört werden wollte. Es hatte früher immer wieder Kritik an unbefriedigenden und fehlerhaften Polizeiberichten gegeben, was in einigen Fällen sogar zur Konsequenz gehabt hatte, dass stark Tatverdächtige, die sonst in Untersuchungshaft genommen worden wären, auf freien Fuß gesetzt werden mussten. Aber bei ihm würde so etwas nicht passieren. Nicht im Aarhuser Polizeipräsidium. Und auch der Vizepolizeidirektor legte ganz besonderen Wert auf korrekt verfasste Berichte und auf Unterlagen, die niemand in Frage stellen konnte.

Mutter Helene hatte die Regeln der Prozessordnung sehr wörtlich genommen und mehrfach die Aussage verweigert; das war auch ihr Recht, sodass es dazu nicht viel zu erwähnen gab – außer, dass bei der Vernehmung nicht viel herausgekommen war. Das wichtigste Ergebnis, jedenfalls Isabella zufolge, waren die neuen Informationen zum Grund von Pater Josefs Aufenthalt im Vatikan gewesen, die Mutter Helene ihnen preisgegeben hatte – vermutlich etwas unvorbereitet und kalt erwischt. Isabellas Frage war wirklich sehr einfach gewesen und hatte nur einer einfachen Antwort bedurft: »Ist es das erste Mal, dass eine Teufelsaustreibung im Kloster der heiligen Jungfrau stattgefunden hat?«

»Das erste Mal, dass sie von Pater Francesco höchstpersönlich durchgeführt wurde, ja.« Die Äbtissin hatte Isabella dabei angesehen, als erwarte sie sehnsüchtig die nächste Frage – zu einem anderen Thema.

»Wer sonst im Kloster ist dazu imstande?«

Mutter Helene hatte auf die Beamtin ganz brüskiert gewirkt, als sie antwortete: »Der Papst hat alle katholischen Bischöfe aufgefordert, in ihren Diözesen Exorzisten einzustellen, natürlich sind auch wir seinem Wunsch nachgekommen. Das ist ein große Ehre für das Kloster der heiligen Jungfrau.«

»Dann hat das Kloster also einen ausgebildeten Exorzisten?«

»Selbstverständlich. Pater Josef hat sich einige Jahre im Vatikan aufgehalten, um von Pater Francesco unterrichtet zu werden."

Diese Information hatte Roland schockiert, was er zu verbergen versucht hatte, ohne jedoch zu wissen, ob es ihm gelang. Daher hatte er sich beeilt, eine neue Frage zu stellen: »Wieso dann Pater Francesco den weiten Weg aus Rom herholen?«

»Pater Josefs Kräfte sind nicht so groß wie diejenigen Pater Francescos, und seine Erfahrung mit besessenen Gebäuden ist es ebenfalls nicht, daher waren wir uns einig, dass wir Hilfe brauchten.«

Roland las den Bericht noch einmal durch und war zufrieden. Während der Niederschrift hatte er sich immer wieder die Aufnahmen angehört, um Mutter Helenes Aussagen auch ganz korrekt wiederzugeben. Nichts an ihrer Erklärung wich sonderlich von dem ab, was die anderen fünf Nonnen über die Nacht berichtetet hatten, in der die Schreie gehört worden waren (die sie, davon hatten sie sich nun alle überzeugt gezeigt, in Wirklichkeit dann irgendwie trotzdem nicht gehört haben wollten, denn Mutter Helene, durch die Gott spreche, habe ganz Recht damit, dass es sich bei den Schreien nur um das Blendwerk des Teufels gehandelt habe, auf den zu hören sie sich seither weigerten).

»Erinnert das nicht an eine Sekte?«, hatte ihn Isabella gefragt, als alle Vernehmungen endlich überstanden waren und sie zurückgelehnt auf ihren Stühlen saßen – nun mit nur noch mehr Fragen, auf die sie keine Antworten bekommen hatten.

»So legt man Glaubensgemeinschaften ja oft aus. Aber letztlich wirkt hier wohl nur die gleiche Dynamik wie auch überall an anderen Stellen, wo wir es mit einem machtvollen Leiter und von ihm abhängigen Untergebenen zu tun haben. Macht und Furcht gehören zusammen.«

Isabella hatte nachdenklich genickt. »Die Machthaber bedienen sich des Mittels der Angst, um ihre Untertanen in Schach zu halten. Mutter Helene benutzt hierzu den Teufel, Staatsoberhäupter Wirtschaft und Terrorismus.«

»Exakt«, hatte er geantwortet.

Mona Abrahamsen hatten sie so schonend wie möglich beigebracht, dass ihr Vater Selbstmord begangen hatte – ihr aber nicht gesagt wie –, dass ihre Großmutter Alzheimer hatte und auf einen Platz in einem Pflegeheim wartete und dass ihr Bruder nach einem Partyabend in der Stadt verschwunden war. Sie sagten ihr nicht, was ihm ihrer Ansicht nach zugestoßen war – immer noch war das ja lediglich eine Vermutung. Die Novizin hatte mit gefalteten Händen und geschlossenen Augen dagesessen, während sie informiert wurde. Ihre Verbundenheit mit Gott konnte ihr vielleicht über diese Schicksalsschläge hinweghelfen. War es nicht das, woran auch Roland selbst glaubte, seit er den Weg zurück in die Kirche gefunden hatte?

Dreimal schnelles Klopfen an der Tür; Mikkel Jensen steckte seinen halbkahlen Kopf herein. »Bist du fertig?«

»Habe gerade den letzten Punkt gesetzt.«

Mikkel trat in sein Büro, blieb aber stehen. »Die Durchsuchung des Klosters ist abgeschlossen. Das Kreuz wurde zur Untersuchung mit in die technische Abteilung genommen, allerdings haben wir Spuren von Abrieb durch Fesseln am Holz entdeckt, sodass es eigentlich keine Zweifel mehr gibt. In der alten Kapelle hinter der Kirche haben wir außerdem einen makabren Fund gemacht. Dort stand ein Sarg.«

»Ähm, ist das bei einer Kapelle im Grunde nicht sehr normal?«

Mikkel überhörte Rolands Sarkasmus. »Der Verstorbene wurde zur Identifikation und zur Bestimmung der Todesursache in die Rechtsmedizin gebracht«, antwortete er. So ließ er ihn durch die Blume wissen, dass man über so etwas keine Scherze machte.

»Und mit dem Priester haben wir nicht reden können, er verweist auf die Prozessordnung Paragraf 170: *Von Personen, die der Schweigepflicht unterliegen, darf gegen ihren Wunsch keine Zeugenaussage verlangt werden, das heißt von Priestern der Dänischen Volkskirche oder einer anderen Glaubensgemeinschaft* und bla, bla, bla.«

»Darauf war ich vorbereitet, Mikkel«, murmelte Roland. »Aber ich sollte wohl lieber gleich mal in die Rechtsmedizin fahren.«

Der Beamte nickte und öffnete ihm die Tür.

Die Leiche auf dem Stahltisch war ein alter Mann. Er war kahl und faltig, mit eingefallenen Wangen und verhärmtem Körper. Er war nackt. Roland fragte sich, ob er sich im Tod wohl überhaupt verändert hatte. Dieser vertrocknete tote Greis passte irgendwie nicht in die sterile, helle und moderne Umgebung blanken Stahls, weißer Fließen und geometrisch exakter Linien ringsum, entworfen von C. F. Møllers Architektenbüro. Das weiche, blendungsfreie und nicht reflektierende Arbeitslicht brachte alle Details zum Vorschein, und der neuste Schrei unter den Absaugsystemen unterband jeden Geruch, was von der ersten Aussage des Rechtsmediziners auch bestätigt wurde: »Er ist seit mindestens einer Woche tot.« Henry Leander sagte das, ohne aufzusehen. Sie kannten sich seit so vielen Jahren, dass er Roland an seinen Schritten erkannte. Er war ausnahmsweise mal der Erste, der hier auftauchte.

»Das ging aber schnell, dass du ihn gleich hereinnehmen konntest.«

»Order von deinem Chef. Sobald Kurt die Nachricht bekommen hatte, während er noch beim Bürgermeister und diesen Frömmlern zur Besprechung saß, bekam ich Meldung, alles stehen und liegen zu lassen, was ich gerade in den Händen hatte. Wie geht's Irene?«

Seine Worte versetzten Roland einen unangenehmen Stich – so eine Frage in dieser Umgebung; in der Henry Leander natürlich nichts anderes als seinen normalen Arbeitsplatz sah. Rolands Stimme klang ein wenig abweisend, als er ehrlich antwortete, dass sie jetzt nicht mehr dieselbe sei.

»Nein, natürlich nicht«, erwiderte der Rechtsmediziner mit neutraler Stimme. Mary hatte ihre letzten Wochen zu Hause verbracht, da sie nicht in ein Hospiz hatte gehen wollen. Henry

Leander hatte Schlimmeres durchgemacht als er. Roland hatte Irene immer noch. Oder zumindest jedenfalls einen Teil von ihr.

»Hast du ihn schon ausgezogen?«

»Er lag nackt im Sarg.«

»Ist das normal?«

»Nee, normalerweise gibt es irgendeine Form von Totenhemd.«

»Müsste er nach einer Woche nicht schon stärkere Anzeichen von Verwesung aufweisen?«

»Die trockene Luft in der Kapelle und vielleicht der Sarg haben den Verwesungsprozess aufgehalten, sodass er eingetrocknet ist, statt aufzublähen. Fast wie die alten Kapuzinermönche in Sizilien.«

Roland nickte. Er hatte die Leichen in der Kapuzinerkrypta in Palermo gesehen; der Rechtsmediziner mit seinem großen Interesse an toten Körpern natürlich auch. »Aber nicht so gut erhalten wie die kleine Rosalia Lombardo aus der Gruft des Kapuzinerkonvents in Palermo.«

»Die schönste Mumie der Welt? Nein, absolut nicht.« Leander schüttelte energisch den Kopf. »Niemand kann sich mit Dr. Alfredo Salafia messen, der den Körper der jungen Toten in den zwanziger Jahren des vorigen Jahrhunderts konserviert hat. Er war ein ungeheuer fähiger Balsamierungsexperte und …« Er verstummte, als nun die Tür aufging. Der Kriminaltechniker trat mit seiner Kamera in den Raum und kurz darauf tauchten auch die anderen Obligatorischen auf, die heute bei Leanders Sondervorstellung Pate stehen sollten.

Warum berührt es weniger, dass das hier ein alter, vertrockneter Mann ist und keine junge Frau in der Blüte ihres Lebens?, fragte sich Roland. Weil das eben einfach das natürliche Ende des Lebens ist, in dem nun einmal nichts Ungerechtes zu sehen ist? Oder war bei dem Tod des alten Mannes doch auch wieder etwas Ungerechtes, Unrechtes mit im Spiel gewesen? Erst als Henry Leander wieder das Wort ergriff, schreckte Roland aus seinen Grübeleien auf. Der Rechtsmediziner begann damit, die auffälligen Spuren an den dünnen Handgelenken und Knöcheln anzusprechen. Erst da bemerkte auch Roland sie, auf der bräunlichen, runzeligen Haut waren sie nur schwer zu erkennen. Jetzt aber war offensichtlich: Der unbekannte Mann war vor seinem Tod an Fesseln aufgehängt gewesen.

53

Dorthea Abrahamsen wurde so lange bei sich zu Hause von Krankenschwestern der Gemeindepsychiatrie, Demenzberatern und Haushaltshilfen gepflegt, bis für sie ein Platz in einem Pflegezentrum oder Pflegeheim freiwerden würde.

Eine Krankenschwester öffnete ihr die Tür. Anne stellte sich als eine Freundin der Familie vor; es würde ja niemanden wundern, dass die alte Dame sie nicht erkennen konnte. Die Schwester, sie hieß Hanne Sommer, ließ sie ein.

»Alzheimer beginnt meistens im Hippocampus, der mit ein bisschen gutem Willen wie ein Seepferdchen aussieht, daher der Name: Hippocampus ist die lateinische Bezeichnung des Seepferdchens. Der Hippocampus ist derjenige Teil des Gehirns, in dem die Gedächtnisinhalte aus dem Kurzzeit- in das Langzeitgedächtnis übertragen werden, deshalb wird die Fähigkeit, sich an erst kurz zurückliegende Dinge zu erinnern und Neues zu lernen, als Erstes von der Alzheimerkrankheit betroffen. Alte Erinnerungen dagegen haben den Hippocampus längst passiert und werden in einem anderen Teil des Gehirns aufbewahrt, daher kann sich der Kranke in der Regel auch weiterhin an sie erinnern. Es wirkt auf Angehörige vielleicht merkwürdig, aber Sie können das Gehirn mit Ihrem Computer vergleichen, wo die älteren Daten auf einem Backup aufbewahrt werden. Wenn die Festplatte abschmiert, haben Sie immer noch das Backup«, erklärte die Krankenschwester.

Die Frau, deren Gehirn sie soeben mit einem defekten Datenspeicher verglichen hatte, war gerade fertig mit dem Abendessen, und die Krankenschwester wollte Annes Besuch dazu nutzen, rasch ein paar Besorgungen zu machen, bis Dorthea Abrahamsen ins Bett gelegt werden sollte. Anne hatte ihr fast ein wenig allzu beflissen die Erlaubnis hierzu erteilt.

»Heute hat sie einen guten Tag«, flüsterte Frau Sommer noch, bevor sie aus der Tür schlüpfte.

»Möchten Sie vielleicht einen Kaffee?«, fragte Dorthea Abrahamsen.

»Ja, danke, gerne.« Anne folgte ihr in die Küche und half mit der Kaffeekanne, dem Filter und den gemahlenen Bohnen. Die alte Dame blieb neben der Kaffeemaschine stehen, die faltigen, mit Leberflecken überzogenen Hände auf die Küchentischkante gestützt, und starrte auf den braunen Strahl, der in die Glaskanne plätscherte, als handele sich um eine brandneue Erfindung, die sie sehr verwunderte. Vom Mittagsschlaf standen ihr noch die Haare im Nacken ab, aber ansonsten war an ihr nichts Besonderes zu bemerken. Die Krankheit war allein in ihrem Kopf. Im Hippocampus.

Anne wusste nicht recht, wie sie mit ihr ins Gespräch kommen sollte. Sie stand lange schweigend neben der Alten und tat, als würde sie ihre Begeisterung für den Prozess des Kaffeebrühens teilen.

»Schönes Wetter heute, nicht?«, sagte sie, um die Unterhaltung in Gang zu bringen und um sich einen ersten Eindruck davon zu verschaffen, wie schlimm es um die Frau stand.

Dorthea Abrahamsen schaute aus dem Fenster und nickte. Ein großes kindliches Lächeln strahlte für einen Augenblick auf ihrem Gesicht auf, dann war die Kaffeemaschine fertig und die Tassen mussten auf den Tisch. Sie wusste, wo sie standen, und trug sie selbst herüber. Anne begann Hoffnung auf ein fruchtbares Gespräch zu schöpfen, das sie weiterbringen könnte.

»Wer sind Sie?«, fragte Dorthea Abrahamsen, nachdem sie Annes Gesicht unverhohlen studiert hatte, während sie vorsichtig aus der heißen Tasse schlürfte. »Ich erinnere mich nicht so gut.«

»Sie kennen mich auch nicht. Aber ich kenne Ihre Enkelin. Mona.«

»Mona.« Sie schien förmlich an dem Wort zu kauen. »Ach, die kleine Mona. Geht es ihr schon besser?«

»Ist sie denn krank?«

»Hatte sie nicht die Windpocken?«

Anne nickte. Dorthea Abrahamsen war im Backup gelandet. »Doch, aber die hat sie gut überstanden.« Sie dachte angestrengt nach, wie sie das Gespräch auf das zu lenken vermochte, was sie wissen wollte. »Ihr Vater ist ihr eine große Hilfe gewesen; er hat ihr aus ihrem Lieblingsbuch vorgelesen, bis das Schlimmste überstanden war.« Das war ein Schuss ins Blaue und vielleicht ging er daneben.

Dorthea Abrahamsen stellte ihre Tasse ab und sah sie zweifelnd an. Also doch eher ein Schuss in den Ofen. »Hat Victor das wirklich getan?«

Oder womöglich doch nicht. »Das sieht ihm gar nicht ähnlich, nicht?«

»Na ja, vielleicht, wenn sein kleines Mädchen krank ist, aber ...« Sie wurde von einer Amsel abgelenkt, die mit einem lauten Kreischen gegen das Fenster schlug und loszeterte. Eine Katze, dachte Anne und verwünschte das Vieh.

»Finden Sie denn nicht, dass sich Ihr Sohn gut um Mona und Tobias kümmert?«

Dorthea Abrahamsen blickte sie wieder starr an. »Doch, doch, er hat ohnehin schon so viel um die Ohren, und da kann er ...« Plötzlich stand sie auf, von innerer Unruhe gepackt, und ging in die Küche. »Möchten Sie vielleicht einen Kaffee?«, rief sie von dort aus.

»Wir haben doch schon Kaffee hier drinnen. Kommen Sie und setzen Sie sich wieder.«

Dorthea Abrahamsen kam zurück und setzte sich. »Ich erinnere mich nicht so gut«, sagte sie mit Tränen in den Augen.

»Ich finde, es geht richtig prima. Erzählen Sie mir mehr über Victor, Ihren Sohn.«

»Er ist ein guter Junge. Wenn er nur nicht so viel weinen und lügen würde.«

»Worüber lügt er denn?«

Sie schaute Anne mit kindlichem Erstaunen an und wischte sich die Augen mit den Fingern trocken. »Sein Vater schlägt ihn, weil er lügt. Ich weiß nicht, wie ich ihn davon abhalten soll.«

Anne nahm einen bedächtigen Schluck, um Zeit zu gewinnen und über ihre nächste Frage nachzudenken. Nun galt es, den Faden nicht zu verlieren.

»Woher wissen Sie, dass er lügt?«

»Weil die so etwas nicht machen. Er will nicht mehr dort hingehen, aber er soll doch. Sonst wird ja nichts aus ihm. Er soll lernen, nicht zu lügen.«

Anne hatte solche Angst, dass ihr die Dinge entgleiten könnten, dass ihr plötzlich keine Fragen mehr einfielen, was sonst ja absolut nicht ihre Art war. Säße ein gesunder Mensch vor ihr, wüsste sie genau, was sie sagen würde, aber …

»Ich glaube ja auch nicht, dass die so etwas erfinden. So etwas machen die einfach nicht. Was sagt Victor genau … wenn er lügt?«

Anne begriff, dass sie das Ganze ruiniert hatte. Dorthea Abrahamsen erhob sich, sah aus, als wolle sie wieder in die Küche gehen, drehte sich jedoch um und verschwand in ein anderes Zimmer. Anne sah sich ein wenig im Wohnzimmer um, dann stand sie auf und trat an eine Wand mit vielen Fotos, meist alte Aufnahmen in bräunlichen Nuancen oder schwarz-weiß mit verschiedenen Typen von Rahmen. Ein buntes Leben in Bildern. Das Leben, an das sich Dorthea Abrahamsen bald überhaupt nicht mehr würde erinnern können, nicht einmal mehr, wenn sie die Bilder sah. Einige davon zeigten ganz sicher Tobias; sie erkannte ihn vom Bild in der Zeitung und von dem Foto auf den Anschlägen, die in der Strøget aufgehängt waren, aber dann waren da auch einige Bilder eines anderen kleinen Jungen. Er war vor einer Schule fotografiert worden. Bestimmt einer katholischen Schule, denn ein Priester im schwarzen Rock stand neben ihm, seine Hand schwer auf der Schulter des Knaben. Tobias' Vater, Victor. Victor lächelte. Sie beugte sich vor und sah sich den Priester genauer an. Er war hager, das Gesicht verwischt. Sie versuchte die Augen des Jungen zu sehen, aber das Foto war zu undeutlich, daher konnte sie nicht erkennen, ob es nicht vielleicht nur sein Mund war, der verkrampft lächelte. Irgendwie wirkte es so. Die Haltung des Jungen war steif und angespannt. Als sie die Bilder lange genug betrachtet hatte, begab sie sich zu der Tür, hinter der Dorthea Abrahamsen verschwunden war, und öffnete sie leise. Die alte Frau saß auf dem Bett und schaute flehend zu einem Kreuz auf, das an die Wand genagelt war. Daran hing, mit schmerzhafter Leidensmiene, die Figur des Gekreuzigten. Anne setzte sich neben die Alte und nahm ihre dünne, knochige Hand.

»Gott vergibt uns nie«, sagte Dorthea Abrahamsen fast unhörbar. »Gott vergibt uns nie.«

»Hat Victor denn über den Priester gelogen?«

Die alte Frau nickte. »Der Pfarrer hat das nicht getan. Wie kann mein Sohn über etwas so *Ekliges* lügen? Wie kann er denn nur so lügen …?«

Anne zog sie an sich und umarmte den zitternden, weinenden Körper. Sie hörte, wie sich draußen die Flurtür öffnete, und Anne glaubte, es sei Hanne Sommer, die zurückkäme.

»Wir sind hier drinnen im Schlafzimmer.«

Aber es war nicht die Krankenschwester, die plötzlich in der Türöffnung stand.

»Sie?«, sagte die junge Frau mit bewegter Stimme.

»Schwester Margaretha!« Anne war nicht minder überrascht.

Dorthea Abrahamsen erkannte ihre Enkelin nicht, aber das konnte auch niemand von ihr verlangen. Es war so viele Jahre her, dass sie sie das letzte Mal gesehen hatte, und sie war mittlerweile erwachsen geworden. Dorthea Abrahamsen verfiel erneut in einen Zustand nervöser Unruhe. All das Neue und Unbekannte, was hier geschah, und dann all das andere, was die Sünden der

Vergangenheit nun wieder auffrischte. Mit vereinten Kräften hievten die beiden Frauen sie in einen Sessel im Wohnzimmer und legten eine Wolldecke um sie. Kurz darauf war die Unruhe von ihr gewichen, sie hatte vergessen und war eingeschlafen. Sie setzten sich an den Tisch. In der Kanne war noch genug Kaffee. Mona, wie Schwester Margaretha in der Welt außerhalb der Klostermauern genannt werden wollte, berichtete, dass sie zur Vernehmung im Präsidium gewesen war, wo sie erfahren hatte, was mit ihrer Familie geschehen war. Sie starrte auf die Fotos an der Wand, während sie sprach.

»Hat Mutter Helene Ihnen denn überhaupt nichts von alledem erzählt?«

»Nein, nichts. Vielleicht, um mich zu beschützen.«

»Vielleicht.«

Sie tranken Kaffee und lauschten den ruhigen Atemzügen aus dem Sessel, in dem Dorthea Abrahamsen saß.

»Was wissen Sie sonst über Ihren Vater?«, fragte Anne.

»Ich kannte ihn nicht so gut. Ich konnte nicht zu ihm durchdringen, das ist mir nie gelungen. Tobias konnte das eher. Weiß denn wirklich niemand, wo er ist?«

Anne konnte sich ausrechnen, dass sie der jungen Frau auf dem Präsidium nicht alles mitgeteilt hatten, und das war wohl auch das Beste so, jedenfalls im Moment.

»Sie suchen immer noch nach ihm.«

»Ich glaube, er war der Einzige, der Papa geglaubt hat.«

»Was geglaubt?«

»Papa wollte nicht, dass wir Umgang mit Priestern hatten. Mama war sehr dagegen, dass er uns das verboten hat, und unsere Oma auch.« Sie warf einen Blick hin zur Sessellehne, über die ein paar weiße Haarbüschel hinauslugten.

»Wieso durftet ihr nichts mit den Priestern zu tun haben?« Anne hatte es sich bereits zusammengereimt, aber wie viel wusste Mona?

»Ich weiß es nicht genau. Es gab eine Menge Gerüchte, aber … Als ich dann beschlossen habe, ins Kloster zu gehen und Gott zu dienen, ist mein Vater so wütend geworden, dass ich geglaubt habe, er würde die Kontrolle über sich verlieren. Doch ich hatte meine Wahl getroffen, obwohl es sehr schwer war, Tobias zu verlassen. Glauben Sie, sie finden ihn?«

Anne hielt es nicht aus, ihr in die Augen zu sehen, und war erleichtert, als sich nun erneut die Tür öffnete. Dieses Mal war es wirklich Hanne Sommer. Sie standen beide auf und Mona stellte sich vor. Anne fand es sehr passend, jetzt zu gehen

54

Die Krankenschwester verließ das Haus gerade in dem Moment, als er unter der Blutbuche parkte. Genau getimt, dachte er grimmig und war kurz davor, ihr hinterherzurufen. Er wollte gerne wissen, wie der Tag mit Irene gelaufen war, aber als er sich mit seinen zwei Einkaufstüten aus dem Wagen gezwängt hatte, war sie in ihrem brandneuen roten Fiat bereits auf dem Weg aus der Einfahrt.

Er seufzte und stieg die Rampe hoch. Jetzt lag ein anderer Geruch in der Villa. Ein bisschen krankenhausmäßig. Putzmittel. Angolo winselte im Badezimmer. Er konnte sich jetzt wieder auf das verletzte Bein stützen, und es war an der Zeit, den Lampenschirmkragen abzumachen. »Damit du sie endlich richtig beißen kannst«, sagte er in den Trichter und bekam als Antwort die Nase abgeleckt. Aber es half nicht, das Problem einfach zu ignorieren. Roland weigerte sich zu glauben, dass Angolo die Krankenschwestern wirklich angreifen würde; er hütete nur seine Schutzbefohlenen und knurrte hin und wieder sicher auch schon mal ein bisschen. Aber vielleicht sollte Roland bei Gelegenheit im Baumarkt vorbeischauen und Material für einen Hundezwinger besorgen, damit Angolo trotz allem draußen sein konnte, statt den ganzen Tag über im Haus eingesperrt zu sein. Das sollte er sich fürs Wochenende mal vornehmen.

Irene saß im Wohnzimmer und schlief. Wären da nicht die großen Räder an beiden Seiten von ihr und die Tatsache, dass er sie bisher nur selten tagsüber hatte schlafen sehen, könnte es so ganz gewohnt aussehen. Als sei gar nichts passiert. Es lag an den Medikamenten, dass sie so teilnahmslos dasaß. Leise schloss er die doppelte Glastür, damit Angolo nicht hineinlief und sie weckte, sobald er seinen Napf geleert hatte. Roland stand einen Augenblick still da und betrachtete sie durch die Scheiben. Sie sah friedlich aus, als befinde sie sich in einer Welt ohne Schmerzen und Gefahren. Aber nicht in seiner Welt.

Er ging zurück in die Küche, um die Einkäufe in den Kühlschrank zu legen und das Abendessen vorzubereiten. Kurt Olsen hatte ihn mal wieder nach Hause geschickt. Die anderen machten weiter Überstunden in dem Fall, der nun in seine entscheidende Phase ging. In solchen Zeiten war er sonst immer da gewesen – der wichtigste Teil der Ermittlungen, hier durfte nichts schiefgehen. Doch der Vizepolizeidirektor meinte, solange nichts Neues aus der Technischen oder der Rechtsmedizinischen vorliege, gäbe es auch keinen Grund, dass er im Präsidium bleibe, wenn Irene zu Hause auf ihn wartete.

Als das Essen fertig war, weckte er sie. Sie lächelte schwach und blinzelte schläfrig. »Wie lange bist du schon zu Hause?«

»Ungefähr eine knappe Stunde. Ich habe gekocht.«

»Ja, das kann ich riechen. Aber ich bin gar nicht hungrig, Rolando.« Sie verzog das Gesicht, wie er es noch nie bei ihr gesehen hatte.

»Du hast seit heute Mittag nichts mehr zu dir genommen, das kann ich auf der Liste der Krankenschwester sehen, du musst etwas essen.«

»Ja, aber ich kann nicht, ich …«

Roland ging um sie herum, packte die Griffe und schob den Rollstuhl resolut in die Küche und an den Tisch. Erinnerte sich wieder an die Türschwellen; das musste er jetzt unbedingt erledigen, am besten zusammen mit dem Hundezwinger.

»Und ob ich dich zum Essen animieren werde«, sagte er und stellte die Schüssel auf den Tisch. Er bräuchte jetzt sowohl eine Zigarette als auch ein Glas Wein, aber keines von beidem konnte er ihr zumuten. Irene durfte keinen Alkohol trinken, solange sie ihre Medikamente nahm, und er wollte nicht vor ihren Augen dasitzen und genießen.

Sie stocherte im Essen herum. Zumindest ein bisschen brachte sie doch herunter.

»Es ist ja eine Einladung aus Italien gekommen«, meinte er und wollte schon aufstehen, um den Umschlag zu holen. Ihr die Karte zu zeigen. Von den Lokalitäten in Rom zu erzählen. Sie froh zu machen.

»Ja, Marit hat sie mir gezeigt.«

»Marit? Ach, die Krankenschwester.« Er nickte und setzte sich wieder.

»Glaubst du, ich passe noch in das Kleid von Rikkes Hochzeit?«

»Tja, warum nicht. Glaubst du, ich passe noch in den Smoking von damals?«

»Nee«, erwiderte sie aufrichtig.

Er warf ihr einen gespielt drohenden Blick zu. Dass sie aussah, als gehe es ihr besser, wärmte ihm das Herz.

»Es ist ein schöner Ort, den sie da ausgewählt haben. Marit ist schon mal dort gewesen. Wir können bei den Ruinen spazieren gehen und die ganze Nacht lang in diesen hübschen Sälen tanzen.« Angolo legte sich neben den Rollstuhl und schaute verehrend zu ihr hoch.

Machte sie Witze? War ihr schwarzer Humor zurückgekommen, oder glaubte sie wirklich, dass sie in drei Monaten wieder laufen und tanzen konnte? Er traute sich nicht, sie aufzuklären. Die Ärzte sagten, es sei unmöglich, dass sie je wieder gehen könne, aber was wussten sie schon darüber, was ein Mensch vermochte, wenn er nur den Willen dazu hatte? Vielleicht war diese Hochzeit ja das, was Irene die Motivation geben konnte zu kämpfen. Wenn Kämpfen allein genug war, hieß das. Statt einer Antwort begnügte sich mit einem Lächeln.

»Du freust dich doch jetzt auch, oder, Rolando?«

»Ja. Natürlich.« Er stand auf und holte die Salz-und-Pfeffer-Mühle.

»Es ist nicht zu fassen, dass wir wieder Großeltern werden.«

Roland fasste es auch nicht. Was dachte sich Olivia bloß dabei? Vermutlich dachte sie überhaupt nicht.

»Ich brauche meine Tabletten und ein Glas Wasser.« Die Freude in ihrer Stimme war weg, das Gesicht verkniffen. Die Schmerzen waren zurückgekehrt.

»Ach ja, gut, dass du selbst dran denkst.«

Er stand auf und kramte zwischen den Pillengläsern in der Ecke des Küchentischs, bis er die richtigen gefunden hatte. Die Abendtabletten. Er schüttelte zwei für sie heraus. Sie schien sie mit größerem Appetit zu schlucken als das Essen. Als er fertig gegessen hatte, saß sie schon wieder nur da und döste. Er schob den Rollstuhl ins Wohnzimmer und schaltete den Fernseher an. Die Erkennungsmelodie der Nachrichten endete gerade, und er blieb hinter ihr stehen, während der Nachrichtensprecher kurz die Hauptthemen des Abends vorstellte. Kurz darauf erschien Kurt Olsen mit seinem schicken Schlips auf dem Bildschirm und berichtete über den neuen Durchbruch in dem Mordfall im Kloster der heiligen Jungfrau. Der Fund des alten Mannes im Sarg wurde nicht erwähnt, er war also wohl noch nicht identifiziert.

Irene saß still und schwieg. Er konnte an ihrem Atem hören, dass sie wieder schlief. Er setzte sich auf den Boden neben den Rollstuhl, nahm ihre Hand in die seine und freute sich über die Nähe zu ihr.

55

Anne hätte nicht erwartet, dass ihm heute nach Meer und Fischerei zumute war, aber er hatte einen Tisch im Restaurant Seafood am Hafen von Aarhus-Marselisborg reserviert. Sie hatte lange in ihrem Schrank gewühlt, um etwas anderes als Jeans und verwaschene T-Shirts zu finden, hatte aber nur ein viel zu dünnes Sommerkleid aufgetrieben, über das sie noch eine Strickjacke ziehen musste. Aber es blieb ihr keine Zeit mehr, weiterzusuchen oder die Waschmaschine anzuwerfen; der Besuch bei Dorthea Abrahamsen hatte sich einfach allzu lange hingezogen.

Nun lag das lachsfarbene Gebäude in der untergehenden Abendsonne vor ihr, umgeben von blaugrünem Wasser, weißen Schiffen und leuchtenden Möwen. Sie atmete den Meeresduft ein und sah sich suchend nach ihm um. An der Treppe, hatte er gesagt. Sie entdeckte ihn vor den Masten eines hübschen weißen Segelschiffs, das hinter ihm verankert lag. Es war jetzt ein anderer Anzug als zuvor bei seinem Besuch bei ihr, ein bisschen lässiger und ohne Schlips. Sie atmete erleichtert auf und fühlte sich ein bisschen weiblicher als sonst, als sie ihm nun winkend entgegenging und spürte, wie der Wind ihr das Kleid hob und die nackten Beine streichelte.

»Wie hübsch du aussiehst«, bemerkte er.

»Danke gleichfalls.« Vom Gegenlicht geblendet schloss sie das eine Auge für einen Moment, als sie zu ihm aufsah. »Wo ist unser Tisch?«

»Hier.« Er deutete ein Stück weiter neben sich.

»Sollen wir draußen sitzen?! Ist es nicht zu kalt?«

»Ich werde dich schon wärmen, wenn du frierst.«

Sie knöpfte die Strickjacke zu und setzte sich. Solange die Sonne am Himmel stand, würde es schon noch gehen.

Er bestellte die große Meeresfrüchteplatte mit Austern, Hummer, Krabben, Taschenkrebsscheren, gegrillten Riesengarnelen, Muscheln und Meeresschnecken, dazu Toast, Dressing, Zitronen- und Limettenscheiben sowie eine gut gekühlte Flasche Weißwein des »richtigen« Jahrgangs. Irgendwas Französisches, Edles. Wie hatte sich sein Stil in den paar Jahren von Bier und Würstchenbude zu so etwas wie dem hier ändern können? Vielleicht das Alter? Die Ausbildung? Die finanzielle Lage? Ein Anwalt isst sicher nicht einfach an der Würstchenbude. Sie dachte mit einem leisen Lächeln an das saubere Anwaltsbüro mit nur einer leeren Läkerol-Schachtel im Papierkorb zurück.

»Worüber lachst du?«

»Nur so.«

»Na dann: Prost.«

Sie hatte keine Ahnung von Wein und trank einfach großzügig aus dem Glas, als sei es Limo. Esben hingegen schnupperte erst daran, dann schwenkte er die Flüssigkeit im Glas herum, schnüffelte erneut, nahm dann einen kleinen Mundvoll, ließ ihn mit einem schmatzenden Geräusch in der Mundhöhle kreisen, und endlich schluckte er. Er nickte mit einer seligen Grimasse. Offenbar war der Wein genehmigt. Anne nahm einen weiteren Schluck. Bekam plötzlich Lust zu provozieren. »War es eine gute Besprechung?«

»Ganz okay. Wir haben ein paar Dinge klären können. Und wie war dein Tag?«

Sie wollte nicht langweilig wirken. Und was kümmerte es sie auch, sie war ja keine Journalistin mehr, und es war nur Nicolaj, der dafür geradestehen musste, sollte durch sie etwas an die Öffentlichkeit kommen. Und so erzählte sie ihm das Ganze; über den Mord im Kloster, ihren katholischen Schnupperkurs als Postulantin und den Besuch bei Dorthea Abrahamsen, die im Übrigen die Großmutter jenes Jungen sei, von dem seit einer mit seinen alten Klassenkameraden unternommenen Sauftour durch die Stadt jede Spur fehle, falls sie denn drüben in Kopenhagen überhaupt etwas von der Sache mitbekommen hätten. Nein, sie hatte bestimmt kein langweiliges Leben. Es konnte sich durchaus mit dem seinen messen. Er schaute sie dann auch ein wenig beeindruckt an.

»Du glaubst also, Victor Abrahamsen ist in dieser Schule von einem katholischen Priester missbraucht worden?«

»Da bin ich mir ganz sicher. Deshalb hat er sich vom Kirchturm aus erhängt. Das war sein Signal an den Rest der Welt.«

Esben lehnte sich zurück und wischte sich die Mundwinkel mit der Serviette trocken. Er räusperte sich. »Ich darf über das hier eigentlich nicht reden, aber nun, da du selbst so offen bist und es sicher bald sowieso in der Zeitung steht … Na, du kennst das ja. Aber bei unserer Besprechung hier in Aarhus ging es genau um die katholische Kirche und die Missbrauchsvorwürfe.«

Anne lächelte und schnitt eine Grimasse. Sie glaubte, er nähme sie auf den Arm.

»Nein, es ist wahr, Anne. Die katholische Kirche in Dänemark will ihre geheimen Archive öffnen, sodass wir die Beschuldigungen untersuchen können.«

»Geheime Archive?«

»Ja, es gibt ein Archiv, das allein dem Oberhaupt der Kirche zugänglich war, dem Bischof in Kopenhagen. Hier können Beweise dafür liegen, dass die Kirche die ganze Zeit über von den Übergriffen gewusst hat. Und dem sollen wir auf den Grund gehen.«

»Ihr? Die Anwälte?«

»Genau. Wir sollen alles aufdecken und bekommen daher Zugang zu den Archiven im Bistum sowie zu den Personalakten der Kirche. Das Ganze soll dem Kinderrat, also dem staatlichen Rat zur Sicherung der Kinderrechte, vorgelegt werden, bevor die Untersuchung anfängt. Der Bischof war auch mit dabei.«

»Hör auf! Heißt das, dass an diesen Übergriffen wirklich etwas dran ist? Ich habe immer geglaubt, so etwas würde nur im Ausland passieren …«

»Wir wissen noch nichts Konkretes. Es sind vorläufig nur Untersuchungen, sodass schwer abzusehen ist, wie die Sache endet.«

»Sollst du die Priester anklagen oder verteidigen?«

Er lachte leise und schielte zum Nachbartisch hinüber. »Sicher keins von beidem. Noch nicht. Ich bin ja nur … lass es uns ein *Postulant* in der Branche nennen. Aber die Anwaltskanzlei, für die ich arbeite, ist für diese Untersuchungen verantwortlich.«

»Ihr habt also noch keinen Einblick in die Archive genommen?«

»Erst die Besprechungen, dann die konkreten Aktionen. So läuft das.«

Anne begriff instinktiv, dass es nichts nützte weiterzufragen. Redakteur Thygesen wäre jetzt ganz aus dem Häuschen gewesen. Endlich hatte sie eine wahrhaft umwälzende Story an die Hand bekommen und war im Besitz aller nötigen Verbindungen: Da waren die betroffene Familie, ein Kloster, die Polizei, ein Anwalt. Bloß der entsprechende Auftrag fehlte. Aber sie hatte Nicolaj. Das könnte für sie der Durchbruch sein, um dauerhaft seine Partnerin zu werden.

Als es irgendwann dann doch zu kalt wurde, zogen sie nach drinnen um, und nach dem Wein und einem großen Cognac zum Kaffee, zu dem sie sich von Esben hatte überreden lassen, bestand er darauf, sie noch nach Hause zu begleiten. Er legte seinen Arm um ihren Rücken und wärmte sie, während sie heimwärts schwankten.

Warum sie dazu Ja gesagt hatte, ihn mit raufkommen zu lassen, wusste sie nicht mehr. Vielleicht waren der viele Wein und der Cognac daran schuld. So nebelhaft war das Ganze. Alles drehte sich, wirbelte, segelte durch ihre verschwommenen Gedanken. Aber wieso sie jetzt verschwitzt im Bett lag und sich nicht bewegen konnte, als sie vom Lärm aus dem Wohnzimmer geweckt wurde, verstand sie überhaupt nicht. Sie hatte nur eine schwache Erinnerung an eine warme, fordernde Zunge, sie hatte geträumt, dass sie Adomas gehörte; drängende Küsse, Schmerzen und ein Orgasmus, wie sie ihn auch nur mit ihm zusammen so intensiv erlebt hatte. Als sie aufstehen wollte, bemerkte sie nicht nur, dass es in ihrem Kopf pochte und hämmerte, sondern auch, dass sie unerbittlich festgebunden war und ein schweres Gewicht auf ihrem Unterleib lastete. Ihre Handgelenke waren mit Lederriemen ans Kopfende des Bettes gefesselt, ihre Knöchel ans Fußende. Sie war nackt. Das schwere Gewicht war Esben, der neben ihr auf dem Bauch lag, die Hälfte seines Körpers über dem ihren, als sei er irgendwann erschöpft von ihr heruntergerutscht. In dem schwachen Morgenlicht konnte sie seine Umrisse nur erahnen. Zwischen ihnen lag eine kleine schwarze Peitsche; deshalb also brannte ihr Hintern so. Hatte er das alles mit in seiner Tasche gehabt? Auf diesem Gebiet jedenfalls hatte er sich offensichtlich nicht zum Bürgerlichen hin verändert. Sie versuchte sich freizuwinden, aber die Riemen saßen viel zu stramm und schnitten in ihre Haut.

»Esben«, flüsterte sie. »Wach auf! Da ist jemand. Esben!«

Er schlief tief und fest. Sie traute sich nicht, lauter zu rufen, und versuchte das Bein zu heben, auf dem er lag, um ihn zu wecken, aber er war zu schwer, sie konnte es überhaupt nicht bewegen. Plötzlich wurde das Licht angeschaltet. Es stach ihr wie Nadeln ins Gehirn und sie musste die Augen zukneifen. Esben regte sich. Sie öffnete langsam die Augen, die Silhouette in der Türöffnung wogte hin und her, wie die Schiffe auf dem Wasser im Jachthafen gestern Abend. Sie fühlte den Drang, sich zu übergeben, sog stattdessen aber tief die Luft ein und bemühte sich, ihren Blick scharfzustellen. Als nun der Schatten Gestalt annahm und zu einem Menschen wurde, erkannte sie allmählich das Gesicht und mühte sich erneut verzweifelt freizukommen. Sie wollte schreien, aber auch das konnte sie nicht. Plötzlich schlug ihr Wecker mit einem schrillen, nervtötenden Klingeln Alarm.

56

Es war die kürzeste Morgenbesprechung gewesen, die sie sich seit langem erlaubt hatten. Kurt Olsen war äußerst versessen darauf, das Ganze nun bis zum Abend abzuschließen, so wie er es dem Bürgermeister versprochen hatte – einen Abend zuvor. Es gebe nun keine Zeit mehr zu reden, so Olsen, jetzt sollte gehandelt werden. Roland nahm die Sache ein wenig ruhiger. Sie hatten schon zuvor oft geglaubt, unmittelbar vor einem Durchbruch zu stehen, nur um dann im letzten Augenblick doch wieder von vorn anfangen zu müssen, weil sie unüberlegt gehandelt und die Sache überstürzt hatten.

Der unbekannte Mann in dem Sarg war identifiziert und hatte einen Namen bekommen: Pater Edward Arensby. Achtundsiebzig Jahre alt. Isabella hatte seine Vergangenheit unter die Lupe genommen. Er war Priester an gleich mehreren katholischen Schulen gewesen, hatte diese auffällig oft gewechselt und war an manchen nicht länger als ein Jahr geblieben. Er hatte auch eine Zeit lang im Ausland gelebt, und seine Bekannten waren davon ausgegangen, dass er sich jetzt noch immer dort aufhielt. Familienmitglieder gab es keine mehr. Die Todesursache war Herzstillstand, also an und für sich ein natürlicher Tod, dennoch waren die Umstände seines Todes alles andere als natürlich. Außerdem waren im Ostflügel mehrere verschlossene Räume mit »unglücklichen Menschen« entdeckt worden, wie die alten Nonnen die Patienten des Klosters nannten. Keiner von ihnen war zu einer Vernehmung imstande. Sie waren alle zur Diagnose ins Krankenhaus gebracht worden. Zwei der ältesten waren Männer und befanden sich in einer Art Schockzustand, zwei etwas jüngere Frauen wirkten dement, und zwei andere, Frauen in den mittleren Jahren, schienen geistig normal, wollten aber keine Aussage machen.

Mutter Helene wollte sich ebenfalls nicht äußern. Doch, sie kenne Pater Edward, der vor ein paar Jahren im Kloster der heiligen Jungfrau Messen gelesen habe, aber darüber hinaus habe sie nichts weiter zu sagen. Was die unbekannten Bewohner im Ostflügel angehe, sei es nur natürlich, dass es in einem Kloster Patienten gebe und dass es auch als Krankenhaus fungierte, so sei das seit Jahrhunderten gewesen. Niels Nyborg hatte versucht, Pater Josef zum Sprechen zu bewegen, aber auch der war nicht gerade redselig gewesen und hatte auf sein Schweigegelübde verwiesen, das er nicht brechen wolle.

Roland ließ sich frustriert in seinen Bürostuhl fallen, als er zurück im Büro war. Aufklärung bis heute Abend, pah. Unmöglich! Er saß lange mit geschlossenen Augen da, die Sonne im Gesicht, und wippte heftig hin und her, trotz des Ächzens und

Knarzens, mit dem der Stuhl unmissverständlich drohte zusammenzubrechen. Dann erhob er sich entschlossen und nahm seine Jacke.

Der Priester wirkte diesmal nicht so überrascht darüber, ihn zu sehen, wie letztes Mal. Er machte einen erschöpften Eindruck. Seine Gesichtshaut war grau und die braunen Augen blickten matt und milde. Nur das weiße Haar hatte seinen Glanz bewahrt. Dieses Mal nahm Roland den Kaffee dankend an. Sein Besuch hier könnte sich hinziehen.

»Ich habe gehört, dass Irene ein Unglück getroffen hat«, sagte Pater Josef, als er in große Tassen einschenkte. Roland ging davon aus, dass er aus der Zeitung davon wusste. Es hatte in der letzten Zeit reichlich Artikel über die Verhaftung von Jimmy Bjarup gegeben. Einige der Überschriften hatten die Leistung des Kriminalkommissars regelrecht gefeiert. Roland war übel geworden, als er davon erfahren hatte.

»Ja, so ein Schicksalsschlag kann uns alle ohne Vorwarnung treffen.«

»Wohl wahr. Aber Irene ist eine starke Frau, sie wird schon damit zurechtkommen.« Pater Josef setzte sich steif und nahm die Brille ab.

Roland nickte, an dieser Überlegung versuchte auch er, sich festzuhalten. »Wir haben Pater Edward Arensby in der Kapelle des Klosters der heiligen Jungfrau gefunden. Tot. Kannten Sie ihn?«

Pater Josef setzte die Brille wieder auf und sah ihm in die Augen. Das Licht vom Fenster spiegelte sich in den Gläsern. »Ja, ich kannte Pater Edward gut.«

»Woher kennen Sie ihn?«

»Wir haben einige Jahre an der gleichen katholischen Schule gearbeitet.«

»Wir kennen uns auch schon viele Jahre, Pater Josef. Meine Mutter hat sehr zu Ihnen aufgesehen. Wollen Sie mir nicht erzählen, was da vor sich geht?«

»Du weißt doch genau, dass ich das nicht kann, Rolando.«

»Das Beichtgeheimnis?«

»Genau. Das Beichtgeheimnis darf nie gebrochen werden.«

»Wie können Sie weiterleben und noch in den Spiegel sehen, wenn Sie es *nicht* brechen? Die Schäfchen Ihrer Gemeinde beichten, wenn sie gesündigt haben. Was tun Priester, um selbst ihre Sünden erlassen zu bekommen? Beieinander gegenseitig beichten?«

Pater Josef antwortete nicht. Er sah ihn immer noch an, aber seine Augen veränderten sich; sie hatten jetzt einen gequälten Ausdruck.

»Mutter Helene hat uns bei ihrer Vernehmung berichtet, dass Sie im Vatikan von Pater Francesco zum Exorzisten ausgebildet worden sind, als Sie in Rom lebten. Waren Sie auch bei der Teufelsaustreibung dabei, die an Laura Friis vorgenommen wurde?«

Der Priester schüttelte den Kopf, immer noch ohne wegzusehen. Roland hielt seinen Blick fest.

»Sagen Sie mir etwas. Wie ist Sie gestorben? Wie ist Pater Edward gestorben? Er ist ebenfalls an Fesseln aufgehängt worden. War es auch an dem Kreuz? Die technische Abteilung hat Spuren von Laura Friis an diesem Kreuz gefunden. DNA, wissen Sie.«

Pater Josef schüttelte wieder den Kopf. Seine Augen begannen feucht zu funkeln. »Wir können nicht mit dem Bösen leben, Rolando. Du bekämpft es selbst jeden Tag, hast dein Leben ebenfalls dem Kampf gegen das Böse verschrieben. Und auch du hast die Sache selbst in die Hand genommen, als der böse Mensch, der Irene töten wollte, bestraft werden sollte. Auch er war mit dem Teufel im Bunde.«

»Aber so ist es nicht immer. Unglückliche Menschen können im Affekt böse handeln, ohne böse zu sein. Ja, Gott selbst kann böse und ungerecht sein.«

»Das ist es ja, was ich dir klarzumachen versuche, Rolando. Es ist der Teufel, der die Menschen dazu bringt, böse zu handeln, wenn wir ihm die Möglichkeit geben.«

»Sie sagen also, dass der allmächtige Gott doch nicht die Alleinherrschaft hat?« Roland wusste, dass er da ein Thema berührte, über das sich die Philosophen und Priester untereinander uneins waren. Die Theodizee – die Frage, wie Gott das Leid und das Böse in der Welt zulassen kann.

Pater Josef richtete sich straff auf. »*Der Sohn Gottes aber ist erschienen, um die Werke des Teufels zu zerstören.* Erster Johannesbrief, Kapitel 3, Vers 8. Es ist unsere Pflicht, das in die Tat umzusetzen. Wie du es tust. Wie ich es tue. Deswegen bin ich Exorzist geworden. Das war mein Ziel.«

Roland trank nachdenklich von seinem Kaffee.

»Aber wieso lässt Gott das Böse denn zu, wenn er gut ist?«, entgegnete er.

»*Wer Unrecht pflügt, wer Unheil sät, der erntet es auch. Durch Gottes Atem gehen sie zugrunde, sie schwinden hin im Hauch seines Zornes.* Hiob, Kapitel 4, Verse 8 bis 9«, fuhr Pater Josef fort zu zitieren. Tränen liefen nun seine blassen Wangen hinunter.

»Sie sind also der Meinung, dass ihr Exorzisten im Namen Gottes handelt.«

Der Priester nickte und trocknete sein Gesicht mit einem Taschentuch, das er mit zitternder Hand aus der Hosentasche gefischt hatte. »Ja. Manchmal gelingt es, das Böse zu überwinden, manchmal nicht. Manche sind nicht zu retten.«

»Wie Laura Friis und Pater Edward?«

»Es war nicht die Absicht, dass sie sterben sollten, aber der Teufel hatte zu viel Macht über sie bekommen.«

»Der Teufel hatte mit ihrem Tod nichts zu tun. Laura Friis ist an einem Asthmaanfall gestorben und Pater Edward an einem Herzinfarkt. Was ist da passiert, Pater Josef?«

Der Priester saß lange da und starrte auf die Bibel, die neben ihm auf dem Tisch lag, auf einer Seite aufgeschlagen, die Roland von seiner Sitzposition aus nicht lesen konnte. Pater Josef war offenbar gerade in die Lektüre vertieft gewesen, als ihn Roland gestört hatte. Vielleicht Vorbereitungen für die nächste Messe. Vielleicht suchte er auch nach göttlichem Beistand. Er schien der Überzeugung zu sein, die Antwort auf diesen gelblichen Seiten finden zu können. Als wüsste die Bibel auf alles eine Antwort.

»Ich werde langsam müde, Rolando. Ich habe viel gesehen. Mehr als ich sehen sollte und wollte. Mehr als irgendein Mensch sehen sollte. Jetzt enthüllt sich alles nach und nach, doch es hat lange gedauert. Wir tun, was wir können, aber es gibt nicht genügend ausgebildete Exorzisten.«

»Erzählen Sie mir, was Sie so erschöpft macht. Was haben Sie gesehen? Ich kann Sie nicht von Ihren Sünden lossprechen, das kann nur Gott.«

Mit einem Ruck hob Pater Josef den Kopf und in seine Augen trat Leben – und ein Funke von Wut.

»Ich habe nicht gesündigt, Rolando. Im Gegenteil. Ich versuche, von der Sünde zu erlösen. Dasselbe tun Pater Francesco und alle anderen Exorzisten. Wenn der Teufel nicht ausgetrieben wird, hat das nie ein Ende.«

»Was ist das für eine Sünde, die nie ein Ende hat? Kindesmissbrauch? Pädophile Priester?«

Pater Josef sah aus, als hätte Roland ihm eine Ohrfeige gegeben, als er nun die Wörter aussprach, die er selbst nicht in den Mund nehmen mochte. Dann sackte er wieder in sich zusammen und sein Blick wurde leer und starr. Er sprach vertraulich und gedämpft.

»1962 wurde von der *Sacra Congregatio Sancti Officii*, der Heiligen Kongregation des Heiligen Offiziums am Heiligen Stuhl, ein Dokument erstellt, *Crimen sollicitationis* genannt, das im geheimen Archiv der Kurie aufbewahrt werden sollte. Das Dokument enthält genaue Anweisungen, wie ein solcher Missbrauch unter Geistlichen einerseits intern bestraft und andererseits vor der Öffentlichkeit verborgen werden soll, indem alle am Verfahren Beteiligten zu höchster Geheimhaltung verpflichtet werden – bei Zuwiderhandlung droht, insbesondere in den Fällen, wo das Beichtgeheimnis verletzt wird, die Exkommunikation. Das steht im Widerspruch zu geltenden Menschenrechten und gesetzlichen Regelungen zur Bekämpfung des Missbrauchs und verhindert, dass die Verantwortlichen gerichtlich bestraft werden. Auch die Opfer werden zum Schweigen gezwungen. Die schuldigen Priester werden in andere Gemeinden versetzt, falls die Untat entdeckt wird, und in manchen Fällen finden sie Asyl hinter den Mauern des Vatikans, wo sie vor dem Urteil der Öffentlichkeit geschützt leben.«

Rolands Puls pochte im Hals. Es wäre ihm jetzt schwergefallen zu sprechen, aber der Priester fuhr fort: »Natürlich sündigen die wenigsten Priester. Nur einige haben sich vom Teufel verführen lassen, und es gibt nur einen einzigen Weg, dies in Zukunft zu verhindern. Das Böse muss ausgetrieben werden. Exorzisten sind ihre einzige Rettung.«

Pater Josef sackte immer weiter in sich zusammen und sein Kopf hing tief herab. Er hatte alle Sünden auf seine Schultern genommen.

»War Pater Edward einer dieser Priester?«, fragte Roland heiser.

Pater Josef nickte. »Er wurde von einem jungen Mann aufgesucht, der behauptete, dass Pater Edward seinen Vater missbraucht habe, als der noch ein Kind war und in eine katholische Schule ging. Der Vater soll sich wegen seines lebenslangen Traumas nach diesem Vorfall viele Jahre später erhängt haben. Der Junge drohte mit Rache. Pater Edward war entsetzt.«

»Kennen Sie den Namen des Vaters oder des jungen Mannes?« Die Ameisen kribbelten und juckten ihm im Genick, sodass sich Roland den Nacken reiben musste.

»Nein, danach habe ich nicht gefragt.« Pater Josef schaute ihm in die Augen. Seine ganze Körperhaltung flehte Roland an zu verstehen. »Ich wusste, was er getan hatte. Ich bin selbst Priester in der gleichen Schule gewesen und kannte die Knaben, die er bevorzugte.«

»Und Sie haben nichts gesagt! Nichts getan!«

»Bereits damals wusste ich, dass Pater Edward besessen war, aber ich konnte nichts tun. Er wurde in eine andere katholische

Schule versetzt, erst in Südjütland, dann in Deutschland, aber nach seiner Pensionierung ist er nach Dänemark zurückgekehrt. Als die beharrliche Verfolgung durch den jungen Mann begann, suchte er mich im Kloster auf. Er hatte gehört, dass ich im Vatikan ausgebildet worden bin. Aber als die ersten Gebete gesagt waren, geriet er in Panik. Ich versuchte alles, aber der Teufel war zu stark. Pater Edward starb.«

»Er starb an Herzstillstand aufgrund eines schwachen Herzens. Er war ein alter, kranker Mann, Pater Josef.«

»Es war nicht falsch, dass ich es versucht habe. Wir haben vielen geholfen, die dann als neue Menschen in ihre Priestertätigkeit zurückgekehrt sind, weil das Böse ihren Körper verlassen hatte. Sie haben seitdem keine Übergriffe mehr begangen.«

Roland ließ das unkommentiert. »Wer sind die … *Patienten* im Ostflügel?«

»Ihnen wird geholfen. Ein paar Nonnen, die noch nicht befreit sind, aber sie können mit der Zeit vollständig geheilt werden. Du musst verstehen, Rolando, dass es schwer sein kann zu erfahren, dass der Teufel von deinem Körper Besitz ergriffen hat, besonders wenn du ein gläubiger, gottestreuer Mensch bist. Natürlich kommt da die Angst.«

»Also sind es kranke Nonnen und Priester, die in all ihrer Angst auf weitere Heilung warten?«

»Genau. Sie sind von Gott nicht aufgegeben worden. Es gibt noch Hoffnung für sie.«

»Aber Laura Friis! Sie war weder Nonne noch Priester und hatte wohl auch keine sexuellen Übergriffe begangen?«

»Ich darf dir nicht sagen, was mir in der Beichte der Schwestern anvertraut wird, aber in gewisser Weise hat auch die Angelegenheit der jungen Postulantin mit geschlechtlichen Übergriffen zu tun: Fleischeslust, Begierde. Mutter Helene bat mich, Schwester Laura von dem Dämon zu befreien, aber nichts half. Sie geriet in Erregung, rief und schrie und beschimpfte uns mit vulgären Worten. Sie führte sich auf, wie sich nur eine von Dämonen Besessene aufführen kann. Wir haben es mit Weihrauch versucht. Das war der letzte Ausweg. Sie sollte nur die Nacht am Kreuz verbringen, umgeben vom heiligen Duft von so vielen Räucherschalen, wie wir hatten. Ich habe ihr auch das Sakrament der Krankensalbung gespendet, um sie zu stärken und den Heiligen Geist auf sie herabzusenden. Allein: Am Morgen hat eine der alten Nonnen sie gefunden. Sie glaubte, das Mädchen sei noch am Leben und rief einen Krankenwagen, doch es war zu spät. Der Teufel war uns zuvorgekommen, er …«

»War Pater Francesco auch daran beteiligt?«

»Nein. Er hatte sich früh hingelegt, wie gesagt. Er nimmt Schlaftabletten und benutzt Ohrenstöpsel, wohl um nicht durch sein eigenes Schnarchen geweckt zu werden, und er hat es nicht gehört, als Mutter Helene kam und mich um Hilfe bat. Sie meinte, das müsse unter uns bleiben. Leider habe ich das Mädchen nicht zu retten vermocht. Der Teufel hat genommen, weswegen er gekommen war.«

»Laura Friis hat es aufgrund ihres schweren Asthmas nicht vertragen, den Rauch einzuatmen. Das war Mord, Pater Josef. Das Gleiche gilt auch für Pater Edwards Tod.«

»Der Teufel kann nicht für Mord verurteilt werden, und nur Gott kann urteilen.« Pater Josefs Stimme war kraftlos.

»Genau. Nur Gott kann urteilen. Werden Sie mir helfen und vor Gericht wiederholen, was Sie mir soeben berichtet haben?«

Der Priester richtete sich auf dem Stuhl auf. Seine Kräfte schienen zurückzukehren. Er legte die Hand auf die Bibel.

»Wenn das so ist, dann sollst du wissen, dass ich dir heute gar nichts erzählt habe, Rolando. Mein Gelübde gegenüber Gott darf niemals gebrochen werden.«

57

Im Polizeipräsidium vibrierte die Luft vor hektischer Aktivität. Roland nahm sie überall um sich wahr, doch heute ließ er sich davon nicht anstecken. Pater Josefs Geständnis bedrückte ihn in mehrfacher Hinsicht. Gab es überhaupt noch irgendwelche Zweifel, dass dieser junge Mann, der Pater Edward aufgesucht hatte, kein anderer als Tobias Abrahamsen gewesen sein konnte? Und bedeutete das dann nicht, dass sein Verschwinden auch etwas mit dem Fall zu tun haben konnte? Er konnte es nicht einmal ein Geständnis nennen, was Pater Josef ihm mitgeteilt hatte; der alte Priester hatte nicht davon überzeugt werden können, dass er gesündigt hatte. Wenn man die Verantwortung nicht auf Gott abwälzen kann, dann muss eben der Satan dafür herhalten, hatte Roland auf dem Nachhauseweg im Auto gedacht. Aber wie sollte er nun weiterkommen, wenn ein so wichtiger Zeuge – der einzige Zeuge – nicht aussagen wollte? Mit den Mitteln des Gesetzes konnte man ihn nicht dazu zwingen.

Als Kurt Olsen ihn kommen sah, war er sofort bei ihm. »Wo zum Teufel bist du gewesen?! In einer so entscheidenden Phase der Aufklärungsarbeit einfach deine eigenen Wege zu gehen sieht dir sonst eigentlich gar nicht ähnlich, und ich …« Er stoppte seinen Wortschwall und musterte ihn erst mit Wut im Blick, dann mit Mitleid. »Es ist wohl nicht Irene?«

Roland hängte seine Jacke an den Kleiderhaken und zog den Hemdkragen an seinen Platz. »Ich war auf Priesterbesuch.«

»Priesterbesuch? Warst du bei Pater Josef? Wieso hast du niemanden mitgenommen? Also, diese Alleingänge gehen einfach nicht, Roland, das ist wirklich …« Er war dabei, sich wieder aufzuregen.

»Das war ein Gespräch unter Freunden, und wären andere dabei gewesen, hätte ich nichts aus ihm herausbekommen.« Er setzte sich und schaltete den Computer an, der mit einem leisen Brummen und dem summenden Geräusch des Ventilators hochfuhr.

»Und was *hast* du aus ihm herausgekriegt? Jetzt schieß schon los!« Kurt Olsen setzte sich auf die Kante von Rolands Schreibtisch.

»Er hat ein volles Geständnis abgelegt.«

Der Vizepolizeidirektor sprang vom Tisch auf wie ein Springteufel aus der Kiste. »Hast du es aufgenommen?«

Roland bedachte seinen Chef mit einem vorwurfsvollen Blick. »Natürlich nicht. Da hätte er nie mitgemacht, und wenn ich es ohne sein Wissen getan hätte, wäre es ja vor Gericht ohnehin kaum als Beweismaterial verwendbar.«

Kurt Olsen sackte sichtlich in sich zusammen. »Also haben wir immer noch nichts?«

»Nur das Wissen – aus dem wir das Beste machen sollten.«

Kurt Olsen setzte sich wieder und verschränkte irritiert die Arme vor der Brust. Er hörte mit gerunzelter Stirn zu, während Roland berichtete, was Pater Josef ihm anvertraut hatte. »Zwei Tote, Freiheitsberaubung, sexuelle Übergriffe, Zurückhaltung von Beweisen – und wir können einen Scheiß tun!«, knurrte er, als Roland fertig war.

»Wir haben auf jeden Fall ein Problem damit, Beweise zu finden. Besonders, wenn du dem Bürgermeister die Ergebnisse bis heute Abend versprochen hast.«

»Versprechen hin oder her – was *können* wir tun? Roland?«

Roland wurde im letzten Augenblick von Kim Ansager aus seiner Verlegenheit erlöst, der hereinkam und seine Freude darüber zum Ausdruck brachte, sie beide hier angetroffen zu haben. »Das Krankenhaus hat sich gerade bei uns gemeldet. Die beiden Männer sind Priester. Sie stehen noch völlig unter Schock und können nicht vernommen werden. Wir wissen deshalb nicht, was den Schock ausgelöst hat. Der Arzt hat gemeint, dass derartige Schockzustände häufig in Verbindung mit Todesfällen, ernsten Krankheiten, brutaler Erniedrigung und anderem mehr vorkommen. Psychologisch geschulte Spezialkräfte kümmern sich um die beiden.«

Roland nickte unmerklich, er wusste, was den Schock ausgelöst hatte. Zu erfahren, dass man vom Teufel besessen ist, muss für einen katholischen Priester mit das Schlimmste sein, was ihm passieren kann.

»Was ist mit den Frauen?«, fragte Kurt Olsen.

»Die sind alle Nonnen. Mit zweien von ihnen können wir sprechen, sie sind alt und dement und gehören an einen Ort mit fachkundiger Betreuung und Pflege. Sie sind anscheinend schon lange ohne frische Luft und ohne jeden Umgang mit anderen eingesperrt gewesen. Eine von ihnen macht den Eindruck, als sei sie an ihr Bett festgebunden gewesen. Was die Jüngeren betrifft: Eine hat Brustkrebs, die andere leidet unter Epilepsie.«

»Hab ich's nicht die ganze Zeit schon gesagt? Die Teufelsbesessenheit ist nie etwas anderes gewesen als Krankheit!« Kurt Olsen schlug sich fest auf den Oberschenkel und sah Roland mit einem triumphierenden Blick an.

»Und? Kann nicht der Teufel schuld an der Krankheit sein?«

»Das glaubst du doch wohl selber nicht, oder, Roland? Krankheit als Heimsuchung durch den Teufel?«

Roland zuckte die Schultern. »Man kann ja nichts beweisen.«

Kurt Olsen grunzte verärgert. »Noch was, Kim?«

»Nein, nichts weiter, außer dass draußen eine Frau auf Roland wartet. Sie sitzt schon den ganzen Morgen hier. Seit ein Familienstreit oder so in ihrer Wohnung angezeigt worden ist.«

»Wer ist es, Kim?« Roland knöpfte den obersten Hemdknopf auf. Es kam ihm so vor, als müsse er gleich ersticken.

»Ich finde, es geschieht ihr ganz recht, dass sie wartet. Es ist die Journalistin, äh ... Exjournalistin. Die Reinigungsfrau.«

»Wir haben jetzt wirklich keine Zeit für diesen Unsinn, Roland. Kim, schick sie weg!« Der Vizepolizeidirektor machte eine Kopfbewegung in Richtung Tür. Kim sah Roland frustriert an.

»Fünf Minuten. Das kannst du ihr ausrichten. Nur fünf Minuten!« Er stand auf und tat, als sehe er Kurt Olsens tadelnden Blick nicht.

»Es ist nichts«, sagte Anne, als sich Roland besorgt nach den Spuren an ihren Handgelenken erkundigte, die sie zu verstecken versuchte, indem sie die Ärmel der Strickjacke darüberzog.

»Kommen Sie, was ist das schon wieder für eine Geschichte von wegen Familienstreitigkeiten? Was ist passiert, Anne?«

»Nichts«, wich sie erneut aus. »Deswegen bin ich nicht hier. Aber ich habe gestern etwas herausgefunden. Ich habe Tobias Abrahamsens Großmutter Dorthea besucht.«

Roland wusste, dass es nichts nützte, das zu sagen, worauf er jetzt am meisten Lust hatte. Also meinte er nur: »Sie hat Alzheimer, Anne.«

»Ja, aber gestern war sie einigermaßen klar im Kopf. Sie hat behauptet – so indirekt –, dass ihr Sohn, Tobias' Vater, als Kind von einem Priester in einer katholischen Schule missbraucht worden ist.«

Roland schaute sie beinahe mitleidig an. »Und Sie können sich nicht etwa vorstellen, dass wir das vielleicht längst schon wissen?«

Anne setzte sich und zog erneut die Ärmel ihrer Jacke so weit wie möglich herunter. »Ja, echt? Aber wieso unternimmt die Polizei dann nichts?«

»Was denn, Anne?«

»Man muss doch Beweise finden können. Dieser Priester muss bestraft werden. Er ist schuld, dass sich Tobias' Vater das Leben genommen hat. Bei seiner Mutter hängt ein Foto von ihm zusammen mit dem Priester an der Wand.«

»Ich glaube, er hat seine Strafe bereits bekommen«, murmelte Roland.

»Was?«

»Er ist tot.«

»Tot! Aber was ist mit den anderen Priestern, die so was auch machen?«

»Die meisten sind inzwischen ebenfalls tot.«

»Und jetzt, glauben Sie, ist Schluss damit?«

»Die Polizei kann und darf nichts tun, solange keine eindeutigen Beweise vorliegen.« Er erhob sich demonstrativ vom Stuhl, um ihr zu zeigen, dass er keine Zeit hatte, länger hier herumzusitzen und gemütlich zu quatschen. Anne stand ebenfalls auf, zögernd und resigniert.

»Woher wissen Sie, dass der Priester tot ist?«

»Das kann ich Ihnen nicht sagen. Fünf Minuten, hieß es. War das alles? Sind Sie sich sicher, dass wirklich nichts passiert ist, was Sie mir erzählen möchten – Familienstreitigkeiten, was soll das heißen?«

»Nichts. Es ist nichts passiert, jetzt ist alles unter Kontrolle, aber …«

»Jetzt sind schon sieben Minuten um. Auf Wiedersehen, Anne.«

Sobald sie widerwillig gegangen war, stand Kim Ansager wieder bei Roland auf der Matte. Das bebrillte Gesicht unter der lockigen Mähne leuchtete vor Neugier, aber Roland kam der Frage des Beamten mit seiner eigenen zuvor. »Was war das mit den Familienstreitigkeiten?«, erkundigte er sich, ehe Kim den Mund öffnen konnte.

»Schlägerei. Anne befand sich in einer etwas, wie soll man sagen – freizügigen Situation. Entblößt und gefesselt. Zwei Kerle sind sich ihretwegen in die Haare geraten, aber dem einen ist es noch rechtzeitig gelungen zu verduften, bevor der Streifenwagen da war. Der andere ist Anwalt. Die sind doch normalerweise rechtschaffene Menschen.«

Seine Bemerkung hatte zur Folge, dass Roland ein bösen Knurren entfuhr. Der Gedanke an die Hochzeit in Rom drängte sich ihm wieder auf. Was nun Annes »entblößte Situation« anging, fragte er lieber nicht weiter nach.

Waren die Aktivitäten im Polizeipräsidium am Morgen schon hektisch gewesen, so waren sie zum Abend hin brodelnd und fieberhaft geworden. Keiner hatte sich eine Mittagspause erlaubt. Als Kurt Olsen nun verkünden ließ, dass er in der Kantine für sie alle eine große Platte Smørrebrød bestellt hatte, wurde es still im Raum, wo das gesamte Team gerade dabei war, das Material durchzugehen und die Wandtafel neu zu bestücken. Bei einem nach dem anderen meldete sich nun endlich das Hungerzentrum im Gehirn. Kurt Olsen war den ganzen Nachmittag geschäftig umhergehuscht, in eifriger Hoffnung, dem Bürgermeister bald mitteilen zu können, dass er sein Versprechen gehalten hatte. Doch erst am Abend war es wirklich so weit.

58

Sie wählte den Zeitpunkt, da die Schwestern beim Nachmittagsgebet in der Kirche waren, sodass sie keine von ihnen treffen musste. Sie würden ihre Entscheidung nicht verstehen. Das schlechte Gewissen darüber, zum ersten Mal in ihrem Klosterleben nicht an der Non teilzunehmen, brannte ihr in der Brust. Sie sank vor dem Bett auf die Knie, faltete die Hände und betete still, während sie zu Christus am Kreuz aufsah. Es wurde ein kurzes Gebet, mit Entschuldigungen, Flehen um Vergebung und der Frage, warum er sie so hart bestrafte, wo sie doch nur getan hatte, was er verlangte – was Mutter Helene gesagt hatte, dass er verlangte. Er drückte sich ja durch sie aus. Aber auch sie hatte gelogen oder war zumindest nicht ehrlich gewesen. War es Gott dann auch nicht?

Sie stand auf, zog den verstaubten Koffer unter dem Bett hervor und begann, ihre wenigen weltlichen Besitztümer hineinzustopfen. Sie hatten hier ja schlicht und enthaltsam leben sollen, und so war es nicht viel und sie war schnell damit fertig. Sie legte den Koffer aufs Bett und sah sich in dem kleinen Zimmer um, in dem sie die letzten Jahre gewohnt hatte. Fast ihre ganze Jugend hatte sie hier verbracht, ohne zu wissen, was draußen in der wirklichen Welt passierte. Ohne daran zu denken, dass die, die sie liebte, vielleicht nicht mehr da sein würden, wenn sie sie einmal brauchte. Besonders Tobias. Sie wusste, dass er sie vermisst hatte und dass sie ihm hätte helfen können, wenn sie für ihn da gewesen wäre. Helfen, den brennenden Schmerz in seiner Seele zu lindern. Wenn sie nur etwas gewusst hätte. Wenn ihr Mutter Helene erzählt hätte, was passiert war. War es christlich, so etwas vor ihr zu verbergen? War das Gottes Wille? Jetzt war Tobias verschwunden, und nun musste sie neue Prioritäten setzen. Sie musste ihn finden. Wenn jemand das konnte, dann sie. Sie waren sich so ähnlich.

Ihr Vater hatte offenbar die ganze Zeit über gute Gründe gehabt, der Kirche den Rücken zu kehren. Besonders den Priestern der Kirche. Er hatte seine Tochter nur beschützen wollen. Warum hatte er ihr das nicht einfach gesagt? Aus Scham? Fürchtete er sich vor ihrem Misstrauen, hatte Angst, auch sie würde ihn der Lüge bezichtigen und ihn beschuldigen, alles nur erfunden zu haben? Was musste er empfunden haben, als sie gerade diejenigen gewählt hatte, die ihm jenes schlimme Leid angetan hatten, während sie ihn von sich stieß? Ihr wurde schlecht. Als sie in den Flur hinausrannte, wurde ihr schwarz vor Augen. Sie schaffte es gerade noch rechtzeitig, die Toilette zu erreichen, ehe sie sich übergeben musste. Über die Schüssel gebeugt, weinte sie; die so lange zurückgehaltenen Tränen hatten es genauso eilig, ihren Körper zu verlassen, wie ihr Mageninhalt. Mutter Helene stand mitten in ihrem Zimmer, als sie mit roten, brennenden Augen und kalten Wangen zurückkam; sie brauchte nicht erst in den Spiegel zu sehen, um zu wissen, wie leichenblass sie war.

»Wieso trägst diese Kleidung und nicht deinen Habit? Willst du verreisen?«

Der fürsorgliche Klang in ihrer Stimme und die milden braunen Augen der Äbtissin lockten Margaretha, sich ihr wieder in die Arme zu werfen, und fast hätte sie das auch getan und ihr erneut ihr ganzes Leben anvertraut, aber dann erinnerte sie sich, was die Äbtissin getan hatte. Entschlossen packte sie den Griff des Koffers und zog ihn vom Bett auf den Boden.

»Wir haben deine Vermählung mit dem Herrn vorbereitet und endlich das Datum festgelegt. Schon in zwei Tagen, Schwester Margaretha. Die Schwestern hatten so viel zu tun, sie freuen sich so. Du kannst uns jetzt nicht verlassen. Die Gäste sind eingeladen, und du …«

»Ist meine Familie auch eingeladen?« Ihre Stimme war so belegt, dass sie sich nicht vorstellen konnte, dass Mutter Helene überhaupt verstand, was sie sagte.

»Wenn du sie zu sehen wünschst, kann ich gerne versuchen, sie zu …«

»Sie wissen genau, dass meine Eltern tot sind. Sie wissen sicher auch, dass mein kleiner Bruder verschwunden ist. Warum haben Sie mir das nicht erzählt?« Sie setzte sich aufs Bett und ihre Tränen flossen aufs Neue.

Mutter Helene setzte sich neben sie. »Liebste Schwester Margaretha. Du siehst doch selbst, wie unglücklich dich die andere Welt macht. Dem habe ich dich selbstverständlich nicht aussetzen wollen.«

»Es lag an den Beschuldigungen meines Vaters, nicht wahr? Sie haben davon gewusst, nicht? Und Sie wussten, dass er immer die Wahrheit gesagt hat.« Sie versuchte ihre Stimme unter Kontrolle zu bekommen und nahm dankbar das Taschentuch, das die Äbtissin ihr reichte.

»Wir kümmern uns darum, Schwester Margaretha.«

»Wir? Sie und Pater Josef?«

»Ja, und Gott. Priester sind gute Menschen. Es ist der Teufel, der sie böse macht, aber wir werden das Böse besiegen.«

»Was ist mit Schwester Laura passiert? Ich weiß, dass sie an jenem Abend in den Ostflügel gegangen ist. Sie wollte herausfinden, was dort und im Turm vor sich ging. Hat sie es herausgefunden? Musste sie deshalb sterben?«

Mutter Helene sah sie vorwurfsvoll an. »Du weißt genau, was mit Schwester Laura passiert ist. Das war ebenfalls das Werk des Teufels. Du brauchst keine Schuldgefühle zu haben. Du hast getan, was Gott von dir erwartet hat. Erst du hast uns davon überzeugen können, dass das Mädchen wirklich besessen war. Fleischliches Verlangen ist das erste Zeichen für …«

Margaretha weinte noch mehr.

»Du darfst jetzt nicht aufgeben. Du sollst deinem Heiligennamen Ehre machen. Sankt Margaretha hat das Böse mit ihrem

Glauben überwunden. Indem sie sich bekreuzigte. Du solltest ihrem Vorbild folgen. Kämpfe gegen den Bösen, Schwester Margaretha. Er hat dir deinen Vater genommen und deine Familie und uns hat er Schwester Laura genommen. Aber du wirst ihm trotzen, Schwester Margaretha.«

Mutter Helene wollte einen Arm um sie legen, doch sie entzog sich ihrem Griff. Abrupt stand sie auf, wischte sich das nasse Gesicht mit der Hand trocken und hob mit einem Schluchzer, aber entschlossen den Koffer vom Boden auf.

»Mona! Ich heiße Mona Abrahamsen.« Aufrecht, mit durchgedrücktem Rücken schritt sie zur Tür, wo sie sich umdrehte. »Übrigens ist die heilige Margaretha am Ende doch enthauptet worden.«

Sie öffnete die Tür und ging.

59

Nicolaj zog an der Metalllasche seines deutschen Dosenbiers, sodass es spritzte. »Das hier, Anne, diese Story. Die ist ja Gold wert! Einsame Spitze!«

»Findest du wirklich, dass es spitze ist, dass weltweit Minderjährige von katholischen Priestern missbraucht werden?«

»He, sind die Rollen jetzt vertauscht, Anne?«

»Aber jetzt mal ganz ehrlich!«

»Du weißt doch, was ich meine. Wir könnten unter den Ersten sein, die mit den Beweisen dafür herauskommen, dass diese Übergriffe wirklich stattfinden.«

»Wir?«

»Ja, wir. Du willst doch wohl nicht weiterhin den Dreck anderer aufräumen?«

»Machen das Journalisten nicht irgendwie immer?«

Er beugte sich plötzlich vor und schob einen ihrer Ärmel hoch. »Was ist denn da passiert?«

»Nichts.« Sie riss den Arm zurück und zog den Ärmel wieder über die Hand.

»Du wirst rot, Anne.« Dann lachte er sein irritierendes gedämpftes Lachen. »Ach komm, stehst du denn auf *so was*?«

»Was?«

»Nichts.« Er nahm einen neuen großen Schluck aus der Bierdose, sah sie aber über die Dose hinweg mit einem frechen Blick an, sodass es keinen Zweifel gab, worauf er anspielte. Diesen Punkt wollte sie nicht weiter vertiefen. Einen anderen dagegen schon. »Meinst du das denn wirklich ernst?«

»Was?«

»Das *Wir*?«

»Ja, Anne, ich meine es ernst. Wir sind ein gutes Team und du hast die Story, zusammen können wir hier wirklich was reißen.«

Ihr Handy brummte im Rucksack, sie nahm es heraus und schaute aufs Display. Ihr Herz setzte für einen kurzen Augenblick aus, dann legte sie es zurück.

»War das eine SMS – über SM vielleicht?«

»Halt die Klappe, Nicolaj!« Die Worte klangen schroff, aber sie lächelte, ohne doch zu wissen, ob sie Grund dazu hatte. Es war ein unschöner Morgen gewesen. Adomas war zurückgekommen, und nun hatte er ihr eine SMS geschickt, die sie jetzt gerade nicht lesen wollte. So viele Monate lang hatte sie nichts von ihm gehört und ihn wahnsinnig vermisst; wieso in aller Welt tauchte er dann genau zum ungünstigsten Zeitpunkt wieder auf? Wie konnte er? Und wie konnte sie? Wie um alles in der Welt war sie überhaupt mit Esben im Bett gelandet? Sie musste betrunkener gewesen sein, als sie gedacht hatte. Adomas war nach dem Zusammenstoß der beiden heute Morgen in panischer Wut wieder abgehauen.

Esben hatte erst einmal einen Ausflug zum Krankenhaus machen dürfen, aber er hatte es locker genommen. Das sei er gewohnt, wenn er in ihre Nähe komme, hatte er trocken gemeint. Und dieses Mal gab es bestimmt keine Narbe. Sie hatte ihn in die Notaufnahme gefahren, auf ihn gewartet, bis die Wunde verarztet war, und ihn dann zurück zu seinem Hotel kutschiert, sodass er packen und noch rechtzeitig seinen Flug nach Kopenhagen erreichen konnte. Annes nächste Station war dann das Polizeipräsidium gewesen. Dort hatte es den Anschein gehabt, als wisse Roland schon vom dem Ganzen, und sie hatte dennoch nicht gewagt, ihm von Adomas zu erzählen, obwohl sie zugeben musste, dass sie sich gerade vor ihm fürchtete. Vor seiner drohenden Reaktion.

Nicolaj legte seine bestrumpften Füße auf den Couchtisch und platzierte die Dose auf seinem rechten Knie. Er sah sie immer noch neckend an.

»Du meinst es also ernst – dass wir wieder zusammenarbeiten sollen?« Sie konnte es noch immer nicht recht glauben.

Er nickte mehrmals und sehr überzeugend. »Vielleicht musst du erst mal weiter putzen gehen, bis mehr Aufträge reinkommen. Vielleicht bekommst du ja noch mehr Tatorte zum Reinigen, dann kannst du dabei …«

»Ich hoffe nicht. Ich habe herausgefunden, dass ich nicht so auf Blut stehe.«

»Ich dachte, ihr liebt Blut.« Er starrte wieder auf ihre Handgelenke, die sie unter ihren Ärmeln versteckte. Sie ignorierte ihn. Es gab so viele Vorurteile über alles, worüber die Menschen nicht genug wussten.

»Esben ist Anwalt. Oder wird das jedenfalls demnächst, da haben wir also eine gute Quelle.«

»Was ist mit Kamilla? Meinst du, sie macht auch mit?«

»Das kannst du vergessen. Sie weigert sich, jemals wieder Pressefotografin zu werden. Was ich eigentlich gut verstehen kann.«

»Hast du mit ihr gesprochen?«

»Nur kurz. Ihr Leben ist gerade ziemlich durcheinander. Das wechselt vom Himmel zur Hölle und wieder zurück. Jetzt hat sie sich gerade mit ihrem Vater versöhnt und wollte nun auch Danny vergeben. Du hättest sehen müssen, wie verliebt sie damals gewesen sind … Aber dann hat sich herausgestellt, dass er und Majken

– übrigens Kamillas alte Freundin, mit der sie sich wegen Danny verkracht hat – nächsten Monat heiraten wollen.«

»Kann Kamilla sie denn nicht einfach ausstechen?«

»Ja, das könnte sie mit links. Ich wette, dass Dany nicht viel unternehmen würde, um Majken zu halten. Er ist immer noch verrückt nach Kamilla. Die unendliche hoffnungslose Liebesgeschichte.«

»Okay, dann müssen wir uns eben erst einmal mit dem begnügen, was wir haben. Aber können wir einen Kopenhagener Anwalt wirklich zu etwas gebrauchen?«

Sie zuckte die Schultern, zog die Beine unter ihrem Stuhl hervor und legte sie aufs Sofa. »In diese Geschichte mit den katholischen Priestern bekommt er jedenfalls einen guten Einblick.«

»Aber wenn er nun dein Informant werden soll, wäre es da nicht praktischer, wenn … Kannst du ihn denn nicht nach Aarhus locken, ihr könntet doch …

»Ich *habe* einen Freund, Nicolaj.«

»Ja? Ist das der, der auf Kinky Sex steht?«

»Jetzt hör damit auf. Mein Sexleben hat hiermit überhaupt nichts zu tun.«

»Jaja, Anne, schon gut. Ist auch egal. Es geht schließlich darum, das Leben zu genießen. Viele verstehen das nicht. Inklusive Kamilla. Es gibt einen großen Unterschied zwischen *Lebenslust* und *Lebensfrust*.«

Sie lachte und sah ihm nach, als aufsprang und zur Toilette hetzte. Dieses deutsche Pils war schon ziemlich wassertreibend. Währenddessen zog sie ihr Handy hervor und las die Nachricht von Adomas. Er wollte sie sehen und fragte, ob sie am Abend zu Hause sei. Sie schaffte es nicht zu antworten, bevor Nicolaj wieder zurück war. Der Toilettenbesuch eines Mannes war meist in einem Drittel der Zeit erledigt, die Frauen dafür brauchten.

»Komm, geben wir uns die Hand auf unsere Absprache«, meinte er und streckte ihr seine sommersprossige Pranke Richtung Sofa entgegen. Sie reckte die eigene Hand nach oben und sah den Ärmel herunterrutschen, aber es war ihr jetzt egal. Sie erwiderte seinen Händedruck mit einem breiten Lächeln.

Nicolaj war nun also auch zurück in ihrem Leben. Vielleicht gab es ja in der Tat etwas zum Lächeln.

60

Kurt Olsen war als glücklicher Mann in sein Büro gegangen, um den Bürgermeister anzurufen. Roland genoss das Gefühl, das sich immer einstellte, wenn ein wichtiger Fall aufgeklärt war. Als würde die Luft aus einem zum Platzen gespannten Ballon weichen. Erleichterung. Erschöpfung. Aber dieses Mal kam er sich selbst mehr wie ein riesiger Luftballon vor. Sein ganzer Körper fühlte sich leer an – besonders der Bauch. Er nahm sich ein Smørrebrød mit Roastbeef und Meerrettich und legte es auf seinen Teller. Im gleichen Moment kam Niels Nyborg außer Atem durch die Tür gestürmt. Er war im Kloster gewesen und hatte bei der Verhaftung der Äbtissin assistiert. Roland machte ein Bier für ihn auf.

»Dürfen wir das?«, fragte er verblüfft und schaute auf seine Uhr. »Na ja, ist ja jetzt wohl auch Feierabend.« Er setzte sich.

»Genau, und außerdem ist es ein alkoholfreies Pils«, erwiderte Roland.

»Pfui bäh …« Trotzdem trank Niels direkt aus der Flasche. »Was ist eigentlich passiert?«, fragte er, ohne die Flasche überhaupt richtig vom Mund zu nehmen. »Urplötzlich hat Kurt mich ins Kloster losgeschickt, zusammen mit zwei Streifenwagen.« Er trank weiter. Sie waren es so gewohnt, ständig zu rotieren und mehrere Dinge auf einmal zu erledigen, dass es ihm jetzt offensichtlich schwerfiel, einen Gang runterzuschalten. Er sah sie alle verwirrt an. Die meisten hatten den Mund voll. Roland legte Messer und Gabel weg und deutete auf die Tafel.

»Pater Josef ist heute Abend ins Präsidium gekommen. Er hat alles gestanden. Er hört als Priester auf, und über die Beteiligung der Äbtissin an den Morden konnten wir nicht hinwegsehen, obwohl der Bischof ein gutes Wort für sie eingelegt hat.«

»Aber ist es denn auch Mord? Sie wussten ja wohl kaum, dass Laura Friis an Asthma litt und dass Pater Edward ein schwaches Herz hatte. Und Exorzismus ist nicht verboten, auch wenn diese Praxis umstritten ist. Meiner Ansicht nach müsste es unter allen Umständen fahrlässige Tötung sein.« Er setzte sich an den Tisch und rieb erwartungsvoll die Hände, während er mit hungrigen Augen unter den Delikatessen auf der Platte auswählte.

»Das wird das Gericht entscheiden«, sagte Mikkel kauend und nahm sich das dritte Stück Brot mit kaltem Braten und Rotkohl.

»Und wenn man so hört, was die Leute reden …«, fuhr Niels fort. »Niemand legt ein gutes Wort für einen Priester ein, der Kinder missbraucht hat. Auf der Straße herrscht ohnehin die Meinung, dass Pädophile nichts anderes verdienen, als zu sterben.«

»Nach dem, was der Exorzist sagt, hat er ja die meisten dieser Pädophilen geheilt, sodass sie in ihre Tätigkeiten als Priester zurückkehren konnten. Einige Teufel hat er also offenbar doch austreiben können«, bemerkte Kim sarkastisch.

»Es gibt mehr zwischen Himmel und Erde …«, konnte Roland nicht umhin, den dänischen Prinzen Hamlet zu zitieren, obwohl er genau wusste, dass er damit die meisten am Tisch nur in ihrem verirrten Glauben bestärkte, dass er Exorzismus befürwortete. Und dass überhaupt alle Katholiken das taten.

»Schwester Margaretha – oder Mona Abrahamsen – hat das Kloster übrigens ebenfalls verlassen. Ich habe mit einer der Nonnen gesprochen, die natürlich nicht gewusst haben wollte, was sich da abgespielt hat. Mona zieht jetzt bei ihrer Großmutter ein, sodass die nicht in ein Pflegeheim muss. *Das* kann man mal eine christliche Handlung nennen. Aber sie hat auch noch eine andere Mission: Sie will ihren Bruder finden. Wie viel sollen wir ihr denn erzählen?« Niels ließ Messer und Gabel liegen und nahm sein Smørrebrød mit Leberpastete und Rote Bete lieber in die Hand.

»Alles«, erwiderte Roland. »Wir müssen ihr alles sagen, was wir wissen. Dass die letzte Spur von seinem Verbleib eine Ausgrabung beim Hafen ist. Dass wir vermuten, dass er nicht rechtzeitig wieder aus der Grube herausgekommen ist, ehe sie mit Erde und Beton aufgefüllt wurde.« Er nahm einen Bissen. »Leider«, fügte er dann hinzu, als er bemerkte, dass Isabella ihn vorwurfsvoll ansah. »Was, meinst du, sollen wir denn sonst tun? Sie den Rest ihres Lebens damit verbringen lassen, nach ihrem Bruder zu suchen?«

»Ich habe noch mal mit Trine Dueholm, seiner Freundin, über das mit dem Priester gesprochen«, antwortete Isabella. »Sie war, ziemlich aufgedonnert, gerade auf dem Weg in die Stadt. Der ganz große Verlust ist Tobias für sie sicherlich nicht. Aber er hat ihr gegenüber nie auch nur ein Wort darüber fallen lassen, dass er einen Priester aufgesucht hat, weil er ihn der Pädophilie verdächtigte.«

Roland trank von seinem Bier und musste im Stillen Niels Nyborg Recht geben: Pfui bäh … Er schluckte und erwiderte: »Ich bin mir sicher, das ist in aller Heimlichkeit passiert, Tobias hat sich bestimmt niemandem anvertraut. Er hat irgendwie herausgefunden, dass Pater Edward Priester in der katholischen Schule war, in der sein Vater missbraucht wurde, und hat nach Antworten gesucht, nachdem sich sein Vater das Leben genommen hat.«

»Vielleicht hat er es anhand des Fotos an der Wand seiner Oma herausgefunden?«

»Vielleicht, ja. Aber sein Verschwinden scheint keine Verbindung zu dem Tod seines Vaters und dem Vergehen des Priesters zu haben. Es war einfach eine ausgelassene Kneipentour, die tragisch endete.«

»Können seine Freunde nicht bestraft werden?«, fragte Isabella.

»Wofür denn? Weil sie mit ihm in der Stadt waren und ihn abgefüllt haben?«

»Und ihm Kitkat gegeben haben«, ergänzte sie wütend.

»Es gibt keine Beweise dafür, und Tobias hat sich jedenfalls nicht gerade geweigert, es zu nehmen.«

»Er wusste doch gar nicht, dass sie es in seine Drinks gekippt haben!«

»Die Freunde könnten höchstens für Drogenbesitz verurteilt werden – wenn sie damit erwischt worden wären. Keine Beweise. Wieder leider, Isabella.«

Kurt Olsen kam herein. Von seinem Gespräch mit dem Bürgermeister hatte er rote Wangen bekommen. Er setzte sich zufrieden, nahm sich ein Käsebrot und gab die Platte weiter. Dann erhob er sein alkoholfreies Bier und prostete in die Runde.

»Danke für den Einsatz, Freunde. Jetzt lasst uns essen und trinken, und dann gehen wir heim und schlafen.«

61

Roland hatte sich im Smoking nie wohlgefühlt. »Pinguinkostüm« nannte er das. Der Kragen war zu eng und mit der Fliege unterm Kinn fühlte er sich völlig lächerlich. Aber Rikke, die es im Hotelzimmer mehr oder weniger übernommen hatte, ihn anzuziehen, hatte sich unerbittlich erwiesen. Sonst hatte ihm immer Irene bei der festlichen Einkleidung geholfen. Die hatte sich für gewöhnlich von seinem Jammern erweichen lassen, sodass er mit einer Krawatte überm Hemd davonkommen konnte, von der er sich später immer so schnell wie möglich wieder hatte befreien können. Spätestens dann hatte er sich immer auch den obersten Hemdknopf aufgeknöpft, mit der Entschuldigung zu schwitzen.

Dieses Mal hatte er nachweislich allen Grund zum Schwitzen. Auch allen anderen in dem ansonsten großen, luftigen Raum glänzten die Gesichter. August war in Rom der wärmste Monat und heute, schätzte er, hatte die Temperatur bereits in den frühen Morgenstunden bei über dreißig Grad gelegen. Zudem lag schwer über der Stadt ein Morgennebel aus Smog, den die Sonne fast golden schimmern ließ. Trotzdem hatte Roland seinen Smoking geduldig getragen und sich in sein Schicksal ergeben. Doch jetzt entdeckte er zu seinem Entsetzen, dass er der Einzige in dieser Montur war; die anderen Herren trugen gewöhnliche Anzüge und Schlips – selbst der Bräutigam. Er drehte sich um und warf Rikke mit zusammengekniffenen Augen einen grimmig funkelnden Blick zu.

Dier Kirche Santa Maria in Tempulo ähnelte schon von außen eher einem italienischen Kuhstall, und drinnen wurde es nicht viel besser. Vielleicht sollte man ja auch nicht mehr verlangen. Jesus wurde schließlich in einem Stall geboren. Aber Roland hätte sich für die Hochzeitszeremonie seiner jüngsten Tochter doch ein wenig feinere Verhältnisse gewünscht. Die Decke war sehr hoch, mit dunkel gebeizten Holzsparren. Der Raum war ein riesiges Gewölbe mit rohem Mauerwerk. Die Fenster saßen hoch oben und sahen tatsächlich wie Kuhstallfenster aus. Unter die Rokokostühle aus rotem Samt und mit vergoldeten Beinen, auf denen sie saßen, war auf dem blanken Fußboden ein ebenso roter Teppich mit Fischgrätenmuster ausgelegt. In großen roten Krügen standen Pflanzen auf dem Boden: Gummibäume, Zimmerpalmen, Friedenslilien. Die Harfespielerin in ihrem schimmernden blauen Satinkleid saß mit ihrer hübsch anzuschauenden hölzernen Harfe bereit. Roland hatte reichlich Zeit, sich einen Eindruck von der Umgebung zu machen, bevor die Zeremonie begann. Braut und Bräutigam saßen ganz vorn, neben ihnen ihre Trauzeugen. Irene saß neben ihm. Er hatte ein Auto gemietet, in dem genug Platz für den Rollstuhl war, und glücklicherweise gab es am Eingang zur Kirche keine Treppen, nur eine kleine Stufe, über die sie den Rollstuhl geschickt selbst hatte bugsieren können. Olivias und Giuseppes in fast jeglicher Hinsicht sehr mondäne Wohnung befand sich im fünften Stock eines palaisähnlichen Gebäudes in der Via Marmorata, nicht weit vom Tiber und vom Petersplatz entfernt. Aber das alte Gebäude war für Rollstuhlfahrer ungeeignet. Davon abgesehen übernachteten dort schon Giuseppes Eltern und seine drei Geschwister, die alle aus Mailand angereist waren, daher war dort kein Platz mehr. Roland war das im Grunde ganz recht. Ein Drei-Sterne-Hotel mitten im Zentrum war für die Familie Benito völlig in Ordnung, und außerdem musste er auf diese Weise auch nicht mehr Zeit als unbedingt nötig mit seinem neuen Schwiegersohn verbringen.

Zu Hause in der Villa waren inzwischen alle Türschwellen entfernt. Allerdings hatte er es nicht mehr geschafft, den Hundezwinger zu bauen. Das war auch nicht nötig gewesen: Als er eines Tages nach Hause gekommen war, hatte er Angolo zu Füßen einer neuen Krankenschwester liegend gefunden. Sie hatte dem Hund den Kopf getätschelt und gemeint, sie habe selbst einen Schäferhund. Und Vertrauen sei alles. Er hatte dafür gekämpft, dass sie dauerhaft Irenes Krankenschwester blieb, so lange es nötig war, und nach einigem Hin und Her und mit vielen guten Argumenten war es ihm auch gelungen.

Irene presste die Finger um die Armlehnen des Rollstuhls, doch ihre Augen strahlten. Jetzt war er froh darüber, dass er sie mit Rikkes Hilfe hatte überreden können mitzukommen. Wann war ihr klar geworden, dass sie bis zur Hochzeit nicht wieder würde gehen können? Dass sie es vermutlich nie wieder können würde? Niemand hatte es übers Herz gebracht, ihr das zu sagen. Und sie hatte so hart gekämpft. Ein vergeblicher Kampf, und zu merken, dass sie ihr Ziel nicht erreichen würde, war erst einmal ein schlimmer Rückschlag für sie gewesen. Sie hatte geglaubt, nun würde sie ihnen allen nur zur Last fallen, und stur beschlossen, dass sie zu Hause bleiben würde. Aber dieser Entschloss war letztlich, Gott sei Dank, nicht von Dauer gewesen. Die neue Situation im Flugzeug war ebenfalls für keinen von ihnen leicht gewesen. Zwischen den Sitzreihen war kein Platz für einen Rollstuhl und er passte auch nicht in die sehr engen, kleinen Toiletten. Doch die SAS hatte ihr einen schmaleren Rollstuhl zur Verfügung gestellt und man hatte sich von Seiten der Fluggesellschaft überhaupt sehr hilfsbereit gezeigt. Glücklicherweise musste Irene während der verhältnismäßig kurzen Flugreise gar nicht auf Toilette. Die meiste Zeit über schlief sie. Er selbst hatte es immerhin geschafft, ein paar Zeitungen durchzublättern. Auch hier in Italien beherrschten die

Missbrauchsskandale die Schlagzeilen. Ein Anwalt hatte über einhundertdreißig Fälle des sexuellen Missbrauchs durch katholische Priester aus den letzten elf Jahren dokumentiert, und das sei nur die Spitze des Eisbergs, hatte er dem *Corriere della Sera* gegenüber geäußert. In den letzten Monaten waren weltweit immer mehr Missbrauchsfälle aufgedeckt worden. Auch die dänischen Medien widmeten sich umfassend dem Thema, sowohl in Zeitungen, Zeitschriften und Büchern als auch im Fernsehen.

Roland legte seine Hand auf Irenes, drückte sie kurz. Sie lächelte und sah unverwandt zu Olivia hin. Er richtete seinen Blick ebenfalls auf seine Tochter. Der frostige Knoten in seinem Magen wurde zusehends warm und schmolz dahin. Sie war die schönste Braut, die er je gesehen hatte. Wenn das kirchliche Umfeld auch ohne Luxus war, so war doch jedenfalls nicht an dem Kleid der Braut gespart worden. Es war ein Traum aus cremefarbener Seide mit Spitzen und Drapierungen, die den schwangeren Bauch kaschierten. Der Schleier fiel weich um Olivias Gesicht, das geschminkt war wie das eines Hollywoodstars. Sie sah auch aus wie einer. Heute glich sie ganz Penelope Cruz, entschied er. Gleichzeitig gab er sich alle Mühe, nicht zu bemerken, dass ihr Bräutigam und zukünftiger Mann auch nicht so schlecht aussah. Er blickte in die fröhlichen Augen in seinem Umkreis; Augen, die vor weniger als einem halben Jahr – bei Salvatores Beerdigung – noch vor Trauer geglänzt hatten, strahlten nun vor Freude. So schnell konnte sich das Leben ändern. Marianna saß in ihrem feinen Kleid zwischen Rikke und Tim. Ihre Augen waren groß und rund vor Faszination über das, was sie hier erlebte. Roland versuchte ihre Aufmerksamkeit auf sich zu lenken, wobei er indes scheiterte. Dafür erntete er ein Lächeln von Rikke. Bis es plötzlich ernst wurde und die Musik den Raum zu erfüllen begann.

Jetzt würde er einfach nur versuchen, die Hochzeit seiner Tochter zu genießen, ohne sich mit seinem Schwiegersohn in die Haare zu geraten. So, wie er es Irene versprochen hatte. Danach Urlaub in Italiens Hauptstadt, der Stadt des Papstes.

Die Beichte spielt wie meine drei vorausgegangenen Kriminalromane *Der Schrei der Kröte, Mord auf Verlangen* und *Letzte Umarmung* in Aarhus und Umgebung.

Das meiste ist Fiktion, angereichert durch wahre Begebenheiten. Das Kloster der heiligen Jungfrau gibt es in Wirklichkeit nicht. All denen, die sonst gerne meinen Handlungsorten einen Besuch abstatten, muss ich also den Rat geben: Lassen Sie in diesem Fall die Suche lieber …

Wie immer habe ich vielen zu danken – für die große Hilfe beim Beschaffen der sachlichen Informationen und überhaupt für die ganz unglaubliche Unterstützung, die ich erhalte, wo immer ich mich hinwende.

Als Erstes danke ich Jens Peter Andersen, Polizeikommissar bei der Polizei von Ostjütland.

Mein herzlicher Dank ergeht zudem an die katholische Kirche in Dänemark, die mir mit Informationen über kirchliche Traditionen behilflich war. Ihre sehr übersichtliche und informative Homepage ist mir eine große Hilfe gewesen. Zugleich möchte ich an dieser Stelle darauf hinweisen, dass die meisten übrigen Fakten und Darstellungen hinsichtlich Kirche und Kloster nicht auf Quellen von Seiten der katholischen Kirche in Dänemark basieren.

Mein Dank ergeht auch an Helene Hägglund für das Buch *Nonne tur/retur* (etwa: »Nonne hin und zurück«, bisher nicht auf Deutsch erschienen, Anm. d. Übs.), das einen guten Einblick gibt, was hinter den Mauern eines Klosters im heutigen Dänemark vor sich geht. Es hat mir sehr geholfen, mich in das Leben, die Sitten und den Alltag der Nonnen hineinzuversetzen. Ist das doch eine Welt, die den meisten von uns heute sehr fremd ist.

Des Weiteren danke ich meiner mich immer unterstützenden Freundin Margit, die sich auch diesmal wieder bereiterklärt hat, das Manuskript durchzulesen, und mir ein konstruktives Feedback gegeben hat.

Nicht zuletzt danke ich all meinen Lesern, die Roland Benitos und Anne Larsens Kampf gegen die Kriminalität in Aarhus mitverfolgen. Danke für die vielen schönen und ermutigenden E-Mails, die mir die Motivation geben weiterzuschreiben.

Schließlich ergeht ein besonders großes Dankeschön auch an Susanne Jespersen, die Verlagsdirektorin des DarkLights Verlages, die mir geholfen hat, als Krimiautorin Fuß zu fassen, und die mir immer noch mit Korrekturlesen und Redigieren zu helfen gewillt ist.

Inger Gammelgaard Madsen